庆祝中华人民共和国成立 75 周年
国家电网有限公司职工文学重点选题作品（系列丛书）

国家电网有限公司工会　编

情融电力颂祖国

故事集
散文

中国电力出版社
CHINA ELECTRIC POWER PRESS

图书在版编目（CIP）数据

情融电力颂祖国 . 散文、故事集 / 国家电网有限公司工会编 . -- 北京 : 中国电力出版社 , 2024. 10（2024.11重印）. -- ISBN 978-7-5198-9398-9

Ⅰ . I217.1

中国国家版本馆 CIP 数据核字第 202477AL48 号

出版发行：中国电力出版社
地　　址：北京市东城区北京站西街 19 号（邮政编码 100005）
网　　址：http://www.cepp.sgcc.com.cn
责任编辑：胡堂亮（010-63412604）
责任校对：黄　蓓　于　维
装帧设计：赵姗姗　永诚天地
责任印制：钱兴根

印　　刷：三河市万龙印装有限公司
版　　次：2024 年 10 月第一版
印　　次：2024 年 11 月北京第二次印刷
开　　本：710 毫米 ×1000 毫米　16 开本
印　　张：24
字　　数：329 千字
定　　价：86.00 元

前 言

金秋十月，我们迎来了中华人民共和国 75 周年华诞！

新中国成立以来，中国共产党带领全国各族人民谱写了恢宏壮丽的史诗，铸就了彪炳史册的伟业。特别是党的十八大以来，以习近平同志为核心的党中央，统揽伟大斗争、伟大工程、伟大事业、伟大梦想，推动党和国家事业取得历史性成就、发生历史性变革。一代代电力工作者披荆斩棘、顽强拼搏，推动我国电力工业在百废待兴、一穷二白基础上，实现从小到大、由弱到强的跨越。

为庆祝中华人民共和国成立 75 周年，深入学习贯彻习近平文化思想，繁荣职工文化生活和职工文化创作，充分激发广大职工爱国主义热情，将报国之志转化为推动国家电网高质量发展的不竭动力，国家电网有限公司工会组织广大职工开展了职工文学创作活动，共收到由各单位择优推荐的诗歌、散文、故事、报告文学、小说、影视剧文学等各类体裁的职工文学作品近两千篇。国网工会组织专家评选出优秀作品，汇编出版职工文学重点选题作品（系列丛书）《情融电力颂祖国》诗歌集，散文、故事集，报告文学、小说、影视剧文学集。

公司广大职工饱含满腔热情，以文学的形式讴歌党和祖国、讴歌公司发展成就和职工精神风貌。一首首诗歌、一个个故事、一篇篇美文，展现了高原戈壁银线飞虹的壮阔、万家灯火无悔坚守的执著、急难险重冲锋在前的气概、科技攻关勇攀高峰的探索。《情融电力颂祖国》这部丛书是公司职工文化建设成果的集中体现，更是献给伟大祖国的深情颂歌。

今天，在推进中国式现代化的新征程上，希望公司职工文学创作者认真贯彻习近平文化思想，坚持以人民为中心的创作导向，为电网放歌、为职工抒写，以充沛的激情、生动的笔触，用情用力、形象生动地表现国家电网人的劳模精神、劳动精神、工匠精神和时代之美、劳动之美、生活之美、心灵之美，以文学形式讲好国网故事、传递国网声音，激励鼓舞广大职工奋力推动国家电网高质量发展，为以中国式现代化全面推进强国建设、民族复兴伟业作出新的更大贡献！

国家电网有限公司工会

2024 年 10 月

目录

散文篇

故事篇

散文篇

电力之光

谈元鹏

在这崭新的时代，我以笔为犁，耕耘在电网的田野上，每一道光芒，都是我心中的诗行。

我是青年，热爱古诗词的韵律，也是电力工人，守护着万家灯火通明。

今天，春风拂过大地，我们肩负使命，砥砺前行，为了中国特色的国际领先，为了能源互联网的辉煌明天。

我巡检在铁塔下、电缆间。每一次触摸，都是对安全的誓言；每一颗螺钉，都承载着责任与担当。电网建设日新月异，电力保供如丝如缕，能源转型之路，我们坚定而执着。优质服务是我们的承诺，科技创新是我们的追求，从无到有，从弱到强，我们用智慧和汗水，绘就了一幅幅壮丽的画卷。忠诚担当是我们的底色，求实创新是我们的动力，追求卓越是我们的信仰，奉献光明是我们的使命。在这条道路上，我们从未停歇，因为我们深知，强国复兴有我。

当夜幕降临，华灯初上，我仰望星空，心中充满骄傲。因为那每一束光芒，都是我们电力人的坚守与付出。我们用行动庆祝中华人民共和国成立 75 周年，我们用心血和汗水，谱写新时代的华章。让我们携手并进，共赴强国复兴的伟大征程，让我们以笔为剑、以墨为盾，为电网放歌，为职工抒写，在这光辉的岁月里，留下我们共同的印记。

（作者系中国电力科学研究院有限公司职工）

逐光而行

咸国平

“我长大也要当电工!”说这话时，我只有七岁。

那是 1980 年的春天，我们村通电了。当天，村里在学校搭台举办通电仪式，县上、乡里的干部，邻村看热闹的老乡，全村老少都挤到了学校。县、乡、村的干部轮流发言，施工队的李队长一开口，大家就使劲鼓掌。我趴在台檐上拍了一阵巴掌，就把双手举过头顶准备随时鼓掌。李队长发言完毕，见我还举着手，就笑着向我点了一下头。我以为李队长在叫我，便“嗖”的一下蹿上台，站在李队长身旁。“你小子，行啊！说两句。”李队长说着，把话筒举到我嘴边。我涨红了脸，使出吃奶的劲儿对着话筒喊出本文开头的那句话。

我的老家在六盘山区，村庄就像长在群山皱褶中的一个个胎记。在通电以前，入夜后，我家屋子里一片漆黑。记忆中，母亲从窗台上摸到火柴盒，然后用拇指向前一顶，摸索着抽出一根火柴棍，在火柴盒侧面的擦皮上一划，一道亮光便照亮了母亲的脸庞。母亲缓慢地转动身体，用燃烧的火柴点燃油灯。屋子瞬间亮了。

父亲把一辈子的精力都用在侍弄庄稼上，经常是天蒙蒙亮就出门，星星出现在天空才回家。夜幕降临，屋子里就黑漆漆的，家里没有充足的煤油用来点灯，我们兄妹几个怕黑，就跑到院子里等父母回来。

我家点灯用的煤油，多半是母亲攒几个鸡蛋，让父亲拿到集镇上换来的。灯盏是用墨水瓶做的。父亲在墨水瓶盖上钻一个孔，用小铁管穿过这个孔。灯芯是用棉花捻制而成的。母亲在瓶子里添上煤油，煤油一会儿就浸润灯芯。母亲划根火柴点燃灯芯，黄豆大的火苗就一跳一跳地出现了。要是墨水瓶里的煤油浅下去，母亲就再续一些。每添加一次煤油，母亲都很心疼。家里没有煤油的时候，就用胡麻油点灯应急。这时，母亲会在小瓷碟里倒少许胡麻油，用棉花搓成一根灯芯，做成一个简易灯盏。

母亲多数时间是摸黑做饭。妹妹一次偶然的举动，让躺在墙角的老扫帚派上了用场。一次，妹妹拿着其中的一根细竹子玩，顺手塞进灶膛。竹子瞬间被引燃。妹妹急忙抽出燃烧的竹子在空中舞动，准备抖灭火苗，谁知越挥动火越旺，把屋子照得通亮，妹妹的小脸乐成了一朵花。

在我们对光明的热切期盼中，村里终于来了电力施工队。大人不再急着往地里送粪、赶着耕牛下地，而是成天跟着施工队拉杆、拽线，忙个不停。学校成了施工队驻地，我们不到十个念书的学生，也成了施工队的“尾巴”。当时，我们村通往山外的路只有两条，一条是阳山路，一条是阴山路。阳山路陡且窄，仅三四步宽，路的一边是悬崖。阴山路比阳山路稍宽些，但路途长。大人拉电杆多数走的是阳山路，路途近，而且村里人家多数住在阳山路边的沟畔。拉电杆的队伍像一条巨龙，从村头延伸到村尾。

从村外运进来的电杆，一根接一根地栽在提前规划好的点上，直挺挺的，像扎在大地穴位上的银针。电工爬电杆的动作十分熟练。随着脚扣碰撞电杆“嗒、嗒、嗒”的声响传来，电工到了杆顶，开始娴熟地在杆上装横担、安绝缘子、架导线……村民们帮着拉绳子立杆，拽绳子紧线，即便手上磨出了老茧、起了血泡也不离开。变压器被吊上了台架，每家每户都发了开关、灯泡，电工挨家挨户上门安装。

通了电，村庄一下便有了灵性。电杆就像士兵，日夜守护着村子的宁静与光明。银线将千家万户连接起来，流淌的电流让古老的村庄焕发生机。村里有人办起了磨坊、油坊，购置自动化设备磨面、榨油。羊圈里的石磨、古老的油坊，以及人赶着驴推磨的画面，都渐渐淡出人们的记忆。

父亲在家办起了粉坊，给村里人加工土豆粉条。后来，哥哥也办起了粉坊，设备是智能化的，嫂子用食指戳一下按钮，土豆的漂洗、粉碎、分离和烘干等工序，便在电的带动下自动完成。

我从部队退伍后，在 1998 年一个春暖花开的日子，如愿成了一名电力工人。当时，我所服务的一个村子，半数以上的人家有土豆加工作坊。到冬季土豆加工高峰期，电不太够用，我就在变压器旁搭起帐篷，住在里面，协调大家轮流生产。

后来，农村电网改造升级，电杆增高，电线变粗，变压器容量增大，家家户户都通了电。用电更有保障，村里种土豆的人更多了，土豆加工作坊也更多了。加工户可以随时生产，我再也不用日夜守在变压器旁了。紧接着，有十几家大型土豆淀粉加工厂在隆德县域建成，土豆变成了“金豆”。走进任何一家土豆淀粉加工厂，都会看到雪白的淀粉块整齐地码放在库房里，像雪山。

六盘山区，山抱着山，沟连着沟，我经常在这里巡线、抢修。一根根水泥电杆竖立在地埂、沟畔、山峁，像行军的纵队。每次巡线，我都把自己想象成一位大将军，领着我的“千军万马”行军。如今，我放飞无人机，操控它沿着电力线路飞翔，逐杆、逐线查找隐患，十几分钟就可以完成我以前需要一整天才能完成的巡检任务。这几年，我们打造了全电景区、全电民宿、全电厨房、全电采暖、全电养殖等新型用能场景，还深入实施农网巩固提升工程，高标准建设农村电网，积极服务乡村振兴。

六盘山像一位智者，见证了家乡的变迁。村庄在群山的皱褶里焕发出生机和活力。我集用电者、电力工作者、电力作家多重角色于一身，与电结缘颇深。如今，与我一样的电力工人，用青春和智慧守护着万家灯火，守护着六盘山区的诗与远方。

（作者系国网宁夏电力有限公司隆德县供电公司职工）

从用“上”电到用“好”电

官亚兵

“楼上楼下，电灯电话”，这是20世纪80年代很多普通老百姓梦寐以求的理想生活。

如今，电灯电话早已普及，电话也逐渐被手机替代，电灯也从用“上”向用“好”转变，老百姓的生活品质不断提升。

我清楚地记得，1987年春节期间，正月初四，我和家人刚从姨妈家拜年回来，大概下午五六点钟，天逐渐暗了下来。这时候，村庄突然一片灯火通明，家家户户的电灯都亮了。前一天村庄还是煤油灯星星点点若隐若现，今天，电灯照亮了全村的各个角落，宛如换了人间。这时候，最高兴的莫过于孩子，感觉进入了另一个世界。接着，我跟随村里的小伙伴，到每家每户去看电灯，比一比谁家的灯泡多，谁家的灯泡亮。在光亮的照耀下，感觉全村所有人穿的衣服都比过去更漂亮，各家房屋也更整洁干净。要知道在这之前，村民们都点的是煤油灯。为了早日通电，村里召开村民大会，一致决定卖掉集体山上的一些树木，购买电线、电杆、变压器等。供电所的员工经过几天的施工，架设了电线，安装了电力设备。于是，全村通电，成为村里的一件大事。

点煤油灯，那仅仅是为了照明，村里有一段泥巴路，路旁有很多碎石，一些老人路过时常因看不清而摔跤，晚上出行很不方便。有了电，老百姓可以看电视，丰富文化生活，记得那时的电视剧有《霍元甲》《再向虎山行》等，农忙之余，大家看得津津有味。后来，电视机从黑白换成了彩色，再换成液晶体等。村民还买了充电手电，白天充满电，晚上到亲朋好友家玩，不管多晚，都可以照明回家。村民再也不用人工碾米，而是购买电机来机米，大米的质量更高。还有的村民买了卡拉OK音响，在家里就可以“潇洒唱一回”了。看，有了电，多方便！

后来，我到乡镇读初中，还是要带着煤油灯。为什么？因为电压不稳，经常停电，只好点煤油灯看书上课。那个煤油灯，全班点上后，有一股非常难闻的煤油味。曾经有几次，我晕倒在课桌上，影响了学习。还有一次，一个同学点煤油灯熬夜在床头看书，睡着时忘记吹灭灯，半夜煤油灯倒下不幸烧掉了被子，所幸室友发现得早，避免了更大悲剧的发生。没有经过那段历史的人，不会有那种刻骨铭心的体会。当时，我心里还责怪供电所的人，认为他们工作不负责任，没有维护好电力线路。后来才知道，学校处在电力线路末端，且线径细，线路供应用电客户过多，因此，到了用电高峰，线路过负荷停电时有发生。大概两个月后，在乡政府与供电所的共同支持与推动下，电力线路得到改造，电压稳定了，我们终于可以安心读书了。

通了电，但不是每个村民都舍得用电。为什么？因为有些地方管电混乱，实行承包制。有些人承包了几个村庄的电，交完供电所的承包费，剩下的利润就归承包人。这样一来，人情电、关系电、权力电扰乱了电力市场，导致电费节节攀升。据说有些村庄的电价甚至高达一度电三块多钱。于是，一些村民用电“放不开手脚”，用不起啊！同村有几户村民，除了晚上照明和起床方便时亮一下灯，其他时间都不用电。一年到头，还用不了100度电。后来，国家对电力体制进行改革，逐步实现电力企业销售到户、抄表到户、收费到户、服务到户的“四到户”管理。大家用得起电了，但还是要科学用电、节约用电、安全用电。村民的生活也因为电力发生了翻天覆地的变化，盖起了楼房，买了新潮电器；夏冬两季，几台空调同时开启；打开电脑，做起了电子商务，充分享受电力带来的美好生活。

如今，我们进入了一个智能化、电气化的新时代。国家加大投资力度，对农村电网进行一轮又一轮升级改造，为乡村振兴赋能充电。老百姓的衣食住行，哪一样离得开电啊。电饭煲、电冰箱、电视机、电脑、电动机、电风扇、空调等，都需要电力带动。老百姓对电力的需求越来越多、越来越高。我们电力工人战酷暑、斗严寒，为千家万户送去光明。

曾经，“户户通电”工程解决了无电人口的用电问题，让老百姓的生活越来越好。如今，我们的特高压工程技术也输出到世界各地，为世界人民的生活送去光明与希望。国家电网有限公司还持续推动“双碳”目标落地，不断为广大用电客户提供高品质服务，提供清洁能源。“国家电网”的品牌形象越来越好，得到广大用电客户的高度赞誉。“国网好声音”从国内传递到国际，彰显了央企的责任与担当。

电力是人类走向文明社会的重要标志，不断提升人类生活的品质，相信未来我们的电力事业一定会更加灿烂辉煌。

（作者系国网江西省电力有限公司金溪县供电公司职工）

青春要和事业来场双向奔赴

黄晓鹤

夏日慵懒，暑气腾腾，万株竞放，翠绿盈盈，热风微拂，蝉鸣声声。在桌前低沉小憩，思绪纷飞，记忆就如过电影般，逐帧播放，又像极了分子的熵增，杂乱无章。

那些年，好像可以浅浅地一笔带过，但细数又遇事良多，仿佛和旧人的恋爱，模样渐渐模糊，但事，却随着阅历逐年升华。正如记忆告知，短瞬、浓缩、犹记得几个关键时刻证明我存在。

那一年，双向奔赴里有忠诚，还有专注……

2021 年迎来了建党一百年的辉煌时刻。作为共产党员的我，和万千党员、团员一样，端坐在会议大厅收看大会直播，感慨风雨百年、党旗昭昭，内心激昂澎湃、久久未平。后有机会与身临庆典现场的退伍老兵一同交流，他那股子飒爽和自豪至今令我难忘，至于当时讲到的会场细节都已记不太清，唯独记得老兵眼角泛光、热泪盈眶，那至真至纯的信仰，因威严坚毅的眼神而光彩万分。也许，这就是见证共和国诞生、有着铁一般信念的人才有的锋芒。

我在想，党的电力事业，在腥风血雨中诞生，与共和国一同前行，在党的领导下繁荣，与人民肩并肩共襄国泰，这是何等地荣幸，又是如此地不易。青年之于事业正像老兵之于信仰。可惜很多时候，青年对待事业像极了恋爱中羞涩的男孩，期待又羞于表达，内心热烈却缩手缩脚，其实可以大胆一点。无论因何而来，在一条路上奔波数十载，一定有专注，也一定有热爱，也可能是热烈的时机未到，那颗涌动的种子久久未见阳光，我更愿意相信是后者。

那一年，双向奔赴里有炽烈，还有家国……

2021年，一场罕见的大暴雨倾泻郑州。洪水无情，牵动着全国人民的心。惊心动魄的抗灾抢险过后，我认真观看了公司精心制作的纪录短片，每一帧都足够震撼。时光荏苒，“感谢英雄！因为有您，郑州不怕！”“谢谢您为郑州拼过命！”的声音仍在回响，青年不怕苦不怕累的曲调依然高奏，英雄的国家电网人从不谈过往，但我相信这些璞玉之魂将永久在铿锵的历史中珍藏。如果青春一定要有一个形容词，那炽烈应该是所有人都有的模样。

那一年，双向奔赴里有思考，还有责任……

2022年，彼时的我在文字工作岗位上锻炼。公司作为实现“双碳”目标的重要推动者屡上头条，“双碳”目标的字眼也在那时步入视野。于是，我在字里行间逐步探索“双碳”的精妙，读到了“张北的风点亮了北京2022年冬奥会和冬残奥会场馆”“白鹤滩水电站电力外送通道工程实现清洁水电7毫秒‘闪送’华东”“青海—河南 ±800千伏特高压直流输电工程每年向中原大地输送清洁电量400亿千瓦·时”……让我惊叹“国之重器”，真了不起！其中，就有万千奋战在“双碳”一线的青年工作者。

我职业生涯的小家远在祖国边陲，驻守在中朝边界，一条鸭绿江水养育中朝两国，降碳减排零排放是水电站的主场，这里流出的每一度清洁电能都与低碳未来相映生辉。因此我相信，这里的每个人都了不起！

那些年，双向奔赴里有独立，还有坚守……

每一座水电站向上溯源，无论距离城市多远，无论道路多么崎岖难行，都会有人的生活足迹。抬头环望，定会有铁塔矗立山头，定会有电线直抵房屋。

远山深林的同胞，没有因为远离城市而脱离电赋予的美好生活，那百千里之外，就一定有深耕电力的“战友”，远离城市而秉持电力人的职责。这一刻，产出和享用横跨祖国的大美山河完成了闭环，电的普及也恰恰和人的一生发生着美丽的量子纠缠。如果对方的人生因此而美妙，那坚守就在这一刻彰显了最大价值，有人说这是糊涂，我更觉得这是难得糊涂。

这些个人记忆碎片，是五湖四海同事的亲身经历。个体的能力有限，群体的声音无限。俨然，东面的同事替我勇敢，西面的同事替我坚强，南面的同事替我精耕，北面的自己努力成长。于是，八方之才汇成我们。

我们看路途的风景，也学会享受并热爱沿途的成长环境；我们见沿途的人，也学会博采众长并向着目标砥砺前行；我们躬身自省，也学会万事蹉跎仍要扪心自问做没做到。于是，我们才能成为时代需要的我们。

窗外，巍巍铁塔已然和自然浑然一体，写意 960 多万平方公里土地上最朴素的烟火生活。思绪神游天际，窥见蓝星，仿佛脉搏和大地同步，不由叹道：

电线作笔墨，
把青春勾勒成万幅大地的线谱，
匠人作音符，
拟作一曲各美其美、美美与共的序曲篇章。
青春满是澎湃激昂，
如栉风，如沐雨，
如斜阳，如暖流。
把故事写在苍山翠绿之中，
写在碧水蓝天之上，
在穹顶之下传播，
在神州大地丈量，
一方水土落户，万家灯火点亮。
因而，我要说我们忠诚纯净、志存高远，

我要说我们怀揣梦想、心系家国，
我要说我们欲望清瘦、万担行装，
我要说我们未来可期、不可限量。

于是，落笔最后，
“想说自己，终写成了我们……”

（作者系国家电网有限公司东北分部职工）

暗处的光芒

吴惠兰

多年来，我习惯于在暗处静静观察，对所有发光的事物报着深深的倾慕。这份独特的情感，源自对光的向往，也来自对黑暗中明亮的珍视。

因为从事电力工作，我有更多机会看到很多光明，也见识过瞬间的黑暗。那些我们生活中“日用而不知”的存在，在光明和温暖的背后，隐藏着许多不为人知的震撼和感动。

当你面对像阳光和空气一样无处不在的电力时，你所不知道的是，看似普通的一度电，来自一张结构纵横交错的电网。无论白天还是黑夜，无论炎热夏日还是寒冷的冬夜，无数电网人 24 小时坚守在自己的工作岗位上，时刻关注电网的运行状态。一旦发现异常情况，就需要立即采取措施进行处理。他们的工作不仅需要高超的专业技能，还需要强烈的责任心和敬业精神，以确保电网的正常运行。

他们是一群电网调度人，在电网调度指挥中心，他们正聚精会神地盯着电脑上的电网分布图。每当按下一个按钮、合上一个小小的开关，光明便进入城市，城市流淌着五颜六色的血液，沸腾升华，旋转成带磁音的乐盘，为我们输入幸福的琼浆。

在一片黑色风暴里，他们架起强大的情感韧带，沉着冷静处理，当看到黑色的落英无声地坠落，当卸下超负荷的心灵重担，一场黑雨渐渐消融，亮光闪处像一朵朵晶莹的浪花，玲珑如玉，心才会如此安宁平和。只有最黑的夜，才能衬出他们最灿烂的绶带。

我钦佩那些在困境中依然发光的人。他们就像暗夜的明灯，用自己的行动和言语照亮周围的空间。他们的光芒不仅来自外在的成功和成就，更来自内心的善良、坚韧和勇敢。

在暗处发光的事物，往往需要经历更多的挑战和磨砺，它们在黑暗中挣扎，最终破茧成蝶，焕发属于自己的光彩。

他们是一群电网巡视人，在纵横交错的电网间，在林立的铁塔和线路之间，孤独源于某个瞬间的黑暗，巡视与自我息息相关的事物，一种心情去接近另一种心情，意愿往往在交谈之后，太多术语未能读懂，太多的按钮不能随意拨弄，挣扎生活的一部分，接近渴求，传递向往，“努力超越、追求卓越”的境界，无形的战场搏击智勇，一声声故障惊响，一次次瓦解消融，在这个过程中，我学会了欣赏和尊重不同的光芒。

每一种光都有其独特的价值和意义。无论是明亮的阳光、温暖的灯光，还是微弱却坚韧的星光，它们都在以自己的方式照亮世界。

他们是一群抄表员，是温暖的见证者，也是光明的记录者。他们每天用足迹丈量城市乡间的每个角落，记录人们的生产生活指数。一个个沉甸甸的数字，背后是一串串银线的维护，道路清晰可辨，光影交替时分，生活的热度上升或是下降，总有他们的身影，和爱心、耐心、热心、真心的维护。他们跋山涉水只为播撒光明，他们锲而不舍追求，只为光明灿烂。

发光的事物并不总是完美的，它们也有瑕疵和不足。正是这些不完美，才让它们显得更加真实可贵，就像人生中的挫折和困难，让我们更加坚强和成熟。

他们默默无闻地劳作。在暗处，他们如同明灯一般散发光芒，为我们的生活带来光明和温暖。他们就像一群驱赶黑暗的使者，在黑暗的环境中异常醒目，照亮周围的空间，驱散黑暗，带来温暖和希望。我热爱那些发光的事物，它们像是生活中前行的明灯，让我在困顿或迷茫时找到方向。

我们每个人都可以发光。只要我们在面对生活中的挑战和困难时，保持内心的善良和坚韧，我们就能发出属于自己的光来。

让我们一起在黑暗中寻找光明，用我们的光芒照亮世界。

（作者系国网福建省电力有限公司松溪县供电公司职工）

电力之光，时代引擎

鲍雪娜

看！无人机的翅膀划过，留下一道道美丽的弧线。

听！激光炮的声声轰鸣，震撼人心却又如此精准。

致敬！带电作业人的激情，高空起舞尽显英雄本色。

在广袤的中华大地上，在辽阔的蓝天之下，一幅幅壮丽的画卷正徐徐展开，电力人用智慧和勇气书写着一部部传奇。

回溯历史长河，电力曾是一片未知的领域。古人曾梦想“千里眼”与“顺风耳”，谁曾想到，在千百年之后的今天，电力将这梦想变为现实。从最初的煤油灯到如今的LED照明，从笨重的蒸汽机到高效的电力驱动，凝聚着无数前辈智慧和汗水的电力事业蒸蒸日上。

一条条输电线路穿越崇山峻岭，跨越江河湖海，如同细细的血管，将电力输送到祖国的每一个角落。它们或悬于高空，或埋于地下，默默地承受着风雨的洗礼，为人们送去光明。

在繁华都市里，高楼大厦拔地而起，霓虹灯闪烁不熄。在偏远的乡村，孩子们在明亮的教室里读书写字，老人们在家中享受天伦之乐。电力之光让每一个夜晚都璀璨夺目、幸福温馨。

时代在进步，科技在发展，在创新的浪潮中，电力事业不断涌现出新的成果。

采用无人机巡视后，电力巡检工作更加高效、更加精准，不再受地形和天气的限制，可以轻松到达那些人力难以企及的地方。有了这小小的无人机，电力人仿佛拥有了千里眼。在它的镜头下，每一个细节都清晰可见，每一个设备问题都无处遁形。

电力线路激光清障仪是线路的忠实守护者。激光清障仪的激光束犹如神笔马良的笔触，轻轻一点，便可将那挂落在线路上的塑料袋、落叶等杂物瞬间击落，在不中断电力供应的情况下进行清障，实现了电力供应的稳定。

带电作业这一技术的运用，无需停电，便能在保障工人安全的同时，精准地对电力设备进行检修和维护，不仅展现了现代科技的魅力，更是对安全、高效工作理念的完美诠释。带电作业人在电力线路间翩翩起舞，是云端上的电力医生，守护着城市的万家灯火。

在这个熙熙攘攘、日新月异的时代，电力创新技术犹如一股清新的甘泉，悄然间渗透我们生活的方方面面，让每一处角落都闪烁着智慧与便捷的光芒。

看那宽阔的街道上，电动汽车宛如未来使者，穿梭其中，虽无轰鸣，却满载着对未来的憧憬与期待。智能家电则如同贴心的守护者，默默为我们守护着那份舒适与安宁，让我们的日常生活更加便捷舒适。

与此同时，新能源技术在广袤的大地上不断释放着绿色能量。它们如同大地的肺叶，为地球母亲注入源源不断的生机与活力，助力我们走向更加绿色、可持续的未来。

一个个成就的背后，隐藏着无数电力人的默默奉献与付出。他们攻坚克难，为电力事业的蓬勃发展贡献着自己的力量。路漫漫其修远兮，吾将上下而求索。电力人正是以这种执着和毅力，不断书写着属于自己的辉煌篇章。

他们不仅具备坚守岗位的毅力，更有敢于迎难而上的勇气，能守，亦能战，或在烈日下挥汗如雨，或在寒风中顶风冒雪。在灾害来临时，他们更是挺身而出，无论洪灾中的线路抢修，还是雪灾中的供电保障，他们始终冲锋在前，用实际行动展现坚忍不拔勇往直前的精神风貌。他们以铁肩担道义，以妙手铸辉煌。

展望未来，电力事业将踏上新的征程，面临前所未有的发展机遇与严峻挑战。天行健，君子以自强不息。在新的征程上，创新驱动、绿色发展、安全高效将构成电力事业的核心驱动力。

让我们翘首以待，期盼电力之光在智慧的照耀下，熠熠生辉，为我们勾勒出更加辉煌的未来画卷。愿每一盏灯火都如明珠般璀璨，闪烁着科技与便捷的光芒；愿每一个角落都被温暖与希望包围，洋溢着人们对美好生活的向往与追求。

让电力之光成为我们前行的灯塔，照亮我们走向更加美好的明天，引领我们共创辉煌的未来！

（作者系国网河北省电力有限公司涿州市供电分公司职工）

青衣江上连心桥

陈兆平

一

青衣江流经四川雅安市雨城区大深村时，汤汤而来的江水将这个村子分为两半，一半在江那边，一半在江这边。318 国道穿村而过。我站在江这边，望着江那边的老君山，蓝天白云之下，绿影叠翠，500 千伏雅梦线的两基铁塔一座在山的右边，一座在山的左边。右边的铁塔海拔相对低一些，而左边的铁塔海拔则高达 1300 米。

从江这边到江那边，最初没有桥，大深村下芭蕉湾的村民如果要过江，必须坐小木船或者搭乘溜索上的铁笼子。

从 2008 年起，袁小交和他的同事们就开始在江那边巡线。一年有四次常规巡线，加上特巡，每年要过江好几次。没有桥的时候，他们只能在大深村下芭蕉湾坐小木船过江。夏季的时候，江水上涨，水流湍急，坐小木船十分危险。实在找不到小木船，他还坐了好几次铁笼子，通过一根溜索晃晃悠悠过江。

2011 年，国网四川超高压公司在青衣江下芭蕉湾段修建了一条巡检索桥，成为 500 千伏雅梦线 16 号至 17 号的巡视通道。

站在我旁边的袁小交，如今已成长为雅安运维分部输电运检四班的班长。望着对面的老君山，他对我说，如果没有桥，上山只能绕道翻山，通常要六七个小时才能到达塔位。但有了巡检索桥，他们只用两个多小时就能到塔位。

看着对面老君山的风景，袁小交给我讲他在老君山巡检的故事。他说，老君山上的蚂蟥令他和同事们猝不及防，一不小心就会钻进衣服里，甚至皮肤里。每次上山最好穿筒靴，绑好裤管，甚至在裤脚边撒上盐巴，以防蚂蟥入侵。因为小时候被毒蛇咬过一次，他特别害怕蛇。夏天的时候，每次上老君山，他都要带上镰刀和棍棒，一路走一路敲，这叫打草惊蛇。而 16 号塔位不仅蚂蟥多，还能遇见不少蛇。蚂蟥在树叶上居住，蛇在草丛中蛰伏，甚至蜷缩在石头上。巡线路上，危机四伏。

尽管处处有风险，但巡线不能停。走过这条巡视通道的不仅有袁小交，还有胡伟以及他所在的国网四川电力（超高压雅安）连心桥共产党员服务队的队员们。

二

大深村是雅安市城区——雨城区最西边的一个村落，与芦山县、天全县接壤。两边是陡峭的高山，背后是绝壁悬崖，前方是湍急的青衣江水。村里的下芭蕉湾没有一亩农田，村民的主要收入来源是种植猕猴桃和茶叶。

自从修建了巡检索桥，大深村下芭蕉湾的村民也大呼方便，他们不再坐小木船过江，也不再用溜索驮运肥料和猕猴桃了。

当年在老君山修建两基铁塔时，大深村的村民们就参与过运输塔材。他们用小木船运塔材，然后将塔材一点点地背上山。今年 68 岁的汪明强就是其中一位，他至今都记得，当年每天只能来回跑三趟。人跑累了，天也快黑下来了。雅安芦山地震后，又遇上 318 国道扩建，大深村下芭蕉湾以及公路两边的房屋被拆迁，村民们住进了 5 千米外的安置小区。桥通了，许多人又回来种猕猴桃和蔬菜。要是没有这座桥，很多人就不会再回原来的村子。

有了巡检索桥，大深村的村民与电力巡线人的关系也变得更加亲密。

2020 年 8 月，多雨的雅安下起了大暴雨。一场特大洪灾袭来，青衣江水位突破历史最高水位，一夜之间，500 千伏雅梦线青衣江巡检索桥被洪水冲毁。江对面下芭蕉湾的村民又只能靠划船过江，或者用江面上的溜索运送人员和货物。

险情发生后，连心桥共产党员服务队的队员第一时间赶到现场查看灾情，并以最快的速度组织人员布置警示带、警示牌，及时联系当地政府相关部门，并与当地村民迅速沟通，排查铁塔、线路受灾情况。

经与当地政府多次协调，在国网四川省电力公司的大力支持下，国网四川超高压公司对巡检索桥进行了立项整治——重新修建一座索桥。

不到一年时间，横跨青衣江的索桥终于竣工。

2021 年 8 月 26 日，一座单跨 104 米、净宽 1.26 米，桥体在原基础上整体抬高 1 米，能抵御 50 年一遇洪水的索桥通过竣工验收。这座索桥为当地村民通行安全和猕猴桃产业振兴作出了贡献，被当地村民亲切地称为“连心桥”。

和村民们一样心怀感激的还有大深村党总支书记陈遵强，他的心里装着一本清晰的“电力账”。他告诉我，索桥修好后，村里下芭蕉湾的 300 多亩猕猴桃赶上了“及时雨”，巡检索桥是一座名副其实的“致富桥”。

三

2023 年 9 月，大深村的猕猴桃成熟了。国网四川电力（超高压雅安）连心桥共产党员服务队队员胡伟、袁小交在结束 500 千伏雅梦线线路巡视工作后，前往大深村帮助猕猴桃种植户采摘猕猴桃，并向当地村民讲解安全用电、森林防火、电力设施保护等知识，用实际行动架起了一座“连心桥”。

今年 7 月初的一天，我跟随胡伟等人来到大深村下芭蕉湾猕猴桃种植大户李廷华家，“老李呀，你家今年的猕猴桃硕果累累，每棵树都结了这么多果子，一定能迎来大丰收……”胡伟和队员们这次来到李家的猕猴桃园，是帮他家给猕猴桃套袋的。

为什么要给猕猴桃套袋？胡伟告诉我，套袋不仅可以改善猕猴桃的外观，防止病虫害的发生，还可以有效防止日灼，降低贮藏中软化果和腐败果的概率。队员高钰一边套袋一边对我说：“这次经历让我学到了不少果树种植的知识，这些都是在课堂上学不到的。”

自从下芭蕉湾修建了“连心桥”，汪明强老人每天都要从 5 千米外的安置小区回到下芭蕉湾。原来他家养了 20 桶蜜蜂，每天都要通过连心桥回家看蜂巢。“山上野花多，好养蜂子。蜂蜜不仅满足自家吃，多余的还可以拿出去卖。”

站在连心桥的桥头，汪明强老人看着桥下奔涌的江水，对连心桥赞不绝口。“如果没有桥，下芭蕉湾早就没人住了。电力公司不仅为我们修了桥，还帮村民摘猕猴桃并搬运上车，真是太感谢你们了！”老人告诉我，大深村栽种猕猴桃有 30 多年的历史。通过嫁接，现在都是红心猕猴桃，口感很好。每年到了猕猴桃成熟时节，村民们就把猕猴桃摆在 318 国道边售卖。318 国道过往的车辆很多，买猕猴桃的人也很多。再加上村民们通过网络销售，去年这个村竟然卖出去 80 万斤猕猴桃。

站在连心桥的桥头，我目送与汪明强老人一路回家的人们。老君山上，铁塔屹立在白云下；老君山下，种地的人们不仅有了一座致富桥，还找到了致富路。与他们交谈的过程中，我体会到他们那种无以言说的幸福感。再看看桥下的青衣江，汤汤江水从四川宝兴县东北部起源，在飞仙关接纳芦山河、荥经河后转往西流，然后出多营坪进入雅安雨城地界，江面渐宽，水流渐缓，最终形成雅安市主城区主干道的静水流深。江水不仅滋养了沿江的土地，也留下一路美丽的风景。

（作者系国网四川省电力公司超高压分公司职工）

牵 挂

马荣芳

天高气爽，朵朵白云飘荡在万里碧空。碧空下，220千伏孝广一二回线在我家祖坟不远处穿过。蓝天白云下，高大的铁塔、笔直的线路勾勒出了一幅美丽的画卷！

杆塔、银线、蓝天白云是我从小记忆中最美好的画面。从我能坐在老爸自行车横梁上，到我的孩子读了高中，老爸都常带我们到田野里看杆塔、看银线，讲他当年架线施工的有趣故事。

收回目光，我一边清理老爸坟边的草一边不由得念叨起来：爸，转眼您走了十年了，您生前经常和我念叨的500千伏变电站，现如今咱们县境内也有了，不远处的铁塔线路就是它的出线。您一直关注的特高压，途经咱们这儿了；还有啊，您二十多年前跑遍各个村街开展的低压改造工程，就在去年，配电网工程又进行了全面优化！这十年，大城电力真是有了翻天覆地的变化。

老爸，还有让您更高兴的事儿。您还记得吗？您和我说过，有一天咱们也会实现无人机巡线。真的让您说中了，今年上半年咱们的线路上就开始了无人机巡线。还有啊，前几天我去权村采访了，咱们县第二座220千伏变电站就要建成啦！您的学生小郝，现在被国家电网公司聘任为了讲师，经常去各地进行培训……

和老爸念叨着，我的思绪飘转到了童年。那会儿，农村家家户户还都在使用煤油灯和蜡烛照明。爸爸每天早出晚归，披着星星走顶着月亮回，我常常见不到他，就埋怨他不是个好爸爸。后来，我想了个好办法，每到晚上多困也不睡觉，一定要等他回来。

那年冬天，爸爸每天回来头发都被安全帽压得贴在头上，嘴唇干裂，黑黑的脸上蒙着一层土。一进门顾不上脱掉满是油污和锈渍的大棉猴，就举起我“飞飞机”，大手架在我腋下，高高举起，左右摆动，嘴里发出“呜呜”的声音，我咯咯的笑声充满小小的房间。而后，他草草地洗把脸，躺到床上胳膊垂直扬起，我便默契地扶着他的手站到他肚子上。爸爸的大手握紧我的小手，帮我平衡身体，每次我都会喊：“爸爸的手上有刺!”爸爸便松开我的手，让我握住他的大拇指。我光着脚在爸爸的肚子上踩啊踩，不一会儿就会听到响亮的屁声，有时候还会一连听到几个，我叫它连环炮。每次爸爸都会满意地笑着说：“我闺女就是我的御用理疗师，把爸爸从野地里带回来的凉气都赶跑了!”而后，他翻个身趴在床上，我就扶着墙给他踩后背，左肩膀、右肩膀……常常是我踩背的瘾还没过，爸爸的呼噜声就开始了。

有一次早上，我被爸爸妈妈的说话声吵醒了。“天天强度这么大的体力劳动，铁打的也熬不住啊，咱就歇一天吧 !”妈妈说。“那可不行，今天有十几基杆子的线路要架，挖坑、运杆、架线……十几道工序又没有机器辅助，哪儿都得用人，少去一个人工程进度就减慢。再说了，我是工作负责人，临时换人也来不及了，吃粒退烧药就行!”爸爸说着穿好衣服就走了。那天，爸爸回来后没有举我“飞飞机”，一头就栽在了床上，妈妈叫来了赤脚医生，给爸爸打了针。可第二天，爸爸依然在我睡醒前就出发了。

那几年，老爸拿回来过一些他在杆塔上干活儿、指挥大家拉电线、蹚着水抬杆塔的照片，我特别喜欢老爸指挥大家拉电线的照片，像个威风凛凛的指挥官。

后来，爸爸不再早出晚归，我踩背的工作也随之结束了。听妈妈说全县实现了村村通电，老爸除了是电力服务站站长，还兼职当“老师”，负责培训全县维护百姓日常用电的农电工。

再后来，爸爸又投入到了低压改造工程中，负责现场勘查和施工设计，早出晚归的日子又来了。这次更忙，每天白天现场测量，晚上回到家还要绘出当天的图纸，常常挑灯夜战到一两点，第二天清晨就又出发了。一年半的时间，他跑遍了全县所有的村街，绘制了3000余张图纸。

有一天，老爸的老同事——时任供电局局长说要请他吃饭。老爸应邀赴宴，一进门就蒙了——局领导班子成员全部到场，而且把他让到了主位。“老马，今天我是带领全体班子成员请你吃顿饭，拜托你件事儿！”原来，领导们看到单位技术人员青黄不接的现状，便想让老爸做单位的培训师，负责教授配电施工技术。“各位局长，谢谢大家瞧得起我，这事儿我愿意干，一定把我所有的技术毫无保留地教给年轻人！”把自己的技术传授给年轻人，这是老爸的愿望。

爸爸每年负责为供电所人员培训两次，还带了七届新职工的入职培训。退休后，有时供电所单独邀请他去培训，他总是戴上老花镜认认真真地备课，写教案，骑上他的自行车去讲课。我们说他太认真了，就是给基层人员讲个课，至于如此较真吗？他总是脸一板，说：“做事儿就得认真，不同的人听课就得有不同的内容和讲解方法，哪能随便说说呢？”

每当他的学生技术比武获得了名次或由于业绩突出提职了，他都高兴得像自己得了奖，连连说：“不错，不错，这孩子是个可塑之才！”

我印象最深的一件事，是在老爸癌症病重已经不能进食、不能语言表达的那段时间。我遇到一个同学，一见面就惊呼：“哎呀，这些年我在村里都因为能和咱老爷子拉上关系而感到自豪。低压改造时，咱家老爷子在村里整整转了三天，测量、走访……3000多口人的大村子，他把每个角落都走到了。还别说，咱家老爷子不愧是老电业人，低压改造20年过去了，线路设施依然能够满足人们用电需求！至今我们村里好多人都还记得供电局的老马……”

当听到我转述同学的话时，老爸的眼睛一亮，微笑着点头，拿起纸和笔写道："那个村子的设计，我自己也特别满意，老百姓的口碑就是对我工作的肯定。当了一辈子电力人，真想亲眼看到更多的电力变化！"爸爸写完看向我，眼睛里充满了遗憾和期待，我强忍着打转的眼泪说："爸！别忘了您闺女在单位是负责新闻宣传的，电力发展的事儿都了解，到时候一定和您念叨念叨！"

我们县地处河北省中部，廊坊市最南端。老爸是土生土长的大城人，一名普普通通的电力工人，如一头任劳任怨的老黄牛，为大城电力发展默默耕耘了一辈子，他骨子里透出的是对电力刻骨铭心的热爱，他牵挂着他热爱的这片土地，更牵挂他热爱的电力事业。

我作为老爸知心的女儿，最懂老爸一生所爱，所以，每次去为老人上坟，总忘不了和老人念叨电力上的事儿，了却老人的牵挂。也步入了电力行业的我，在岗位上像他一样尽心尽力，为电力事业的发展贡献一份力量。

（作者系国网冀北电力有限公司大城县供电分公司职工）

补浪河之魂

张成蹊

初次见到陈小泉班长，是在2023年12月初我刚来榆林的一天晚上，我们部门的李希班长为我接风，陈班长就坐在我的左手边。边吃边聊，和大家渐渐熟悉了起来，陈班长和我同年出生，比我大两个月，也是2016年入职的，现如今在配电运检班担任班长，负责着公司10千伏线路的运维抢修工作。

席间陈班长接了一个电话，应该是班组值班人员打来的，陈小泉不慌不忙地分析解答着问题，条理清晰、思维明确，让我不觉暗暗佩服起来。打完电话，他有些心神不宁，我觉察到异样，在得知他不放心新入职的大学生处理线路故障后，便忙让他回办公室远程协助抢修现场，他走之前还连连向我致歉，反倒弄得我很不好意思。

榆林的冬天很冷，最低温度在零下二三十摄氏度，一场大雪接替着一场大雪。周末休息时，我裹上厚厚的羽绒服，穿着特意添置的雪地靴才敢出门觅食，走在路上呲溜呲溜的，有几次都差点滑倒。出门半小时，手脚和耳朵就会被冻得失去知觉，幸好整个冬天的电力供应很稳定，我住的地方一整个冬天都没有停过电，否则靠空调取暖的我在停电时只能捂在被窝里瑟瑟发抖了。

第二次见到陈小泉班长，是在我们供服中心的调度大厅里。至于为何上班一周多才第二次见到，那是因为配电运检班最近安排了巡视任务，他们每天都外出巡线以保证电力的稳定供应。

那天下午 5 点 40 分，系统提示 114 三产线天三支线 001 号杆开关发生故障跳闸，我前脚刚进调度指挥室，陈班长后脚就跟了进来，他穿着全身工作服和绝缘鞋，脸和耳朵冻得通红，应该是刚巡视完线路回来。

不一会儿，我们调度室就挤满了人，查告警信息的、录停电信息的、通知高压用户的、发布微服务信息的、确定停电范围的，我身边的这群年轻人在这一瞬间好像被一种精神凝聚在了一起，随着陈班长冒着风雪毅然乘车前往故障点处理故障，我仿佛看到了那种精神的源头。他们勇于担当、无私奉献，团结起来共同面对困难，只为尽快为人民群众恢复电力供应。

过了几天，我约陈班长下班出来坐坐，因为我们俩都从事过配电自动化方面的工作，便在专业上聊了很久。

“听说你之前在办公室干了两年多，怎么当时不留在办公室呢?”我犹豫了一下，还是问了出来。

“我刚入职就在配电运检班工作，毫不夸张地说，咱们科创公司没有谁比我更熟悉咱们辖区内的高压线路了。”他说着，眼神中充满了自豪，“我自己更喜欢跟设备打交道，现在咱们公司不是在鼓励大学生扎根一线嘛。”

“可是办公室工作不用日晒雨淋啊。”我半开玩笑地说道。

“每份工作都得有人去做嘛，何况我可能比别人更适合这个岗位。”陈班长跟我碰了碰杯，“我刚上班时师傅曾教导我，只有努力向下扎根，才能不断向上生长。”

我细细品着他的这句话，一时间有些恍惚，仿佛置身于一片沙漠之中，眼前的陈班长就像是一棵沙蒿草，将根系牢牢扎在沙漠的深处，一边汲取着养分一边茁壮成长着。他以小小的身躯抵抗着风沙的来袭，并将花粉四散传播开来，将一种精神扩散开去。

“你知道吗？现在咱们脚下的地方以前可都是沙漠，经过了多少治沙人的努力，才有了榆林的开发区。”

我点点头，说：“这个之前听说过，咱们当时电网人的电力建设也功不可没。”

“是啊，现代化城市需要稳定的电力供应。你要想知道这几十年榆林的电网建设历史，也许可以去和中心供电所的所长郑登旺聊聊。”

到这边开始帮扶工作的第二周，我前往中心供电所调研，但那天郑所长并没有在供电所里，说是去处理一个抢修工作。

“对了，我看过治沙的故事，这边是不是之前有个补浪河女子民兵治沙连？”

“有啊，我就是补浪河人。”陈班长的语气中充满了骄傲，“等哪个周末有时间了，我带你去那边参观参观，看看咱们这边的治沙成效。”

冬天过去，春天到来，我以为会三番五次经历沙尘天气，但我发现我想错了，这边的沙尘天气竟屈指可数，且空气质量优于西安，抬头就是蓝天白云，看来治沙成效还是非常显著的。

春天，我嘴馋了，想吃新鲜草莓，打听到酸梨海则村有大棚草莓，便欣然前往，亲自采摘完，称斤结账时和老板聊了两句，得知我是供电公司员工后，老板问我：“认不认得郑登旺？”

“认得啊。”我点点头，“他是我们中心供电所的所长。”

“草莓给你一斤再优惠两块钱。”

“为什么啊？”我有些好奇，“您和郑所长是好朋友？”

“我和你们郑所长关系可好了。当年我们村里缺水缺电，要不是供电公司给我们架设线路安装变压器让我们能抽水浇地，我们村的经济哪能发展起来？”老板向远处指了指，接着说，“有了电才能抽水，有了水我们就愿意开荒种地、愿意搞大棚农业，你看看我们现在的村民，家家户户住新房，都买了小汽车，要说最感谢的，还是郑登旺，他当时就管着我们这片区域的用电，谁家用电有啥问题了，一个电话打过去，很快就给你解决了，我们村里人都叫他‘光明使者’呢。”

回去的路上，我一边看着手边的草莓，一边思索着郑登旺是如何做到让人民群众都认可的呢？回到房间，我越发对这个人好奇起来，便在网上搜索他的相关资料，意外地发现了一个名为《夙愿》的纪录片。

《夙愿》以郑登旺为主角，讲述一名基层电工的平凡梦想。郑登旺从小就想当一名电工，有了电，就不用在煤油灯下读书，村子里就会有学校和医院，他爷爷的病也许就能治好。正是从小的这个梦想，让郑登旺几十年如一日扎根一线，践行着人民电业为人民的企业宗旨。

今年 5 月，公司安排开展一台区一终端“一收双发”的替代工作，我也逐供电所、逐台区前往现场处理问题，当时给中心供电所的任务是一周内必须完成，我一开始还有些担心，因为中心供电所有一百多个台区，相当于一天要替换二十多台。但郑所长就很有信心，对我说他们保证完成任务。

工作开始的第一天下午 5 点多，我们从现场回到供电所里讨论些技术问题，我以为今天的工作应该就结束了，谁知他们歇了歇，几个小组的工作人员又都穿好工作服拿起工具向外走去。

“郑所长安排过了，这几天加班，赶周五前务必完成任务。”见我有些疑惑，赵磊副所长向我解释着。

“那吃了下午饭再出去吧？”

“这会儿不耽误时间了，趁着天还亮着多去替换几台，等天黑了再吃饭。”赵副所长朝我摆摆手，然后自己上了车，“你这会儿就不用去现场了，去看看今天系统上遇到的问题，看有没有啥解决办法。”

我点点头，目送着几辆车都出发了，才回到办公室，处理完系统问题出来刚好碰到了郑所长。

“您还没下班呢？”我笑着问道。

“他们没回来我就在办公室不走。”郑所长也笑着回答，“忙完了吧？走，到我办公室喝茶。”

趁着郑所长烧水的工夫，我走到他办公室的柜子前，看到了满满的荣誉证书，随手翻看了一些，又看了看挂在墙上的几面锦旗，突然想到了什么，对郑所长说："去年冬天电网故障，陈班长带着人处理故障时，我就感觉到了一种精神，今天在您这里，我的感受越发浓烈了。"

"什么精神？"郑所长将茶杯放在我的面前。

"扎根一线，忠诚担当，追求卓越，勇攀高峰。嗯，其实我也不是很会表达这种精神，这么说吧，感觉你们就像是在沙漠中抵御风沙的绿植一样，把根牢牢扎在了公司的基层一线，守护着电网的稳定运行，为人民群众带来光明。"

郑所长笑了笑，胸前的党员徽章闪闪发光："我是补浪河人，如果有的话，我宁愿把这种精神称为补浪河精神。我不仅对自己严格要求，还要求我们所里的所有员工都要有责任意识，学精业务、练熟技能，将我们的电网建设得越来越坚强，将我们的祖国建设得越来越富强。"

工作在规定时限内高效完成了，我周末抽出时间，专程前往补浪河，想看看影响着郑所长和陈班长不断奋进的那种精神的源头。

1974 年 5 月，补浪河公社 54 名姑娘在党的号召下，逆着风沙、扛着红旗毅然走向沙漠深处，将治沙连的旗帜牢牢插在了大漠深处，以毛乌素沙漠为战场，经过一代代人的努力，给 14000 多亩沙地披上了绿装。她们书写了奇迹，铸就了对党忠诚、服务于民、自力更生、艰苦创业、乐观向上、无私奉献、勇于担当、持之以恒的精神，并影响着一代代的人。

回去的路上，我想起鲁迅先生的一句话：唯有民魂是值得宝贵的，唯有他发扬起来，中国才有真进步。

是啊，民族精神就是一个民族的魂，为了中华民族伟大复兴，我们这一代电网人要有爱国之情，要有兴企之志，不断创新创造、勇攀高峰，发扬属于我们自己的电网精神，建设让党和人民群众满意的坚强电网。

（作者系国网陕西省电力公司铜川市印台王益区
供电分公司职工）

月亮湾的清辉

李角向　傅玉丽

如同一块蔚蓝的画板，上面盛开着朵朵白色的花儿，七月的天空，蓝得透亮、白得晶莹。

阳光下，放眼望去特别澄澈明亮，让人视线悠远、心情清朗。

位于江西北部的石门村，绿色的田野中，其徽派的白墙黛瓦，与其他村子似乎区别不大，可开往村子方向的车辆却一直不断。

烈日下，村民、讲解员俞旺金没有停过脚步和嘴巴，他神采奕奕、自豪地向一拨又一拨来客介绍着自己的村子。

“我们村2000年之后，真是大变样。这不仅是天上鸟儿带来的，还有地上电力员工的支持……”

俞旺金60多岁了，脸上闪耀着太阳色，一开口露着整齐的牙齿，笑得十分爽朗。

石门村位于婺源秋口镇，面积仅2平方千米。县城星江河流过村边时，自然冲刷出一块月牙形的沙洲，将村子一分为二，村民们便同时拥有了村子和月亮湾两块区域，一直以种茶种菜种地为生。

世界上仅存的珍稀鸟类——蓝冠噪鹛原来在河流上游村子生活，因为发洪水，冲毁部分森林，鸟儿竟然飞到了石门村里和月亮湾森林之中。

这远方来的客人，可非同一般。它们不仅玲珑美丽，而且在世界上也仅存250只左右，都在石门村，这可成了一大新闻。

就在人们还陶醉在新闻之中时，国网婺源县供电公司第一时间行动起来。

婺源县山多地少，动植物种类繁多，其中鸟类更多。婺源森林鸟类国家级自然保护区是江西省唯一的鸟类保护区。一直重视生态保护的供电公司认识到，县域内三大鸟儿之一就有蓝冠噪鹛，其为鸟类中的大熊猫、国家一级保护动物，也为世界最濒危的雀形目鸟类之一，研究价值极高。他们立即要求负责石门村供用电管理的秋口供电所建立爱鸟服务队，由副所长杜雪飞担任队长，共产党员和青年骨干作为队员，将爱鸟服务队与所共产党员服务队，两块牌子一套人马统一进行管理。

每次召开安全会，服务队员就会问石门村客户经理、爱鸟服务队队员吴顺祥："这几天你看到蓝冠噪鹛了吗?"

鸟儿成了电力员工心中的牵挂。

得知这种可爱的精灵如此珍贵，供电所所长詹志华心中更是涌上一股柔情和责任感。为了更有说服力，他要求服务队队员找资料，查网络，专门学习、研究鸟的特点和习性，队员们个个说起来都头头是道。

爱鸟服务队队长杜雪飞，以前曾碰到过与他争执的村民。

鸟儿进了村，自然就有了保护红线，不能过河，不能随意建房扩地。

村民不理解："为了这鸟，怎么什么也不能动啊？真痴，这鸟有什么好看的?"

杜雪飞并不恼，反而微笑着跟村民一一讲解这种珍稀鸟儿的宝贵之处，告诉他们这种远方的客人非常挑剔，能到村里，证明村子和月亮湾的水好，森林植被好。眼下珍惜好，利用好，村子以后自然会有好日子。要让远方的来客住得干净、舒适、安全，这是每个人的责任。

每次，除了到村里检修线路设备、捡拾垃圾、清理环境，爱鸟护鸟宣传也成了供电员工的日常工作。新进大学生朱春涛，到了供电所后，参加这类活动特别积极，工作两年多，业务能力提高了，还成了半个鸟类专家。

爱鸟，就要帮助鸟儿更好地生存，保护好石门村生态。

为此，供电公司在建设新农村、打造秀美乡村之时，主动将石门村鸟类保护列为重点。2019年，石门村被选为县里十个“高品质示范建设村”之后，县供电公司和秋口供电所更是提高站位，要求围绕鸟类保护，在人与自然相处中，演奏好供电用管理、电网建设的和谐之曲。

鸟儿在石门村、月亮湾的田野、森林中啁啾，蓝冠噪鹛的身影时而闪现。

秋口供电所原先投入资金，为该村进行线路改造，还是以架空线路为主，不时地做好砍青、清理等工作，时常担心鸟儿与设备之间出现问题。随着电网升级改造的步伐加快，他们特别想到蓝冠噪鹛，围着鸟儿动起了脑子。

去年9月，公司进行电网升级改造，投资200多万元专门对石门村进行建设。

地线入地，美观漂亮。时值暑气未消的秋老虎发威时节，当时要求一个月内，完成村里所有线路的入地工作。

因工作既涉及空中的线路，也涉及地下的开挖，一些村民不愿意在自己墙上打表或门前开挖。

那一个月里，秋口供电所分成三个班，一班两人，每天早上六点就上门，进到村民家里，一户户做好解释工作。告诉他们，现在一时的不便，是为了今后更大的方便，也是为了村子整体的美丽。只有村子美了，才能留住鸟儿，不仅留下蓝冠噪鹛，还能留下远方的客人。

那时候，做好一户，所里马上派出施工人员进行施工，没有做通工作的，暂时绕过，待施工完毕再回头来做工作，协调与施工同时进行，常常从白天干到晚上。

县供电公司为支持石门村改造，还组织了一支30多人的技术力量，进驻现场，帮助施工。看到这些供电员工汗流浃背，从早忙到晚，经常夜里十二点还在工作，村民们被打动了，再一想，确实是为村子长远打算，慢慢主动配合起来。

因为蓝冠噪鹛主要居住在月亮湾森林里，供电公司参与设计线路时，一切以保护这些天上精灵为重点，主动绕开森林保护区，宁可多花钱，也从外围将线路沿河入地，多增加了约 3 千米线路。除了将所有线路入地外，他们还将高速公路至村口 1 千米路上的电杆也全部入了地，总共拆除了 320 多根电杆。

同时，新建了一条线路，增加了一台变压器，将一台 100 千伏的变压器增到 400 千伏，使低压线路进行了绝缘化处理，10 千伏线路超过 7000 米。

“我们的变压器也可以变得漂亮起来。”

供电所员工不仅将柱上变压器全部改为了箱式变压器，更有创意的是，他们把箱式变压器外观改成一个书柜的样子，上下三层，画上书籍图案，此画面与村中家家户户的朱子微家训仿若成为一体，充满文气。供电所员工还对表箱做了双层美化，在表箱外套上木质箱子，再画成鸟笼样子。因为蓝冠噪鹛幼鸟学飞时，喜欢在竹子上站立，村边的竹林便成了它们试飞的天堂。他们受到启发，又将边上的电线杆套画成竹子模样，如同竹林里的鸟笼。

人们在村里不仅看不到线路，也看不到箱式变压器、表箱。相反，更多看到的是院墙上的绘画。与院墙贴合的花草树木等的绘画，非常自然、清新，仿佛就长在那儿，不注意还看不出。虽然村子小，也不能拓展空间，可细微之处精雕细刻，电力走在了前面。

蓝冠噪鹛的家美了，村子变得玲珑现代了。为了帮助村民发展，供电所特事特办，对所有来增容、办电的村民给予优先办理，一般 3 个工作日便完成工作。

再看到有客源、有充足的电力，村民放心地开民宿、建餐厅。村里不少在浙江、福建、深圳等地工作的年轻人，都回来投资开办民宿。好几家还安装上了电梯，有一家原来年电量只用 2000 多千瓦·时，现在高峰时达到了 5000 多千瓦·时。

村里100多户村民，原来仅2户民宿，现在发展到了50多户。截至目前，已有30余户办理了用电增容。去年用电量激增，达到31.98万千瓦·时。

对于秋田供电所员工来说，蓝冠噪鹛这精灵就如同他们的孩子，时时牵扯着他们的心。爱鸟服务队每次到村里，都会带上用电宣传卡和爱鸟宣传单，发放给村民和游客。

远方的客人——蓝冠噪鹛留下来了，远方的客人——游客留了下来。

村民们做梦也没想到，习近平总书记去年金秋也来到了村里，还特别嘱咐道，优美的自然环境本身就是乡村振兴的优质资源，要走好生态发展和乡村振兴之路。

表箱变鸟笼，箱变变书柜，线多绕道，全看不见，只有清洁的石板路，玲珑美丽的村子，还有四处可见的爱鸟护鸟气息。“不是我介绍，一般人都没注意到，连南昌的客人，看村里电线入地，都羡慕地说，我们那里还没有做到呢。”

俞旺金眼里闪现着喜悦之色。在他看来，生态建设是多向的，石门村所有线路入地，用电不愁，随时保障，服务优质，离不了供电员工的默默付出。

供电员工工作不喧哗、不张扬，却如月亮，静谧地照射着石门村和月亮湾。

无声又无息，却深情地洒下了清辉一片又一片。

（作者李角向系国网江西省电力有限公司婺源县供电公司职工，
傅玉丽系国网江西省电力有限公司景德镇供电公司职工）

新时代的新变化

刘嘉霖

“什么？我还堵在路上，我的外卖先到了”

古时候，寄一份书信要“往来一万三千里，书回已是明年事”。这样的辛酸体验在如今的我们看来只是书本上短短的两行字。现在，在我国强大的现代化物流体系的支撑下，物流速度令人叹为观止。大件物品今天下单，明天便能送达；小件物品如外卖，电摩二十分钟就送上门来……老百姓的生活越来越方便自在。

十年前，远在他乡的游子回家之时，一般要提前半个多月把自己的行李或准备的礼物邮寄回去，估摸着人和货物能同时到达。现如今，即使回家前一天再打包邮寄，时间也绰绰有余，说不定货物还能比远归的游子先进家门。更有人玩笑说，自己下了飞机点个外卖，人还在高速路上堵着呢，外卖却已经到家门口了。

十年以来，现代物流体系建设有了新的突破，利国惠民，成效显著。随着电力、互联网、大数据、人工智能和区块链技术的发展，与之结合的快递业务更如虎添翼，势不可挡。数据显示，2024 年上半年，我国快递业务量累计完成 801.6 亿件。或许我们对这样的天文数字并没有直观的感觉，但手机里收到的一条条取件码，却让我们切实感受到了飞速发展的物流给我们的生活带来的便利。

“感觉四季都变慢了”

十年前的夜晚，拿着心爱的键盘手机看网络论坛，屏幕右上角显示一个小小的“E”，每一个网页都要加载好一会儿。趁着网页加载的间隙，回复一条短信，暗暗算着不要超过70个字……这样的时光，对于当时的我们而言是“幸福的夜晚”，而现在的我们若再经历，怕是只会疯狂吐槽“网速太慢了吧”！

又慢又贵，是网络曾经的标签。电力提高了人们生活水平，加速了互联网络。十年来，电力支撑我国信息基础建设高速发展，网络“噌噌提速”；同时国家政策大力支持，相继取消了手机长途漫游费和流量漫游费，上网费用“唰唰下降”……老百姓的“网络生活”，正在变得便宜又快捷。

十年时光，互联网的发展突飞猛进。从2G、3G，再到4G，不经意间，5G都已经融入了我们的日常生活。远在千里之外的游子，拨出一个视频电话，父母慈祥的笑容就立刻出现在手机屏幕上，嘘寒问暖，互诉相思。天涯若比邻，真是现实的写照。网上购物、远程办公……已成为大家工作生活的常态。

户户通电使得我国“村村通宽带，县县通5G”得以实现，这样历史性的成就夯实了数字中国的基石，我们正驰骋在信息高速路上。我们切实体会到，每个人都是国家发展的受益人，都在享受着时代进步的红利。

一“码”当先

十年前出门最怕兜里没钱，现如今出门最怕手机没电。电，成为手机的必需。

付款码扫一扫，健康码扫一扫……据估计，我国现在每年可以用掉上万亿个二维码。十年前和人见面寒暄经常问“吃了吗”，而如今结交新朋友总会说：“你扫我还是我扫你？”

曾经，一个厚厚的钱包是生活必备。出行要有公交卡，看病要带医保卡，去市场买菜要备零钱，下馆子要带几张大钞，出门购物怕现金不够还得准备两张银行卡。钱包鼓鼓的，一厚摞卡虽然会显得非常“有钱”，却着实不太方便。现在出门，“手机在手天下我有”，一个二维码能就完成整个钱包的任务。

厚厚的钱包变成了薄薄的手机，生活方式便捷化是人们有目共睹的，而方便的背后是我国这些年大力实施的创新驱动发展战略。这十年，我们在创新发展的路上大步流星，创新成绩硕果累累，而以“二维码”为首的移动支付已经成为新时代的“中国名片”。

创新是引领发展的第一动力。近年来，我国把创新摆在国家发展全局的核心位置。不少外国旅客谈到来中国旅游的最大感受，大都是“我还在掏卡而中国人已经扫码走人了”。在创新驱动的竞赛中，中国正在跑出加速度，在全球的移动支付行列一“码”当先，遥遥领先。

拿出手机扫一扫，创新的发展支撑着生活的便捷。

千里江陵“半”日还

“这次旅行别坐高铁了，体验一下绿皮火车吧，想试试坐几十个小时的火车是什么感觉。”

“啊？这趟线基本全是高铁，没有绿皮火车了。”

这样的对话，放在十多年前是无法理解的。

随着中国铁路的发展，绿皮火车逐渐淡出舞台中央，让位给了发展正盛的高铁列车。曾经的绿皮火车，停站时间能让睡眼惺忪的旅客们去站台买一袋烧饼。现在的高铁列车，车还未停，广播就一遍遍提醒乘客：中间站列车停车时间较短，不要在站台停留，以免耽误您的行程……

电，赋能经济社会发展，电是高铁的必需动力。从2012年的不到

1万千米，到2023年年底达到4.5万千米，我国高铁营业里程飞速增长。从“四纵四横”到“八纵八横”，铁路发展日新月异。速度快了，路线多了，人民的出行多了方便，少了顾虑。

这几年，拉萨至林芝的高铁，丽江至香格里拉、福州至厦门的跨海高铁等相继开通运营，“复兴号”实现了对全国的全覆盖。“基建狂魔”向世界展示着中国力量，老百姓坐在飞驰的高铁上，饱览祖国山河。“坐着高铁看中国”，来一场说走就走的旅行，梦想成真。

这十多年，高铁的发展只是一个缩影，让我们看到了中国从“跟跑”到“领跑”的历程。现如今，高铁作为我国自主创新的一个成功范例，是响当当的“中国名片”。复兴号奔跑不停，“流动的中国”一片生机勃勃。“千里江陵一日还”已然太慢，我们只争朝夕。

“你这背景是假的吧”

“电视上总说空气污染红色预警，怎么改善这个红色预警?”“不看电视。”几年前的网络段子让人充满了无奈。

曾经，雾霾天是常态，一座座城市变成了“雾都”；河里漂满了垃圾袋、塑料瓶，水里散发着奇怪的味道；山里的动物因为生存环境恶化而大量减少，山林遭到砍伐，水土流失，生态失衡……

或许是曾经“小河变成臭水沟”“山涧变成垃圾场”的诸多案例给大家的心灵造成了极大的伤害，以至于现在每当有人在社交媒体上晒出自己家乡绿水青山的美景时，都会有人半信半疑地问道：“你这背景是假的吧?”

清洁电力赋能生态文明。十年来，全力打好蓝天、碧水、净土三大保卫战，硬把蓝天给“抠”回来了。环境治理，我们是见证者，也是受益人。

而现在，空气质量的大幅改善让我们可以对过往的辛酸一笑置之。新鲜的空气是无价的，呼吸过雾霾才更觉空气清新的宝贵。空气滋养生命，每个人都能切实感受到这十年来空气质量的变化，大家真的明白了为什么

"绿水青山就是金山银山"。

谁不希望自己的家乡山清水秀？谁不希望看到的景色是碧海蓝天？老百姓目有所见、身有所感，获得感、幸福感不言而喻。蓝天白云又变成了生活的常态，落日晚霞时不时以其惊艳的美刷屏朋友圈。坐在屋里能眺望窗外远山，站在高山之巅能体会一碧万顷。天朗气清、惠风和畅，让人心旷神怡，喜气洋洋。

青山不墨千秋画，绿水无弦万古琴。人不负青山，青山定不负人。

用之而不觉的电

每每驾车行驶在高速公路，极目远眺但见远山青苍。向山顶望去，或许还能亲切又欢喜地喊一声"看，风力发电"！驰骋向前，与公路并驾齐驱一同曼延向远方的，是高耸铁塔担起的一条条输电线路。动与静相映成趣，现代文明与自然文明和谐共生。

总忍不住天马行空去想，输电线路勾勒出的这流动的画卷，源头是新疆、青海，抑或四川、宁夏？不知它从何处来，却知它一路翻山越岭，为千家万户送去光明。

中国特高压输电技术从无到有，自强不息，近十年的快速发展已然领先世界，成为中国的一张金色名片。据报道，我国目前已经有直流和交流特高压线路 30 多条，宛如蛟龙，国之重器。上海、江苏、浙江、山东等沿海经济发达省市的域外来电占比均已超过三分之一。新疆的风、四川的水、戈壁滩的光，跋山涉水，来到黄浦江边、西子湖畔、六朝古都，又摇身一变，点亮万家灯火。璀璨光影为新时代添上了格外亮眼的一笔。

"看似寻常最奇崛，成如容易却艰辛。"静水流深，小到家家户户柴米油盐的日日夜夜，大到全国瞩目的会议、赛事，电网的安全运行，背后流淌着的是电网人的智慧和创造，是保电人的心血和汗水。老人们有时讲起点火烧炭的曾经，也不忘欣慰地感慨一句"现在都用电了，真是方便啊”。我国快速发展的成就，体现在一条条奔向远方的输电线路上，也展现在老人们眼角皱纹的笑意里。

“国家电网，为美好生活充电，为美丽中国赋能。”这句话朴实、形象，也提醒着我们电网人肩上的责任和担当。用之不觉，失之难存，现代化大电网流淌着新时代发展的磅礴力量。

（作者系国网冀北电力有限公司技能培训中心职工）

抢险记

赵东海

1996年4月16日，我们供电区遭遇了一场几十年不见的覆冰天气，那是我头一次见识什么叫“覆冰”。当时已经4月中旬，东北的春天虽然晚，可是毕竟将近五一，再冷，也不像寒冬腊月那样刮鼻子刮脸儿了。空气中总有那么一丝不易觉察的湿润和清甜，让人觉得春天已经来了，只是藏在什么地方。可能就是这丝丝湿润坏事了，那天临近中午，阴沉了一早上的天突然下起了雪。刚开始雪没等落到地上就化了，后来化着化着就在积水的泥潭上堆积成了冰碴，到了晚上，气温骤降，雪也不化了，积得厚了起来。树上，房上，停在小区的车上全穿上一层厚厚的绒装。站在楼上看，天地洁白，银装素裹，真漂亮。这样的雪断断续续下了一宿，第二天仍然没停，天气却并不十分寒冷。粘在树枝上的树挂也更粗壮了，并且逐渐联结成片，有些松树不堪冰雪的积压，整枝折断，电线杆也变得如啤酒瓶子一般粗，两根杆子之间的电线弧度越抻越大，让人担心会随时坠落下来。这时候如果来场大风可能会好些，挂在电线上的雪就会被摇落，可是偏偏大雪无言，风丝不动。临近傍晚，各乡镇供电区接连传来事故汇报，这里短路跳闸，那里倒杆、断线，大面积停电一处接着一处。后来，听说大线路竟然也有倒塔的了。这就是覆冰现象吗？在有些人眼里它不就是自然界的一幅美景吗，可在我们电力行业，它就是一场灾难啊。

那时候我年轻，少年不识愁滋味。灾情发生后，公司组织了三个抢险队伍，分赴灾情严重的三大供电区。我被编到其中的一支队伍，跟着开赴救灾现场。说实话，当时紧张之余还有些按捺不住的好奇和兴奋，觉得有那么点探险的意思。车子轧在厚厚的冰雪上咯吱吱响，看不清路面，只有深深的车辙，前车的车轮扬起沸腾的雪末，就像下冰雹。道路两边的大地全被雪覆盖，村庄只剩下高低错落的白色山丘，喜鹊从一棵杨树飞到另一棵杨树，蹬落一层层雪线，炊烟袅袅从山丘上面垂直升起。如果没有故障停电灾害，这应该是多美的一幅画面啊！瑞雪丰年，不就是这个样子吗。世界根本没因为我们倒杆、断线、跳闸、停电而改变分毫，生活看起来是那么美。我不由得怀疑起那些美丽画面背后到底有着怎样不为人知的故事了。有些人的幸福，正是另一些人的灾难，而这些幸福的日子又是多少人战胜灾难换来的呢？看来这句话放在哪里都是合适的。

到了岭下现场，抢修队伍已经在那里集结待命。这个叫红石岭的村子受灾比较严重，高低压线路几乎全都瘫痪，高压线断线多，倒杆少；低压线路几乎没有几基幸免的，杆子倒在马路上、倒在人家的园子里，电线全折了，抻得到处都是，就像被哪个孩子捅破的蜘蛛网。村东头的变压器台被低压的倒杆给拽倒，变压器歪在一边，全靠地脚螺栓固定着没掉到地上。全村已经停电一夜，老百姓纷纷出来围着我们打探消息。我什么时候见过这阵仗啊，以前就知道坐在办公室里分析跳闸停电的原因，这下不用分析了，天公一抖擞，我们积攒多年的家底就像积木似的，散花了。这可真够刺激的。

我领到的任务是切断一切可能来电的电源，做好安全措施。这个工作听着责任重大，可是我暗自合计了一下，这种情况下还有可能来电的线路吗？但是我没敢吱声，大家各自都在领任务，时间紧迫，咱就别节外生枝了。我和当地的两名安全员带上工具出发了。他们俩都有摩托车，挺好，现在的路况，这个交通工具大概最合适不过了。但我们还是过于乐观了，路况远比我们想象的要糟。清晨雪就已经不下了，此刻晴空暖阳，温度上升，地面的积雪正加速融化，大路还好，只是泥泞。小路就完了，没有车经过的地方，看着平平整整，湿润又干净，可是我们的车轱辘一轧上去就坏了，就好像捅破了一层窗户纸，路面马上陷落，车胎陷进泥里，无法挣脱。原来，那些融化的冰雪全裹在地表以下并未干涸。摩托车开不多远就开不动了，轮子上是泥，车身也是泥，我们给甩开的泥浆糊成了泥人。干加油，车轮子只是原地打转，走不起来，憋得排气管子直冒浓烟，眼看快烧红了。只好把车熄了火，连推带拽整到树林子里扔下，然后扛着地线、脚扣子，以及大件、小件工具往大地里走。不能耽误时间啊，队伍等我们做好安全措施干活呢。我又不敢冒险谎称安全措施做好了，尽管我相信没有一处可能来电的线路是完好的。我们仨艰难跋涉在泥水和雪水搅拌的大地里，鞋窠里全是水，腿上全是泥，脚丫子早就被冰水拔麻木了，失去了知觉，一步重千斤，带动的好像根本不是自己的腿，是整片大地。还剩最后一个位置的时候，我好想就地躺下，从此不要再起来了。“实在走不动了，你们俩去吧”，这句话就在我嘴边含着，可是直到最后也没吐出来，也幸亏没说出口，否则不得让基层那两个家伙笑话我一辈子。现在回过头想想，有些事就是咬一咬牙的事，我们电力人叫它“最后一公里”，坚持一下，什么困难都会过去的。

后来我们这支救灾队伍被上级公司抽调到大线路上参与抢修，我想这和我们之前的工作表现是分不开的，也就是说和我的努力也是有点儿关系的。没有哪个单位会把一支作风不过硬的队伍放出去，谁不想把胭粉抹在脸上呢。其实大线路虽然看着灾情严重，倒塔、断线，但恢复起来反倒比较简单。因为受灾现场固定，任务单一，施工设备又齐全，安全措施也容易做。我们来自各个基层单位的抢修队伍在220千伏大线路上开展了一场大会战，就像打擂似的，互相比着干，同行们表面嘻嘻哈哈、不动声色，暗中较着劲，恨不得饭都拿到工作现场上吃。待到全线通电时，场地上每个人都很激动，我心里有股说不出的感动，为什么感动呢？不知道，可能就是为自己感动吧。一股自豪之情由心底生发，这份情只有在特定的场合才会出现。就好比我们在天安门广场看升旗，会不由自主地激情满怀。我为生命中有过这样的动情时刻而欣慰。它是一笔财富，不为外人所知。

2010年永吉发大水也被我赶上了。

“八一”建军节那天，吃过晚饭，我和爱人去市民广场散步。就在我和爱人沉浸在广场的节日氛围时，电话响了，单位通知我去永吉抗洪抢险。

这么突然，到底是什么情况，我应该带谁……前段时间我们这里也下了几场雨，不是很大，但连续阴天，却并未出现什么险情。我也断断续续听说了吉林那边的汛情，说是挺严重的，为此我们还特别加强了防汛力量，没想到，永吉那里竟然需要救援。

永吉也叫口前，地形为两山夹一个谷，就如一个大山从中劈开条口子，镇子沿山脚而建，两侧一字排开，中间一条大道，从来处来，往去处去。如此地形，山水下来那还得了吗？肯定是势不可挡，摧枯拉朽啊。难怪它的汛情如此严重了。气象部门报道，如此凶猛的洪水五十年不遇。我们就是要去这里的大山深处抢险吗？这对我来说压力可真太大了。我才来这个单位不足一年，人还没认全。我的全部施工经验也没有山地方面的，沼泽地的都少，就更别说水中了。组建完的队伍37人，三台车拉物料、工具和人，一台吊车，一台通勤车。能不能完成任务放一边先不说，能不能把他们安全带回来，我都没谱。当时的各种担忧，没有身在其中的人是无法理解的。那一刻我感到了肩上的责任是那么沉重，而其实它一直都很重，只是此刻凸显了出来。

出征动员会上，几十双目光齐刷刷地看着我，有期待、有兴奋、有崇拜、有信任，也有怀疑、有担心、有恐惧。那时我没有表现出丝毫犹疑，神情接近亢奋，信心满满，就像一个久经沙场的老将，气势肯定到位了。

一路上，救灾抢险的车辆呼啸着来，呼啸着过，路窄车多，谁也顾不上谁，只要你稍一犹豫就被挤出大流；等着吧，又能急死人。这回我是见识到了什么叫抢险，一个字，你得“抢”。

一队军车气势磅礴地从对面冲过来，我的车还好，小，容易躲，我们载物料的货车被挤掉了队，侧滑进路面的断裂带，轮胎陷进去不能动了。

儿人轮番上阵也没把它开出来，坑太陡，轮子给卡死了。军人出身的司机，和衣钻到泥水漫灌的车底下，去支千斤顶，车下空间太小，没一会儿人的头上、脸上、脖子上就糊满泥浆，更别说衣服裤子了，整个人和泥水混为一体，都看不清模样，只见一口白牙在一张一合地讲话，两只眼睛在眨呀眨。说实在的，他们那奋不顾身的劲儿，让我都有点始料不及。我忽然生出一股强大的信心，腰杆似乎被什么东西支了起来。抢险并没有那么可怕，有什么好怕的呢，我们有一群关键时刻冲得上去、顶得住的同志。

我们的驻地是五里河镇上的一个中学，这里还好，地势高，没进来洪水，学生宿舍容得下上百人入住。安顿好之后已经是凌晨三点多，天光已经蒙蒙亮了。第二天我们就得赶赴镇下面的一个山村，那里已经断电将近一个星期，手机信号不通，山路刚刚恢复通车。四点多，总部送料的车到了，是水泥杆和导线、变压器。这还睡什么觉。我叫起司机小洋和一个寝室的两个主任，带着吊车往现场赶，尽量送到位吧，干活的时候能快一点。走着走着，天已经大亮，山谷里的村庄灾情看着好像没有想象的那么严重，除了田园和庄稼地还泡在水里，房舍没事，道路也还算好。这让人长出了一口气，灾民好歹还有住的地方。这是一个河滩村，村子里几百家都建在河沿上，原来的浅滩此时已成大河，汪洋一波一浪地往岸边赶。水这东西真是厉害，它们有自己的路径，哪怕干涸了，那也是它们的大道，一旦水来的时候必会由此经过。所以建在河滩和半山坡的林蛙养殖基地、药材种植基地就惨了，首当其冲，灰飞烟灭。可怕的大自然，可敬的大自然呐！之后回忆时，我才思考这样的问题，假如不去破坏河道，在那开发什么养殖、种植，灾情是不是会轻点呢？

物料只能卸到大路边，往村里去的小路布满大大小小的山石，别说过车，行人都难。大车司机勉强把物料停摆在河滩上，说："辛苦你们明天自己往里拽吧，但是提前声明啊，拽折了可没有换的。"他的话让我心生警惕，我考虑到了物料的紧缺，倒不会不够用，但等不起，工期紧，恢复通电时间是死任务，这可耽误不得。回到驻地，我留了个心眼，叮嘱后勤大师傅带两个得力干将，就去总部物料场盯着，宁可错过回家做饭也不许错过领料。大师傅疑惑地问："领导，领料时总部会挨家通知的吧？""等通知黄花菜都凉了，去吧，料领不回来你就别回来。"事实证明我是多么地明智，后来不少单位因为抢料都打起来了，我们却从没因为缺料耽误过事。

山村供电线路的抢修是艰苦的，吊车进不去也就算了，水泥杆和导线也得靠人往里扛。于是，最原始的作业方式在河滩上上演了，我们就像一群纤夫，喊着号子在河滩上躬身爬行。不知道什么时候，山民们上来了，男女老少齐伸手，连小狗都围前围后地帮着喊号。有的老乡牵来了家里的骡、马和老牛、驴子，套上犁杖和爬犁帮着拖材料，这可帮了我们大忙了。我想那时谁要是有闲心，给河滩拍个照，一定是一幅经典的劳动场面，而且必将被历史珍藏。

中午一过，天开始飘起了小雨，毛毛细雨像针一样无孔不入，也不知道它们是一直悬在半空还是刚刚随乌云过境。草草吃过午饭，就回到工地。说是草草，其实在灾后的山村，这顿午饭已经十分奢侈了。老乡们把自己舍不得吃的茄子、豆角、黄瓜、大葱都给送来了，你捧一把，他拿一筐，这可是他们从小园的水里抢救出来的一点绿色蔬菜啊，而且能不能来电看起来还遥遥无期，我们心急如焚。小雨很快变成中雨，我们已经无暇顾及了。每个人都成了雨人，全身湿透，眼睛也习惯了雨幕。可是施工遇到了问题，好不容易立起来的水泥杆被雨浇得湿滑，脚扣子一蹬一出溜，上不去怎么架线？之前，挖杆坑就耗费了我们很大精力，好不容易掏好的杆坑不等立杆就"哗"的一下塌陷，只好再挖，挖到最后，一个坑里能并排躺下两个人。这又眼瞅着上不去杆子，我急中生智，脱下外衣包在杆上，踩着外衣上，一步一缓，大家见这个办法好，纷纷效仿，总算架起了电线。主线路恢复完，天色已晚，雨仍不见小。其间，总部领导来到现场视察，车上还下来一个老同志，我不认识这个老头是谁。临走，老同志附在我的耳边轻轻地说："小伙子，抢险紧要，生命更紧要，千万要注意安全，看雨势不对赶紧撤到安全地带。”

就在我们完工的前一天，当地供电所和镇政府给我们送来半扇猪肉。临近中秋节了，一则表示慰问，二来也是表达感谢。这让我们始料不及，想不到这次援手竟收获了这么多感动，这些天我们脸上流着的可不光是雨水。那天中午，我们着实奢侈了一把，猪肉炖排骨，闻着都杠杠香……

（作者系国网吉林省电力有限公司镇赉供电公司职工）

我，新疆电力

徐　婷

我，新疆电力。

我出生在一个大家族——电力家族，就如血液滋润着身体的每个部位一样，我驻扎在祖国的西北，赋能美丽新疆，建设美丽中国。

你知道吗？我所在的地方位于欧亚大陆的心脏，是“一带一路”的桥头堡，继承了古丝绸之路的衣钵，汇集了 15 个对外开放的口岸。

1879 年，上海公共租界点亮了第一盏电灯。1907 年，伊犁一名维吾尔族商人玉赛音·木沙巴也夫购置了 75 千瓦蒸汽发电机。1909 年，新疆乃至西北的第一盏灯点亮。

黑暗中，一盏盏灯忽然亮起，我紧随我的大家族，奔跑向中国的电力发展之路！虽然困难险阻，但我们没有停下；虽然经历战争，但我们没有放弃；虽然遇到失败，但我们从不言败！抓住命运的缆绳，永不服输，开始奔腾……

建国初期，百业待兴，苇湖梁电厂成为新疆第一座火电厂，也是乌鲁木齐市唯一的电厂，为确保当时社会经济发展、人民生活稳定发挥了不可替代的作用。

1955 年，新疆维吾尔自治区成立伊始，天山南北开始大规模地进行电力建设。

十一届三中全会以后，我信心百倍地听见了新疆电力工业全面发展的阵阵号角声。

1986年，以首府乌鲁木齐市为中心的新疆电网首个110千伏环网成功升级为220千伏。

2006年8月，我第一次实现110千伏电网全疆联网。

2007年9月，我待的地方“户户通电”工程告捷，2.6万户农牧民告别了无电时代。

2007年11月，我第一次实现220千伏电网全疆联网。

2008年6月，我向家族报捷报，第一个750千伏输变电工程（750千伏凤凰—乌鲁木齐北）建成投运。

2010年11月，全国第一条疆电外送通道（新疆与西北主电网联网750千伏交流）建成投运。

2014年1月，第一个特高压工程（哈密南—郑州 ±800千伏特高压直流输电）投运。

2019年，随着世界上电压等级最高、输送容量最大、输送距离最远、技术水平最先进的准东—皖南 ±1100千伏特高压直流输电工程建成投运，我挽起袖子奋力推动“疆电外送”发展。

……

我听着古丝绸之路的驼铃声，跟随着祖国七十五载风雨历程，穿越天山南北，走进新时代。如果你从高空俯瞰，你会看到一座座变电站点缀大地，一条条银线飞越高空，翻越连绵不断的天山，跨越浩瀚无垠的沙漠，将天山南北紧紧相连。

悄悄告诉你，截至2023年年底，我累计外送电量达到7408亿千瓦时，可供全国14亿人用230天，相当于就地转化标准煤22409万吨，我很自豪我支撑服务了全国电力保供大局。

你问我为什么这么能干？

那是因为我对这片土地爱得深沉！我有一支来自五湖四海，相聚天山南北，扎根边疆，自强不息，关键时刻拉得出、冲得上、打得赢的电力铁军。

你看，护卫大漠光明的电力胡杨艾合买提·托乎提正在沙漠线路中巡检……

雪橇上的供电所赛力别克·哈楞别克，正用雪橇代步，一次又一次地走进茫茫风雪，把光明播撒在深山雪原……

国门上的供电所所长王丛新，连续四年获得蒙古国科布多省官员颁发的蒙古国“特别贡献勋章”，他的手机号已成为“中蒙友谊之线”……

黄新民、顾世峰等一批国网工匠、创新达人，他们扎根一线，孜孜以求，自主创新，多次精准攻克一线生产难题，为新疆电力发展提供了技术保障……

征程万里风正劲，重任千钧再出发。未来，我要形成“内供七环网、外送六通道”的主网架格局，为新疆能源优势转换为经济优势提供更强大的动能，我还要争当西北区域“一体四翼”高质量发展“排头兵”，奋力谱写高质量发展新篇章，更好服务中国式现代化新疆实践。

这就是我的故事。

［作者系中共国网新疆电力有限公司委员会党校
（国网新疆电力有限公司培训中心）职工］

铃兰的幸福

郭　莉

铃兰走路带风。

铃兰总是神采奕奕，每当看到花团锦簇扑面而来，我不用问，一定是她。她有一副天生的好嗓子，特别有辨识度，人群中老远就能听到她银铃般的笑声。今天也不例外，我去找她盖章，刚走进楼道，就听见走廊尽头的办公室里传来声音，是她在打电话。

“上次跟你们主任解释过了，我再说一遍啊，只有父母双方都没有城镇保险的才符合直系亲属供养条件。”估计是对方没听明白，她又耐心地举例说明，“这个跟家里有钱没钱没关系，比如个体户虽然有钱，但是没保险，只要当地社保中心开出证明，就符合报销条件。要双方知道吧？双方！”

我刚想插个话，她的手机又响了。“这个活动不麻烦，只要是你的作品就行，写字、画画、摄影，什么都可以，报一个呗。”她迅速切换到殷勤恳求的语调。看到我手中递来的表格，她娴熟地对准最后一行“咔嚓”敲了一个章，然后一再对我抱歉，顺便吐槽。

“不好意思啊！你真不知道我有多忙，院里都是高精尖人才，每个人都忙得团团转，要凑齐搞个活动太难了。我都得求着他们百忙之中抽出空来。就说省公司的龙舟赛吧，这大热天的，同事们愿意参加就很不错了，我得把后勤保障好。”她顺手拎起桌上的运动服和防晒衣，展示给我看。“好看吧？我找了好几个供应商询价，但是我们量太少，只能又去商场跑了一趟。这工会的工作吧，太琐碎，都没法说，本来这周训练的，看天气预报下雨，我给他们准备了雨衣，结果又通知推迟到下周了。我一看天气，35摄氏度高温，只好又给买了藿香正气水。”没聊两句她又接电话去了，下午要去苏北出差，她得委托同事替她去训练场地服务。她一再叮嘱对方：东西要带齐，蛋糕已经订好了，会送到现场去。

铃兰细心又周到，让人如沐春风，朋友们都喜欢与她相处。但爱操心的人往往操心更多。上半年老爸肺气肿发作，她急得不行，好在及时住院了。为了让老爸补充好营养，她每天去医院送饭，短短两个星期瘦了八斤。老妈去世后，老爸不愿给她增加负担，一直单独住。这次出院后，她好说歹说把他劝回了家，互相有个照应。家里忙，单位更忙，正赶上“五一”劳动节，她手上堆积了许多工作。劳模分享会、宣传展板布置、端午节提前采购、职工创新材料组稿，她一个头有两个大。就在最忙的节骨眼上，领导安排她到省公司帮忙，牵头组织廉洁文化巡演。领导对她说：“执行导演你最适合，责无旁贷啊！”虽然一百个不情愿，她心一软，又答应了下来。一个月的时间，她带着全体演职人员跑遍全省，平均每周要去三四个城市，几乎每天都在路上。

一波未平一波又起，老爸身体康复了，儿子又陷入恋爱风波。青春期的孩子特别敏感，一点小小的挫折就能让心灵受到伤害。儿子厌学，她心急如焚，不知如何是好。每天人在外地，心在南京，她隔着屏幕苦口婆心地跟儿子谈心。有些话既是说给儿子听，也是说给自己听。“每个人都有不顺心的时候，生活中糟心事比顺心事多，你只能去适应环境。要有信心，只要努力坚持，不放弃自己，未来一定会有改变。”

说到自己的未来，铃兰却说没有预期。“工作就是不断地重复。我的这个岗位，流水的主任，铁打的专职。干了十来年同样的工作以后，早已没了激情，但我内心总有一个声音：要把每一件事都做好！”现在的铃兰对于每年该做什么已经了然于胸，到了关键时点都会提前做好相应安排。比如，今年的端午节，她早在4月就联系商家，并反复磋商。经她谈判，端午福利可以同时通过线上线下的方式采购。虽然众口难调，一旦交由大家自由选择，自然没了质疑的声音。“发的东西不多，也就是一点点过节的气氛，可要是有人说起这个没用、那个不好，我心里就会特别难过。这事做都做了，总归还是要做好的。站在大家的角度多考虑吧！”

听说我要写她的故事，她给我发来长长的语音：“别把我写得太疲惫，院里比我累的可太多了。我们差不多年纪的家里长辈多半身体不好，年轻员工要生二胎，他们的工作还比我重要，可一进单位大门谁也看不出来啊，每个人都精神抖擞的。我觉得新时代的中年女性和以前不一样，再累我们都要支棱起来。”确实，玲兰每天打扮得美美的，常常会化个淡淡的妆。无论事情再多、再忙，她都坚持运动，跳绳、瑜伽一个不落。除此以外，她坚持上了多年的声乐课，偶尔还会去学油画。

铃兰告诉我，5 月 1 日是工会工作者最忙碌的日子。但这一天，不仅仅是劳动节，也是爱神眷顾的日子。浪漫的法国人会走上街头，与朋友们互赠铃兰。人们认为这天得到的铃兰会给人带来幸福。人生的路上谁都会遇到各种各样的困难，不要提前焦虑，也不要预知烦恼，生活无非就是见招拆招。与人铃兰，手有余香，幸福就隐藏在不经意的转角。

（作者系国网江苏省电力有限公司经济技术研究院职工）

山中除夕

宋 燕

虽是腊月，但城里的天气依旧像是暮秋。清晨，推开窗，凋黄的落叶铺满小园，放眼望去，遍地的金黄像是很多年以前，那些流金的岁月。

二十年前，我在一所山区变电站上班。当年，一起毕业的同学，有的去了机关部门，有的去了事业单位，唯有我一个人，像是一片飘零的落叶，终于被遗落在孤寂的深山。

变电站承担着电力分配与供应的重任，说起来高大上，但落实到具体工作却又相对简单。站里实施封闭式管理，两人一班，上十天，休息十天，撇开两个值班员，便只有一个炊事员。上下班交接时，变电站的铁门只“咣当”一声。从此，门外是繁华迷离的大千世界，门里是日复一日的黑白时光。所幸，我们变电站的大门外还有一棵翠绿葱茏的泡桐树。

我常常一个人倚在门里，看着那棵泡桐树从清晨至黄昏，从春来到秋去。我看着它吐芽，含苞，开花，直至西风碧树，花叶凋残……虽然很多年以后的今天，我曾无数次地想要重回深山，可是，一个从未展翅过的少年，又怎会甘心一辈子囿于深山？

与我搭班的老吴，是一个黑而壮的老头儿，彼时已临近退休，平时他极少说话，但只要一开口便声如洪钟。炊事员廖姐是个和善的胖大妈，她曾悄悄地告诉我，说老吴是早些年的高中毕业生，原本是城里供电所的所长，谁承想，正干得风生水起的时候，在他辖区出了安全事故……我问：“啥子事故？”廖姐又支支吾吾，最后附在我的耳边悄声说：“唉，只能怪运气不好……”这便让我留意起老吴来。

我发现老吴上班极其有规律，差不多每隔一两个小时他都会去机房外的降压站转一转。平时在机房，他要么盯着仪表盘发呆，要么捧本书埋头苦读。我曾无意中瞅见过老吴读的那些书，几乎全是与变电运行管理相关的专业技术书。作为电力专业毕业的我，常常在心底讥笑他：变电站这鸟不拉屎的地方，技术学得再好，有啥用？

想想我的那些同学们吧……

刚入冬那会儿，那个念书时常常抄我作业的张同学，作为区里技术部门的专家，来过我们变电站检查迎峰度冬工作。那天，正好遇上我和老吴当班。只见张同学西装革履，油头粉面，混在一大堆所谓的专家队伍中趾高气扬，指手画脚。旁边还有一个红光满面的中年男子，正满脸堆笑，一个劲地恭维他：“你们看，我们部门就是应该多进一点这种科班出身的年轻人。”言语之间，张同学一回头，正好与我迎面相见。他先是一惊，继而马上走过来，一边拍着我的肩，一边打着哈哈说：“哎呀！宋哥，好久不见。怎么你在这里？好好好，有你在，我放心……”我扭过身，看见老吴。只见他贼亮的眸子，仿佛只一闪又渐渐地暗下去。

深山里的冬夜，如同一块巨大的冰，将人封冻其中，动弹不得。当夜，吃过晚饭，我坐在机房的长竹椅上打瞌睡，耳边是“嘤嘤嗡嗡”永不停歇的电流声。此时，只觉那声音越来越大，越来越响，最后仿佛化成万千利箭，从天边呼啸而至，再蜂拥着穿过我的胸膛……突然，老吴开口了。他不紧不慢像是在说给我听，亦像是在说给自己：“人呀，要沉得住气！”我应声睁开眼，只见老吴正低着头，将身边的烤火炉向着我这边挪了挪。见我睁开眼，老吴只是抬了下眉，又继续说：“是金子，终会发光的。”

我将嘴角向上扬了扬，只觉万般滋味涌上心头。片刻，我又起身向机房外走去，一如走进一望无际的、黑暗的冰天雪地里。

没经过几轮交接班，变电站外的泡桐树便已成了琼枝玉树。除夕的前夜，廖姐将单位工会慰问职工的一大包方便面拎进机房，说：“我就回家过年了，这些天……你们看，今年的方便面口味好丰富……”

变电站的工作没有公休日，没有节假日。至于春节，轮上谁值班就谁值班，完全看运气。除夕的前一天，母亲打电话问：“你们春节吃啥呢？要不我给你送点菜来？”我说：“不用！不用。和我搭班的老同志是个美食家，早把春节的菜准备好了。”一抬头，老吴正微笑地看着我。我不好意思地朝他扮了个鬼脸，他笑着问：“怎么，怕家人担心啊？不过，我可能要让你失望了。”然后转过身，自我解嘲般地哈哈大笑……

毫无悬念地，除夕那夜，老吴早早泡了两盒方便面。我一边端过面，一边摇摇头说：“唉，年夜饭！”然后双手用力拍着桌子大声唱：“人家的闺女有花戴，我爹钱少不能买……”老吴“扑哧”一声笑起来。吃完泡面，老吴一边迅速起身收拾碗筷，一边说：“古人说，总把新桃换旧符。今天我写副春联挂在机房里，也算咱爷儿俩过个年。”

每逢佳节，气氛大抵都是情感的催化剂。眼前的老吴，不知从什么时候开始，已经习惯开口闭口就说“咱爷儿俩”。而我，不仅没觉得有什么不妥，反倒觉得空落落的心，终于有了点依靠，也第一次觉得变电站的冬天，似乎也没有想象中那样寒冷。

“可是，这春联到底要写什么呢？”我看着老吴，满脑子疑惑。老吴站起来，铺纸，备墨，提笔凝神片刻，然后提笔写下：山中除夕无别事，插了梅花就过年。

抬眼望去，只见机房黑洞洞的玻璃窗外，此时正下着大雪。我撇了撇嘴，说：“可惜今夜没有梅。”老吴朗声说：“你看，眼前正下大雪，明天一早，你可以出门踏雪寻梅了。”

踏雪寻梅！突然，我觉得窗外黑暗的天空仿佛瞬间云开雾散，一束怒放的红梅正傲立于天地之间，凌寒独自开，我甚至闻到那沁人心脾的暗香。低头再看桌上老吴写的春联，竟字字珠玑、灿若星辰：山中除夕无别事，插了梅花就过年。

梅花只会盛开在冰天雪地之间，也唯有在酷寒之时，冰雪之地，才能遇见绝世独立的梅。那么，世间事又有什么比这铺天盖地的冰雪更加令人充满希望，又有什么比这冰雪之间的梅更为高洁而纯粹呢？！

又一个新年将至。当年的老吴，早已埋骨深山。而当年的变电站，早已沉入我的心底，成为此生难忘的青春记忆。前些天，女儿拿回来几张红纸，说是老师要求过新年自己写春联。我说：“那我帮你磨墨吧。”女儿问：“可是，我要写什么呢?”我微笑着一边磨墨，一边轻轻地说：“山中除夕无别事，插了梅花就过年!”

（作者系重庆市电力行业协会职工）

璀璨的灯

李 霞

在我的记忆里，延安城昏黄的灯火一直陪伴着我的学习生涯。记忆在土窑洞那贴满寓意幸福的红剪纸中细细蔓延，演变成平房玻璃窗那昏黄的灯光。

那时候，一到黄昏，总是借着红遍了山头的晚霞和渐渐清亮的月光奋笔疾书。母亲为了防备停电，在家中总是存放着大量蜡烛备用。教室里，电灯从最初昏黄的灯泡，变成白得刺眼的电棒。上学的我，着迷于当时流行的金庸小说。晚自习后，小说中那畅快淋漓、惊心动魄的武打场面一次次让我陶醉。一到熄灯时间，宿舍里一片漆黑。我这“金庸迷”，哪能放过那剑光闪闪、扣人心弦的故事情节，打着手电筒藏在被窝里看，直到眼睛困得睁不开、胳膊再也撑不住，手电筒的光亮也渐渐微弱才罢休，真盼望我是一名电力使者。远离家乡求学的我，喜欢回家路上那流光溢彩的车灯和路灯，每当远远看到延安城渐渐清晰的灯火，就会产生一种温暖的感觉。

随着年龄的增长，时代的变迁，一栋栋高楼拔地而起，“楼上楼下、电灯电话”已不再是神话，而是真真切切地存在。人们的生活与电产生了息息相关的联系，越来越离不开电。在每个普通人家里，各式各样的照明灯，有针对孩子们学习的护眼台灯，有床头上可以调节光亮的床头灯，有洗澡用的浴室灯，有各种型号的节能灯、壁灯、夜灯、吊灯等，还有电脑、手机、空调、电磁炉、微波炉、组合厨具等，家用电器现代化走进了普通人家。

到延安参观的游客们，都知道宝塔山在白天和晚上游览感受是截然不同的。白天适宜爬上山顶，与宝塔近距离接触，晚上则远距离观赏巍巍宝塔山的壮观景象。华灯初上，观夜景的人群熙熙攘攘，久久沉浸在灯火璀璨的延安城的美景里。

（作者系国网陕西省电力有限公司延安供电公司职工）

微光的力量

刘 静

雷锋日记里有这样一段话：如果你是一滴水，你是否滋润了一寸土地？如果你是一线阳光，你是否照亮了一分黑暗？如果你是一粒粮食，你是否哺育了有用的生命？如果你是一颗最小的螺丝钉，你是否永远坚守在你生活的岗位上？这是新蔡县供电公司宋岗中心供电所所长金鑫最喜欢的一段话，也是他工作以来一直践行的准则，无论在哪个岗位上，他都要求自己把工作做到最好。

2003 年，23 岁的金鑫从部队转业后来到新蔡县电业局韩集供电所，做了一名电工。入职后，他跟着老师傅学习爬杆、抄表、收电费、维护线路。老师傅教得耐心，他学得认真，遇到不懂不理解的问题，他虚心请教，并记在随身携带的本子上。一边学，一边记，空闲时间，还一遍遍地练习爬电杆。经过两个月的摸爬滚打和刻苦努力，他逐渐可以独当一面，负责管理 2 个村委 1000 多户群众的用电。

那时，还是人工抄表。每到抄表那几天，一大早，他骑着摩托车，带着干粮，扛着一把长长的竹梯子，就开始挨家挨户地抄表。放梯子、登梯抄表、扛梯子……这样的动作一天要做很多次。晚上回来后，还要对当天抄表情况进行汇总，计算电费。晴天一身土，雨天一身泥，是他工作的常态。抄表路上，他摔倒过，被村子里的狗撵过、被蜜蜂蜇过、被群众误解过……琐碎的工作让他一度陷入迷茫失落，他不知道工作的意义是什么，也不知道前方的路该怎么走。但是看到在自己的努力下，村民的各类用电问题得到解决，那种被需要被认可的感觉让他陡然升起了一种成就感。他说："既然选择了乡村，做了电工，就要为群众服好务，让群众用上电，用好电。"

一晃两年过去了，金鑫来到了宋岗供电所，负责高压抄表。和低压抄表相比，高压没有那么多用户，两三天就可以抄完，催费却成了大难题。他清楚地记得当时辖区有一家挂面厂，每月电费基本在6000元左右，由于挂面厂对外赊账比较多，资金回收慢，缴电费成了"老大难"，每个月都需要催收多次，让他很是头疼。金鑫把挂面厂列为重点催收客户，把工作放到平时，多次到厂里开展走访，讲解公司电费收缴政策，了解生产经营情况，尽最大努力帮助老板想办法加快资金回收速度，建立良好的供用电关系，有时一个月甚至要跑十几趟。一次一次，一月一月，老板逐渐被他的诚心打动，两人也从客户关系变成朋友关系。此后，无论资金周转多么困难，老板都会想办法先把电费缴上。不仅挂面厂，其他高压用户也在他的努力下，及时缴纳电费，他所管辖的高压用户月月实现电费结零。

电工工作，让他积累了丰富的乡村工作经验，为他转岗安全员和代理所长打下了坚实基础。宋岗供电所当时只有一条70千米的10千伏单回线路，管辖着全乡1万多群众的用电，线路存在重载过载现象，只要有风吹雨打，跳闸就是常态。面对线路单一、基础薄弱的现实，金鑫在巡视维护上下功夫，遇到刮风下风，他的心总是提到嗓子眼。每天关注天气情况，日巡、夜巡、红外测温、清障，一次次加强巡视和维护，他像家长了解孩子的性格和身体状况一样了解这条线路，对于易发生故障区、树障多发区，他都一清二楚。他说："这条线路至关重要，目前基础薄弱，咱们多下功夫管理运维，对它的运行状况了如指掌，才能最快地对症下药。"说起这条线路，他的语气里满是深情，仿佛在回想着一个多年的老朋友。

工作岗位的变化和多年经历的磨练，金鑫变得越来越成熟稳重，工作也越来越得心应手，特别是当代理所长期间，所里的各项指标一直走在前列，多次稳居全县供电所第一。2020年5月，宋岗供电所和关津供电所、练村供电所合并为宋岗中心供电所，管辖着5.08万客户的用电，担任所长的他深感责任重大，压力也随之增大。虽然宋岗供电所指标不错，但是关津和练村两个服务站指标落后，小马拉大车，直接导致宋岗中心所整体指标下降。

为了做好供电所工作，金鑫用最笨的办法，从基础最差的练村抓起。练村位于信阳息县和安徽阜阳交界处，是一个鸡鸣三县之处，管理混乱，台区和线路指标长期滞后，高负损问题严重。金鑫看在眼里，急在心里。合并后的第二天，他就带人到练村查看情况，开展头脑风暴，最终把治理高损台区和线路作为首要工作。说干就干，每天，他和所里人员一道，逐个打开表箱，对每一块电表进行查看，对发现的表尾烧毁、窃电、零度户、无表户等现象，发现一处处理一处。遇到进出线烧坏的，他拿着钳形电流表测试电流，查看计量是否有问题，并结合实际进行处理。遇到查不出或是自己解决不了的问题时，他及时和公司稽查班人员联系，请他们帮助查找原因协助处理。一个多月的时间里，他们每天天刚亮就赶往练村，直到天黑才拖着疲惫的身体回去，跑遍了练村的所有台区和线路，打开了每一个表箱，查看了每一块表计，不放过任何一个隐患和问题，全身心地投入到线路和台区上。付出总有回报，当看到练村252个台区、5条10千伏线路的线损全部都控制在合理范围之内时，他们紧绷的身心终于得到了舒缓。

线损问题解决了，金鑫发现表计采集成功率低是影响指标的另一个因素。为了解决这个问题，每天上班，他第一件事就是先查看公司电采系统，安排人员召测数据。遇到单户召测不上的，及时通知客户经理补采；遇到整台区采集不上的，他亲自前往台区查看，换卡或是更换集中器。有时，遇到即使换了卡或是集中器依然采集不上的情况，为了采集成功率，他和台区经理一道，每人带一台移动作业终端，一户一户查找，分头开展补采工作。等全部补采完毕时，已经晚上八点多了。渐渐地，客户经理养成了每天下班前必须补采结束的习惯，抄通率、补采率均达到100%。

宋岗中心所的各项指标开始稳步提升，在全县 10 个供电所和 1 个中心供电部中稳居中上。提起指标，所里的同志们都说：“这多亏了金所长，我们的指标才能这么好，他不怕苦不怕累、认真负责的工作态度值得我们学习。”

一花独放不是春，万紫千红才是春。在金鑫的影响和带动下，所里形成了比学赶超的浓厚氛围，大家比技术、比指标、比贡献，人人都把所里的事当成自己的事，争先恐后为所里的工作增砖添瓦。

让金鑫记忆犹新的是去年 8 月的那场风灾。风灾过后，树木被拦腰截断，宋岗中心供电所辖区内出现多处倒杆断线。灾情发生后，公司第一时间派出了施工队，配合供电所抢修。金鑫对人员进行合理调配，由所里两到三名人员带领一个施工队前往施工点。一边开展清障，一边按照“轻重缓急”原则对线路进行抢修。高温酷暑下，抢修人员争分夺秒，不大的工夫，每个人身上的工作服都湿透了，紧紧地贴在身上。他们不敢懈怠，清障、处理断线、断杆、紧线……围观的群众自觉地加入其中，帮着清理树障、拉线，村委的人还热心地拿来了毛巾、矿泉水。地面上一片忙碌，对于登杆作业人员来说更是一种考验，随着气温越来越高，电杆温度也直线飙升。为了作业安全，几个人轮流登杆，尽管如此，杆上的他们身上像火烤一样，汗水在身上蜿蜒成小溪，水喝了一瓶又一瓶，有的人员甚至差点中暑。作为所长，金鑫除了协调处理各种问题、关注抢修进度和安全、安排饭菜、采取错峰方式送饭外，还要不停地接听群众打来的电话，安抚群众情绪，有时一天只能睡三个多小时。

经过所里和施工队人员的不懈努力，仅仅用 5 天时间就全部恢复送电。连公司领导都对他们的抢修速度表示惊叹！事后，金鑫发现，参与抢修的人员都晒得脱了一层皮，而自己那几天的通话记录上居然有 600 多个接听电话。

脚下沾满多少泥土，对群众就有多少深情。多年来，金鑫把群众的用电问题放在第一位，难免会忽视对家庭的关注。往往，早上他去上班的时候，孩子还在睡觉；晚上，他到家时，孩子已经睡着了。周末，明明答应孩子会好好陪他，接到电话，他还是只能放下孩子，迅速赶到所里。孩子明媚的笑脸皱成一团，委屈的泪水在眼眶里打转，拽着他的衣角说："爸爸，能不能不去?"后来，妻子带着孩子到所里，孩子目睹了他的工作后，骄傲地说："我的爸爸像超人！是送电的超人。"他的爱人说："刚开始我也不理解他为什么那么拼命，后来看到他工作时的那种劲头，看到他回家倒头就睡的疲累，看到在施工现场他的辛苦，我逐渐理解了他，理解了他的工作。"同事说："跟着金所长，心里踏实、舒畅，班组员工无论谁家有红白喜事，他必第一时间亲自到场，我们很感动、很温暖，觉得跟着他，有干劲。"

参加工作21年来，金鑫多次荣获新蔡县供电公司先进个人，先后获得驻马店市"劳动模范"和省公司"劳动模范"荣誉称号。他所带领的班组荣获国网河南省电力公司"先进班组""达标班组"，驻马店市总工会"工人先锋号"，驻马店供电公司"先进集体"，新蔡县供电公司"先进班组""先进集体""电费回收先进单位"等荣誉称号。对于他来说，荣誉是成绩，是鼓励，也是新的起点和动力，激励着他在自己的工作岗位上继续前行。

追光而遇，沐光而行。长期的基层工作，让金鑫把自己活成了一束光，一束照亮自己、温暖别人的光，这光慢慢地扩散、辐射，与明亮的灯光一道，照进群众的笑容里，融入乡村的角角落落……

（作者系国网河南省电力公司西平县供电公司职工）

“智、律、强”，立潮头，勇担当

王 哲

人生如同不断誊改的诗稿，从青丝到白发，有人还在灯下。在纷繁的世界中，要想实现自身的价值，就应该善于思考，做一名智者；学会自我约束，做一名律者；冲破一切枷锁，做一名身怀绝技的强者。高山昂首，大海扬波。大地溢满了新世纪的朝晖，在这落叶金秋里，我们有幸相聚一堂。我们生在阳光里，长在红旗下，在祖国和长辈的呵护下已顺利成长为一名大人。可初入职场，在座的各位难免会在这个人生的关键转折点感到迷茫、困惑，就此，我想说的是：人这一生如果能怀抱初心，哪怕只是做好一件事，便也足矣。

怀一颗心，为了信念，去做智者。“我生来就是高山，而非溪水。”她将一生的信念寄托在了大山女儿们身上，张桂梅校长的一生与大山相融为一，她来自高山，长在高山，帮助她们走出高山，张桂梅校长选择了怀着一颗充满信念的热忱之心，做好一件伟大的事，她的选择是时代进步的表现，也让社会为她鼓掌。怀一颗心，做好一件事，让信念只此为一，充盈了伟大身躯的全部力量。

怀一颗心，为了国家，去做律者。花甲之翁，志探龙宫，惊涛骇浪，乐在其中。中国核潜艇总设计师黄旭华，将自己的一生投至深海，一颗赤子之心翻起惊涛骇浪。黑发银白，背脊弯下，一个青年人怀一颗报国初心，一生只做好了一件事，在那个内忧外困的时代，黄旭华成为最魁梧的工匠，铸起了时代与社会需要的大国佩剑。核潜艇的迎风破浪，让祖国和人民安然无恙。怀着一颗赤子之心，达成了自己的理想，报效了祖国，时代的腾飞由他助力。

怀一颗心，为了理想，去做强者。黄沙漫天，利风如刀，瘦弱的身影踏遍每洞石窟，“敦煌的女儿”樊锦诗扎根在黄沙之中，年少的梦想与热爱支撑她在这里度过了一生。无数典籍和壁物也倚仗她的力量得以保存。怀一颗心，做好一件事，让梦想和热爱照进现实，化为真实的人生财富。

在电气工程领域，有着许多善于思考、勇于创新的智慧青年。陈玥，2020 年在清华大学电机系获得博士学位，在校期间，她以第一作者的身份发表多篇国际顶级期刊论文，在缓解当下碳中和与能源需求之间的矛盾方面作出了突出贡献。而有幸的是，在我们的国家电网公司，类似的智者不胜枚举。在 2015—2020 年企业发明专利排行榜上，国家电网专利数位居榜首，无数人正在为电网智库赋能。当然，除了在科技领域上的勤于思考，智者还应是一个善于思考生命本质与意义的人，一名善于分析社会现象的人，一名具备艺术鉴赏力的人。就像习近平总书记强调的，除了要在基础科学和自然科学领域全方位谋划人才培养，还要培养造就大批哲学家、社会科学家、文学艺术家等各方面人才。

谈到艺术，我想到了著名音乐诗人李健。李健之所以能够创作出大量清新而唯美的作品，主要的原因之一便是他的高度自律意识。至今，李健都没有一部智能手机。他表示，手机的各类社交软件会给自己带来很多干扰，接触太多的诱惑，时间便悄悄地溜走了，这不利于自己的创作与生活。柏拉图曾说：“自律是一种秩序，一种对于快乐和欲望的控制。”而李健成功地做到了。

这几年很流行“工匠精神”一词，要想成为大国工匠，就必须有一颗强大的内心，遇到问题不退缩，潜心钻研，精益求精。如今，国网辽宁电力坚持实施人才强企战略，一批批“能工巧匠”持续涌现。有人兢兢业业，为电网规划不断耕耘；有人挑灯夜战，为有序用电默默付出；有人殚精竭虑，为电网安全保驾护航。时至今日，辽宁电网 66 千伏及以上变电容量超过 2 亿千伏安、输电线路长度超过 6 万千米。无数身怀绝技的强者正在用匠心守护人民需要的每一度电。

我们作为国网人，要怀揣着自己这颗赤子之心，在工作中不断精进自我，在任何时候都不可以停止学习。而我们行业的特殊性，更要求我们时刻保持谨慎严谨的工作态度，不放过任何的危险点，不无视任何的安全规范。我们必得在日后的工作中不断累积经验，拥有“千锤百炼，世人嘈杂我独安”的工匠精神。山东检修公司带电作业班班长王进曾说：“再危险的事，总要有人去做。”当我听到这句话时，心灵被深深地震撼，作为同行的我，深知他每日进行的工作是多么地危险，但是他却依旧每天坚定地向杆塔走去，日复一日地完成随时都有危险的工作。看着他坚毅的面庞，我在这一瞬间明白了何为真正的强者，如果说我们国家的科学家们都如明星般耀眼到遥不可及，王进的存在却让我明白了我们每一个普通人都可以成为强者。哪怕你不够聪明，哪怕你不够出众，但日复一日的努力，保持坚定不移的赤子之心，找到热爱并一直坚持，这一生，便也足矣。

当历史赋予神圣使命的时候，无论这意味着多少艰辛、多大牺牲，古今中外的仁人志士，都没有将其视为险途，而是视为施展才华的舞台、建功立业的良机。孟子说：“天将降大任于是人也，必先苦其心志，劳其筋骨。饿其体肤，空乏其身，行拂乱其所为，所以动心忍性，增益其所不能。”逆境成才的哲理沿用至今也不无道理。作为新时代的青年，作为国家未来发展的主要力量，我们可以不名垂千古，但却要做有用的人，在事业中寻求热爱，并怀揣着赤子之心勇往直前。朋友们，让我们去发光，而不是被照亮！

智者，好谋善断，懂得如何静心思考；律者，严于律己，懂得如何自我规范；强者，精益求精，懂得追求技艺精湛。在工作与生活中，唯有三者兼顾，才能勇担重任。我们步伐稳定，高举新时代的旗帜，我们目光坚定，有信心、有毅力为祖国电力事业的发展贡献力量！

（作者系国网辽宁省电力有限公司盘锦市辽东湾新区供电分公司职工）

老张的“过时货”

张学武

最近几天，在市区希夷大道卧龙小区楼下开饭馆的老张有些郁闷。上街买菜时，正好遇到前来巡视用电设备的客户经理刘小飞，老张想让他帮个小忙。可这个“小忙”，让刘小飞有些为难。

老张，市区普通的一个低压客户，外地来亳州开饭店的生意人。他善于经营，回头客很多，客人进店都喊他老张，很少有人知道他的大名叫张祥。所以小饭馆开张时，起了个“老张小餐馆”的店名。老张的餐馆，几经迁移，店名始终未改。

现在，人的生活离不开电，开饭馆更是如此。说起电，老张好像有说不完的话。

老张开饭馆已十几个年头，最初是在市区的文帝路。简陋的两间门面房，四五张桌子，能接待三四十人用餐。那时用的电器少，就是几台风扇，一台立式空调。只是空调很少用，不是舍不得用，而是常常因为电压低不能用，所以电风扇就成为防暑降温的主力军。

“每年盛夏，因为天气炎热，顾客吃饭时通常汗流浃背，有些人干脆就光着膀子，边吃边喝。那时候不仅吃饭，还有上街，总有些人爱光着膀子，市民调侃称之为‘膀爷’。现如今，膀爷很难见到了，现在客人进店，首先打开空调，几个人先掼蛋，说说笑笑，拉拉家常。不是亳州人爱光着膀子，而是那时生活条件艰苦，缺少防暑降温的设施。现在，谁还光着膀子……”说起那时候的一些事，老张虽说是个外地人，但对亳州人的生活习性了如指掌。

老张的话，是近十年来市民用电的一个缩影。听着老张的唠叨，仿佛进入时光隧道，回到了十几年前的市井生活。

2013 年前后，市民用电大都是几家共用一个计量箱，下户线采用 25 平方毫米的集束导线，这种配置基本满足当时的用电需求。只是每年夏季用电高峰时，报修电话接二连三，不是这家没电，就是那家电线烧断了。运维人员常常半夜还在抢修。

最初，老张为拉人气，改善用餐环境，让室内清凉，他把店里店外属于自己的电线换成 16 平方毫米的铜线。起初见成效，空调勉强能够启动。有付出就有回报，通过更换电线，老张店内往往人气爆棚。

通过更换电线暂时解决了电压低的问题，但治标不治本。后来，多数时间空调还是不能正常使用，这个问题长时间困扰着同老张一样的餐馆小老板。需求引导市场，空调低电压不能启动的问题，给电器生产商提供了一个商机。一时间，空调稳压器如同雨后春笋，快速投放市场。

老张最大的特点是，做生意不吝投资。空调稳压器一上市，他便捷足先登，购买安装了。有了舒适的用餐环境，老张的小餐馆总是门庭若市，几年的辛苦经营让他赚个盆满钵满。

“前几天我看到发电车开进了卧龙小区，我心想这是咋回事，原来是对小区外线路进行检修，怪不得电杆上有人工作，小区没停电。现在小区检修都不停电，看来我的发电机是个摆设了。前几年咱这电力施工多，停电也多，我花费万余元买了台发电机。遇到停电时，就自己发电。现在停电少了，发电机也‘下岗’了。刘经理你接触的人多，看看有没有要发电机的。你帮忙问问，看看有没有可能转让出去……”老张一见到刘小飞，就把想法说了出来。

老张想卖发电机，还是最近两年。现在，发电机上面已落了一层厚厚的灰尘。

近几年，停电“零感知”时常见诸报端，这是供电部门通过带电作业，替代以往需要停电才能够完成的工作。现在带电作业已成常态，对于线路、设备检修，应急发电车又扛起不停电的重担，时常出现在居民小区、大街小巷。

现如今，空调稳压器、小型发电机这些设备已完成了它们的使命，退出历史舞台。它是电网由弱到强的一个时代产物，伴随电力发展走过一个曲折历程。也许，老张那段用电历史，将伴随电力的快速发展而渐行渐远，沉淀为记忆。

现在，电量“满格电”，停电“零感知”，哪还有稳压器、小型发电机的用武之地。服务“电保姆”，何愁老张用不上更舒心、更放心的电。

这样看来，老张的郁闷，供电公司已无法治愈，或许“咸鱼”二手市场可以帮助解决。

（作者系国网安徽省电力有限公司亳州供电公司职工）

夜归人

袁 媛

傍晚时分，晚霞染红了这座城市的天空，地面上的人和建筑都笼罩在柔和的光线里。许春蕾从电脑桌前站起身来，直了直腰，从写字楼的落地窗俯瞰这座小城镇，马路上人流、车流川流不息。

今天的晚餐照例在二楼餐厅解决，她要了一份土豆牛肉，估计今天又要加班到深夜。正在胡乱吃着饭的时候，手机收到一条微信，那是爱人发来的问候信息。她的眼前立刻浮现出一张熟悉的面庞，心跟着扑通扑通地跳起来。

她和爱人刚举行完婚礼，本打算休假，来一场蜜月旅行，可是最近手头的工作真是千头万绪，休假的事只能一再推迟。虽说爱人不在意，但还是回去早点说吧。

许春蕾出生在山东省临沂市。临沂是书圣王羲之的故里，春蕾长在一个书香世家，从小耳濡目染，跟着父亲和祖父学习书画。你别看她表面上柔弱腼腆，骨子里却流淌着山东人闯关东的那股子韧劲儿。她从小刻苦好学，成绩优异。要想在北京这座大都市立足扎根，不付出千百倍的努力怎么能赢？

2013 年，她如愿以偿地考入华北电力大学电气工程专业，并在电力这片沃土上深耕细作起来。2020 年，刚刚踏出校门的春蕾被分配到昌平供电公司电力调度控制中心自动化运维室工作，负责配电自动化主站运维、分布式光伏管理、配网综合透明化率指标管理等工作。她要么在配电主站，要么在自动化机房，绘制一张张配网自动化图形、传动一部部自动化设备，在实践中苦练基本功，班组的师傅们都说："春蕾这丫头，肯吃苦、爱钻研，擅长解决‘疑难杂症’。”

2022 年，举办北京冬奥会和冬残奥会，她申请加入了电力保障团队，承担了场馆保障方案的筹备工作，她要每两天往返于昌平和石景山首钢工业园。没有周休日，春节也无法与家人团圆。整个赛事她硬是咬牙坚持了下来，这朵花蕾经受住了寒冬的历练，在属于她的春天悄悄绽放。

人生是一个取舍的过程。当春蕾怀揣着青春和理想，在工作上能够独当一面的时候，她的内心又何曾不纠结。拥有一份甜蜜的爱情，有鲜花咖啡相伴，有长长短短的旅行，有发呆看书的闲暇。而如今，那颗心放在了实实在在的工作上。她活得很卷，工作上跟着大家一起卷，每天除了朝九晚五的日常工作外，还要加班加点从事研发和创新工作。她总在想，等有时间的，等有时间了再说。

春蕾的办公室位于调度写字楼 E211 房间，是个大办公室。各个工位上坐满了年轻人，中央空调“嗡嗡嗡”作响，白色灯光笼罩头顶，电话铃声此起彼伏。由于经常需要加班，办公室准备了自动售卖机，方便面、矿泉水、饼干，应有尽有。

吃饭间隙，创新柔性团队的几个小伙伴成员过来打招呼。春蕾所在的柔性团队隶属于国网北京昌平供电公司科技互联网办公室，2021 年组建，队长常波是调控中心主任，队员全部为兼职。自从春蕾这个团队“揭榜挂帅”之后，工作变得千头万绪，更加忙碌起来。

“一个人一生必须艰苦跋涉，越过一大片土地贫瘠地势险峻的原野，方能跨入现实的门槛。”人生如逆旅，现实的沟沟坎坎、磕磕绊绊都是对人生的修炼。春蕾在创新研发的路途中踯躅而行时，偶尔听到全国劳模王月鹏讲述自己的心路历程，让她心中燃起了新的希望和动力。

“工匠精神就是一种承诺、一种执着、一种传承，我从师傅那里学到的东西决不能在我手里丢掉，要更好地传承下去。二十多年了，我们的变电站、输电线路经历了翻天覆地的变化，变的是运行模式和装备技术，不变的是一代代电力人守护光明的初心……”

春蕾听到王月鹏这句话，感动得落下了泪。创新团队的小伙伴们被王月鹏认真严谨的工作作风折服，夸赞他不愧是“高压线上的手术师”，满满的都是正能量。

在这位国网首席专家的带领下，很多年轻人参加了科技攻关团队。公司在青年创新创效方面也打起了组合拳，建立全方位的培养机制，打造一个“揭榜挂帅创新平台”“产学研协同平台”“创新成果转化平台”综合创新平台，在“搭平台、建机制、严管理、重激励”上下功夫，在岗位晋升、评优评先方面给予倾斜，最大限度地激发青年员工的干事热情和活力。

短短四五年时光，许春蕾在北京市电力公司能源互联网规划及配电网规划专业调考中脱颖而出，晋级复赛，最终荣获“优秀个人”称号，并成功揭榜“消弧线圈接地系统故障处置”科技项目，获得国网北京市电力公司“青年科学家”称号，案例成果分别入选北京市电力公司 2022 年、2023 年市调典型经验。

良好的环境培育造就人才。下班后，公司办公大楼依旧灯火通明，春蕾团队的小伙伴们正紧盯电脑，进行配电网基础数据治理。大家已经连续加班两个多小时，最终完成了阶段性工作，大家像孩子似的欢呼雀跃。

夜色渐渐暗下来。晚上十点多，常队长给大家订了外卖。她要了汉堡和一份奶茶，同事们笑着说：“小心过劳肥啊！”

吃完饭，她匆匆赶去地铁站坐末班车，地铁上挤满了去城里度周末聚会夜归的年轻人。她看起来有些困乏，闭着眼蔫儿了似的坐在座位上，脸颊有些微红，心里却打定了主意：回家和他赔个不是。等这个项目落了地，再去度蜜月吧。

夜晚的灯光如同星星，点缀在城市的地面上。

（作者系国网北京市电力公司昌平供电公司职工）

逐梦人的梦圆情深

丁宏琳

梦在脚下，无所惧。

每当清晨时分，被第一声鸟鸣叫醒，我睁开双眼，想起来的是“我昨晚梦处何方?”。

梦，时常近在咫尺，闪现在眼前，亲近而美丽。

梦，时常远在边际，望而无止境，伟大而肃静。

为了梦，我们个个成了“逐梦人”。为了实现心中的目标，不断奋勇向前。于是乎，梦有了更深的意境，便有了“梦想”一词。

每个人其实都在实现梦想的旅途上。一套宽大舒适的房子，一份稳定的高薪，一位爱的伴侣，一个老有所依、老有所养的社会制度……这千千万万个社会小分子的梦想汇集成“河”，便成就了聚集无数正能量的梦——中国梦。

我庆幸，我也是这小分子中的一员。作为一名平凡的厦门电业员工，为电网的建设而奔忙，为千家万户送去光明，身上流淌着滚烫的激情与澎湃的热血，像海边岩石一样实实在在。心中有梦，这朴素、真挚而有力的情感，叫我情不自禁地为此骄傲和自豪。

日月更替，星辰为伴，我们行走在国家电网人共同铺就的梦想路上。翻开厦门电网的发展蓝图，横贯着东西南北电力干线，在特区这片炙热的沃土上，厦门电力正不断播撒着金色种子。一座座变电站，像错落有致的明珠，闪烁在宁静的海湾，在描绘彩画的背后，是多少电力人辛劳付出的“结晶”。我们是普通的电力运维检修人，电网的维护工作让我们肩负重任，安全的使命要求我们的工作事无巨细：继电保护的二次维护细致而复杂，开关检修时登高作业的胆大而心细，高压试验测试时的精确而不含糊……曾经，夜半时分被一阵急促的电话铃声叫醒，抢修消缺的任务时常“不请自来”。穿上工作服，戴上安全帽，不论刮风下雨还是酷暑严冬，运维检修人像一颗颗璀璨耀眼的繁星，从四处汇聚，在漆黑的夜空中穿梭远行。我们“医术精湛”，凭着多年来所学的技能知识和积累沉淀的经验，为故障的电网设备进行了细致周密的勘察、诊断、消缺、处理，直至设备重新恢复正常。当晨曦踩着鸟鸣归来，那是与我们作光明的接力。一载春秋一载年，为电网设备的安全运行保驾护航是我们电力人最大的梦想，这平凡工作的真实写照，是我们电力人一脉相承的奉献精神，当有人会问为何如此反复做同一件事，答案只有一句：“我所从事的工作，很普通，但这是我热爱的事！”多直白的回答，令人感慨大爱无言。

也许这几十年的风雨穿行，我们电力人为了这个“梦想”忽略自己许多的东西：多彩的青春年华被写进“枯燥”的铅字里，无常的工作时间占用了与家人的天伦之乐，超负荷的汗滴过早压垮了健硕的身躯，但面对万家明亮的灯火，企业轰鸣的运作车间，国家经济命脉延年不断，我们的心境无比之坦荡。

我们梦想着看到羽化成蝶的美丽，殊不知破茧成蝶时有多艰难。

我们梦想着当今中国更加繁荣昌盛、国富民强，殊不知这泱泱大国历经五千年泪与血的洗礼时，充满了多少追梦人的彷徨与挣扎。

我们梦想着海西三通道点亮四面八方，殊不知条条铁塔架设于崇山峻岭时承载着多少电力人徒步的汗水与艰辛。

我们有过惆怅，也有过困惑，但却从未对未来怯懦，我们想着自己从事的工作虽然平凡，但这就是生活中电力人的真实写照。“努力超越、追求卓越”的企业精神成为我们的力量之源，“你用电、我用心”经常回响在耳边。只要心中有梦，面对再小的事情，也像大事一样用心去做，便心中无悔。

（作者系国网福建省电力有限公司厦门供电公司职工）

电力人给春天的“礼物”

赖陟岑

对大多数人来说，春天是力量和生机的代名词。在这个元气复归的季节里，人们总是迎着暖和的阳光，穿过细小的雨滴，吹着轻柔的杨柳风，汲取大自然的无限能量。

对电力人来说，春天是出发和起步的象征，他们会借着万物赋予的力量，在树荫绿草间，背上精心整理的工具包，踏上守护网架、传递光明的旅程。年年春光景相似，路上惊喜各不同，走走停停，栉风沐雨，所到之处一片绿洲芬芳。除了树群、花海、旷野、人潮，还有了许多“助耕助产”神器，那是他们给春天的“礼物”。

在崇山峻岭里，他们是雕塑匠。背靠山川河流，将光的炙热、风的模样、云的飘逸镌刻在漫长广阔的时光走廊上。借着朝阳的力量，他们为春寒未退的大地披上一层“电热毯”。浓烈的热意穿过土壤，包裹在种子周围，种子瞬间有了一股冲劲儿，用稚嫩的身体拨开湿土，拥抱春之繁华。他们则迈着轻快的碎步，悄悄地查看沿途的线路和变压器，生怕打破这份柔美的意境。准备起身返程时，抬头只见那群芳翠草正顶着尖尖的嫩芽向他们问好。

在乡田村庄里，他们是画家。奔向麦穗稻丛，把花的清香、柳条的俏然、鸟儿的恣意，勾勒在神秘洁白的画布里，扳手如画笔般在指尖转动，一条条架空线路在延伸、扩张，串起了数以万计的光明通道，让小溪、灌木、农田有了“新伙伴”。那笔直的电杆正用它的身躯俯视山川大地，那修长的银线正用它的脉搏感触风吟之音，而它们的主人正用红外测温仪、望远镜等仪器在不远处默默地看着这一切，给予无限温情与呵护。

在街口窄巷里，他们是魔术师。口袋里装着“会发光”的灯泡，为黑夜的繁星、尘世的烟火、家的温暖点缀着微微华光。在风雨降临时，他们赶忙变出螺丝刀、安全帽、手电筒等，为千万条供电通道筑上一道坚固的防护网。当骤急的风雨褪去犀利的外壳后，一大片明晃晃的灯光映入眼帘。在风和日丽时，他们变出红马甲、铁铲、树苗等，为大地增添一抹“特别”的新绿，当浓烈的阳光洒向绵延的云朵时，一抹暖盈盈的笑意迎向天空。

（作者系国网福建省电力有限公司福州供电公司职工）

大河之上

苟碧霞

古老的黄河从青海巴颜喀拉山北麓出发，一路向西，穿越高原峡谷、茫茫草原，从温柔娴静到奔腾呼啸，从细若游丝到碧波万顷。黄河穿行过的山川大地，水草丰茂，牛羊满坡，瓜果飘香，人民安宁。

我就住在黄河边上，这里的人们依傍着黄河，过着幸福安乐的日子。你难以想象黄河在这里是绿色的，有时甚至是蓝色的，像翡翠一样透亮，像大海一般深邃。

这里是甘肃省临夏州永靖县，距离省会兰州市 70 千米。在这里，诞生了新中国第一座百万千瓦级大型水电站——刘家峡水电站，是新中国治黄史和电力史上的一座巍巍丰碑。建成时居全国第一、亚洲第三，创造了水电建设史上多个第一的辉煌历史：中国第一座百万千瓦级大型水电站、中国第一座最大的水利电力枢纽工程、中国第一台 30 万千瓦双水内冷水轮发电机组、中国第一台最大的有载调压变压器、中国第一条 330 千伏超高压输电线路的起点……

黄河向西流，红山白土头。这里曾是古丝绸之路、唐蕃古道南线的主要通道，曾是“历史悠久、文明璀璨”的西羌故地，是商家云集、茶马互市的丝路要冲。距今 3000 年左右，华夏先民就在这片土地上创造了灿烂的马家窑、半山、齐家文化。刘家峡水库上游的积石山，传说就是大禹治水之地。历史如此巧合，这条崎岖险峻的峡谷，也成为新中国治理黄河的最佳之地。

时光像河流一样永不停歇。从 1969 年 4 月 1 日第一台机组投产发电开始，刘家峡水电站已经走过了 55 个春秋。雄伟的拦河大坝将桀骜不驯的黄河水拦腰截断，形成 57 亿立方米高峡出平湖的壮美景色。黄河在这里静若处子，湖光山色倒映其中，畅游水库如置身仙境。烟波浩渺，云蒸霞蔚，渔舟唱晚，水墨丹霞，你都会在这里遇见。因为水库，“蓝色黄河、阳光永靖”的文旅品牌助推地方经济迅猛发展，吸引了八方来客。电站是黄河上游重要的水利枢纽工程，防洪、度汛、防凌、灌溉、旅游、养殖等综合功能的发挥，让黄河真正成为造福人民的幸福河。

这里的人们因电站而荣，因水库而兴，因河流而过着恬静的生活。虽身处大西北腹地，干旱少雨，但碧波荡漾的水库，让这里物产丰富，鱼虾鲜美，瓜果繁多。活蹦乱跳的黄河大鲤鱼，娇艳欲滴的刘家峡草莓，黄澄澄的圣女果，还有火龙果、大樱桃，水蜜桃……让来这里旅游的人们垂涎三尺，也成为畅销省会兰州的刘家峡特色物产。

临河而立，仰望巍然屹立的拦河大坝，凝望远方舒缓而平静的河面，听着河流撞击河岸的喧嚣声，都让我无限感慨，思绪万千。我是一名“70后”，至今都记得当时的小学课文《参观刘家峡水电站》。“快看，泄洪道开闸了。顿时，湖水如万马奔腾，倾泻直下，发出一阵阵轰鸣。”

“源源不断、万马奔腾、灯火辉煌”这些字眼，今天依然深深打动着我，让我对电站充满无限想象。

除了小学学过的语文课本，父亲来刘家峡水库旅游，曾带给我一张明信片，让我对电站的钟情延续至今。我从小生长在偏远乡村，从未见过如此美丽的山水。夕阳下，一点渔火，一条孤船，一片金色湖面，暮色覆盖群山，水天苍茫浩渺，明信片带给我无尽的浪漫遐想。我从学校毕业的那个年代，国家是分配工作的，我便如愿选择到电站上班。如今，工作生活已近 30 年。随着时间的流逝，我已两鬓白发，但却越来越热爱企业和我生活的小镇。

面对河流，我无数次想象过华夏先民逐水而居的生活，想象着他们在黄河岸边，着粗布衣衫，勤劳耕作，生儿育女，一日三餐。从刀耕火种的原始生活，到古风古韵的农耕时代，再到现代化的工业文明，几千年来创造了绵延不断的华夏文明。没有先辈们的代代传承，就没有我们欣欣向荣的今天。没有哪一代人的付出不被后人铭记，也不被山川河流所见，河流教会我宽容和不争，也教会我坚韧和谦卑。

在大河之上，一代又一代刘电人从青年到暮年，守护着黄河，把水变成电，再把电送向远方，一辈子只做一件事。他们用坚守和坚韧诠释着普通人的人生追求，让黄河安澜，这就是我身边普通人的人生价值。

每一次，当我走进地下厂房断面的地下隧洞，都看到隧洞内一幅幅年代久远的黑白照片，它们穿越时空再现了那个艰苦奋斗、激情燃烧的岁月。钢钎、大锤、铁锹、抬筐和独轮车的时代早已离我们远去，老照片上汗流浃背、多拉快跑、你追我赶的精气神却呼之欲出，电站的建设史、发展史、创业史历历在目。

隧道内有一组雕塑，生动讲述了水电战线“王铁人”的感人故事。在隧洞开挖过程中，风枪怒吼，炮声隆隆，王进先率领的开挖队钻工小组勇猛作战，掘进速度遥遥领先。一天，正当钻机欢唱，一排炮眼打成，突然水源断了。有的钻杆被卡在钻孔里，拔不出来，将影响按时放炮崩岩。英雄手下无困难。他们急中生智，双膝跪地，拨开碎石，用嘴吸取地上的积水，一口口吐在风钻的进水眼里。吐一口，转几圈，最终拔出钻杆，争得了时间。“王铁人”的事迹就这样在工地上传开了。

在新中国建立之初，老一辈建设者们不仅筑起了一座水电的丰碑，也筑起了一座精神的丰碑，成为刘电人备感骄傲和自豪的精神财富，赓续传承。

我喜欢走进这人工开凿近1200米的导流隧洞，和河床下坚硬的岩石对话。它们是静默的智者，怀抱着岁月的故事，等待每一位倾听者，用心靠近，慢慢倾听那尘封的往事。这里有历届党和国家领导人的红色足迹，有郭沫若先生创作的《满江红·游刘家峡水库》。这里是新中国水电事业的摇篮，走出了葛洲坝和三峡电站的第一代核心管理人才，首创了全国科技大会奖的异重流排沙技术。这里不仅有水电战线“王铁人”的故事，也有参加过抗美援朝战役的中国人民志愿军钢铁八连指导员王土根的英雄故事，有知识分子的家国情怀，有坚定的信念，有火热的青春，有动人的爱情。有脚下生风的青年，伴着“嗞啦啦”的电流声，穿行在黑暗幽深的隧道里，让每一滴水幻化成电流，跨越西北高原的崇山峻岭，点亮城市的每一盏灯，点亮乡村的点点星光。

那些栩栩如生、年轻稚嫩的面孔，很多早已长眠于地下，与山川河流一起，成为历史的过客。这里默默工作着的每一个人，从最初的建设者、创业者们，到今天的我们，再到后来的他们，就像河流一样，前赴后继，生生不息，勇敢向前，用认真的工作、脚踏实地的生活对抗生命的虚无，创造平凡的伟大。这里没有宏大的叙事，只有实在而鲜活的人生。

春夏秋冬，朝起暮落，我都走在黄河岸边。逆流而上，顺流而下，重复着日复一日上班族的生活。平淡绵长的日子里，碧绿的黄河水日夜流淌，带给我平淡庸常的生活无尽的希望和想象。春天杨柳绕岸，夏天花满河堤，秋天临河赏月，冬天河鸥来访，我诗意地栖居在河流之上。

当河西走廊的风，突然停住了脚步；当草原的格桑花，不在风中摇曳；当大漠戈壁的落日，沉入黑夜的怀抱；当你站在兰州中山桥上，眺望黄河，凝视夕阳，你一定不会想到，刘家峡水电站的运行人员，正一刻不停地关注着发电设备，按要求调节下泄流量，进行开停机操作和设备巡回。在甘肃新能源迅猛发展的今天，电站作为甘肃新型电力系统建设的重要调峰电源，正在发挥着举足轻重的作用。这里有一群人，无论白天黑夜都坚守在地下厂房，从青丝到白发，从青春到暮年，生活在河流岸边，像河流一样，永远给我力量。

在城市的璀璨灯光里，河流悄然流淌，忽明忽暗，一路向前。我的思绪再一次飞越崇山峻岭，飞过大漠戈壁，飞向雪域高原。

（作者系国网甘肃省电力公司刘家峡水电厂职工）

脊　梁

李子言

爸爸：有谁看到我步步向前？

妈妈：多少个夜晚，孩子总是问我，灯都亮了，爸爸怎么还没回来。

爸爸：有谁知道我也想在孩子的身边？

孩子：老师曾经要我讲爸爸的故事，我读了一整本《少儿文选》，但依旧找不到属于您的那一篇。

奶奶：你的爸爸是一名战士，在电力抢修的战场上，挥舞着属于他的刀剑。

爸爸：我不是战士，我没有战士的英武和荣耀，我只是希望尽自己的一份力量为首都电力保驾护航。

妈妈：你的爸爸是一个大夫，努力排查电力设备的隐患，让夜晚的霓虹更加绚烂。

爸爸：我不是大夫，但我的手术室宽广无边，通过我的双手，可以让你在夜晚见到的光明胜过天上的月皓星繁。

奶奶：你的爸爸是汪洋中的一道白帆，点缀着我们梦想的碧海蓝天。

爸爸：我不是白帆，我和我的伙伴们在“煤改电”现场挥汗如雨，是想让更多的人看到白云还有蓝天。

妈妈：你的爸爸是一把保护伞，守护着首都人民的用电安全。

爸爸：我不是保护伞，我也害怕黑暗和登高，但在电杆前、沟道边，我的心里装的是万家团圆。

奶奶：现在你会写你的爸爸了吗？

孩子：我的爸爸是齐天大圣，每当别人遇到困难，他总会第一时间出现，他的金箍棒可以变成扳手、电线和好多我没见过的法宝，去帮助人们驱赶黑暗。

爸爸：好孩子，老爸就是齐天大圣，等有了时间，爸爸带你去生日时就想去的海洋馆。

孩子：爸爸，电视里说齐天大圣要按时吃饭，不按时吃饭就没法走过火焰山。

妈妈：你不是喜欢蜘蛛侠吗？怎么喜欢上齐天大圣了？

孩子：嗯，齐天大圣比蜘蛛侠更厉害，他魔法无边，像爸爸一样为客户排除万难！

奶奶：孩子，工作再累再忙也少抽点烟。

爸爸：妈，您放心，您的儿子已不再是那顽劣的少年。

妈妈：孩子他爸，宝宝的学习你别操心，他不会的英语，我带他再多读几遍。

爸爸：辛苦你了，为这个家，辛劳的记忆已经悄悄爬上了你的脸颊。

孩子：爸爸，您辛劳了半辈子，现在请您抬头看一看，儿子这张期盼的脸。

爸爸：我看到了，你是个懂事的孩子，请原谅爸爸，在你成长中，爸爸没有时刻相伴，但你的每一次跌倒再爬起，爸爸都谨记心间。

妈妈：为首都的蓝天，为温馨的家园。

孩子：为祖国的花朵，为孩子的笑脸。

爸爸：我们真心奉献，工作在现场第一线。

奶奶：你们是顶天立地的脊梁，个个都是英雄好汉。

合：对，我们是共和国的脊梁，电力员工都是英雄好汉！

（作者系国网北京市电力公司朝阳供电公司职工）

壮美在征程

陈　达

北风呼啸，铁塔上的银色琴弦，用沉重的弧线慢甩着被冻僵的音符。

铺天盖地的大烟炮，疯狂乱叫着蜂拥而至，蹂躏和杀戮着冻土上的生物。

雪虐风饕的白色恐怖，够冷酷，够无情。这时候，一朵花的大地，比没有花的大地荒凉；有了人的雪域，比没有人的雪域酷寒。在这片寂寒的银色世界里，突然出现几个人影，他们把身体蜷成一种弧度，纤夫状拖曳着深浅不一的脚印，踯躅前行。头上的白霜，聚集在眼眉、围脖、帽檐。被寒冷捣碎的风雪，灌饱裤腿和袖口。他们不是远涉的纤夫，不是失意的流放者，也不是不知家落何处的闯关东人，他们是第 24 届世界大学生运动会的保电人。

大雪封山，封不死前行的脚步，更封不住从未屈服的心。没有道路的巡线征途，跌倒了算什么，雪深过腰有啥了不起？爬起，仍是一条顶天立地的汉子。

在寒风和冰凌中坚守岗位，错过了开幕式精彩的圣火火炬点燃仪式，维塔斯高亢的《天籁飘飘》也无法驻足聆听。暴怒的风夹杂着雪的鞭子与你同行，一次次凶猛而有力地抽打你的全身刮去你躯体的热度委屈你的神经，席卷而来的野性攻击，从未让保电人内心冰凉和胆寒。嘴唇和牙关紧闭抵抗着白毛风的气势汹汹，一口老酒与根植于内心的信念种子在刺骨的磨砺中，钻木取火出可以暖遍全身的火焰。

停步，驻足。冻得僵硬的双手又一次举起，把铁塔和导线用红外线诊断。天寒地冻也要把改版过的大冬会会歌哼唱：We are no young，we are strong……前进，向前。披荆斩棘翻山越岭，用双脚在白茫茫的雪野上印下激情的音符，保电人巡线的壮美乐章便在冰天雪地的征程奏响。

信念不灭，火焰不熄。

其实，这世界本无传奇。人，好多的时候就是这样：个性和意志因环境的改变而张扬，艰苦凸显生命的卓越。除非自己的梦想按兵不动，否则，谁能阻止随时迸发生命力的精彩，谁都能用拼搏去荣获金灿灿的奖牌。

（作者系国网黑龙江省电力有限公司牡丹江供电公司职工）

以春的名义，赞美你

徐明莉

瓣瓣雪花飘落在开往春天的列车上。我知道：冬天储存的热情种子，必会在春天生根发芽。当冰封的松花江水开始缓缓流动，当小草冲破桎梏冒出尖尖小头，我听见灵魂深处“电力的赞歌”在枝头朵朵绽放……

立　春

“春已归来，看美人头上，袅袅春幡”，揉一揉冬乏的睡眼，在二月的暖阳里醒来。

北方的立春，没有迎来春雨，却迎来一场春雪。当春雪遇上春风，皑皑白雪下，一切都在悄悄萌发，静静生长。

这一日，东北素来有“咬春”的习俗。咬春就是吃春饼，也有叫吃春盘的，吃一些春天的新鲜蔬菜，既能防病，又有迎接新春的意味；这一日，家家户户围坐一团，欣赏着“东风夜放花千树”的盛景，品尝着又薄又软的春饼，欢歌笑语，一片静好；这一日，节日的烟火璀璨。一群可爱可敬的电力人，昼夜不休地24小时坚守着自己的岗位，从繁华的都市到偏远的山村，从乡村田野到陡峭山岗，从塞外北国到美丽南疆，他们将滚烫的电流传到祖国的每一个地方，那些光亮与温暖激励着许多人。

银线间、铁塔间，变电所、线路下、集控室，城镇人家、山间乡野，无一不是他们的影子。排查隐患、整治缺陷，他们不知疲倦地忙碌着，为电网设备“强筋壮骨”，为电网安全“保驾护航”，激励他们前进的是优美的正弦波、电子流，是一张张笑脸背后的坚守与奉献。

这样的工作对于他们来说是常态，一年365天，不管是风吹雨打，还是严寒酷暑，抑或是节假日，他们都不曾有半分懈怠。这份工作是枯燥的，也是艰苦的，他们没有一丝怨言，迎着晨光、沐着夕阳，带着一份热爱，将大地“电”亮。他们用无私奉献的“舍”与“守”，成就了千家万户的用电无忧，成就了节日期间万家灯火明。

雨 水

二月里，雨水至，声声念念，它带着天空的深情、大地的期许，悄然降临。这一日，万物处于勃发之际，连平日里冷峻巍峨的铁塔银线，也仿佛平添了许多柔美与生机。

鲜红的党旗、鲜红的马甲、鲜红的心，如一簇簇红色的火焰在舞动，在春日的大地上留下了一帧帧漂亮的剪影……

他们用“忠诚担当”点亮万家灯火；用“求实创新”深耕电力沃土；用“追求卓越”书写蓬勃初心；用“奉献光明”绘就光荣使命。他们迈着坚定的步伐，朝梦想奔跑，向春天进发，用智慧的双手弹奏出人间最美的乐章。

你听，“春眠不觉晓，处处闻啼鸟”是唐代诗人孟浩然听春的声音；“绿杨烟外晓寒轻，红杏枝头春意闹”是北宋文学家宋祁“闹”春的声音；“人间烟火盛处，正是万家灯火”则是电力人发自内心“写春”的声音。

你听，叮叮、当当、哐哐、嗞嗞……一波春天里的电力声音，正浩浩荡荡地涌来……

每条线路上、每个杆塔下、每台设备前，都有他们巡检的声音，这些声音汇聚成春天的歌谣，为这片土地带来勃勃生机；他们奔走在田间地头、企业校园，身披霞光与月色，将优质服务送到每一个用户身旁，满足人民群众美好用电需求。他们用“电”传递着挚爱，用“心”书写着真情，那一声声问候、一声声感谢……是电力人唱响的“你用电，我用心”的优质服务“主题曲”。

惊 蛰

“微雨众卉新，一雷惊蛰始。”3 月 6 日，是二十四节气中的第三个节气——惊蛰。

春雷响，万物长，正是春耕好时节。农民们开始为春种做准备，大地上一片欣欣向荣的景象，“红马甲”也成为这片黄土地上美丽的点缀，一张张笑脸，如春天里的蜜糖甜到了每个人心中。面对一双双紧握的双手，他们说：“我们在哪里，光就照到哪里，当大地上的‘银河’璀璨了整个星空，我们所有的付出都是值得的。”

“惊蛰春雷阵阵，催开万里红妆。”仿佛一夜之间，牡丹江的春就开始萌芽，风也开始变得温柔起来，牡丹峰的冰凌花陆续绽放了。金黄色的花朵，顶冰而出，它们或刚刚打出花苞，或含苞怒放，一簇簇、一片片，分外娇羞，瞬间心怀放开，天大的事都不成事，只想留住这花开的美好。

冰凌花，北方的报春之花。这些花，让我想起了可爱、坚强、勇敢的电力人。当我们在温暖的家中享受着生活，当整座城市井然有序地运转，他们采一缕晨阳的曦晖，背负起百姓的希冀，走向人家，走向田野，走向深山。他们与严寒酷暑为伴，与漫漫长夜为伍，他们顺着整齐的平行线，将动人的五线谱画在天宇。他们无怨无悔地守护着万家灯火，却一次次缺席了陪伴亲人的幸福时刻。

春 分

“儿童散学归来早，忙趁东风放纸鸢。”春分这天，突然想起这句诗。若在渐浓的春日里，奔跑着放飞风筝，与生机勃勃的春天时节相得益彰。

理想很丰满，现实很骨感。一场大雪无约而至，雪一下，如一幅水墨丹青，黛色霜青间平添了几分苍茫、几分悲凉。

3月飞雪，是一种无法言说的痛。走在大街上，路上的各式车辆小心翼翼地前行，行人们深一脚浅一脚地匆匆赶路，清洁工们正在费力地清扫着积雪，我不由停下前行的脚步，将他们最美的样子留在我的镜头里。

在我的镜头下，最美的不仅仅是清洁工们，还有奋战在一线的电力工人们。这场雪，让刚有回升的气温，瞬间回撤，温度降到了零下十摄氏度。现场的电力工人们，依旧穿着厚厚的工作服，面颊在凛冽的寒风中冻得红肿，戴在绝缘手套里的手指变得越发僵硬，但对待工作他们却是一丝不苟的。每到一处，他们都拿出红外测温仪，对设备进行“望、闻、问、切”的检查，一顿巡视操作下来，他们的眼睛、眉毛上都挂了霜，他们笑称自己是3月里的“圣诞老人”，我也被感染着笑了起来，笑着笑着，眼睛变得模糊起来……

清　明

“清明时节雨纷纷，路上行人欲断魂。”今年的清明却是天空澄碧，蓝天白云，晴朗湛蓝。清明，是天朗气清的清明，也是踏青寻春的清明，更是情深追思的清明。二十四节气中，唯有清明既是一个节气，也是一个传统节日。

这一天，思念最长，长到能跨越山海穿越时空；这一天，可以将民族气概藏在大山大河的壮阔中，将炎黄子孙的血脉氤氲在九州大地；这一天，可以通过历史长河去饮水思源，更可以将奔腾不息的红色精神代代相传。

从一盏灯，到一盏盏灯，灯火通明；从一座塔，到一座座塔，铁塔林立。今天的光明，是我们的党一次次划破黎明前的黑暗，带领我们迎来春花的灿烂；是锤子、镰刀敲击出炽热的火，点燃电力人的热爱之火；是一代又一代的电力人栉风沐雨、披霞踏浪，将光芒播撒大地照耀长空。“江山代有才人出，各领风骚数百年。”一代又一代电力人拼搏奋进的身影，见证了电网的发展和时代的变迁。

在一个个风雪同行的日子里，吃着热乎乎饭菜的我们，或许并不知道，在雪地里巡线的电力人，只能啃着干硬的食物充饥；在一个个天寒地冻的夜里，熟睡的我们，或许并不知道，有这样一群电力人，为了你的温暖，他们正冒着风寒分秒必争地奋战着。这是一批关键时候“拉得出、顶得上、打得赢”的电网铁军，他们正在新时代“赶考”路上书写着一份无愧于人民的答卷。

谷 雨

有人说谷雨是春天的最后一次回眸，于北方来说，谷雨何止是回眸，应该是一场盛大的明媚。作为春季最后一个节气，谷雨有两种叙事：一是“雨生百谷”；二是“仓颉造字”的传说。

谷雨时节，雨润大地。北方的黑土地上，勤劳的农人撒谷插秧，种瓜点豆，庄稼人的嘴角挂满了笑容，黝黑的脸庞红润满面，犁开沉睡的土壤，将希望植入泥土。大地、人、远山构成了一幅山水风景画。

晨光熹微，伴着清脆的鸟鸣，电力人也开始了一天的工作。

“等闲识得东风面，检修设备保安全。”在高高的电力杆塔上，他们的动作娴熟灵动，犹如银线上飞舞的精灵，随着高空进行曲迈出轻灵的步伐。其实，这只是我抓拍到的一个镜头，实际上是他们有时候需要在上面连续工作数个小时，一天工作下来，手发抖、脚发颤，全身上下好像散了架。

“疏影横斜水清浅，巧匠妙手隐患除。”轰隆轰隆，机器的轰鸣声谱写着欢快的节拍，奏响乡村振兴协奏曲。潺潺的流水滋润着每一寸土地，也滋润着农户们的心。“有困难了，咱不怕，有电力人在呢。”“红马甲”穿梭于田间地头，农户们的心儿变得越发踏实。

“春风春雨春意浓，设备平安不等闲。”倒闸操作时弹奏出蓝色的弧光狂想曲，一年一度的电力春检工作正在如火如荼地进行着，劳累了一冬的电气设备，迫切需要一次全面的“体检”，电力“医生”们用精湛的技术为设备“把诊问脉”，力求设备能够达到最佳的运行状态，为千家万户送去光明。

“铁塔银线两相牵，春光无限抒热爱。”热爱光，热爱春天，看见光明，看见爱，在谱满深情的银线上，在守望互助的高塔上，在电流汩汩流动的设备旁……春无处不在。

勇敢美丽的电力人啊，今天，我愿以春天的名义将他们的身影缀入花香四溢的花朵里，缀入热血涌动的心中，只愿明媚随春在，光明深阔，灯火温暖！

（作者系国网黑龙江省电力有限公司牡丹江水力发电总厂职工）

有了电，眼睛亮，心里也亮了

吉建芳

大院突然有人喊："失火了，电线着火了！"

大火骤起，迅速铺天盖地。

一院子人慌忙抢搬着东西，救火。

众人合唱：老房子着火呼啦啦，眼看柱倾梁垮塌；早上财神还理事，转眼供桌焚如渣。

房东太太呼天抢地：天哪！咋烧得这快呀！快，快，我的私房钱哪！

房东儿子在替其母抢救私房钱时，不慎被一根垮下的大梁砸伤……

最终被租住的农民工从火海中成功救出，房东太太的私房钱也完好无损。

农民工此举令房东夫妻二人尴尬之极，良心发现，跪求众人谅解。

这是大型秦腔现代剧《西京故事》中的一场戏。多年前的一个夏夜，此剧在北京长安大剧院上演时，我恰好看了这场戏。

电给舞台艺术增色添彩，并让这一艺术形式的作品更加丰润饱满，更富有表现力和感染力。

戏曲是一种历史悠久的舞台艺术，而且是高度综合的舞台艺术。灯光、音乐、舞美等都是瞬间的，容不得任何失误，都离不开电。没有电那时候，戏曲演出照明点的是桐油灯。后来，渐渐发展到汽灯。有了电以后，戏曲表演就有了很大改观。起先，电的主要用途是舞台照明，慢慢地，电营造的绚丽灯光已然成了戏曲的灵魂，成为人们思想和艺术升华的一个重要因素。

如今，我们很难想象假如没有电，怎样去表演戏曲，怎样更好地进行艺术呈现，即便白天演戏，仍然需要话筒传声。其实不只戏曲，所有舞台艺术早已和电有了一种非常紧密的联系。

那天，我和第十四届全国政协常委、中国作家协会副主席陈彦在北京长安大剧院后台的休息室聊天时，长安大剧院的舞台上，由他创作并担任出品人的大型秦腔现代剧《西京故事》正在进行赴京展演的最后一场，首都各界人士全神贯注地欣赏来自三秦大地的视觉和听觉盛宴。斯时，陈彦是陕西省戏曲研究院院长、陕西省文联副主席、陕西省剧协主席。

一出剧目上演，犹如万马千军在疆场厮杀。而陈彦，则是那位主帅。他忙而不乱，忙而不慌，从容不迫，坐镇指挥。

一份资料上说：在陕西，没有一个剧作家像陈彦那样几乎囊括了所有的国家级戏剧奖项；在全国，没有一部现代戏剧像陈彦创作的《迟开的玫瑰》那样久演不衰。

当天晚上八点多，演出正式开始后，陈彦还在给身边的工作人员交代当紧的几件事情。旁边，一名工作人员按照陈彦的安排，正在一台笔记本电脑上快速敲击着键盘，不时地询问几句。身为陕西省戏曲研究院的院长和《西京故事》的出品人，那场演出又是赴京参加文化部调演的最后一场，许多事情都需要他操心，许多人员的调配他都得过问，各个环节都要他掌控，怎一个“忙”字了得。他不时接听各种电话，忙不迭地回复短信，安排处理各种事务。

又发完一条短信，他用略带陕西腔的普通话说：电是现代化最重要的元素。没有电，什么也干不成！

虽然很忙，每一次重新开始谈关于电的话题时，陈彦都要大谈电给人们的工作和生活带来的种种便利，以及对自己创作的支撑。他笑着说，自己已经用电脑写作好多年了，没有电，写作自然也就停止了。从豆油灯下走到电脑时代，就再也回不去了，也不愿再回到以前的那种状态。

陈彦还讲到人生过往中其他一些和电有关的记忆。其间，他表扬了一个人，揶揄了一群人。

他表扬的人叫爱迪生，是举世闻名的美国电学家和发明家。爱迪生一生共有约两千项创造发明，而人们记住他，多是因为他发明的电灯。陈彦称其为“世界上最伟大的发明家”，他说，电的发明比什么发明都重要，哪一项发明的重要性都超不过电。

他揶揄的那一群人有个共同的名字——皇帝。陈彦说，现在，即便普通老百姓都要比过去的皇帝过得好。电已经让人们享受到空调，冬暖、夏凉。而过去的皇帝，只能夏天靠扇子纳凉，冬天靠炭火取暖。其实，电让如今的老百姓过得远比过去的皇帝要好的方面还有很多，很多。

听他如此一分析，我强忍住没让自己笑出声来，只一再地点头称是。

光阴荏苒。

近年来，陈彦围绕他钟爱的戏剧艺术，相继创作了《装台》《主角》《喜剧》等扛鼎之作，喜获“矛盾文学奖”“五个一工程”奖等，有的还被改编成影视作品。

那次，我还与《西京故事》的导演、国家话剧院原副院长查明哲聊了聊。《西京故事》是他第一次导演的秦腔现代戏。身为导演，查明哲对电的感受则更加深刻。

每次演出，当舞台搭起来后，最重要的就是做光。一场演出，要完全依靠灯光来制造奇异的、幻觉的、环境的效果，强化舞台的气氛和演员的情感，利用电、依靠电，使演出舞台变得明亮灿烂，变得神奇美丽。如果没有电，一切舞台艺术必然黯淡无光。电是舞台艺术非常重要的、充满光和神奇的艺术手段，是舞台艺术赖以生存的基本要素，也是最重要的要素。

查明哲从莫斯科留学归国后，先后执导了“战争三部曲”（《死无葬身之地》《纪念碑》《这里的黎明静悄悄》）等一系列震撼灵魂的作品，在国内引起极大反响。评论界认为，他导演的戏剧作品改变了当前中国戏剧的生态，被誉为“旗帜性的人物”。之后，他导演过许多戏剧形式，但导演秦腔现代戏还是第一次。

他谈道，无论自己的生活还是社会生活，和电都是紧密相连、密切相关的。没有电，就没有了光。之后，身为导演的他，谈得更多的，是和他热爱的舞台艺术有关的话题。我不知道他多次提到的发音为“kou”的究竟是一种什么东西，计量单位？还是……它是什么其实并不重要，重要的是电给导演执导的舞台艺术增色添彩，并让这一艺术形式的作品更加饱满和丰润，更富有表现力和感染力。

他还讲到一位被他们叫作“星光”的灯光师，讲到电没有被普遍应用时的舞台照明，讲到在自己导演的作品中，曾有过为数不多的几次停电经历。

虽然电很重要，但是之前和之后的所有正常情况，还是不会觉得它有多么重要，只是因为它的偶尔意外给演出带来影响，那么多的人、各种道具、设备全都停在那里，全都处于黑暗中，许多情感和感觉就都放大了。正因为这种意外，才会觉得它的不可或缺，感知它的重要性。家里偶尔也会意外停电，但是感受没有演出时那么明显和深刻，就因为停电影响的重要程度不同。

而《西京故事》的男主角李东桥对电有自己的认识。他说，剧中的“电线着火”这个情节，其实只是一个寓意，是一种意象。

剧中利欲熏心又极其刻薄的城中村房东夫妻，为了省钱，租赁房的电线太旧了需要更换，他们却不愿花钱，从其他地方找来旧电线勉强使用。租赁房过于拥挤，到处私接乱拉电线，存在诸多安全隐患，却还是要涨房租。终于引发火灾，房东一家张皇失措，最后，还是租住的农民工齐心协力、奋不顾身将大火扑灭。农民工的朴实、善良、真诚，和房东夫妻的自私、狭隘、鄙劣形成强烈对照和鲜明对比。这个剧试图通过这一剧情，激发人心向善的那一面。

裹着一脸油彩的李东桥说："电是很重要的！没有电，演员就没法在舞台上进行艺术表演。电不但带来了光明，还带来了精彩的舞台效果。身为戏剧演员，我每次登台都要全身心地投入，把状态调整到最佳。这和电力供应一样，每天都是重复的，但又都不是重复的。十年磨一戏。有许多内容，唱腔和动作必须不断完善，尤其是现实题材的。"

整台戏的演出，从一上台就和电密不可分，其实上台前就已经要靠电来支撑了。灯光、音响等所有环节都和电有关，灯光也在说话，也在表现主题和情节，要配合戏剧主人公的情绪变化。

电，我们的生活不能离开它，其实每个人在生活和工作中对电的依赖都差不多。已经无法想象没有电将会是怎样的一个状态。没有电怎么生活，不敢想象。有了电，眼睛亮，心里也亮了。小时候在农村生活，没有电，就点着煤油灯。长大后进了城，享受到电带来的美好生活，很珍惜。

（作者系国网陕西省电力有限公司职工）

立夏未夏

袁宁廷

今日“立夏”，拉萨城天气的关键词却是“雪”，气温0至7摄氏度，穿衣指数还停留在毛衣、防寒服等厚重衣物。城区四面山体三分之一以上都被皑皑白雪覆盖着，显得那么高大，那么圣洁。身处这座5月还会被连绵不绝的雪山包围的小城里，任谁都会如涓涓细流般，从心底悄然滋生对雪山的膜拜之情，它渐变成一股强大的力量，支撑着行走在这座城里的人们。目之所及处，云上是雪山，云下是拉萨城，一半仙境一半人间。

早上8点多，天边的雪山和云层遮住了本应落在这座城里的阳光，虽然阴沉，但和布达拉宫相映成趣，驱散了城中的阴霾。四周的山上雪花纷飞，城中的空气中落下的却是淅淅沥沥的雨滴。一群年龄跨度从20多岁到40多岁身着国网公司冬季工作服的身影，在布达拉宫西北角的火电厂生活区里等待着班车，接近零度的温度让这群人不住地瑟瑟发抖，他们的呼吸在冷空气中凝成一阵阵白色的雾气，脸上泛着红晕。尽管夹杂着寒风的雨滴一直在飘落，但是没有一个男同事打伞，只有两三位女同事撑着伞。毕竟拉萨这座小城不是南方，最大的特点就是夜雨多，“夜间雨雪纷飞，白天阳光灿烂”成为拉萨城的气候特点，能扛的人，待久了都不屑于打伞。一群人眼中闪烁着期待的光芒，等待着班车的到来，也等待着阳光的到来，希望拉萨城立夏的阳光能驱散独属于高原，持续了7个月的寒冷。

这时候终于有一位戴着手套撑着伞的女同事不耐烦地开口了：“劳动

节假期刚过，今天第一天执行夏季时令，班车司机是不是忘记 9 点上班了呀！谁给后勤车辆调度中心打个电话，问问司机怎么还没来！”

旁边没打伞的一位男同事立马说道：“节前我留意了后勤部发的通知，白纸黑字写的‘火电厂至区公司’早上最后一班是 8 点 20 分啊，我来给老方打电话。”

说完，这位男同事迫不及待地拨打了车辆调度中心的电话，电话一通马上质问：“老方，什么情况！8 点 21 了，班车怎么还没来？”其他同事马上向他靠近了几步，都想听听话外音，打伞的女同事为了能听清，马上撑着伞凑了过来。

打电话的男同事几声“哦！啊！嗯！”后挂了电话，一肚子怨气地对其他同事讲：“老方说了，董事长节前保电会议上强调，我们是国有企业，让大家讲政治纪律！以后上班提前 10 分钟到办公室，所以最后一班车时间调整了，8 点 10 分发车，是我们错过了班车。”

话音刚落，众人一阵唏嘘，感慨公司的执行力真强！为了跟上“我国经济社会和人民生活的巨大变化”，上班时间说提前 10 分钟就提前了 10 分钟，也不给众人反应的时间。

感慨还没结束，刚刚打电话那位男同事的电话又响了，是老方打来的，他立刻接通，一阵“行！好！可以！”后，马上对众人说道：“老方安排了辆在附近加油的车，5 分钟后到！”

众人这才停止了唏嘘，安安心心地等起了班车。

没过几分钟，班车出现在同事们的视野当中，女同事收了雨伞，男同事抖了抖身上的水珠，大家匆匆忙忙上了班车。

车上的人你一句我一句，议论着西藏的变化。说西藏民主改革 65 年来，人均预期寿命由 1951 年的 35.5 岁提高到 2021 年的 72.5 岁；说看看新中国成立 75 年来，西藏取得的成就，咱们西藏的边防哨所都用上了大网电；说咱们西藏自然条件艰苦，中央对西藏的干部职工多么的好……

一位女同事捋了捋头发说：“我 19 岁中专毕业就来咱们西藏电力工作

了，干了一辈子，我就不理解了，咱们西藏公司可是全国唯一还在亏损的电力企业，边防供电我能理解，花几千万铺设一条电缆到边防哨所那是国防事业，可是那些个边境村，一条架空线路从雪山敷设过去，花的钱都够把全村人迁到成都去生活了……何必浪费这么多钱？我可是测算过，咱们线路建设成本，按照一个村几户人的用电量，250 年才能收回成本，还是咱们线路不老化，能无损服役 250 年的情况下！”

设备部的男同事说：“姐，咋可能服役 250 年啊，不说咱们高原紫外线那么强，绝缘层能坚持几年，就说西藏大风天气占全年的 30% 至 40%，就算用钢芯铝绞线的 500 千伏线路，能服役两三年不出故障就算运气好了，更别说西藏地质灾害频发了。我有时候就不理解了，干吗不把边境村的人都迁走，我们运维压力能小多少！”

营销部的同事说：“可不是吗，我们线路电阻损耗的电量都不比那些边境村用的电多，电送到村民家里，电费才 0.49 元一度！只要给他们供电，就会一直亏损下去！大伙回忆下，电费从 90 年代到现在一直是几毛钱一度，那时候我记得汽油 1 元多升，看看现在的油价，拉萨城的油价突破 10 元一升指日可待！”

党建部同事接过话来：“你们忘记了党中央领导人给西藏隆子县玉麦乡牧民卓嘎、央宗姐妹回信了吗？有国才能有家，没有国境的安宁，就没有万家的平安。祖国疆域上的一草一木，咱们都要看好守好。国家电网作为民生保电的国有企业，赔钱不涨电费，人民电业为人民不是应该的吗！再说了，推进碳达峰碳中和是党中央经过深思熟虑作出的重大战略决策，是我们对国际社会的庄严承诺，也是推动经济结构转型升级、形成绿色低碳产业竞争优势，实现高质量发展的内在要求。”

发展部的同事听了这话，马上提起精神，说道：“对啊，咱们西藏除了几个应急电源是柴油机组，剩下的可全都是风、光、水这些清洁能源了，按照‘新型电力系统’的定义，咱们国网西藏电力一定能率先建成新型电力系统！再说了，公司为了节能减排，不是不允许我们开私家车上班了吗？不过咱们班车都不算是新能源汽车，后勤部没做到位啊！”

这时候后勤部的同事马上坐不住了，气冲冲道：“不是我说啊，知道咱们自己的班车、抢修车为啥都不用新能源汽车吗？那是因为就咱们这个气候条件，续航500公里的电动汽车，在西藏能跑250公里就算不错了！之前试点的那几台电动汽车，我就不作评价了！刚刚害我们急刹车的那台新能源汽车！人家一天得充几次电的，大家不要计较，以后开车碰见新能源汽车了也都让让！”

科技部的同事听了这话马上接道：“新能源汽车在我们西藏不行，也只是目前的状况，去年咱们公司才安排了‘多元电化学储能’科技项目，相信不久的将来，能够适用于低气压、大温差的储能电池技术难题一定会被攻克的！归根结底还是咱们西藏的气候条件太恶劣了！变电站里应急电源磷酸铁锂蓄电池，在平原地区使用寿命10年都没什么大问题，但是在西藏，三五年就会鼓包，容量断崖式下跌！”

工会的同事听了这话感慨道：“大家不要再说西藏的气候条件了！现在科技进步了，我们和后勤部不是给大家在生活区安装了制氧机吗？大家看看现在的条件，坐在家里花四毛六,一度电能吸一两个小时的氧，想想‘缺氧不缺精神’的前辈们，那时候吸一口氧多困难，再说国网工会的智慧医疗系统已经上线了，大家身体出现不适，点点手机不就能马上见到医生了吗？”

法律部同事的脸马上阴沉了下来，讪讪道：“可惜啊，我们部门的老领导没赶上好时候，50岁刚打了退休报告，还没批下来人就因为高原型心脏病没了，要是他们那个年代能够普及制氧机，也许就不会这样了！今年体检，我也查出来了心肺轻微变大，我才30岁啊！希望不要延迟西藏干部职工的退休年龄！就我这身体，我怕我也坚持不到退休啊！”

听了这话，班车上的气氛开始压抑起来，众人开始变得沉默。最早提出问题的那位女同事感受到班车上气氛的变化，开始在心底责怪自己：“唉，都怪我，不应该在班车上谈退休的事，一车人的心情现在都因此变坏了。”

班车仿佛变成了河道里的一条大鱼，随着拥堵的车流在布达拉宫前的北京路上穿过最后一个十字路口，河水冰冷刺骨。直到司机将班车开到了国网西藏电力的办公楼前，时间刚好是 8 点 48 分，拉萨城里的雨夹雪越下越大，能扛的同事裹紧了身上的冬季工装，快步走下车，急匆匆地走进了办公楼，不能抗的同事们在下车前就重新把雨伞从带着水渍的伞套里抽出来，戴好了手套。虽然还有 12 分钟才到 9 点，但是大家都没往食堂的方向走，或许是天气的原因。那位 44 岁的女同事虽然打了伞，可当她坐在办公电脑前的那一刻，她掺着些许白发的刘海却依然被打湿了。她从办公桌第一个抽屉里拿出一包纸巾，拭干刘海上的雨水，按下了办公电脑的开关，电脑右下角显示的时间恰好是 8 点 50 分。

拉萨城里的雨夹雪变成了鹅毛大雪，拉萨城的街道开始慢慢变白。布达拉宫，如同童话中的仙境，美得令人窒息。洁白的雪花纷纷扬扬地飘落下来，直到布达拉宫的红墙金顶也变成白色，使得这些原本就已经非常艳丽的颜色变得更加鲜艳夺目。雪花闪烁着晶莹的光芒，仿佛无数泪珠镶嵌在宫殿上，让布达拉宫和拉萨城一起变得更加神秘和庄严。

游客们在大雪纷飞的布达拉宫前，感受着大自然的神奇魅力，无忧无虑地欣赏着更加宁静、神圣的拉萨城美景，感慨道：“在拉萨城能够遇见‘立夏未夏’的奇景，我该是多么地幸运啊！”

（作者系国网西藏电力有限公司职工）

电力人的浪漫时刻

拉巴卓玛

淡淡的暮色笼罩着整个城市，喧嚣的走廊也开始褪去忙碌的外衣，可多愁善感的触角却变得格外活跃，不停地按动思绪的闪光，好像想要在昼夜交接的时刻同时窥探工作和梦想的模样，也试图为工作和梦想谋划一场浪漫的相遇时刻。

如果说梦想和工作像两条平行线，永远没有机会偶遇，那即使离得再近，每次从某个点奔向另一个时都会有种去约会的错觉。也许，起初还能享受那种刺激，但渐渐地要不厌倦了工作，要不淡忘了梦想，久而久之，回望着远去的两条线只能感慨造化弄人。如果说梦想和工作是两条相交线，相遇后立马要分开的焦虑冲淡了一切憧憬，也许会说相遇后可融为一条线，可这是多么地可遇而不可求，又有多少人成为那个被生活和梦想双重眷顾的人呢？也时常在想，如果我有幸两条线变成一条，是否能够像现在一样谈及梦想时，嘴角上扬，欢呼雀跃，当梦想或爱好成为我生存的工具时，我是否还抱有期待，感到欢愉，我无法定论。

这么一想，如果梦想和工作能像双螺旋线那样不断相遇，不断观望，不断期待，不断遐想，不断思念，也不断雀跃，没有平行线的绝望，没有相交线的焦虑，短暂的离开注定在某个更好的顶点相遇，那是多么浪漫，多么幸运。

“我从小对爬山有种执念，虽称不上梦想，但我确确实实非常地喜欢爬山，只要有休息时间，我不是在爬山就是去爬山的路上。”他虽然喘得上气不接下气，却自豪地指着远处他一遍遍顶着烈日暴雨，冒着寒风暴雪用脚步丈量过的绵延山峰，说："毕业后，我有幸被分配到了输电班，这也注定我和我的爱好时常相遇、重合。每逢我拿到巡线任务单时，都有一束光照进我的世界里，在明亮的聚光里，我的工作和梦想手拉手跳着舞欢呼着。在上山巡线的过程中，即便面对无比恶劣的环境和艰辛的工作，当到了山顶看着山脚的村落，想到我们电力人的每一滴汗水都将承载点亮人们生活的重任，而空中穿梭的五线谱般的线路会吟诵我们照亮世间每一个角落的决心，此刻，我感到无限的快乐，也感到无比的自豪和浪漫。"

沉重的斜挎包，沾满泥的裤脚，黝黑的皮肤，干裂的嘴唇……无一不形容着汗洒山间小村的输电巡线员为了检查每一根输电线路安全和查找每一处电路隐患时艰辛的背影；而专注的眼神，坚定的意志，无畏的精神……无不展现着每一个输电巡线员照亮每一条乡村小路，点亮每一个山区家庭的决心。他们每一次填写工作票都成了与梦想相遇的记录，每一处找到的线路问题变成了一个个向着梦想奔赴的证据。也许，时常在上山巡线时忙着看线路，忙着抢修，忙着梳理每一处问题，忘了欣赏山间日出日落、云起云舒的美景，忘了感受梦想在耳边吹动的清风，但当下山整理隐患缺陷记录时，当夜深人静倾听梦想的耳语时，与爱好和梦想在忙碌中相见过的喜悦依旧充盈在身边，说不尽的成就感在心间挥之不去。

看着满脸欢愉的输电巡线员，回味梦想和工作不断在生活中交替出现，又不断同时偶遇的幸运样子，站在他身边都能感受到他的幸福和愉悦。也许，这是梦想和工作在他的身边和睦相处的模样，工作滋养着他的身体，梦想滋润着他的精神，不断的相遇重叠，连相互切换、不断偶遇时的阻碍和困难都为他消灭得一干二净。作为工作和梦想的宿主，他才那么充满力量，充满活力，这也许就是幸运之神眷顾的样子吧。

我在想，他在办公室里一遍一遍地梳理巡线计划，反反复复打磨检修程序的背影，是否正是用更好的样子去相遇梦想而做准备的模样。原本枯燥的巡线和繁琐的记录隐患过程，在梦想和爱好的加持下，变得妙趣横生。此刻，繁重的工作也长出了思念和期待的犄角，变成了我们喜爱的样子。

阳光越过漫长的时间线，已经在变电站后山顶上站最后的岗，他抬头看了眼夕阳，又看了眼面前纹丝不动的电话，又数了数最后一本书仅剩无几的书页，些许懊悔，这次驻站工作量自己参考了上一次半夜还要到纳木措断电抢修的驻站经历。他只好长长地叹了口气，合上书，伸了伸懒腰，走到变电站门口，环顾了一周，见周围一如既往的看不到任何活口，抬头望着涌动的云朵，开始习惯性地预判云朵变换的形状和流动的方向，只要猜对一个就取一块石子堆在一边，也不知过了多久，已经堆出了一个小山模样，高度已经到了脚踝处，电话依旧毫无动静。

守变电站时经常需要同孤独寂寞为伍，需要同变电器二十四小时运作噪声相伴，需要同三餐不定、昼夜颠倒的工作作息相守，需要同恶劣的天气、糟糕的环境抗争。但是，他们每个人在自己平凡的工作岗位上，怀揣着最美的梦，以一颗赤诚之心，努力奋斗着。也许，他们觉得自己的守变电站的工作平淡无奇，也许，每一次倒闸、每一次抢修、巡线……，他们甚至都觉得讲出来无聊至极。但他们不知道，因为有他们的默默奉献，夜晚的街道才能如此美丽，他们的默默坚守，照亮了多少人回家的路，他们的默默努力，驱散了多少人照不亮的黑暗。在每个孤独的夜晚，守光人的梦会骑着一颗颗电子通过一根根电线撒向每一个不为人知的村庄角落，在那里熠熠生辉，格外耀眼，他们的梦想和工作在那一刻相遇，在那一刻守光人站在梦想的肩膀上审视着工作中的点点滴滴，规划着工作中的每一个细节，告诉梦想，每一个坚守变电站的日子都编织着守光人再次相遇梦想的美好憧憬，与孤独为伍的日日夜夜都在为成为更好的送光使者而努力。

“哇，来电了。”喜悦的声音响彻了整个天空，紧绷的精神这才松懈下来，放下手中的工具，与举手电筒和手机帮忙照亮的居民们相视一笑，来电的喜悦在这漫天飘雪的夜晚飘进了小区的每家每户，喜悦的笑容爬上了每一个居民和抢修人员的脸上。

抢修完上车，抢修人员才发现冰冷的盒饭可怜兮兮地躺在座位上，班长吃了一口，说："饭都冷掉了。"班长话还没说完，不知谁嘟囔了句："都过去快四个小时了，天又这么冷。"大家都心知肚明，这样的紧急抢修对他们来说是家常便饭，今天的抢修时间也并不算长。有时大家都怀疑电话是否长了眼，只要准备吃饭，电话铃就响起，只要是团圆的日子，电话的铃声就响个不停。后来大家也习以为常，守护城市璀璨的夜空，为每一个晚回的人留一盏灯渐渐地变成了每一个电力人的梦想，照亮每一个节日和每一个重要的日子，更是电力人抢修人的使命。每一次不能与家人团聚的节日，每一个抢修而忘记吃饭的经历都是电力抢修人努力照亮梦想的时刻。

每一个电力人的坚持、坚守和守护，都是一个个闪闪发光的梦想，也是一个个普普通通的工作生活，但都在不停地撰写着梦想与工作每时每刻相遇的浪漫故事，不断向人们展示着电力人照亮世间每一个角落，点亮每一个平凡人的美好愿望，也不断编织电力人独有的浪漫时刻。

（作者系国网西藏电力有限公司拉萨供电公司职工）

电亮万家灯火

高　玉

我的童年，蓝天白云为伴，野果泥巴为乐，河流雪地是自由的天地。平日里，与伙伴嬉戏至尽兴方归，作业则留待夜深人静时。最令人雀跃的，莫过于停电之夜，次日可光明正大地向老师解释未完成作业是停电之故。随着电视的普及，电视剧成了全家的新宠，一旦停电，全家总动员，急于探知何时恢复供电，这等消息需从小道消息灵通者处得知，彼时，能掌握此等信息者，在我眼中，实属不凡。电费不可拖欠，否则复电需付10元，这在当时足以换得诸多美味，电力之重要，可见一斑。

春节，作为一年之始，家家户户早早缴纳电费，确保节日灯火通明。新年的灯火，为山村孩子带来别样欢乐，不同于都市的霓虹闪烁。夜空繁星，地面灯火，交织着孩子们对新年的期盼与欢笑，构成一幅温馨画面。围坐小彩电旁，即便是简单的节目，也能引发全家人的欢声笑语。年夜饭，丰盛异常，蒸肉、炖鸡、红烧鱼等平时难得一见的美食，此刻齐聚一堂，让人备感满足。那时的生活，淳朴而幸福，年味浓厚。

岁月流转，山村日新月异，柏油路、楼房、广场、铁矿厂房相继涌现，电视机也越发大且薄。春节依旧灯火辉煌，家人团聚观电视，但人们的眼光日益挑剔，春晚后常有吐槽之声。工作后，我少有机会回乡过年，成家后更是定居县城。县城的年味，淡于乡村，年夜饭多是预订，少了走街串巷的热闹，食物亦无太大新意。二十年间，生活巨变，日常饮食已非难事，反而追求健康养生。从前小病小痛忍忍即过，如今身体稍有不适便求医问药。昔日一家共赏一台电视或一副扑克至深夜，今则人手一机，各自为乐。年味渐淡，引人深思：生活富足，为何幸福感却似有所失？答案或许在于社会主要矛盾的转化——人民对美好生活的向往与不平衡不充分的发展之间的矛盾。有矛盾的地方就有解决矛盾的人。

广大用户不仅对春晚的要求越来越高，对电力需求的标准也越来越高。作为电力人的我，对这份变化有了更深的体会。电力，从儿时的憧憬到如今肩上的责任，我深知其重要性。电力企业关乎民生、国家稳定与政治安定。工作越久，越能感受到国家电网的博大与深情。灯火阑珊处，是电力人的默默奉献与坚守。面对广大用户对美好生活的向往，对电力供应的高需求，电网人勇于创新，突破电力新科技，打造了新一代电网奇迹。首先从一根线杆平地起到智能电网，它作为供电企业科技进步的标志性成果，如同一张覆盖城乡的神经网络，预测用电需求，自动调整电力分配，有效缓解高峰时段的供电压力。对于普通居民而言，这意味着更少的停电次数、更稳定的电压质量，以及更加个性化的用电服务体验。还有从火力发电到碳达峰碳中和推动绿色能源引领未来。随着环保意识的增强，风能、太阳能等可再生能源的利用成为供电企业的新方向。新能源并网技术，作为连接可再生能源与电网的桥梁，其不断成熟与完善，极大地促进了清洁能源的规模化应用。还有电表人工抄收到智能电表远程管理，作为智能电网的重要组成部分，实现了电能的远程抄表和实时监控。相比传统电表，智能电表不仅提高了计量的准确性和效率，还为用户提供了丰富的用电信息，帮助用户了解自身用电习惯，合理规划用电计划，提醒用户电费余额情况，即使欠费后，恢复用电操作也十分便捷安全。

新中国成立 75 周年以来，我们的祖国日益强盛，科技发展迅速，电力行业后来居上，技术创新层出不穷，从智能电网的普及到新能源技术的融合应用，每一项技术的突破都不仅仅是数字与线路的简单堆砌，而是人类智慧与创造力的璀璨绽放，它们悄无声息地渗透每一个家庭，让我们的生活更加便捷、绿色、智能。电力人以高度的社会责任感和使命感，不断推动行业进步，用实际行动诠释着“人民电业为人民”的深刻内涵。我作为其中一员，深感荣幸，更以电力前辈为榜样，严格要求自己，以党员的标准，担当起保电保民生、履行社会责任的重任。

点亮万家灯火，织就未来生活新图景。

（作者系国网冀北电力有限公司兴隆县供电分公司职工）

线路工春来的心事

沈毅玲

正值盛夏，窗外，烈日晃得人睁不开眼。知了鸣叫，声嘶力竭，击打着我的心。办公室内窗明几净，绿植静幽，空调丝丝吐着清凉的风，我却依然心有所悸。这是做过五年电力新闻记者的经历给我留下的后遗症。暑热难挡，我的同事，特别是从事外线的工人还在烈日下奔忙，盛夏就此与滚烫的铁塔、与汗水浸透的背影画上了等号。

正胡思乱想，门被敲响，进来的正是线路工人王春来。他瘦削，脸庞黝黑，满头大汗，看来刚从施工一线回来。他对我露齿一笑，精神爽朗，手拿一沓资料，要来加盖公章。

我有些纳闷，盖个公章，让班里的年轻人跑一趟便是，犯得着他这个线路班班长亲自跑来？

我让他登记一下，他说那是必需的，做任何工作都得遵守规章制度。嗓门很大，在旷野里施工，风大雨大，声音习惯响亮。他用袖子擦了擦额上的汗，认真做了登记。盖好章，并不急于离开。他站到窗前看了看，又围着我的办公桌转了个圈，拉扯几句不着边际的家长里短，这实在不符合他平时来去匆匆、风风火火的做派。

我与春来比较熟。十年前，我做新闻记者，常跑一线，经常向他讨要施工的第一手资料。记得在110千伏北庄变电站配套出线工程现场，室外气温超过38摄氏度，我走下车，感觉走进了蒸笼，令人窒息，站在毒辣辣的阳光下才短短几分钟，工作服包裹下的身体汩汩流淌着汗水。因110

千伏北庄变电站配套出线新投线路都在原线路通道走线，为缩短停电时间，四条新投线路共计 75% 的工程量要在停电当天完成。有些立杆在田野里，施工作业车无法进入现场，要靠人工扒杆立基，施工任务相当艰巨，除了中午下来扒口饭，春来他们趴在滚烫的塔顶一晒就是一整天，简直烤成了人干。在高温下连续作战十多个小时，衣服上结满盐霜，腰上被保险带勒出血口子，当四条线路成功切割投运时，夜已深沉，有些人顾不得蚊虫叮咬，累瘫在路边的小树林里沉沉睡去。我担心他们中暑了，拍了拍其中一位，正是王春来。他很疲倦，还能笑着挥挥手，哪会中暑，防暑降温措施还是到位的，就是太累了。

听我说到往事，他搔搔头，笑着说："那时几乎没有外包工，都是我们自己扒杆立塔，那些杆塔、线路，像是我们种下去的树。现在看到那些'树'，就像看到自己的孩子！"说这话时，春来脸上的温柔之色让我动容。

往事聊完，他依然没有走的意思，欲言又止，看来有心事。我便问他还有什么事吗？他顿顿足，走上前，看着我，眼神发亮，说道："有些话憋肚里不舒服。我确实有个心事，不知道跟谁说。你是公司秘书，想必你能懂我。"

"嘀嘀嘀"，他的手机响。"哦，好，我马上来。你等一下再发。"

他说有一份重要的资料要提前上报，他要回去审核一下。一个数据，可能"差之毫厘，谬以千里"。"不好意思啊，我等会再过来。"说罢便匆匆离开了。

"还是那么一丝不苟，认真负责。"我叹道，再次陷入回忆。

王春来高中毕业招工进入宜兴市供电公司下属集体企业电力安装公司（现改名为宜能实业），最初分配在食堂烧饭。他认真研究菜谱，练得精湛厨艺，提升厨师证级别。工友总笑他，你以为你是在星级宾馆上班吗？他我行我素，总比工友多一份远见与思虑，不管处于什么位置，提升自己是他永远的主题。

食堂饭烧了 10 年，恰逢公司招聘线路工。进入电力施工行业，不干点儿电力技能活，这是春来内心不可言说的遗憾。因此，明知线路工很辛苦，33岁的王春来义无反顾报了名，参加考试后顺利转型为一名线路老“青工”，一切从零开始。

俗话说，做一行，厌一行。可春来似乎干一行，爱一行。一干线路，又似情有独钟，全心投入。每天开工前，他都要仔细阅读整个工程的施工方案，识别危险源点，研究线路相位，点点画画，做足功课。对于好学的人来说，随处都是课堂。三人行，必有我师。春来紧紧跟在那些技能精湛的老师傅后头，默默看，用心记，认真练。如果施工现场恰巧与省送变电公司高电压等级施工在同一区域，王春来便像中了头彩般欣喜若狂。他加紧完成分内工作，在施工现场拜省送变电公司施工人员为师，虚心请教。他学习掌握高电压等级施工技能的劲头，用“求知若渴”来形容毫不为过。

公司的持续发展，离不开人才保障，班组里大学毕业的青工响应公司号召，报考二级建造师的热情高涨，第一次报考分数揭晓时，班里全军覆没。王春来倔劲来了：“让我这个高中生考个二级建造师来给你们看看，今年目标三门全过!”班会上，春来声如洪钟。“哈哈哈，哈哈哈……”班员忍不住大笑起来。“烧饭算你厉害，读书考试的事，大学生都没考过，你一个高中生凑啥热闹!”线路工说话就是这么直来直去，王春来似乎并不在意。他一不做二不休，结束一天繁重的工作，夜深人静时拾起书本，埋头苦读，夜以继日，坚持了整整5个月。成绩揭晓，那一年，他成为线路分公司第一个一次性3门全过的二级建造师。

苍天负过谁？天道总酬勤!

烧饭佬考取了“二级建造师”，消息不胫而走，全公司沸腾了。这犹如一剂强心针，激励着青年员工。大学生们纷纷静下心，捧起书。接下来的几年，公司二级建造师统考取证率屡创新高！王春来则像一位领路人，披荆斩棘，一路飞奔，继续向一级建造师、监理工程师等更高目标挺进。

白天工地鏖战，夜晚苦读做题，理论与实战完美结合，实现个人的一次次提升与蜕变。同事纷纷来取经。“看书重要，干活更重要。五道案例题，四道都在工作中实际操练过。好好看书，认真工作，必定能过。”春来嗓门一贯地大，青年员工们心头大为振奋。

厨师也好，线路工也好，班长也好，包括后来做过两期新进员工的培训教官也好，不管脚下踩到的是什么泥，他总能深深扎根，开出花来，这就是王春来。

回忆的思绪纷飞，这个人让我由衷敬佩。这时，他再次到来。我站起迎他。这次他不再迟疑，接起断开的话头，直截了当就说开了。

“你是公司秘书，帮领导写材料，比我更清楚公司发展方向，应该会懂我的心事。”他的表情严肃，夹杂一丝忧虑。我的好奇达到顶点，急切等待他说下去。结果他说出的一席话让我振聋发聩。

“不要笑我杞人忧天，别看现在公司业绩优秀，规模发展很快。公司核心技能亟待提升啊，要大力鼓励员工学习掌握500千伏电网输电技术啊，这是公司业务发展的必然趋势。要大力压降外包比例，核心技能要掌握在我们自己手里，才能保证电力企业良性发展。”说到这，春来身子微微前倾，言辞更为激昂，“如果有机会外出学习高电压技术，我第一个报名。”

年过半百，花白头发，却准备着随时出发。看着他，我内心震动。春来和我差不多时间参加工作，那时的企业连三级送变电工程资质都未获得，只能做一些辅助性的简单工程。如今公司已是一家拥有施工总承包一级资质的集团化现代公司，兢兢业业30载，我们一起见证着公司的蓬勃发展，对企业都怀有深厚感情。眼前的他，只是一位县级公司产业施工企业的线路班班长，却是心胸开阔，格局远大。

近年来，省管产业系统管理越来越规范有序，在做优传统业务、做强支撑业务、做大新兴业务的发展道路上寻求着最为适宜的方向，蒸蒸日上的背后有着无数产业员工孜孜不倦地辛勤付出。我告诉他：“公司正抓住资质升级的契机，大力推进高电压等级业务，新近招聘了60名一线青工，送至国网江苏电力输变电施工培训基地进行输配电线路专业技能培训。公司正在培养一支掌握核心技能的精兵强将，青年员工全覆盖核心技能竞赛即将全面展开。你所忧虑的，公司已在先行一步。”

“那就好，那就好。”春来长吁了一口气，阴云消散，开心地笑了。

送走王春来，我好奇地打开王春来的朋友圈，动态很单一，也很执着，每天 6 千米的“咕咚”运动截图，如一线天，直冲云霄。这个人似乎有点一根筋。我暗想。一根筋？这个词又让我联想起去年我参与书写并出版的长篇报告文学《人生不负韶华》的主角，无锡供电公司电缆中心主任何光华老师。她也是一根筋，入职以来，几十年如一日，驻扎一线，蹲守电缆沟井，直至研发出国际领先水平的电缆成果项目，取得产业工人最高荣誉——国家科技进步奖二等奖。

嗨，“一根筋”们咋这么可爱呢！

（作者系国网江苏省电力有限公司宜兴市供电公司职工）

投身农电的苦与乐

丁明莉

小时候，被问得最多的问题就是：“你长大以后想做什么？”

我们出生在物资较为匮乏的20世纪70年代，所以许多同学会说：我以后要做卖冰棍的，热了的时候，可以随便吃冰棍——这是爱吃冰棍却总没钱买的林大江的理想；我以后要当个货郎，想要什么，货摊上就有什么——这是喜欢看小人书，喜欢吃麦芽糖的李二奎的理想；我以后要当个裁缝，再也不要穿带补丁的衣服了——这是爱美的张莲花同学的理想；我以后要，要当我爸那样的工人——这是我8岁那年的崇高理想。不想，却招来同学们的一阵嘲笑：当工人有什么好？你爸拿那点工资连你和你哥的学费都交不起。

我们家比一般的同学家庭更穷，我爸在县里上班，是个“公家人”，只会干单位的活，不会干家里的农活，可拿的工资都不够养活他自己的。我妈是父母的“幺女”，未出嫁之前在家里啥也不会干，再说妈妈一个人得拉扯我和哥哥两个孩子，也没人帮她一下，农活更是顾不上。我们家田里的麦子、玉米、黄豆等农作物，从来都没长好过，更别提大丰收了。搞副业，养猪、养鸡、养鸭、养鹅啥的，种树、种蔬菜啥的，我更是没这能耐。这样的一个家庭，还有两个同时上学的孩子，如何能够不受穷呢？即便如此，我依然不曾动摇自己要成为我爸那样的人的理想，这个原因说起来也简单——我的性命算是我爸单位救下的。

听父母讲，在我一岁多一点的时候，患上了极其严重的脑膜炎，延误到后期只剩一口出气了。在那个医疗条件普遍简陋的年代里，谁家的小孩子若到了这样的地步，无疑就到了等死的份儿了，即便侥幸活下来，也会留下致命的后遗症拖累家人。镇医院的医生对我母亲说，把孩子抱回去吧，别救了。可孩子都是妈的心头肉，只要有一丝生的希望，当妈的也会为自己的孩子争取。当时母亲不忍弃我于不顾，跑到镇政府里给我父亲单位打了一个电话，告知了我生命危急的紧迫情况。父亲对我一向十分疼爱，当时一听就急了，立即向单位的一位主管领导请假。领导问清了我父亲请假的原因之后，立刻做出了一个关系到我生死存亡的重大决定，把单位里当时唯一的一台抢修车派给我父亲："快用车把孩子拉到县城的医院里来治!"我爸单位的前身是新沂县供电局。

就这样，我被当时新沂县供电局唯一的一辆抢修车载到了县人民医院，经过输氧、抽骨髓化验等抢救治疗，最终活了下来。渐渐地长大之后，我便有了自己的理想信念，做一名电力工人，工作于这样的一个企业中，为她，贡献我的光和热、我的一生。

大概是源于内心信念的执着吧，成年之后的我通过努力终于踏上了自己理想的工作岗位，当上了一名农电工。可是，参加了工作之后，我才发觉理想是理想，工作是工作。作为一名农电工，工作地点在乡镇，每天要坐公交车上下班，早上不仅要早起，晚上回家也要比别人晚。真真是顶着月亮出门，迎着星星归家。这些，也不是最委屈的，最为委屈的是服务客户的不理解和刁难。

作为身在服务一线窗口的基层末梢供电所营业厅服务人员，每天都要面对面地与广大农村用电客户打交道。前些年，成年劳动力大都外出务工，坚守在家的几乎都是老人、妇女和儿童。每到电费缴纳的日子，营业厅里总是挤满了人，说话声此起彼伏，像是一个菜市场。老年人耳朵背，唱票的声音小了，他们听不清楚；唱票的声音大了，有的老人会以为你的态度不好。加上老人们虽然年老，但大都不得闲，不是田地的蔬菜等着浇水就是家里的鸡鸭等着喂食，巴不得人到费缴立刻走人。我们都在农村长大，十分了解农民的不容易、事情多，为了做好服务，收费的时候我们不敢喝水、不敢上卫生间，一天下来，嗓子哑得似乎都要“冒烟”了，就连中午吃饭都是换班小跑着去的。“俺是送钱给你们的，你们还吃饭？赶紧都来把电费给俺收了！”遇到个别喝过早酒的大叔脾气不好，瞪着眼睛训斥我们，我们也不敢吱声。回到家里，嗓子疼、腰疼、屁股疼，哪哪都疼，心里便忍不住地问自己：这样的工作是自己从小心心念念的理想工作吗？但又一想，不是还有更多的叔叔、大爷，大妈、大婶面对我们及时、主动的服务，为我们点赞把我们当亲人吗？到田间帮农灌的李叔义务修理水泵，他感动得给远方的儿子打电话抹眼泪的场景历历在目；去孤寡的王奶奶家义务更换老化线路，她颤颤巍巍地把化了的一包糖果硬塞到我的手里，让我带回家给孩子吃……我想这就是工作的意义吧，有苦也有甜，有不被尊重的漠视也有被疼爱的暖心。随着数字化、智能化的到来，多渠道缴费，特别是网上国网 App 的线上缴费，不仅为广大电力客户缴纳电费带来了方便和快捷幸福体验，同时为我们一线窗口人员减轻了收费压力。在祖国不断发展壮大的进程中，我们的企业也紧紧地跟上了时代的步伐，越来越智能，越来越先进，为广大电力客户提供的用电和服务也越来越智能、越来越贴心！

从 2007 年开始，我在工作之余，主动学习起了新闻写作。在工作和服务的过程中，我发现了许多令我感动的事情，有的是我的同事在为客户处理用电故障时客户的真心致谢感动了我，有的是我的同事对孤寡老人几十年如一日地关心、照顾，不是一家人胜似一家人的情意感动了我，有的是打麦场上你用电我保电的热火朝天的景象感动了我……我想，我得做些什么或是写点什么记录这些令我感动的人和事。于是我首先着手找一些新闻理论书籍进行深入学习，把写新闻的“套路”先学会；然后请教新闻战线上的前辈、老师，进一步了解新闻写作的切入点、重点和亮点，把一线同事在工作中、服务中的状态和用电客户的反馈，细心地记录、搜集、整理出来，写出了一篇篇反映我们企业员工与用电客户之间“供用情深”的新闻稿件……连年来，从公司到市公司到省公司，我在新闻宣传方面作出的努力，都取得了一定的成绩，每次公司、市公司嘉奖新闻先进个人的名单里，总是能够听到我的名字。

在工作中兢兢业业，在服务中全心全意，把每一位用电客户都当作自己的亲人。干一行爱一行、爱一行专一行，是我们作为企业员工的使命，更是我自己的人生信条！我想，有了像我这样的普通而又信念执着的员工，我们的企业一定将会越来越好。

（作者系国网江苏省电力有限公司新沂市供电分公司职工）

我工作的地方叫茅口

高婷婷

我工作的地方叫茅口。

跟朋友聊天提到茅口，总有人问我茅口的“茅”是不是就是茅草的“茅”。

我说是的。他们又问，茅草不是杂草吗?

我回答说，不是，茅草有着很深的文化内涵。

《诗经》中是这样说茅草的：“白茅纯束，有女如玉”。茅草还没有长成白茅的时候，俗称叫“扎扎英”。“扎扎英”是20世纪80年代以前孩子们童年的一个记忆，嚼起来味道甜甜的。“扎扎英”的学名叫“柔荑”。武侠小说中美人“手如柔荑，肤如凝脂”，说的就是它。

我们的一个师傅叫梁婷，干了一辈子油务试验，虽然工作场所绝大多数是在室内，但是因为天天要和化学试剂打交道，她的手是粗糙的。她告诉我：“我们天天要接触变压器油，别的女孩子身上总是香香的，我的身上总是臭臭的。”我们变电人就是这样，朴实得像茅草一样，深深扎根在泥土里，没有兰草一样的芬芳，但是一直在守护着属于自己的这片土地，奋斗的青春是甜甜的。

在古代，茅草有两个作用，一是能防水，绑扎成捆或编成席，可以铺在房顶建造茅草房，为天下的家遮风挡雨。二是它也是土地肥沃的标志，农民伯伯看着长满茅草的土地就知道这样的地方能够种庄稼。茅口变电站附近的村子就叫茅口，变电站初建的时候，村前就有一大片的茅草。现在茅口这附近还是有一些田地，每到麦子快要成熟的季节，田头路边的茅草化作了一片片银白，远处就是金黄的麦田。那麦子的黄色就像我们的工作服，茅穗的白色就像是师傅们鬓边的白发。

对于变电人来说，变电站是跟家一样熟悉的地方。正因为有这样的情感，我们巡视变电站就像看护自己的家人。我们茅口变电站是连云港地区第一个 220 千伏变电站。参加当年茅口变电站建设的第一批工程师中有一个人叫王发斌，他是我们这个供电公司第一个清华大学毕业生。投运后不久，站内一个绝缘子出了问题，需要更换，绝缘子只能派人去沈阳变压器厂取。王师傅一个人什么也没带，连夜赶到了沈阳变压器厂。那时没有快递，托运的话害怕绝缘子被碰坏。王师傅拿到备品后，就像抱着娃娃一样抱着几十斤的绝缘子，从沈阳坐硬座到天津，在天津倒车后又一路坐硬座到了连云港，整整一天一夜。那个瓷瓶就像他的孩子，这就是变电人对待设备的情怀。

王师傅后来成了王高工，如今已经退休十几年了。我们现在 500 千伏班组的班长叫郁飞。他是这么跟我说的，变电人每天都是在离公司、离本部最远的地方，一切都是靠自觉。巡视一个 500 千伏的变电站一般需要两万步，但每个人走完这两万步的时间是不一样的。老师傅巡视的时间往往会多一点，因为他们会侧着耳朵去听，蹲下身去看，静下心来想。走过去都一样，但走过去听没听见、看没看到、想没想到、找没找着关乎着整个电网的安全稳定运行。这种“不一样”靠的不只是可以直观量化的考核，更是深深扎根在心中的信念和责任：我在就不能出事儿。

变电的师傅喜欢听一首歌：“没有花香，没有树高，我是一棵无人知道的小草；从不寂寞，从不烦恼，你看我的伙伴遍及天涯海角……”。这歌词就是我们这些变电人的写照，全天下的变电人都是这样。这些年茅口变电站从原来只有一台 220 千伏变压器变成了两台，从原来的常规站变成了智能站，从敞开站变成了室内 GIS 站，变电站就是电源点，有多少变电站的数量，就意味着城市有多大的体量。我们参与和服务着城市的发展，见证着时代的变迁和国家在发展道路上的跨越。

这就是我们变电人，一如田野中的茅草，深深扎根于大地，挥洒着汗水，守护着土地，手可能会变得粗糙，鬓边生出了白发，机器轰鸣华灯璀璨席间电暖都有我们的奉献，我们在用自己的双手为这个盛世“美颜”增光添彩，默默守护和奉献。

白茅纯束，我心如玉。

（作者系国网江苏省电力有限公司连云港供电公司职工）

身边的劳模

郭　畅

昨日阴雨，午休时突然被角落里的记事本吸引了注意力，就着雨声静下心来翻看，发现其中鞍电先锋劳模事迹，一页一页竟看了小半天。

原本只是随手一翻，没想到越发投入，后来逐字逐句地阅读，生怕错过每一个字，生怕错过劳模们先进事迹的每一个细节。

劳模，以前未曾对这两个字有如此深刻的感悟。如今静心看下来，便怀揣一种敬仰的心情，时时感动着，感动于劳模们那一点一滴的踏实作风，感动于劳模们那辛勤劳动的汗水，感动于劳模们那无私奉献的忘我精神。

这些事迹材料让我的心随着窗外的雨水澎湃着，那种敬仰的感觉难以言表，脑海里仿佛闪现着熟悉的身影，顿时激励了我、感动了我！

记事本中的劳模同样来自国网鞍山供电公司，他们身处不同的岗位，做着不同的贡献，他们中有冲锋陷阵的带电作业“尖兵”王家峰，有无私奉献、胸有“大爱”的满天星爱心公益协会创始人王雁，有扎根在输电、愿做输电一根“螺丝钉”的多面手佟明，有把用户的困难当成自己的责任、守护光明的“带头人”王琳，还有牌楼供电所的启明星牛德丰……这些人都在为国家电网公司默默奉献着。

曾经的我以为，既然得了劳模就该功成身退了。直到我发现每一个镜头里这些人自豪喜悦的表情跃然脸上，发现他们依然活跃在工作岗位上尽职尽责，我才懂得这是对工作的一种真诚和热爱，当即不禁为自己的狭隘想法感到羞愧。

劳动模范，不仅是荣誉，而是一种信念，是那种坚定理想信念，以民族振兴为己任的主人翁精神。劳动模范之所以能在平凡的岗位上做出突出的业绩，就是因为他们心中始终有为祖国、为社会、为人民做好事业的坚定理想信念。

我敬佩他们，更应像他们一样，志存高远，心安本职，爱岗敬业，无论身处何地，都要努力提高自己，为公司、为社会进步作出贡献。

生而为人，来世一场，理应如此。

（作者系国网辽宁省电力有限公司鞍山供电公司职工）

一封家书

吕红毓

吕勇写给女儿的一封家书

亲爱的女儿红毓：

你好！

时间过得真快，转眼你已在公司调控中心工作21年了。在这21年的时间里，你从一名学子转变成了电业工人，再到电网专家，也许这并不是你的初衷，但你能以阳光、坚强、执著的心态去坦然面对和接受，这点令我倍感欣慰和自豪！今天单位组织开展“一封安全家书”征文活动，借助这个平台，我用书信交流的方式再给你提点忠告和建议，供你今后工作、学习参考！

首先，就是要时刻牢记“安全第一，预防为主”。电力行业具有特殊性和高危性，身为一线员工，你的安全不仅牵系着父母的心，更是维系幸福家庭的纽带！秋检正当时，要坚持安全红线意识和底线思维，以电网安全稳定为基础，以防人身和误操作事故为重点。加强电网风险预控，强化反违章管理，持续提高安全风险防控水平，确保人身、电网和设备安全。为了自己，为了家庭，一定要保护好自己，永远把“安全第一”的思想牢牢扎根于心，时时刻刻提醒自己，从细微处做起，形成一种习惯，做到高高兴兴上班，安安全全回家。

其次，就是时刻不忘学习。随着电网不断发展，你从事的电网自动化专业技术更新很快，你只有不断学习，才能提升自己，在你所熟知的领域有所建树。多向他人学习，当然，你学会后，也要做好导师带徒的工作；要联系实际结合工作，及时总结，提高综合素质。

最后，你这个年龄要注意保重身体，希望你加强锻炼，积极参加公司举办的各项活动。有了好的身体，才能更好地工作、生活！

上述建议供你参考。有些地方你已经做得很好了，我只是再次强调、提醒，希望你时刻警醒，并做得更好！

祝工作顺利！平安快乐！

爱你的爸爸：吕勇

吕红毓写给父母的一封安全家书回信

亲爱的爸爸、妈妈：

你们好！

时间过得真快，转眼间我在国网抚顺供电公司调控中心工作已经22年了，距离上次给你们写信也有22年。想说的话很多，但最想和爸爸、妈妈说的一句话是：谢谢爸爸和妈妈，你们辛苦了！感谢你们作为家属，一直默默在我的身后支持我、鼓励我，让我能够安心工作。

我从事的是电力自动化设备运行维护工作。电网自动化监控系统是电网的眼睛，如果没有它，无人值班变电站的任何情况，你都无法知晓；如果没有它，你只能通过电话用语言进行沟通；如果没有它，任何数据的采集，你都需要派人到当地去做……但我维护的自动化系统都能做到。所以，能从事自动化系统的维护工作，我感到非常自豪！随着电网的发展，电网自动化水平越来越高，要求我们自动化维护人员也要不断增加业务知识，提高安全生产技能。我的工作就像是电网的医生，每天都要和不同的设备、不同的系统打交道，每一项操作都关系着自己和他人的安全，这就要求在进行每一项操作前都认真、细致、谨慎。因此，我一定会一丝不苟地按照“安规”及有关规定，立足岗位、履职尽责，严格执行操作规范，时刻关注操作安全，对自己负责、对家人负责、对同事负责、对企业负责，为抚顺电网安全发展贡献自己的力量。

爸爸、妈妈，你们曾经是电力企业员工。不管做什么工作，你们都注重安全，踏实工作，为我做出了很好的榜样。对于一个人，安全意味着生命；对于一个家庭，安全意味着幸福；对于一个企业，安全意味着发展。如今，我有幸成为一名电力员工，我会继续加强学习，提高技能，积累经验，工作的时候才能得心应手。请爸爸妈妈放心，无论何时我都会牢记“安全第一”，不单单是为了自己，更是为了家庭幸福和企业发展，熟练掌握操作危险点，真正做到防患于未然。

现在，我已为人母，深知家人的平安健康是每个家庭最大的幸福。特别是在科技飞速发展的今天，人们的工作生活节奏也越来越快，希望爸爸妈妈能够享受你们悠闲的退休生活，放慢脚步，放松心情，幸福快乐地过好每一天！

在此，祝亲爱的爸爸妈妈永远平安、健康、快乐！

爱你们的女儿：吕红毓

（作者系国网辽宁省电力有限公司抚顺供电公司职工）

祖国，我想对您说

徐玮宏

在新中国成立75年之际，回望五千年浩荡的历史，我们看到了屈辱、荣耀，看到了那每一寸壮丽的河山都凝结了从古到今中华儿女火热的赤诚，于是风雨飘摇中拔地而起了一个有魂魄有傲骨的中国。

我在春困的时候呼唤您，就像云迷雾锁的山谷呼唤清风；我在夏暑的时候渴求您，就像久旱干裂的土地渴求甘霖；我在秋乏的时候思念您，就像出塞征战的将士思念母亲；我在冬寒的时候期盼您，就像南飞栖息的大雁祈盼北归。

您是泰山，壮丽灵秀；您是长城，巍峨雄伟；您是长江，波澜壮阔；您是黄河，奔流不息。您是宏弘的史诗，诠释人间大爱；您是不朽赞歌，演绎世间真情！您曾有过无数次的失败，但更多的是奋起。面对曾经千疮百孔的国土，人们一次次呐喊；面对曾经支离破碎的山河，大地一遍遍呻吟。

古往今来，有多少仁人志士为您前赴后继，甘愿赴汤蹈火；历朝历代，有多少英雄豪杰为您冲锋陷阵，宁可血染沙场。华夏儿女有着不尽的祈盼，祈盼火红的太阳从东方升起，当空高照；炎黄子孙有着不灭的梦想，梦想不屈的中华民族从亚洲腾飞，蓝天翱翔！

雄鸡一唱天下白。一九四九年十月一日这一天，在庄严雄伟的天安门城楼上，一个洪亮的声音划破天际：“中华人民共和国中央人民政府今天成立了，中国人民从此站起来了！”世纪伟人的这一声呐喊，让山河起舞，让寰宇震撼，让国人骄傲，让列强胆寒！

从此，您告别了屈辱的过去。翻开了崭新的一页。从此，您昂首阔步，走向辉煌。“红雨随心翻作浪，青山着意化为桥”，饱经沧桑的华夏大地“萧瑟秋风今又是，换了人间”！

于是，当灿烂的朝阳染红鲜艳的五星红旗，当威武的铁甲雄师彰显大国的气度，当雄壮的国歌沸腾国人的热血，亿万华夏儿女心中便有了共同的心声——我爱你，中国。

祖国母亲，我有千言万语，赞誉您的久远、壮丽、辉煌，您的辽阔、博大、包容，是您的生生不息、顽强不屈，铸就了那一抹亮眼炫目的中国红。

如果说未来有颜色，那一定是中国红，因为中国正向着红红火火的方向发展，祖国，我想对您说，此生不悔入华夏，来世还做中国人。

（作者系国网内蒙古东部电力有限公司科尔沁区供电分公司职工）

春染凤岭

赵进良

春风时节，凤凰岭上的桃花竞相绽放，红的一行行，粉的一排排。远观气势磅礴，如海如潮；近赏俏丽妩媚，似少女初装。蔚蓝的天空、成片的花海，与岭下红瓦白墙的片片村庄相映成趣，满眼皆是希望。

凤凰岭，是宁夏隆德县凤岭乡境内一座山岭，形似凤凰展翅，因此而得岭名，一直叫到现在。岭上花香弥漫，人来人往，笑声不断。岭下的朱庄河，波光粼粼，穿村而过。一山一水，串联起凤岭八村，形成三十里生态旅游长廊。

从岭上下来，来到齐岔村上梁老街旧址，游人仍然很多。齐岔村处于凤凰岭三十里生态旅游长廊末端，原属隆德县上梁乡八村之一，在其他七个行政村移民后，上梁乡撤并，齐岔村划归凤岭乡管辖。齐岔村既“继承”了原上梁乡的面积，又“继承”了原李家沟村中共地下党活动地的红色遗址。

行走在上梁老街，供销社、邮电所、老食堂……一排排颇具年代感的建筑映入眼帘，手推车、石磨、铁犁、木耧、木锨等农具有序陈设，浓厚的农耕文化气息扑面而来。老街不仅是历史见证者，保留着一个时间的记忆，也承载着人们对过往的怀念。“去凤凰岭赏桃花啦!”四五个年轻人骑着黄色共享单车从身旁驶过，留下一阵银铃般的欢笑声。骑着单车上凤凰岭看梯田、逛风景，已是大山深处凤岭八村人的新的生活方式。

几年工夫，齐岔村真正把乡愁做成了产业。从挖掘乡愁元素到形成乡愁经济，乡愁不再是一张窄窄的船票，而是一幅生态美、产业兴、百姓富的美丽新画卷。

上梁老街有两处红色教育基地，李家沟中共地下党活动地与电力党性教育研习所南北相望，一脉相承。电力党性教育研习所由上梁供电所旧址改建而成，风貌上与老街保持一致，内容上却突出电力元素。

站在李家沟中共地下党活动地广场向南瞥去，见一群游人和一位中年男人在电力党性教育研习所前交流着什么。出于好奇，跨过街道，走进院落，定睛一看，中年男人却是退休不久的同事郭忠林，上梁供电所原所长。上前紧紧握住老郭厚实温暖的大手，一番寒暄，便问老郭也是踏青赏花来了？老郭笑着说，来这儿怀旧来了，这不刚碰上这群游客，就顺带讲讲咱供电所的故事，呵呵呵……爽朗的笑声漫过院落，飘向老街。的确，一个花甲的岁数和阅历，的确是有旧可怀，看看待过的地方、想想熟悉的人、忆忆经历的事，可谓是人生一大乐趣。老郭曾是共和国的一位钢铁卫士，退伍后就当起了乡村电工，从务实勤快的抄表员到稳重干练的所长，这一干就是四十年，不管是供电所标准化建设、全能型建设，还是数字化建设，不论在哪个岗位、哪个所站，他都把“人民电业为人民”的庄严承诺融入乡村振兴的时代洪流，书写成万家灯火的温情故事。

坐在院落的一把长凳上，老郭环指着这里的三排老屋，深情回忆起自己火热的电工生活。二十年前，这间屋子是供电所的办公室，他以乡村电工的身份手录电量、坐收电费、解答用户用电难题。2022 年 5 月，这间屋子成了电力党性教育研习所，他又以共产党员的身份学党史、听党课。在这里，他见证了农村电网从薄弱到坚强，也目睹了老百姓日子一天天好起来，更体会到了电力“红马甲”为民服务的深厚情怀……一个人、一间房，跨越二十年，既饱含着老郭在党三十七年的初心，也凝结了老郭在职四十年的汗水。

目送老郭远去的身影，同事们在深夜里复电、骄阳下架线、风雨中抢修的工作场景在我的脑海中闪现……突然，成群的蜜蜂闯入眼帘。一路寻去，见到了正在忙碌的冯碑村 68 岁蜂农王世军。

一排排蜂箱搁置在地上，如同棋盘上的一颗颗棋子，错落有致。老王不紧不慢地做着养蜂营生，幸福始终挂在嘴角。在采蜜季，老王每天会早早来到蜂厂，打开蜂箱查看蜂胚，工蜂成群结队进进出出，衔水带粉，甜蜜的事业在辛勤劳作中酝酿。老王有着五十多年的养蜂经验，曾因农活忙不过来而中途歇业，子女相继成家立业后，他于 2022 年重操旧业，饲养中蜂。结合养蜂经验和现代技术，从最初的四五箱，繁殖到现在的六十多箱，一年收入四万元……与老王聊得正酣的时候，驻村第一书记李兴军来了。

李兴军是供电公司选派冯碑村的帮扶干部。2021 年 7 月，李兴军成为冯碑村一员。经过一个多月的走访摸底，他的肉牛养殖产业发展路子得到冯碑村村委会和村民的一致同意。电网升级、牛舍改造、良种引进、饲料供应、防疫培训等肉牛养殖难题，在李兴军接连几个月的东奔西走中一一解决。慢慢地，村民对李兴军有了一串表扬：扑得开、收得住、能应上、能管下、大事明、小事清。三年多的时间，李兴军当初提出的总量倍增、母畜增量、以草换肉的肉牛养殖标准化、规模化发展图景，已变成老百姓钱袋子里的真金白银。

“回不去，还要和村干部商量事儿。”交谈中，李兴军接了妻子的电话。一句“回不去”，隐藏着无尽的思念，他在这头，家在那头。“既然回不去，那就安心工作吧！”我拍了拍李兴军瘦弱的肩膀，算是一种安慰和鼓励。李兴军憨憨地笑着，目光中透着一股坚毅。

离开冯碑村，沿着整洁平坦的水泥路一路行驶，层层梯田美如画，红瓦白墙的农家小院不时跃入眼帘。下了塬上小坡，一进李士村村口，一阵阵浓郁的醋味夹杂着胡麻油的香味，伴着氤氲潮湿的空气弥漫过来，进鼻入脾，顿觉清爽。

油坊里的炉子上正在翻炒着胡麻籽，待胡麻籽炒熟，用石磨碾细，形成油饽，放入油槽，再用油担石碾慢轧，香喷喷的土法胡麻油就制作出来了。在凤河醋坊，电气设备的使用，让醋的成品封口包装实现了自动化、便捷化。像这种回归传统手艺发展起来的特色产业在李士村还有很多，几乎每个产业每道工序，都得到了电力的加持……

岭上赏桃花、老街寻乡愁，绿色颜值、金色产值。凤岭八村，迎来了又一个春天，满眼是画，满目是光，心中升腾起新的诗与远方。

（作者系国网宁夏电力有限公司隆德县供电公司职工）

始于 1970 年的故事

何红梅

这是一个始于 1970 年的故事，距今已 50 年有余，多少过往已经泛黄，曾经的热血青年亦已变成皓首苍颜。但因一本册子，使得曾经的满腔热血，一幕一幕历经的艰辛于光阴深处重新焕发出光芒。

这是荆门电力工业志编撰室主任吴涛主编的册子。故事中的主人公贺常虎先生曾是他的老领导，多年共事，他们既是上下级关系，亦如师如友。2019 年当吴涛再次去探望贺老先生时，无意看见了贺老先生的一帧毛笔手书，仔细读来记录的竟是 1970 年初春到 1982 年初夏的事情，在那个电力资源极度匮乏的艰难岁月，贺老先生致力于荆门农村电力建设的艰辛历程。

不看则已，一看打动人心，那份执着的情怀、无悔的青春，令他心潮激荡又万分遗憾、愧疚——当初他做荆门电力工业志编撰室主任时竟然没有发现这么珍贵的资料。也是那时他才突生一个念头，出版这份原创手迹，一是要让这荆门电业史的珍贵的精神财富传承下来，二则为弥补自己心头缺憾，同时也算为贺老先生即将到来的 80 大寿送上一份贺礼，以表崇敬。

一

吴涛先生一番心血付出终于换得一本线装版式《办电记忆》的问世，

深蓝色的书皮，加上作者手书的书名笔走龙蛇，如同一位身着粗布蓝袍散发着民国气息的先生站立眼前，分明有着说不尽的故事。

起初正是被这本册子的气质与内容所打动，曾心生采访贺常虎先生的念头，但因先生已是八十高龄，身体不便不得如愿，最终还是通过与主编吴涛先生交流，才使我隔着已然泛黄的历史，隐约触摸到老一辈电力建设者的身影。

那是 1970 年，贺常虎刚从荆门县李市区团委副书记岗位下派到董场公社任革委会副主任、党委委员。当年 28 岁的他带着公社辅导会计一同驻点新城大队，刚好遇上持续三个月不下雨的特大干旱。新城大队紧邻汉江，翻堤就是滔滔江水，可偏偏被一条大堤挡住。“水在江中流，人在岸上愁”，看着渴得冒烟的庄稼和无法取用的江水，贺常虎空有长叹。一个念头自那时突然诞生，能不能从汉江抽水灌溉庄稼？他将自己的想法告诉了新城大队干部，谁知众人一听便笑，想法是好，就是无法办到啊，这是住在汉江边祖祖辈辈的人想都不敢想的事。

大队干部的回答无非是告诉贺常虎这是一个根本不可能实现的梦。但贺常虎却并不以为然，他请区里农机技术员到汉江大堤现场实地勘察，请技术员帮忙想办法在汉江大堤安装抽水机。

“汉江水面到翻过汉江大堤有 50 多米的高度，没有这么高扬程的水泵，若分级取水，大堤上又不允许破土修蓄水池，您这个想法行不通。”技术员直言不讳，给贺常虎当头浇了一瓢冷水。

但他不肯死心。

为什么不能在汉江边修建抽水站？

为什么不能让汉江水为民造福？

一次，他继续在公社党委会上呼吁。虽说依旧没有收到他期望的认同，可就在这次会后，他有了意外收获。

一起参会的另一位副主任告诉他，公社工农大队有一位叫李玉成的老红军，离休前是湖北省供销合作社监事会主任，现住在武昌水果湖。此人在参加革命前与前妻生有一女，就在新城被服厂当工人。可以想办法通过他女儿的关系找到他，帮忙搞几台机械支援家乡建设。这位副主任不经意透露的信息让贺常虎看见一丝希望，顿时喜出望外，于是他又一次向党委提出自己的想法，派人去武汉看望老红军李玉成，向他汇报家乡情况并请求帮助家乡建设。这一次，他的想法终于得到党委的一致赞同，并被一致推荐为代表。

那年 10 月，临行，贺常虎特意取得李玉成在家乡女儿的信件，便与公社油厂副厂长一同踏上了去往武汉的路途。

面对家乡人的突然来访，老红军非常热情，盛情款待了他们，听说家乡需要帮助建设，二话不说开始帮忙联系原省农委主任张水泉，并通过张水泉主任的关系找到湖北省水电局局长漆少川，请他们一起帮忙助力。张水泉主任与漆少川局长都有一颗在特殊年代里炼就的正义火热的心，革命年代，他们曾经在汉江边战斗过，想想那也是他们的第二家乡，岂有不帮之理。

贺常虎他们通过张主任找到漆局长时他还在养病休息，漆局长简单了解了一下情况，先是问他们公社附近是否有高压电源，得知有一座 110 千伏荆钟潜变电站，方说："好，我给你们 3 台 160 千瓦的电动机和 1 台变压器，你们去建一座电泵站就行了。"

随后又补充一句："老红军的家乡应该扶持，你们主动要求搞水电建设我很高兴。"说罢还特别交代水电局办事组牵头人肖友堂给予配合帮助。

起初那个摸不着影子的梦想因为漆局长的一番话仿佛变得可以触摸了。事情顺利得出乎意料。想到新城电灌站如果真的建成，李市区所辖董场、李市、邓洲三个公社以及高桥和长林两公社的部分生产队都将受益，能够真正造福百姓，贺常虎心底忍不住的兴奋。

漆局长虽然首肯帮助，但涉及具体程序还得按规矩来。肖友堂认真交代，一是要有设计方案和投资预算，尤其关于资金问题，能够自筹多少，需要国家解决多少，都要详细，要有理有据；二是要将方案逐级上报，直到省里，再由省里正式列入明年项目计划；三是在汉江大堤建泵站必须事先告知汉江堤防管理部，征得他们同意，能够事先做好这些交代事项就好办了，这是肖友堂特别交代的。

六天后返回，贺常虎立刻向党委及李市区委做了详细汇报，并扎扎实实着手落实肖友堂交代的事项，只希望尽早实现建成电灌站的愿望。事实说起来简单，涉及每个环节具体一点一点落实，要与有关单位有关人打交道的事哪里是那么简单，哪里又是三言两语可以说清的。唯一可以说清的是，不管多么波折，贺常虎只是铆足了劲，奔着建成新城电灌站的愿望奋力前进，不松懈，不放弃。

1971 年 10 月，湖北省革委会水电局正式批准兴建李市区新城电管站的好消息终于传来，明确省里拨款 15 万元，其余李市区自筹，吸水扬程为 8 米。

日盼夜盼终于盼到开工那天。公社大队推荐了十几位有知识、有文化的共青团员组成了一个电工班，向工地上两位有技术有经验的工程师拜师学艺。无法想象，整个新城电灌站 10 千伏线路架设与泵站电器设备安装，就是这群初出茅庐的年轻人在两位工程师的传授下边学边干完成的，这些年轻人中有几位最终都成了荆门电力的栋梁之材。

1971 年 10 月，新城电灌站正式破土动工，自那天起，时任副指挥长，负责省、地联系设计审批、资金落实、物资采购的贺常虎知道，还有很多艰辛磨砺等着他呢。

二

新城电灌站建设始于物资极其匮乏的年代，仅是为了筹集到建设所需物资就可谓千辛万苦。

“文化大革命”时期，钢材最为紧张，架设从沙洋 110 千伏变电站到新城电灌站仅 10 千米长的 10 千伏线路，电杆上所需的抱箍、横担都因钢材奇缺而无货。连全力支持他们的省水电局物资处的卢处长也毫无办法。无奈，贺常虎只得又去找老红军李玉成，在他老人家千方百计的帮助下才找到青山造船厂，冲着老李的面子，青山造船厂允许贺常虎他们去厂里废铁堆里挑选能用的边角废料。两天时间，他们哈腰弓背像寻宝，总算捡了半卡车的角铁和扁钢。对他们捡的这些钢铁，青山造船厂表示分文不取，厂领导说也算是他们支农，如此雪中送炭之举真正彰显出那个朴素的年代人性的光华。

半卡车的角铁扁钢拖回工地的一刻，建设工地成了打铁铺，点燃打铁的洪炉，工程师带着年轻人立刻化身为打铁匠，他们抡起铁锤用最传统的土办法，将一块一块角铁、一根一根扁钢捶打成架线所需的一根一根横担、一个一个抱箍，那种不计代价淳朴火热的场景，贺常虎每每想到都会眼眶发热。

新城电灌站所需水泵有 8 米高的吸水扬程，型号特殊，省水电局物资处所订的水泵都达不到他们的要求，在卢处长的建议下，唯一的办法只能找生产厂家增加水泵叶轮。水泵生产厂家在石家庄，贺常虎只能与同事赶赴石家庄，找厂技术科、生产科技术员和有关生产车间反复协商。他们锲而不舍的精神终于感动了厂家，答应专门为新城电灌站所需的三台水泵修改图纸，解决关键性技术问题，将水泵的叶片由原来的三片改为五片，将吸水扬程由 5 米提高到 8 米。前后两次赶赴石家庄都是 12 月的深夜，天寒地冻的北方，他们住的小旅馆极其简陋，卫生条件极差，等到回来时，他们的身上和衣服上满是虱子。

1972 年 6 月，电灌站所需设备基本已到位，唯一还有一台启动电动机必需的启动补偿器没有着落。那是怎样一个难啊，寻遍全省而不得，最后还是卢处长告诉他们，这种补偿器只有湖南株洲一家三线军工厂生产，但卢处长与该厂没有合同关系，只能提供线索让他们自己去联系。对于贺常虎来说，只要能寻到补偿器就是好消息，至于在哪儿都无关紧要，哪怕是天涯海角他一样也是要寻去的。

关键时候又是李玉成老人帮了忙，他们通过张水泉主任时任湖北省物资局计划处长的妻子，帮忙给湖南省物资局计划处写了介绍信，又由湖南省物资局计划处介绍到株洲，再由株洲帮忙联系他们需要到达的军工厂，行如九曲十八弯。

那个三线军工厂藏在离株洲 15 千米外的大山之中，不通公共汽车，没有任何交通工具，贺常虎记得清早他从株洲出发，晚上归来，步行往返 7 个多小时。那个炎热的夏日，他就像为取得真经的信徒，一步一步丈量只为一个小小的补偿器。从株洲返回武汉，火车上人挤人没有座位，他站了 6 个多小时，腿也肿了脚也肿了，种种艰辛最终换得 20 天后补偿器如期到货安装。

取得真经需要九九八十一难，已经过了八十难，新城电灌站等着贺常虎的还有一难。在那个钢筋奇缺的年代，泵站抽水的进水管全是水泥制品，钢筋太少水泥多，管子像豆腐渣，耐压强度完全达不到要求。一抽真空，管子漏气，水上不来。无奈之下，贺常虎在工地带人爬进 18 米长的水泥管道中，用快干水泥一点一点找漏补洞。他那一米八几的大个子，钻进直径 70 厘米的水管，顺着管道爬进去，倒着爬出来，近乎窒息。于现代人来说，当初那种种艰辛似乎不可想象，但身处那个纯真朴素年代的他们却浑然不觉，只因心底的梦想，只因骨子里的一腔热血，一股巨大的动力足以令他们淡忘一切。

三

新城电灌站是 1972 年 8 月正式投入抽水抗旱的。回想除去从 1970 年 10 月去拜访李玉成老红军谈项目，到 1971 年立项批准的一年时间，从 1971 年 10 月破土动工到投入使用，整个建设过程只用了 8 个月时间，这在物资极其匮乏的年代，堪称奇迹。

新城电灌站的成功修建应该是为荆门农村电力建设奠基的起点，既是那个贫瘠的年代发出的一棵新芽，也是贺常虎由此与电结缘迈出的第一步。

因为新城电灌站投产，区委想将电源分别延伸到李市区和董场公社机关所在地，解决两地机关及居民生活照明。想着建设新城电灌站得到的帮助，1973 年元月，贺常虎代表区委特意去武汉向老红军李玉成，以及省委离休领导张水泉和省水电局肖友堂、刘云书、金银华、卢明亮等领导问候致谢。早在 1972 年 12 月全县恢复各级团组织，贺常虎已经调回到区里，重新担任团委书记。但他的工作地点已不在共青团，他时任区农田水利建设指挥部指挥长。在和金银华的交谈中，贺常虎说了区委想从新城电灌站把 10 千伏电源延伸至大文、高桥两个公社，在大文友好大队、高桥五星大队建两座抽水泵站的想法。金银华同志告诉他，10 千伏配电电源配电线路不可以无限延长，它的电压等级是有一定距离限制的。要想电源延伸，必须在李市建一座 35 千伏的变电站，从沙洋 110 千伏变电站引进电源，然后再由李市变电站配送 10 千伏电源到他们所想要送达的范围。

听君一席话，胜读十年书。贺常虎顿时茅塞顿开。有了上次建立新城电灌站的经验，有了肖友堂、金银华两位领导以及区委、县水电局的支持，1973 年 5 月，兴建 35 千伏李市变电站的勘察设计完成；是年 10 月获得省水电局批准立项，从 1973 年 10 月至 1974 年 4 月，变电站选择、主控室设计与施工、接地网埋设、避雷针焊接与竖立、主变压器基础施工和 35 千伏线路勘察等项目基本完成。

一座具有历史性意义的变电站，一场兴建 35 千伏李市变电站的序幕再次拉开。

在那个落后的年代，苦干注定是建设中唯一的办法。全区组织了 160 多名基干民兵，将所有电杆和拉底盘，用板车拖或人力抬，全部搬运到位。

开始立杆架线时正值插秧季节，杆基和拉线底盘几乎全在水田中，多半秧田都是流沙土质，杆坑边挖边淤塞，给施工带来了很大的困难。通过发动群众、群策群力的办法，他们用木板挡住泥沙，让杆基和拉盘落位后再回填。有许多杆基，特别是耐张杆全部是在泥水中用快速凝固水泥浇灌的。架设工程由县电管所外线班承担，架线时，线路工人在水田里无法登上杆塔，时任荆门电力工程队线路班班长的李德贵（后任荆门县电力局副局长）便背着工人赤脚蹚进寒冷的秧田，让工人踏在他的肩臂上登杆作业。

什么是甘为人梯？

那一幕便是最真实的写照。

从沙洋到李市 15 千米 35 千伏线路施工，为了赶在插秧前完成，不影响老百姓插秧，除了县电力工程队的施工队伍外，贺常虎又到沙洋变电站求援。一时间沙洋变电站派出外线班，两支队伍，分段施工，二十几天就完成了所属输电线路施工任务。在那个落后的年代，苦是苦点，笨是笨点，可那份人性的拙朴与纯美恰恰是弥足珍贵的。为了感谢沙洋变电站的无偿支援，施工结束后贺常虎曾特意派去东方红拖拉机，抽调变电站附近的联合大队社员，无偿为他们修了一条从变电站至汉宜公路的石渣水泥路，还亲自带领放映队到沙洋变电站为职工放了一场专场电影。

至此，荆门县沙洋至李市 35 千伏输电线路架设完成，此后紧接着又架设了李市至大文友好电泵站、李市至高桥五星电泵站两条 10 千伏配电线路，长近 20 千米。

李市变电站从 1973 年 10 月获批立项施工开始，到 1974 年 9 月 28 日投产送电，历时一年，成为整个荆门县历史上第一座由地方自筹与国家支持自主兴建的农用变电站。当时湖北省水电局综合处处长（后任水利厅副厅长）肖友堂曾说："李市变电站是荆门县的启蒙变电站。"的确，李市区的办电走在了全县的前列，开启了全县自主办电的先河，更为荆门农电建设打下了坚实的基础。

此后，从 1975 年 12 开始，贺常虎先后任毛李公社党委委员、革委会副主任，沙洋电管所所长、书记，再度经历自筹自建 35 千伏毛李变电站、郭山泵站，千方百计主持兴建35千伏汉江变电站，自然又是一番流血流汗的艰辛故事。

四

因为编写过荆门电力工业志，吴涛得以全面了解整个荆门电力的发展史，其中便包括荆门农电建设的发展，他为我总结提炼出关于荆门电力取得辉煌成就的三个“一”，其中之一就是“一张名片靓亚欧”，这张名片指的就是农电建设。在以农业为中心的20世纪70年代，那会荆门属荆州地区管辖，整个荆州地区属于全国重要的商品粮基地，具有举足轻重的地位，细究身后的荣誉，正是因为有农电发展在先，有农电为农业丰收保驾护航。

至于荆门的农电曾经有多么辉煌，我们不妨简单罗列出历史留下的印记：

1979年12月，荆门县盐池农电管理员李国发创造发明第一台“电压型分路保护自动重合闸触电保安器”。

1980年元月，创立农电“两先两后”“六不供”制度。

1980年6月，第一个出台农村安全用电管理制度。

1986年，全国各网公司专家到荆门调研农电，同年，埃及使者到荆门考察农电。

1988年，全国农电农村电气化座谈会在荆门召开，中国能源部部长亲自参会出席。

1989年，俄罗斯使者考察荆门农电。

……

“一张名片靓亚欧”，并无空谈，实有出处。而这一切若是追根求源，正是类似贺老先生这样的电力老先辈奠定的基础，他们独具慧眼，用常人无法想象的决心和勇气开启了荆门全县自主办电之先河，让整个荆门农电有机会率先走在了前列。

通过《办电记忆》，我们隔着历史时空，触摸到的不仅是农村电力建设取得荣耀的最初，更是触摸到在那个艰苦、匮乏的年代，一颗火热的、无私的初心。

（作者系国网湖北省电力有限公司荆门供电公司职工）

乡　愁

王星宇

外婆的故事

1999年，是我第一次来到河南信阳。由于父母工作忙碌，我便跟随外婆一道，来到这片中原土地，度过了剩余的童年生活。

记忆中，河南的夏天，总是有种黏腻腻的感觉，悠长的暑假里，挥之不去的是吱呀呀的风扇声和聒噪的蝉声。

小时候的我却也期盼着暑期的到来，欣喜地看着冰箱里装满不同口味的雪糕，在午后的阳光下，窝在沙发里，一遍遍地看着《还珠格格》。

但也有让我沮丧的事情，偶尔的停电，可以算是小小的噩梦——不得不趴在书桌前看书、写字，夏天似乎也变得更热了。

四季中我最讨厌的是冬天，即使在家里也要裹上厚厚的棉袄，由于取暖设备耗电量太大，家家户户都会点上一个炭盆，一家人围坐在那里，满屋满身都是烟熏火燎的味道。

每晚睡觉前，外婆都会讲起她儿时的故事。那个年代，村子里没有电，除了上课的时间，村里的孩子们几乎都在田间地头嬉笑玩耍。一到晚上，家中点起小小的煤油灯，等吃饭的工夫过去，屋子里又是黑乎乎的一片，除了睡觉没有任何消遣。对于他们来说，电视机、电冰箱是听都没听过的稀罕玩意儿。

那时的他们，格外盼望过年，村子里不仅会搭起戏台子，偶尔还能放上一两部电影。

外婆所描述的生活就如同梦一般，我总会在外婆的故事中沉沉睡去。

青海的草原

小学毕业后，我独自坐上绿皮火车，回到了青海。

不同于南方的温婉秀丽，青海有种不经修饰的“奔放”，这里有草原、雪山、蓝色的湖泊……美景让人流连忘返。

每年的 8 月是青海最美的时节，而草原是我最爱的地方。在草原上可以尽情地奔跑、打滚，可以采摘美丽的格桑花，可以看到成群的牛羊，等到玩累了，躺下来，蓝天白云似乎就在眼前。

那时的我，总是喜欢和妈妈说，想生活在草原上。妈妈嘲笑我：“恐怕你连一周都待不住吧。”

原来，草原上没有电网，这里的牧民们还过着没有电的生活，他们用酥油灯照明、用牛粪取暖，每天过着日出而作、日落而息的游牧生活。

听到这些，我陷入了沉思。一方面惊讶牧区的落后，一方面也在思考，如果没有电，我们的生活又会是怎样的？

那几年，生活飞速地发生着变化，家里陆陆续续添置了不少新家电，我也在高中时拥有了第一部手机。

和外婆通话是每周日的固定内容，我会在电话这头告诉她，我已经学会上网、学会用电磁炉煮面……电话那头的外婆也告诉我，如今家里装了空调，再也不用怕夏天热、冬天冷了。

乡愁是一根根银线

2014 年，大学毕业的我顺利进入国网黄化供电公司，成为尖扎县供电公司营业厅的一名业务受理员。

工作这几年，我时刻关注着牧区通电的事情，听师傅们讲，如今的电网已经延伸到了“最后一公里”，一根根电杆在草原上拔地而起，大容量的变压器也送到了牧民的家门口，在服务地方经济发展的路上，电力总是先行一步。

渐渐地，我也接触到了这些“远方的客户”，他们骑着摩托车，风尘仆仆地来到营业厅申请新装用电，看得出来，对于他们来说，有电的日子是幸福的，电正在一点一滴地改变草原深处的生活。

2016 年，在电能替代如火如荼地开展中，电热炕铺进了牧民们易地搬迁的家中，他们笑着说，一辈子睡在地上，如今能躺在温暖的“红板板”上，还真有点不习惯。

我将这些故事说给外婆听，她总是在电话那头说着“真好”，让我再多讲一些。2018 年 10 月，我不经意间听到同事们说起青海—河南 ±800 千伏特高压直流工程核准了，一瞬间心情激动又复杂。

青海是我生活工作的地方，河南是我心心念念的家乡，那里还有我的外婆……我抑制不住内心的喜悦，将这个好消息告诉外婆，电话那头熟悉的声音似乎也有些颤抖。

十几年来，我再未回过从小生活的地方。

如今，这条特高压输电通道将把青藏高原的清洁能源送往中原大地。我曾以为乡愁是一枚邮票，是一个电话筒，是一列火车……

未来，乡愁将是一根根银线，越过黄河，跨过秦岭，来到我想念的人身边，为她带来更干净、更明亮的夜。

（作者系国网青海省电力公司黄化供电公司职工）

逐　光

赵　萍

我的父亲是一位电力工人。我读小学二年级那年，父亲所在的施工队到了家门口，那时的工作全靠手拉肩扛，线杆现场焊接，焊条在父亲的同事朱荣花阿姨手中犹如烟花般灿烂耀眼，那是我第一次看到如此绚烂的光，第一次发现女性也可以在施工一线发光。那束光一直照进我内心深处，激励我成为一个追光的人。

大学毕业那年我 20 岁，如愿以偿成为电力公司的一名变电值班员。手把手教我的师傅叫杜宝平，同样也是一位女性，她在变电站一干就是一辈子，见证了微山县第一座 35 千伏变电站的建成投运。也见证了不断强大完善的湖区电网，从建设到值守，她把她的整个青春都奉献给了变电事业。记得一次暴风雨夜，接地铃声响起，六神无主的我看到师傅冲进主控室，在面板前逐路查找，单薄的身影，在一闪一闪的灯光下异常闪耀，那一刻望着她背影的我更加坚定了信心，我想要成为师傅那样的人。18 年的基层工作，我始终不忘杜宝平师傅对我说的话，她说没有越不过去的坎，就看你怎样去对待难题。2016 年，我走向公司品牌宣传的岗位。接到调令时我很是茫然，38 岁的我要走出我自己的“舒适圈”，走向一个陌生的岗位，不论是年龄上还是工作上的跨越，都让我感到手足无措。一切从零开始，向着光出发。满怀激情的我却“折翼”在第一次采访中。记得那是 2016 年的初冬，两城供电所人员去独山岛施工。飘着星星点点雪花的午后，我感觉到了一丝浪漫，两位师傅对于我的采访一开始并没有拒绝，我便自以为是地认为这次采访一定会很顺利。但和他们一起走到工作现场时，一切都变得不一样了。因为一进入现场，他们便全力投入工作当中，而我却希望他们配合一下我的工作，比如稍微放慢一些动作让我拍出精彩的照片，但现实却给了我当头一棒，因为他们把我看成了一名“闯入者”，甚至认为我的到来是“瞎胡闹”。不仅如此，他们还总是什么地方困难便去往哪里，没有因为我是女士且要跟随采访，而给予我一份呵护，累到极致的时候，我有过一瞬间的崩溃，甚至想坐下来号啕大哭一场。但当时的我只能昂起头，让泪水流回眼底。当零星的雪花飘过，闭上眼睛，我巧妙地将泪水和雪花一起融化，那一刻只有我知道自己有多么委屈，也只有我知道，自己的脸上不只有融化的雪花，还有我无助的泪水。我似乎看到了童年时的朱荣花阿姨手中的焊花，所有的路都是自己脚踏实地地走出来的，只有走进他们的心底，我才能够找到最接地气的故事，才能将他们最真实的故事展现在读者的面前。而真实是一线人员最容易接受，也是他们最纯真的展现。那一次，师傅们去一个小岛施工，我就默默跟在他们身后跑遍了整个小岛，所有的影像都是一个字“抓”。我抓住了他们真实的一面，也抓住了他们的初心。当一天的工作结束，师傅们终于重新认识了我，他们不再排斥采访，还向我敞开了心扉。

这次采访让我对自己和同事有了更多的了解，这一刻我又有了一个梦想，就是用文字将他们的故事传递下去。

有了前行的光，就有了前进的动力，2017 年，微山湖“渭河”船居户通电 20 周年，为了让大家知道渭河通电的艰难，公司成立了通电 20 周年新闻报道小组，邀约记者、组织发布相关新闻的重任压在了我的肩头。协调、邀约倒不是什么难事，最困难的是写报告文学。这是我第一次接触报告文学，为了能够快速地掌握报告文学的写法，著名作家徐剑老师的报告文学《大国长剑》成了我的启蒙老师，一本书，一个笔记本，还有一个不停思考的我，成为 2017 年年初我的“利剑”。

为了更好地了解当时工作的场景，2017 年春，我第一次走进了渭河村这座水上渔村。从微山县爱湖码头出发，我坐在快艇上，一路感受微山湖的广阔、湖区线路的蜿蜒。渭河渔村很快就到了，蓝天碧水下，红色石棉瓦在阳光的照耀下格外耀眼，没有人能够相信，20 年前，他们的连家船还都是水泥船。20 年来，“电”为这个小渔村带来了发展，他们有了自己的养殖业、旅游业，有了合作社，他们的人均收入已过万元，对于他们来说，电就是他们的光。这光让他们不再漂泊，让他们过上了幸福的生活。

循着当年父辈们的足迹，我从渔村出发，一叶小舟载着我走进小河道，走进沼泽地，走进父辈们奋斗过的战场。我知道每一根线杆下都闪耀过美丽的焊花，我知道我要用心地去书写每一个劳动场面，就这样，我在焊花耀眼的光芒下写下了我人生中的第一篇短篇报告文学《大湖深处架彩虹》。

时至今日，我依然在逐光的征程中，不断地前进。一路前行中，我感谢童年时点亮梦想的那一朵朵焊花，是它给予我一次次挑战困难的勇气，感谢给予我初心的灯光，因为它让我懂得了坚持的真理。逐光是我一生的坚守，也是我勇往直前的勇气。不论路途多么艰难，只要光在前方，繁花就会在前方。

（作者系国网山东省电力公司微山县供电公司职工）

师傅说

薛泽华

我第一次坐上深绿色皮卡，是2023年新年过后的一个清晨，路灯下的街道寂静无声，整个城市仍沉浸在睡梦中。塞外的寒冬凛冽清冷，汽车的轰鸣声打破这片沉寂，没过一会儿车窗上便腾起一层水雾，让窗外零零星星的灯光变得朦胧，变得渐行渐远。驶入高速后，师傅说："趁这会儿休息一下，今天的工作很重要，去现场要提起十二分的精神。"

我们正赶往的工程项目，关于朔州市新建的第一条高速铁路电力牵引，意义非凡。师傅对我说，刚下现场就碰上这么重要的大项目，是难得的学习机会。彼时的我第一次跟在师傅身后，眼里充满了对一切的好奇。如今那些细节已模糊不清，只记得汽车驶过山路卷起的阵阵黄土，苍凉大地上拔地而起的铁塔像一把把孤独的利剑，银色的架空线如天际的分割线把苍穹切割成块块蓝色，肃穆深远，寂寞辽阔。我当时还没有意识到，我将对这铁塔银线产生怎样的感情。

师傅说：比能力更重要的是——

刚参加工作的我，在努力学习一切新知识，想要尽快投入工作中。师傅看在眼里，便从图书室精心挑选了一摞书册，对我说："掌握输电技术，重在记忆。"然后告诉我，首先应该从金具辨识看起，先从图片记忆，再去金具室观察实物，掌握输电线路运维技术的基础；然后是缺陷隐患，复盘历年的故障分析报告，这样就对我们的工作有了大概的框架。有了师傅的指引，我学习起来便有了方向，除了书册和实物，国网学堂还有各类专题课程，对现场工作有疑问也可以请教师傅们。那段时间的学习是令人难忘的，既有打开一扇新技术领域大门的欣喜，也有多年所学的理论知识即将投入实际生产的充实。

有一天下班，师傅开车搭上正在等公交的我，送我回家。路上师傅讲起他工作多年来的经历和感悟，分享了单位各位技术能手的辉煌往事，也和我交流了一些高校里传授的新技术。我还记得那天傍晚，汽车驶上高架桥时，看到夕阳西下，街道的路灯依次亮起，延伸到路的远方，我问师傅，我们这份工作最重要的能力是什么。师傅注视着前方，像是在思考，又像是在确认，过了一小会儿才认真地回答我："其实对于我们电网员工，比能力更重要的，是责任心与使命感。"说完这句话，我们都沉默了很久。师傅沉默是因为这句话真实得纯粹，无需解释；我沉默是因为什么？大概是因为言语朴实直击心灵，使我久久不能平静。

我想了很多种答案，有关于技术技能的，有关于理论创新的，有关于知行合一的，唯独没想到师傅的回答是这样简单直白，无可辩驳又理所应当。看着街道两旁的万家灯火，我第一次明白"人民电业为人民"的含义。

多年以后，面对我的后辈，我想我将会想起师傅送给我这个答案时的那个火红的夕阳。

师傅说：这不仅仅是一句口号

"今天的任务是前往新农村社区进行电力安全宣传。这片民房建在我们 110 千伏线路通道下方，需要我们定期向居民普及电力安全知识。第一组与物业人员前往花坛、广场等醒目位置栽立电力安全警示牌，第二组对线下居民进行入户宣传。开始工作！"

我跟随师傅入户走访宣传，第一户开门的是一位大娘。师傅说明了身份和事由，大娘请我们进了院子。院落干净整洁，一个小菜园打理得井井有条，高压线路在院子的正上方。师傅夸赞大娘种的蔬菜长势喜人，顺势测量核验了线路与房子地面的距离，然后讲起线路下方生活需要注意的安全事项，大娘笑着回复说隔一段时间你们就来宣传，早就记在心里了。师傅仍不放心，又绕着菜园检查了一周，指着墙角立着的长竹竿，讲起裸导线放电的危害，大娘随即把竹竿放倒在墙边。临走时，师傅又让我送给大娘一份印有电力安全宣传标语的小礼品，方才告别大娘，随即走访下一户。

敲开一户又一户，渐渐日上竿头，我有些疲惫，问师傅可不可以休息一会，下午继续宣传。师傅说："中午户主下班大多在家，我们再辛苦一下，这次的宣传才能家家户户都落实。"我方才明白，提了提精神，跟紧了师傅的脚步说："加油，人民电业为人民！"师傅说："这可不仅仅是一句口号，这就是我们每一天实实在在的工作。"

那天的走访宣传在中午1点结束，既保证了入户宣传质量，也尽量不打扰居民午休。师傅说，这份工作带给我们无比重要的责任，也带给我们保障民生发展的无上荣耀。我们这一辈子只需做好一件事，这就是保供电、保安全、保稳定。为保障电力可靠供应，用心用情服务好千家万户，这样的工作虽然单调平凡，却倾注了我们的热爱和汗水。

多年以后，面对我的后辈，我想我定会想起师傅带着我敲门走访第一家整齐的院落。

师傅说：我们有一个愿景

春寒料峭，家家户户张灯结彩，喜迎春节。师傅带着我保供特巡。

生于斯，长于斯。开始巡线以后，我才意识到，对于这片土地我并没有原想的那么熟悉。架空线路的设计既参考空间上的距离，也要尽量避开林区、建筑等区域，铁塔分布并不完全在道路附近，所以我们巡线的路径多是些崎岖不平、人迹罕至的小路。师傅的大脑里仿佛装备了一张活地图，清晰记录着每一基铁塔的位置，以及去往铁塔最理想的路径。往往前一刻我们还在一片林子里弯弯绕绕，下一秒眼前竟豁然开朗，拔地而起的目标铁塔映入眼帘。

巡线途中，师傅特别关注线路附近水域迁徙的候鸟，时常用望远镜观察许久。我问师傅原因，师傅讲起几种典型的在本地越冬的鹳类，张开翅膀有一米多长，站在铁塔上排出长条“Z”字形的粪便，极易造成线路短路跳闸。我有些惊讶，脱口而出：“那岂不是很麻烦?”师傅笑着说：“是的，但我们现在有很多应对办法。另外，这些鸟类的迁徙恰好证明我们这里的生态环境越来越好。我们有一个愿景，那就是电网与自然和谐共生。”此时恰好驶过湖边，湖中央有一群漂亮的禽鸟，一时竟分辨不出是什么物种，印象中好像本地并没有见过这种鸟类。我看向师傅，师傅说：“是野鸭，比去年的数量要多得多。”

保供特巡的几天里，我走过很多以前没走过的小路，也记录了一些架空输电线路周边的水文、地理、生物信息。令我惊喜的是，物种的多样性超出我的想象，“人、鸟、线”和谐共生正渐渐变成现实。

多年以后，面对我的后辈，我想我定会讲起师傅带着我路过那个湖心的野鸭欢腾。

师傅说：十年磨一剑

每个男生都对高科技机械和电子产品缺乏抵抗力。班组配备无人机后，我一直对那个黑色箱子充满了渴望。在我完成培训取证后，师傅终于带着我开展了无人机巡检工作。

这次无人机巡检作业选择某线路出站的1号铁塔作为开始，这也是我巡检的第一条线路。起初一切顺利，直到拍摄中相铁塔端挂点时，我有些把握不住无人机对塔距离，听着遥控发出急促的“滴滴”碰撞预警声，左右为难。师傅接过遥控器帮我完成这一基铁塔的拍摄，并向我详细讲述要领，鼓励我继续尝试。当备用电池耗尽后，我也只拍了两基铁塔，不得不返回处理图像数据。

返程时，师傅见我有些沮丧，便讲起无人机巡检给输电运维工作带来的变化。之前的运维巡视，想要详尽掌握铁塔的信息状况，只能依赖望远镜和相机，必要时还需要登塔确认。师傅说："无人机巡检带来的，是更加高效、安全的巡检方式。十年磨一剑，我们这些老同志也需要用新技术新方法更新技艺。年轻人为坚强电网带来新的血液，你们也需要不断学习打磨自己，这是一个尚待时日的历练过程。"

在下一次无人机巡检时，我渐得要领，效率有所提高，并在之后的国网新员工培训中学习到更加系统的图像辨识方法。求知创新，追求卓越，所谓十年磨一剑，新技术便是最好的磨刀石。

多年以后，面对我的后辈，我想我定会想起师傅带着我巡检的第一基耸立的铁塔。

师傅说：传承下去

会议室里，陈列着师傅们取得的种种荣誉——劳模、工匠、先进，一排排一列列。荣誉墙见证了师傅们"人民电业为人民"的担当与责任，见证了师傅们"十年磨一剑"的坚持与创新，见证了师傅们"一辈子做好一件事"初心与执着。

在这座荣誉墙前，我看见过师傅们在例会中详尽细致的报告和激烈求真的论证，培训时周密系统的备课和不厌其烦地讲解；师傅也见证了我们，带着十二分的认真和崇敬，跟在师傅身后渐渐成长。

我不仅仅是"我"，也是师傅身后的每一位输电新生力量。

师傅也不仅仅是"师傅"，也是带领我成长的每一位前辈。

"师傅"对"我"说过很多，而在这座荣誉墙前，我记得最清楚的一句话就是：

“传承下去！”

“把我们输电的精神，传承下去！”

（作者系国网山西省电力公司朔州供电公司职工）

四季轮转·谱写光明颂歌

李　婧

春·你是人间四月天

春，阳光没有冬天刺眼，没有夏天热烈，没有秋天寂寥，却能让人感觉到勃勃生机。当阳光洒向门前的那株迎春花时，她走进95598客户服务中心，开始了一天的工作。

打进电话的用户，往往由于停电报修心情焦虑，甚至语气强硬要进行投诉，而接听电话、为用户答疑解难就是她的主要工作。起初，讷于表达的她害怕自己无法胜任这项工作，也曾频频出错，惹得用户不满。为了克服这种状况，她向同事请教经验、积极参加各项活动锻炼自己，并且开始学习分析用户的心理，工作逐渐变得得心应手。现在的她，能够有效安抚用户情绪、及时帮助解决问题，工作台前摆放的“党员示范岗”标牌上，“为人民办实事”几个字就是她每天践行的初心和使命。

而她，就是成千上万服务窗口背后的那名普通工作人员，面庞和声音时刻都带着笑，将优质服务用心传递给每个人。某天早晨她下了夜班走出大门，门前的那株花也沐着春风，迎上她微笑的脸。

夏·小荷才露尖尖角

夏，天气炎热得不像话，没有人不愿意躲在树荫下或坐进空调房，偷取片刻清凉。6 月以来，多地电网用电负荷创历史新高，如此持续高温的天气下，他仍旧穿上将人裹得严严实实的绝缘服，戴上厚重的绝缘手套和安全帽，进行每一项作业。

“大国工匠”王进是他的偶像，最初接触带电作业时，± 660 千伏带电作业“世界第一人”王进的故事就让他热血沸腾。不管是学习各种工器具，还是带电接火、带电立杆等工作，他都充满了自信和热情，面对无处不在的“呲呲”声、作业中轻微的放电以及每次作业后被汗水浸湿的衣服，他有时候也会担心、害怕和沮丧，但他却从未想过放弃，而是努力克服心理恐惧，不断提升作业技术。在炎炎烈日下，他“全副武装”进行带电作业，用汗水不停换供电不停，守护着夜的光明和夏的清凉。

秋 · 聒碎乡心梦亦成

秋，天高云淡，风亦清朗，西藏的天尤为湛蓝，云朵都洁净如雪。他义无反顾进藏，可不是为了朝拜圣洁的雪山，只是想要倾尽所能，做光明的使者。

在很多人眼里，雪域高原是神圣的所在，实际上在藏区，还存在着很多没有通电的村子，照明、食物储备等都是问题。初入藏时，他就明显地感受到高原反应带来的不适，而在援建变电站的过程中，审查图纸、调试设备，专注的工作让他逐渐适应了这种特殊的环境。而当变电站边上的小村子都通上了电，夜晚来临，千家灯光次第亮起的那一刻，不仅村民开心地笑了，他也喜极而泣，第一次感受到莫大的自豪。

跋涉过一程程山水，高原上的一更更风雪定会撩起离家之人的乡情，他们虽远离自己的家乡，却用一颗坚守的心和一身过硬的技术帮助藏区的人们完成了梦想。

冬·星桥灯影照千门

冬，大片的雪花肆意飘洒，映照得阳光也更加刺眼，到了零下二十多摄氏度的夜里，绿浅红深的灯光则让人感到温暖。他，就站在这光的背后。

傍晚，华灯初上，桥上、街道两旁的灯光次第亮起，临近春节，更是张灯结彩、好不热闹。但在这繁光缛彩背后的他，已经连续错过了多个和家人团聚的大年夜。春节期间值班保电，不得不与家人失约，他也感到遗憾，而保电期间耐心巡视缺陷、测温、测负荷，及时排查隐患，为千家万户送去一份保障，为这座城市的流光溢彩贡献一份力量，也让他感到自豪和安心。

他也是许许多多普通电力工人中的一员，和班组中的家庭成员们一起吃着一顿特殊的年夜饭，他们默默坚守，让寒冷的冬夜璀璨绽放、充满暖意。

四季轮转，电和光的传输也永不停止。她们微笑的脸庞、他们专注的神情，都是锐意开拓的奋斗姿态；她们坚定的身影、他们积极的创举，都是敢为人先的过硬信念。这让我不禁想起了那句诗：愿把此身炽烈，化为融融光热，四季如春时！正是这些扎根基层、默默奉献的电力人始终践行着优质服务的承诺，才让黑暗的角落也变得霓虹闪烁，才让炎热的夏日里有凉风习习，凛冽的寒风中有暖暖春意。电网的安全稳定运行，是每一位电力人的骄傲。这些光明的使者，望着眼前飘扬的党旗，捧着心中不变的信念，行过千家万户，点亮每一盏灯，每一步都走得坚毅，都为这光的诗歌添上了浓墨重彩的一笔！

（作者系国网山西省电力公司大同市云州区供电公司职工）

银线映芳华

赵　冰

每当夜幕降临，城市的地标接连被点亮，一扇扇窗户后面，暖黄色的灯光一盏盏地亮起，灯火璀璨处，映照着一张张灿烂的笑脸。每一次的重大节假日，流光溢彩的美景背后都离不开电力人的默默守护；热门景区、乡村旅游热点、交通枢纽处的供电设备，都离不开电力人的把脉问诊；线路的特巡特护、夜间节点测温，排除隐患，每一处光明的背后都有电力人默默坚守的背影。灯火里的中国，电力人一直在岗。

标准化作业助力平安春检，无人机压轴秋检巡线，堪称搭载了红外相机的千里眼，及时消除安全隐患，保障电力可靠供应。环保时尚的电动汽车，省内高速路上的 85 个充电站，保证了节日期间的电力充足，电力人严守电网防线，始终奋战在第一线。

电力人在蓝天白云间谱写着高空中最美的音符。在小朋友的眼中，电力工人的高空检修曾被误认为是小麻雀落在线路上走钢丝。作为电力人，我们首次登上高空的特高压铁塔作业走线验收，云雾从脚底下飘过，宛如在云端行走，感觉自己好像有一双隐形的翅膀。电力人的头顶是星河璀璨，脚下是万家灯火，心中是人间烟火。

有人说，电力人不懂浪漫，过的是坚硬的电杆和绝缘电气的生活。不，你错了！电力人的浪漫是以线作笔，把梦画在杆塔上；以地为纸，将诗写在悬崖峭壁上。电力人的浪漫是在空中架起一条条的银线，串联起千家万户的灯火辉煌；是电表走了一圈又一圈，围绕着生活坚韧而又恒定；

电力人的浪漫是每一次出发前的标准化作业，是施工中的安全规范，是工作结束后的平安归来。

每一个电力人都曾经历过刚入职时对电力设备的惊奇，经历过克服高空作业的恐惧，接过老一辈师傅们经验的传承，继往学，开未来。电力工人带电班作业工、大国工匠王进曾说："站在导线上之后，会有一种更大的放电声音，一直不停地嗞嗞放电的声音，可是再危险的工作，总得有人去干。"我们都是普通的电力工作者，可是平凡的人往往给以最多的感动，高空作业对体力的消耗极大，夏顶烈日，冬迎霜雪，没有惊天动地的功绩，用普通而又平凡的情怀，为千家万户送去光明和温暖，与时代相辉映，与国家共奋进。

电力人在国家发展中勇挑重担，体现的是劳模精神、劳动精神、工匠精神，是我们身边的榜样。他是雒玉涛，是为优化咸阳地区营商环境作出贡献的"电力活地图"；他是刘欢，是创新思路求突破，身体力行树标杆的三秦工匠；她是寇曼，是高效完成营销信息系统融合切割工作的"巾帼建功标兵"；他是王宝乐，是始终聚焦自身安全主责，持续推进数字化转型和新技术应用的优秀共产党员。

从他们的事迹中，我们汲取着生生不息的希望，他们是最好的榜样，是激励我们不断奋进的中国力量。心有翼，自飞云宇天际；梦无垠，当征星辰大海。他们每一个人的身上，都闪耀着榜样的信仰，每一个先进事迹的背后，都是长年累月的坚持和不懈努力。从小学徒到老电工，用辛勤的汗水在一根根银线上编织着三秦大地的七彩霓虹。几载春秋，聚眸展望，一代代电力人，用青春的芳华，绘就了陕电波澜壮阔的奋进画卷，谱写了陕电瑰丽壮美的发展华章。

［作者系咸阳亨通电力（集团）有限公司职工］

点亮天上丝路

施佳楠

在辽阔的中华大地上，有这样一群人，他们默默坚守在电力事业的最前线，用不懈地奋斗书写着电力精神，用坚定的担当绘制着光明的未来。他们是电网建设的骄傲，是匠心独运的工匠，是值得敬仰的楷模，更是推动公司高质量发展的中坚力量。他们不畏艰险，不惧挑战，以高度的责任感和使命感，守护着万家灯火。在严寒风雪中，他们巡线查故障；在烈日下，他们抢修保供电。每一次成功送电，都凝聚着他们的汗水和智慧；每一次安全运行，都见证着他们的责任和担当。

在西北边陲的新疆荒漠之上，有这样一处地质奇观——独山子大峡谷，这里环境恶劣，冬季严寒，风沙漫天；历经亿万年风雨侵蚀，千沟万壑，峭壁嶙峋，成就了一幅壮美的画卷。然而，这幅壮丽画卷的背后，却隐藏着电网施工的巨大挑战。

2021 年 5 月，华送海外分公司的一支电网建设队伍来到了这里。他们的任务是完成新疆 750 千伏乌凤线跨越施工的建设。初到项目部，项目负责人刘晓龙和项目总工陆立国等人第一时间赶往施工线路沿线进行逐点勘探。然而，经勘查，跨度达到惊人的 1346 米，为新疆境内最长的跨越档距，如此大的跨度无疑给封网带来了巨大的困难。严寒的天气和狂风乱舞的现场更是对他们的挑战。面对“上午喝风，下午吃土”的风沙天气，他们扛仪器，细测量，将每一组数据牢记于心；他们战风沙，斗严寒，在峭壁嶙峋的峡谷边留下坚实的脚印；他们勇创新，齐攻坚，研究出“大高差”“地对地”的封网方案，找到了1346米跨越的最优解，成功解决了跨越架设的方案难题，让整个工程得以顺利推进。在华送铁军心中，每一根导线、每一个节点，都承载着无数家庭对光明与温暖的期盼。每一次的测量、每一次的计算，他们都力求精确；用心去感受、用专业去把握每一个细节。

两年后的春天，新疆750千伏乌凤线跨越工程进入线路跨越知米峡谷的关键时刻。此时江南春暖花开、万物复苏，而广袤的新疆大地上却依旧弥漫着寒冷的气息。那天，风像往常一样肆虐地刮着，卷起阵阵尘土，在这样的工况下，视线遮蔽，导线极易缠绕在一起。面对着1000多米的大峡谷，拥有40年架线经验的王牌队长汪玉友也不禁有些担心。这是他人生中第一次指挥如此长档距的跨越架线，项目部全员出动，各司其职，多批护线人员在跨越塔两侧轮流上岗，夜间封网，白天放线，连续作战。在银线一跃而起的一刹那，穿云箭般的导线直冲云霄，勾勒出了一条连通天山的壮丽丝路。这条壮丽的丝路不仅是一条电力线路，更是连接人们心与心的桥梁，它见证着电网建设者的创新智慧和担当，也承载着无数人对美好生活的向往和期待。在未来的日子里，它将继续闪耀着光芒，照亮人们前行的道路。

但这并不是终点，他们还要在这深达192米的大峡谷上空来回走线安装附件，如此高的地方，即使是一阵微风也会对走线的“蜘蛛人”产生严重威胁，每迈出一步，他们都需要精确控制下脚的力度，并时刻保持高度警惕。每一步，都是战战兢兢的一步，是电网建设者直面挑战、勇攀高峰的一步，也是华送公司积极响应“一带一路”倡议、建设美丽新疆的重要一步。

新疆750千伏乌凤线的顺利投运，对提升“疆电外送”输电规模及助力当地经济发展具有重大意义，也为“一带一路”沿线繁荣提供了基础保障。以其为原型的视频故事拿下了中央企业品牌故事优秀奖，获得辛保安董事长重要批示，视频也荣获英大传媒短视频作品三等奖。

而这只是华送公司利用“一带一路”契机、贯彻“走出去”战略的微小缩影，除此以外，华送人曾在巴西美丽山建设欣古换流站，在巴基斯坦克服疫情建成 ±660 千伏默拉直流输电工程，在非洲克服疟疾实现七线七站圆满收官。

华送铁军所展现的，正是电网建设者扎根一线、勇于创新的精神。他们深知，电力事业关乎国家发展、民生福祉，因此他们始终坚守在一线，用实际行动诠释着对电力事业的热爱与执着。同时，他们也是奋力推动公司高质量发展的践行者。他们不断研究新技术、新方法，力求在保障安全的前提下，提高建设效率和质量。他们用自己的汗水和智慧，奉献光明，点亮千家万户的灯火，为祖国的繁荣富强贡献着自己的力量。

在团员和青年主题教育开展的关键之年，身为一名青年，更应当把学习成果转化为岗位实践的重要动力，跟随前辈的步伐，用奋斗点燃梦想，用担当践行使命，继续传承和发扬“忠诚担当、求实创新、追求卓越、奉献光明”的电力精神，以更加饱满的热情和更加坚定的信念，推动电网事业不断向前发展，在强国建设、民族复兴的历史潮流中砥砺拼搏。

正是有了这样一群扎根一线、勇攀高峰、技能报国的电网建设者，我们的电力事业才能不断取得新的突破和发展。他们用自己的奋斗和担当，书写着国家电网高质量发展的辉煌篇章。

（作者系华东送变电工程有限公司职工）

春风十里不如“她”

刘　恋　齐晓曼

春风，像一支神奇的画笔，温柔地拂过大江南北，为生灵万物退去寒凉，增添色彩。

她们，亦如春风，更胜春风，化作一支支妙笔，不仅能将专业观点书写成最精准篇章，更绘出了各色各样、绚丽多姿的人生景色，她们便是国网上海电科院城市能源互联网研究中心的“巾帼半壁天”，曾经荣获2021年度上海市“三八红旗集体”荣誉称号。

团队学历层次高、青春活力足、专业覆盖广，25名成员党员比例超90%，女员工比例高达三分之二，全部为硕博学历，囊括电力、经管、计算机、情报、通信、外国语、编辑等多专业，是国网上海市电力公司决策参谋支持的核心力量，是一支讲政治顾大局、敢担当善作为、能攻坚勇创新，充满“她智慧”的卓越团队。

她初心：伊心向党，肩擎使命

她们，有火红的初心。团队传承沪上红色基因，立足虹口“虹”文化，通过学红史、走红途等沉浸式学习方式，深入开展主题教育，在不同专业背景的研究人才中找到共性的精神内核，统一政治意识，就智库研究价值观达成共识，在红色基因的历史传承中激发女性党员岗位建功、岗位成才的红色动能。专业工作中，她们肩负助力企业创新决策、行稳致远的使命，面对各种重综总任务、急难热问题、新奇特理论，“把每项微小的工作都当作自己的一份作品全情投入”，产出思想、产出对策、产出声音。多项成果获上海市、国家电网公司管理创新一等奖以及国网科技进步奖、技术发明奖、软科学进步奖、中国电力科技进步奖、中国无线电协会科学技术奖等多项省部级高级别奖项；署名文章和智库经验多次获国网系统重要、主要媒体刊登；连续多年支撑能源互联网、电能替代等全国两会在沪代表提案调研；深度参与上海市能源“十四五”规划、临港新片区能源建设专项规划等顶层设计，策划承担上海市软科学重点项目；牵头制定电力行业协会双碳领域团体标准。多年来，获上海市三八红旗集体、巾帼文明岗、团市委青年文明号、经信系统先进基层党支部等集体荣誉，涌现出上海市青年五四奖章标兵、优秀科技情报工作者，国网系统优秀党员、领军人才、技术专家、智库先进等优秀个人。

她力量：一手鼠标，一手奶瓶

她们，有平衡的力量。工作之外，天平的另一端还有嗷嗷待哺的孩子。对年轻的职场妈妈而言，最大的难题莫过于工作和育儿的平衡。她们一大半都已为人母，甚至还有多个二胎妈妈。保洁阿姨的日常玩笑“整层楼的地上全是你们的头发”不经意间道出了她们不为人知的辛劳。凭着女性独有的韧性和力量，她们把育儿的艰辛化为最治愈的动力，于是“上班时全情投入，下班后高效陪伴”。遇到某些专项工作的攻坚时刻，她们会在孩子酣然入睡后，再一头扎进工作里和团队共进退。对于她们来说，凌晨三点的上海并不陌生。在育儿上，她们无微不至、善育重教，有不辞辛苦坚持母乳的背奶妈妈，有善于讲专业科普故事的百科妈妈，有擅长自制玩具的巧手妈妈……工余，大家还常常组织亲子活动日交流互鉴，在如此良好的氛围中，“电二代”的孩子们个个身强体壮、明理懂事、聪慧过人，其中一些已经成为清华大学、上海交大的天之骄子，还有一批破土而出、新桐初引的未来学霸正蓄势待发。

她风采：各美其美，美美与共

她们，有爱美的天性。团队一直注重内外兼修的“美”、百花齐放的“美”。工装飒，红装也美，私服选择上，人人都是穿搭博主，身形保持上，个个都是健身达人。专业精，兴趣也广，热衷于各类微景观设计、绘画创作、手工制作、歌唱舞蹈活动和比赛，几位热爱运动的女同志还牵头组建了电科院“E 起跑”协会，策划组织各类趣味体育活动。观点佳，创意也妙，将智库研究成果和理念辐射到行业内外更广人群；创办“嘉禾读书荟”系列文化活动，引领全院女工“爱读书、会读书、乐读书”的文化氛围；承办上海电力文化品牌季刊《知闲阁》，开辟巾帼文明宣传阵地。方方面面尽显女性的独特魅力。

她是干练的员工、她是细心的妈妈、她是温柔的妻子，她是孝顺的女儿、她是独特的自己……一人饰多角，个个都精彩！人生不止、奋斗不息，她们会是一直深耕专业的“智库女团”、始终笑对生活的“阳光伊人”，不变的是“她初心”，不尽的是“她力量”，不减的是“她风采”。

春水初生，春林初盛，春风十里，不如“她”。

（作者系国网上海市电力公司电力科学研究院职工）

杏花人家

张 振

北京的早春，让我念起家乡——新疆伊犁的春天，也该以千万种姿态苏醒了吧？而对第一抹春的解读，不同人眼里有不同答案。于我而言，伊犁真正的春天来临是 4 月末 5 月初，因为那时不再清冽、寒冷。这是我体感上的答案。心里的春天，却是 3 月底到 4 月底。这个答案或许和很多人不谋而合，因为这时，那拉提大草原的顶冰花依次开了，满山坡的牧草开始返青了，村里的杨树抽枝发芽了，家家户户门前的积雪终于消融了，田间地头的土壤也愈发蓬松了……于是，人们掐着指头，算起日子来了。

是什么日子？是那三万多亩杏花开的日子。每个人都在等待，而每个人等待的东西不尽相同。牧民会等待自家马匹被一些好奇的游客骑行，妇女会等待自己做的羊毛毡子被店家或游客买走，小孩会吃着糖果等待口音各异的人们夸赞和拍照，农民会等待播种，一生的耕耘让他们晓得杏花开了，就是春天来了，就要春耕大忙了……

天山南北遍地都有杏花，但在我心里，吐尔根乡的杏花沟最美。那是一片公元 14 世纪遗留的巨大原始野杏林，集中分布在巩乃斯河北岸，属伊犁河谷浅山地带。一座山连着一座山，一道谷接着一道谷，此起彼伏，绵延不绝。受河谷环境气候影响，这里雨水充沛，而南向敞开的马蹄形谷地，更是避开西北向的山风，怀拥着东南方的大片日光，让大片野杏林能繁衍至今。也得益于如今现代化的无人机施肥、喷药，人工治理和环境保护让杏花沟更加壮观，杏花沟有了新名字，叫那拉提杏花谷。

春天正式来了。整片的杏花谷，春意如那来势汹涌的潮水般，才爬上山坡，又滑到沟谷，不过谷里掀起的是舒缓、温柔的波浪。满山坡的花草，远望一片绿。山风吹过时，冷不丁低下头，一看，又如“草色遥看近却无”般，丝毫品不出远看时的那片朦胧绿，只留满山黑土。除了绿草和杏花，还有转场到早春牧场的牛羊，它们缓慢移步，悠闲吃草，给静止的山林添了不少动态美；另有山头不时冒出的星点毡房，洁白又诗意，足以证明春天的脚步确实来了。春天一来，万物就热闹了，最热闹的当数村边的农牧民、商贩，还有一批批游客。他们各自忙碌着，做饭的做饭，叫卖的叫卖，拍照的拍照，相同的是大家都乐呵呵的，满脸写着沐浴春风的快乐。此外，还有一群文艺人，歌舞演出、阿肯弹唱、阿依特斯对唱等，给这个热闹的春天，增添了另一种生动的气息。

记得杏花谷新设空中赏花项目时，恰好北京的朋友来了，我也跟风坐了一次直升机。从空中俯瞰，果真风景惊艳。整片山林坐北朝南，呈鹿角状结构，我还分明感知到光的流动、光的脚步，感知到时间的变化。不同日光，衬得山体颜色不同，黄色、青色和褐色；又衬得杏花颜色不同，白色、粉色、淡红色以及深红色。变化的光线，缤纷的色彩，流动的时间，叫人感到梦幻，像喝了酒般，逐渐沉醉。

在我于巩乃斯河边出生、长大的二十多年间，我可能只是杏花谷的一个过客，未曾真正了解过它，也没有真正认识过它。然而在我毕业返乡工作的九年时间里，我真正成了这里发展变化的见证者。如果你已经来过或将要来这里，你会发现现代设施应有尽有。这里在保护生态的基础上，巧妙融入了现代科技，比如智能电网、灯光舞美、音响设施、多功能服务中心，以及各种休闲娱乐和食宿场所。

若时间再退回几年，这些便民设施或许还不存在。九年前，我在当地供电所工作，通过申请报装的资料不难看出，民宿、宾馆、饭店、农家乐的报装单很少，不过两三本书厚。这几年，报装单多到几十本书厚了，里面有新装照明电的，想必是新盖了房子；有申请三相动力电的，多为电采暖、农业粉碎和饭店食堂使用，可见背后生活在变好；还有增加用电容量的，一定是扩大了房屋面积，增添了不少电器。当然，最能体现变化的是，景区改造了供电线路，新增了变压器，这样不但保障了经营者和居住者的供电质量，也能在举办大型活动时用音响、灯光和大型设备了。看着越摞越高的用电报装单，一一走进其背后的人家，我亲历着从无到有的变化，见证着平凡幸福的改变。

许多人只在杏花正旺时停留，不曾见过这里其他季节的模样。而我见过这里的一年四季。春天或许正如大家所见，是唯美、斑斓的，是令人惊叹的花的海洋。春天一过，杏花谷便又成了另一番模样，是天然的牧场，成了青草的海洋。山风吹过，草浪掀起一层层涟漪，跟那浅海的浪花似的，叫人顿时感到放松和惬意。草浪又不同于海浪，它是有方向、有层次的，时而左右摇摆，时而前后追赶，还因着山坡的起伏，孩子似的，在山头、沟谷间你追我赶的，乐此不疲。恰好此时，牛群出现了，羊群出现了，甚至一些骏马也跟着出现了，它们随着草浪，从夏天走到了秋天。

秋天的杏花谷是隆重的，有仪式感的，是关乎希望与收获的。满山坡的草场，成了一片黄色的海洋，描绘起了秋收的颜色。秋天一到，这些牧草变得安静了，不再同夏天一样追赶，而是把最热闹、最快乐的心情，全部给了大地上的农牧民。大地看着人们割草、捆草、堆草垛，感慨着岁月变迁。以前总担心人们收割得太慢，因为时不时就会刮风、下雨，如今它却觉得很从容，现代化的器械和车辆，让牧草很快就被堆放好，不久便拉到人们家里去了。

冬天一到，杏花谷成了雪的海洋，多了一份肃静，披了层面纱似的，神秘、寂静甚至庄严。我想，这是山体自我保护的模样，为着它怀里的草木和杏林，为着来年的生机与希望，为着许多人心驰神往的诗和远方。

（作者系国网伊犁伊河供电有限责任公司职工）

太阳谷

席运生

说起金沙江上游至湖北 ±800 千伏特高压直流工程，它的建设之难不单单是特高压首次进入青藏高原腹地的横断山脉、参建的送电工所面临的高寒缺氧难以适应问题，还有换流站大件运输的道路保通问题。工程大件运输由重庆航运入东海，长途漂流到广西钦州，再经铁路运输到云南香格里拉转汽运，经过近 6600 千米的海陆接力运输，途中最高海拔超过 4200 米。特别是最后的 517 千米为公路汽运，走的是滇、藏、川三省区交界的滇藏线茶马古道。所以，金上特高压工程能否如期建成投运，就要看换流站的设备安装情况，而设备能否顺利安装就要看这 517 千米是否畅通无阻。

香格里拉是滇藏茶马古道的要冲，金上特高压大件运输完成江运、海运以及铁路运输，由此续航，过纳帕海垭口，沿 215 国道下山北上，进入四川境内，经过的第一个小镇就是四川瓦卡小镇太阳谷。金沙江从小镇的下边穿过，低洼的河谷对岸是云南的奔子栏小镇。从香格里拉到太阳谷，区间里程 80 千米，而大型桥梁就有 61 座，是工程桥梁加固升级改造施工最集中的区域。我在无人机里看到的路况，就像在茶马古道支起一条蜿蜒的银灰色长龙，曲折逶迤地在横断山区间游走。在这里，国道 214 与 215 是合二为一的，横断山天堑变通途可不是一件容易的事。国网四川建设公司大件运输道路永久性改造项目经理任泽介绍说："改造难度最大的是这里川滇交界的岗曲河大桥，在确保大桥畅通、运力不受影响的情况下，要把大桥荷载由55吨提升到500吨以上。而全程517千米运输通道，桥梁加固工程达144座。”工程通过增加钢梁、镶嵌碳纤维板或加固路面，实施永久性加固改造，总投资超过1.6亿元。

在岗曲河大桥改造现场采访，我站在入江口的岗曲河上，大桥巍然屹立在100多米纵深的江岸，下面就是金沙江的一级支流岗曲河。两岸对峙的是海拔4000~5000米的突兀峰峦，峡谷尽头是海拔5545米的巴拉格宗雪山。它是康巴地区的三大神山之一，岗曲河丰沛的河水就从那里而来。大桥南岸为云南迪庆香格里拉，越过大桥到了北岸就进入了四川甘孜的得荣县。作业现场，大桥碳纤维板的镶嵌工程正从桥墩向穹顶伸展。在南岸桥头与陡峭的悬崖间，搭建了一条一米左右宽的钢管爬梯，婉转曲折延伸到水岸，从桥头可扶着简易的步梯走下山谷河岸。移步挪行中，可看到钢管下湍急的岗曲河水咆哮着冲向金沙江，向香格里拉方向奔涌。

在现场，我从岗曲河大桥南行到甲丁大桥。登高而望，山上点缀的绿色植被不是太多，有松有柏，不大，随着金沙江的阵阵江风，在风中摇曳。也有仙人掌，一棵棵仙人掌上椭圆形的叶片相连，有半人多高。也有野葡萄蔓，缺水的横断山没有充足的水分支撑其爬上树，它只能匍匐在地。站在山头登高而望，左前方可远眺到金沙江的前方尽头，沟壑的层峦叠嶂下是青葱的一道道梯田。在金沙江流域行走，只要有葱绿必定有人家。我站的地方是看不到江水的，可目睹到山的沟壑纵横，下切加深，仅江岸有片状的层层绿色，点缀着寥落的民居，成为滇藏茶马古道上的一缕秀色，柔美极了。有时也能目睹到山涧细小的之字形印迹，隐约还可望见白云生处的一户户人家。想想江岸被岁月剥蚀以及滑落的山体，居山之上也是不错的。

结束一天的采访，我们返回太阳谷，在这里留宿撰稿。越野车在重叠的214和215国道上驰骋，有时，我们前往左岸，住奔子栏小镇；有时也走右岸入住瓦卡小镇。沿金沙江穿行，北面而行，返回小镇，过了岗曲河到了四川得荣县瓦卡境内，很远就可以看到一面红军军旗刻画在崖壁上，在水流激荡、咆哮、沸腾的金沙江畔，蔚为壮观。行走滇藏茶马古道，一座贺龙桥连接着瓦卡与奔子栏区域，它曾经是连接两地的唯一通道。1936年5月，贺龙、任弼时率中国工农红军第二军团由滇入川时，就是由此过金沙江北上的。新中国成立后，当地政府就修建了这座钢架桥。桥头还设立了贺龙桥纪念广场。

关于太阳谷，则出自一个传说。很久以前，仙化了的普贤菩萨的坐骑白象思乡，离开峨眉山，悄然飞向故乡南方。于此，白象被金光挡道。其拨云而望，见谷中郁葱，阳光普照，祥和安然。象大喜，遂降此谷，乐而忘归。太阳谷信奉佛教且崇拜太阳的康巴人，便将此谷称为吉祥的太阳谷。太阳谷以金沙江为界，西北区域的左岸为奔子栏小镇，属云南德钦县境，江湾谷地葱郁雅致；右岸之上依山而居像大西北的塬上地带的为瓦卡小镇，属四川得荣境，在白马雪山南缘的山脚下。

瓦卡有情舞花海景区，小镇主要街道上的庭院居民没有高墙院落的封闭，半高的围墙或栅栏把小院与街道隔开，区分了私家宅院与公共空间，其院落风景和花海的街道相依相融。在严冬与初夏，我到过两次瓦卡。每天晚上，瓦卡小镇的街巷很早就车少人稀，有时候走在空旷的主街道，竟然见不到一个人。静谧的夜色中，我从小镇东北一隅的高地一直走到西南方向的隘口，右侧崖壁上的“滇藏茶马古道第一渡”的红色印记清晰可见。再前行不远就是连接川滇两镇宽阔的金沙湾钢架吊桥。有时从现场返回太阳谷，入住奔子栏，这几个大字隔江相望，连同之上一个漫坡点缀着瓦卡小镇，呼应着奔子栏的江湾秀色。

奔子栏是一个诗意的名字，藏语意为“美丽的沙坝”，214国道穿越而过，为小镇的主街道。上面还有一条老街巷，在小镇的中央斜穿右前方，与国道相连。奔子栏说是一个镇，更像是一个村落，村落间分散着民居和金贵的田地。小镇之南的一处处院落有不少硕大的老核桃树，可遥想小镇的传承久远。小镇安详，没有狗吠，游人也不多。移步而上，站奔子栏观景台，可一览无余对面山之下、江之上的瓦卡小镇，以及两镇之间的金沙湾钢架大吊桥。相对于瓦卡，奔子栏小镇要热闹一些，镇上文化娱乐场所的锅庄歌舞要热闹到很晚。

在太阳谷采访金上特高压大件运输保通工作，我看到奔子栏以上的金沙江怒涛滚滚，汹涌奔流，到了太阳谷以及下游，江面豁然开阔，江水平静。在太阳谷，我听说装机容量 240 万千瓦的奔子栏水电站前期工作已经展开，在小镇上游大约 12 千米的地方，要上马 4 台 600 兆瓦的水轮发电机组，与之上的旭龙水电站规划总装机容量 480 万千瓦，分别为金沙江上游水电规划“一库 13 级”的第 13 级和 12 级，拆迁补偿的协调工作正在进行。而当地居民的生活与工作并没有受到太大影响。走在街头，我看到有楼宇正在施工，也有民居正在建设。在我住的酒店，每天早上，隔壁民居楼顶上的诵经声很早就传来，这吟唱与烟囱升腾的炊烟大约持续 1 个小时，想必他们一边盘腿打坐礼佛诵经，一边目睹那柏木青烟袅袅升腾、升腾！

入住太阳谷，我认识了金上特高压大件运输道路加固改造工程的安全专责孙光宇，他是从国网四川超高压运检公司抽调的电气专业骨干力量，本来是到帮果换流站提前介入工程运维的，忙完工程的四通一平，就成了大件运输路桥改造工程的安全专责。一天中，他要对工作计划、工作方案以及现场施工安全进行监督检查，确保现场施工安全。见小孙的机会多，也就聊得多一些。在工程改造集中的云南段，涉及占道施工交通管制数量有 30 多个，从香格里拉小中甸火车站到岗曲河大桥近 200 千米，都是他的安全管辖范围。来到金上特高压的时候，小孙刚刚结婚。小孙的专业是电气自动化，他不但坚持了下来，还成为路桥建设的业务骨干。项目经理任泽说：“小孙来到项目后，一直在这里，就没挪过窝。”小孙自己回不了家，爱人就来看他。他白天一到线路上就是一天，晚上回到小镇酒店，又是视频会又是报材料，和爱人也说不了几句话，就倒头睡了。

诗情画意的太阳谷，不知道以后还能不能故地重游，而之后可能就看不到她曾经的模样了。在奔子栏，我听说这里江岸的临水区海拔 2148 高程以下区域为回水淹没区，而奔子栏的海拔高程为1900米。小镇的全部与瓦卡小镇部分可能要搬迁重建安置。在四川多年，依旧喜欢北方老家大饼，早餐就与房东一块儿吃大饼配酥油茶从未腻烦。热情好客的房东和老板娘见我吃得香甜，临走的时候，便又吩咐服务员："再装些、再装些，路上吃。"老板娘说："今天这饼，我让师傅加东西了。"原来，他们放了当地的藏香猪腊肉。

（作者系国网四川省电力公司建设分公司职工）

念念春晖

李　志

梨花淡白柳深青，柳絮飞时花满城。

园中百岁的老杜梨感受到春天的惦念，从一冬的沉寂中苏醒过来，抖擞精神，舒展腰身。寒日里光秃秃的老树不经意间已是香雪满冠，淡白轻盈的梨花在风中摇曳生姿，如蝶羽轻振，仿佛是对春风唤醒自己的知恩回应。

我轻抚母亲的背，母亲笑着点点头。

母亲喜欢春日的明媚，也爱这个季节的芳菲：梨花清丽，海棠明艳，丁香素雅，连翘黄灿……虽然姿态各异，香气有别，却都蕴含着一种蓬勃昂扬的生命力。

岁月的沉淀为这片土壤积累了足够的养分，只待风和日暖，花朵便绽开笑脸，向阳而歌，游人赏心悦目，自然络绎不绝。

小园几许，收尽春光。

公园中心的圆台上，先生的铜像静静伫立在一片茂盛的黄杨中，伟岸庄重，目光高远。圆台之上，周围的姹紫嫣红仿佛在此刻被历史的厚重铅尘层层覆染。岁月荏苒，时空交错，百年前，山河动荡，风雨飘摇，先生以救亡图存为己任，在这座后来以他名字命名的公园里发表演讲，慷慨陈词，呼吁海内齐心强我中华，惦愿人人皆知共和之良美。百年后，芳华绽放，忧思难忘，先生惦念的目光穿过林木花海，穿透千言万语，穿越岁月浮尘，欣慰地落在了园外的一片繁华烟火中。

我和母亲走过上书“中山公园”四个大字的巨型彩绘牌坊，走向那片烟火。

近代百年看天津，百年天津看河北。海河之北的百年中山路街区不仅底蕴深厚，而且不乏生活气息，在中山公园与中山路之间，一条百米长的街道上，人声鼎沸，百味飘香，如同一场流动的盛宴。

中山美食街带给了天津市民舌尖上的幸福，同时也承载着许多天津人对于过往的美好回忆。走进长街，映入眼帘的特色美食琳琅满目：糕干、肉龙、茶汤、熟梨糕、十月炸糕、牛肉回头、棋子烧饼……摊铺生意红火，吆喝声不绝于耳。除了本地食客，还有许多外地游客慕名而来。人们穿着明快亮丽的衣衫，穿梭在各色美食之间。春和景明，烟火袅袅，整条街道仿佛是一幅打翻了调色盘的市井长卷，流光溢彩，欣欣向荣。

在一片让人目不暇接的缤纷色彩中，一抹鲜亮的红色突然出现在我的视野里——不远处的商铺屋檐下，这抹红色在随着升腾的烟气轻轻晃动。虽然街上人头攒动，烟火缭绕，看得并不真切，但我对这红色感到十分熟悉，同时疑惑也随之而来。母亲似乎看出了我的迟疑，拍了拍我：“去前面看看吧。”

穿过摩肩接踵的人群，我们来到了那家商铺。这是一家主打面食的餐厅，生意十分红火，门前一口大锅热气腾腾，里面浓醇骨汤搭配热卤做成的浇头香气扑鼻，吸引了不少食客。与商铺门口熙来攘往的人群形成鲜明对比的，是我寻找的红色。我看到一个宽厚的背影，正默立在一片嘈杂声中。他全神贯注地在工作簿上快速记录着，丝毫没有受周围热闹人群的影响，也没有注意到走近的我和母亲，此刻的他好像是一颗屹立在滚滚河流中的磐石，沉稳而坚定。完成记录后，他放下笔，望向人群，似乎又在等待着什么。当他仰起头时，蓝色的安全帽在阳光照射下反射出亮眼的光，他身上穿着的共产党员服务队红马甲在春日的暖阳照耀下也更显红艳。

不会错的，我心想。

“凯哥！”我高兴地走上前去，这是我们供服中心同事们对他的亲切称呼，他应声转过身来。长年的现场作业使他原本清爽的面容变得微微黝黑，额头上几道浅浅的细纹里藏着他引以为傲的责任与担当，眼镜后面，一双炯炯有神的眼睛里似乎有着说不完的故事。

“嘿，你咋在这儿?”他看到我时笑容里略带诧异。

他的笑容很有亲和力，无论何时都带着长者的鼓舞和挚友的真诚。“今天天气好，我带我妈来这儿转转。”说着我转头看向母亲，向她介绍这位是我们供服中心网格班的班长。母亲还是第一次来到津城，对当地的风土人情还不甚熟悉，因此稍微有些拘束。“真好！阿姨看着真年轻。”他热情地和母亲打过招呼，顺带把我夸奖了一番。

母亲也被这份热情感染，打开了话匣子，聊起了来津后的喜闻乐事。当得知他和网格班的同事利用周末时间对这条街道开展用电安全检查时，母亲连连称赞，敬佩地竖起了大拇指。“阿姨过奖了，现在天气热起来了，这条街的商铺用电量很大，我和同事们不放心，就过来检查一下，火灾隐患消除了，大家才能安心放心。”他正笑着说着，拥挤的人群中，一位年轻的“红马甲”一路小跑过来，向我们招手。

“师傅，空气开关。”年轻的“红马甲”跑到跟前，脸上洋溢着青春的蓬勃朝气，看向他的眼神里满是尊敬和崇拜。这是今年刚入职分配到他班组实习的大学生小宋，今天自告奋勇来现场和师傅一起消除电气火灾隐患。原来，在师徒俩沿街排查安全隐患，检查到这家商铺时，商铺的老板反映，近半月来，店里有时候会莫名其妙地跳闸。经过一番认真地排查，他很快找到了症结所在：店里的一路空气开关，负载电流超过了额定电流，开关过载引起了频繁跳闸。老板说店里的空气开关已经记不得用了多少年了，最近店里又添了点儿新设备，没承想是这个原因。

“您店铺里引起跳闸的空气开关年头长了有点儿老化，我给您换个新的；另外这个开关带的负荷太大了，需要把一部分负荷，也就是用电设备转移，接到其他开关下口。”他从小宋手里接过从车里取来的空气开关，说道。

查明了故障原因又有了解决方法，还没等老板开口，一旁的小宋却发出了疑问：“师傅，为什么不让我拿一个容量更大的空气开关过来，这样以后就不会再跳闸了，而且还可以省去调整开关下口用电设备。”听到这儿，我有些怀念地笑了，因为曾经我也问过同样的问题，而身旁的母亲虽然不具备相关的电气专业知识，却看得出来正听得饶有趣味。

看出老板似乎也有相同的疑问，凯哥笑着解释道：“不能只考虑开关容量，还要考虑屋内线路的线径，如果换的空开容量太大，是不容易跳闸，但负荷电流超过了线路的载流量，线路会持续发热，这样也是有安全隐患的！”

“哦，原来是这样！”小宋一边在笔记本上记下来，一边不好意思地摸摸头，“您这会儿方便停电吗，我们给您换下空气开关，调整一下设备接线，很快的，几分钟就好！”小宋看向老板继续说道。

这时老板面露难色：“快到中午了，顾客比较多，停电我怕耽误出餐……”

“这样，您记我个电话，方便停电的时候打给我，我和同事再过来帮您处理，您看怎么样？”他爽快地说道。

“哎呀，那可太好了，就是麻烦您了。”老板的回答中带着些许歉意，但更多的还是如释重负的轻松喜悦。

“没事儿，您客气，如果您之后还有别的用电问题，给我打电话或者打 95598 电力服务热线都行。”他留下联系方式，也将这份服务的热忱和暖意留在了客户心中。

结束后，他拍了拍小宋的肩膀，语重心长地说：“不错，要多看，多问。”

晌午时分，早晨温暖的阳光已变得像这条街道一样火热，沿街商铺的烟火在艳阳高照下缓慢升腾。细汗和着烟尘从他们一长一少的脸颊上无声滑落，由于还剩几家商铺没排查完，师徒俩和我们婉言道别，顾不上休息，又投身到远处的烟火中。我明白他们不愿也不能将隐患留给客户，这是他们心中时时刻刻的牵挂。

惦念无声，却响彻心扉，我和母亲望着他们火红的背影，为之感动。

走出长街，看着眼前人来车往的中山路，我的思绪还停留在两位“红马甲”身上，直到被母亲突如其来的问题打断：

“什么是网格班?”

看着母亲认真的眼神，她的这个问题或许是在问：什么样的集体可以走出像他这样的电力工人？甚至是在问，我身处的工作环境都存在着怎样的集体。

我明白尽管穷尽我的理解去回答母亲的这个问题，得出的答案也难免失之偏颇，思忖良久，我说出了我心中的答案——

“网罗民生用电问题，格于辖区用电秩序。”

这是我对于网格班的理解。如果只谈网格就是划分出的一块块供电管理区域，那么含义未免过于单薄。好在眼前就有一个生动的例子，我决定以他为例，向母亲介绍网格班。

“在一片归属凯哥管辖的供电区域里，只要是涉及客户用电的问题，凯哥和班里的网格员就会出动解决，这些问题涉及方方面面，大到重要事项如高考保电，小到一户居民新装充电桩，可以说包罗万象。妥善处理好这些问题，维护这片区域的用电秩序，不断改善用电环境，为用电客户排忧解难，践行‘人民电业为人民’的宗旨，服务好客户，这就是网格班。”

我想告诉母亲每一个和凯哥一样的电力人对于客户的关心与惦念，更想告诉她每一位网格员的责任与骄傲。

母亲欣慰地点点头，叮嘱我要以他为榜样，好好工作，也要保重身体。

这时，一阵清风袭来，吹皱了母亲的衣衫，站在她的身旁，我看见青丝染玉尘，思念成汪洋。

中山公园绵柔的春风携着先生对家国的惦念，扬起心中愿景，拂过烟火长街，将电力人的匠心奉献送到千家万户，风中每一个游子都心有归处，每一个无声的惦念都有回响。

当我们回望来时的烟火，母亲轻轻地说：“这就是工人的力量。”

阳光洒在她柔顺的短发上，几缕银丝偶尔反射出柔白的光。

（作者系国网天津市电力公司城东供电分公司职工）

柯柯牙的守护者

赵二安

六月的早晨，金色的阳光透过云层照耀在柯柯牙，大地就像披上了一层金色的霞衣，宽阔的柏油马路在林区延伸，两边的杨树葱茏挺拔，登上高高的瞭望塔，满眼的绿色，仿佛进入了树的海洋，风吹过处，巨大的树冠组成的绿，犹如卷起的惊天波涛，片片绿叶闪闪发亮。高大的杨树昂首挺胸，像一位位守卫的战士坚守伫立，苹果、核桃、红枣、香梨正贪婪地吸收着大地母亲的养分肆意生长，一切都生机勃勃。

一

柯柯牙镇果林村的果农蒋金光和他的家人们正在苹果园里施肥。不远处高耸的铁塔和银线在林间穿梭，头戴蓝色安全帽，肩上背着工具包的电力工作人员正在巡视线路。

没人能想到三十几年前这里曾经是沟壑纵横、植被稀少的黄土坡，特别是每到季风时节，黄沙漫天、浮尘蔽日，根本看不到人影。“柯柯牙”在维吾尔语中的意思大概是“洪水冲蚀形成沟壑和崖壁的地方”，另一种译意为“绿色悬崖”或“绿色的戈壁”。这片洪积阶地位于阿克苏市东部，南北长 25 千米，东西宽 4 ~ 5 米。

“我是 20 世纪 90 年代从甘肃老家过来的，当时柯柯牙的绿化植树还在大会战，每年当兵的、各单位的干部、企业的工人都来植树，春天只要一阵风刮来，尘土就四处飞扬，十几米外根本看不清人，没水没电，生产生活都很艰难。就是在这样的条件下，我栽下了第一棵苹果树，现在都小30年了，我的果树都换了一茬了。”蒋金光抚摸着树干继续说道：“以前树种上了因为浇水不方便，常有树苗干死，很心疼。现在好了，大网电通到家门口，电闸一合，30亩的地半天就浇好了，现在做饭、取暖、打药全用电，省心又省力。”

52岁的蒋金光作为亲历者，曾经风沙漫天的阿克苏给他留下了不可磨灭的印象。“30年前我们来这儿的时候，风沙大得很，要是刮起风啊，眼睛都睁不开，风一来要赶快躲起来，离房子近一点还好，离得远的话，就只能在沟里一窝，气都喘不过来。风沙过后，不要说衣服头发，就是房子里面也全是沙子，用指头在那个柜子上一擦，一道一道的。路也不好，一脚一个坑，鞋子里全是土，一些人坚持不下去，就离开了。”

1986年，在阿克苏地委行署的号召下，各族群众和驻地官兵开展了全民义务植树的大会战，从一期2万亩绿化开始，阿克苏各族群众斗天斗地，向恶劣的自然环境宣战，1996年被联合国环境资源保护委员会列为“全球500佳境”，而电网人在全力配合进行植树造林的同时，坚持林地向哪里延伸，电力就向哪里架设，用自己的实际行动为柯柯牙绿化交出了一份满意的答卷。柯柯牙至今已形成了115.3万亩的绿洲，2018年更被习近平总书记点名称赞，享誉全国。

二

“‘温宿’，维吾尔语译为‘10处水源’，意思是这个地方水多。但在20世纪80年代，这些水源仅分布在温宿县城及县城西侧，县城东侧的柯柯牙仍然缺水。作为电力工人，我们除了每年要完成柯柯牙的植树任务，更重要的任务就是林地向哪发展电力就向哪里延伸。”58岁的杨光是曾经是国网温宿县供电公司输电工区主任，他从入职起就和电力线路打交道，用他的话说就是围绕着柯柯牙架设了大半辈子的线路。

据杨光说，最早阿克苏到温宿中心的变电站线路就是他们架设的。38千米电力线路，从设计到施工完毕，整整半年时间，他鞋子穿烂两双，人整整瘦了 5 千克。架设线路全靠人工，而且要横贯柯柯牙，而他们最先进的工具就是一辆拖拉机——主要负责运输材料。靠着肩扛人拉硬是架设成了当时温宿县电压等级最高的线路。线路架成通电，温宿县电网和阿克苏首次联网运行，电能质量有了很大的提高。他说，这是电力人的“柯柯牙精神”！

“有了电以后，柯柯牙才真正地活起来！温宿这地方，地表水少，但地下水资源丰富，有的人家最初靠柴油机抽水，因为费钱，舍不得抽水，现在多好，电网四通八达，一度电 3 毛钱，多少年了，电价一分钱没涨，老百姓是真正得到了实惠。”杨光满脸的自豪。

据温宿县供电公司统计，截至目前，柯柯牙境内有机井 270 眼，灌溉面积达到 10 万亩，而这 10 万亩果园年产值能达到 15 亿元。

三

现在的柯柯牙，除了绿化生态效应、经济作用，观光旅游的人也不少，每到周末可以说是人流如织。一家家农家乐如雨后春笋“破土而出”。围绕果品衍生的果品储存、加工、包装，遍布柯柯牙大地。

随着电力线路的延伸，冷库、果汁厂、纸箱板厂等特色果业的附属周边工厂在柯柯牙扎根开花。这些工厂的出现，一方面增强了果品抵御市场风险的能力，另一方面拉长了果品的产业链条，提升了果品的价值。

为更好地服务柯柯牙绿化建设，2022 年，国网温宿县供电公司在上级的支持下成立了柯柯牙镇供电所。党员、团员带头发挥作用，利用周末开展“九进九送”活动，到村委会宣讲党的方针政策、电价政策、安全用电常识，开展志愿服务，为小微企业提供“三零”服务，保障了“百村千厂”工程落地。把忠诚、实干、创新、担当、争先的精神融入柯柯牙建设和服务当中，在电力赋能、厚植绿色、专注绿色服务中坚守初心，不断塑造供电服务品牌。

据了解，为进一步服务柯柯牙经济建设，国网温宿县供电公司近年来通过申报项目，对柯柯牙电力线路进行改造，先后投资近 5000 万元，架设线路 150 千米，增加变压器 35 台，变电容量 7000 千伏安。截面 240 平方毫米的绝缘导线取代了原来的钢芯铝绞线，再次提升供电能力，完全满足目前果农对电力日益增长的需求。

“从塞罕坝林场、右玉沙地造林、延安退耕还林、阿克苏荒漠绿化这些案例可以看出，只要朝着正确方向，一年接着一年干，一代接着一代干，生态是可以修复的。”柯柯牙生态工程目前已经形成了一道南北长 25 千米，东西宽 4 千米的绿色长廊，创造的直接经济效益达 30 多亿元，生态、社会、经济效益凸显。电力人用自己的担当和奉献为柯柯牙注入了血液，让这片古老的土地变得熠熠生辉。

（作者系国网新疆电力有限公司温宿县供电公司职工）

后山的油茶树

朱巧娟

村子的后山长满了油茶树，每到秋天，花儿就迫不及待地竞相开放，洁白的花瓣、金黄的花蕊，开满山头，一颗颗紫红、黄绿相间的茶籽挂满了枝头。霜降过后，茶籽已经完全成熟，每到这时，村里的老老少少都会忙碌起来。

1979 年那年，茶籽长得特别好，沉甸甸地挂满了枝头，村民房前屋后晒满了茶籽。等到茶籽晒到干透开裂，剥茶籽壳便成了我和弟弟每天晚饭后的功课。当时村子里的电力供应仅靠一个小水电站发电，由于蓄水能力有限，每天的供电时间只能控制在天黑后到晚上八点这一时间段。即使如此，忽明忽暗的灯光也成了我们每晚最大的期盼。为了在熄灯前尽量多剥点茶籽，匆匆吃过晚饭，我们一家人就围坐在箩筐前不停地忙碌着，奶奶在我和弟弟的“领域”前各放了一把手电筒，谁最先用茶籽壳把手电筒埋没，谁就可以先上床睡觉。那时我往往在八点熄灯前就可以把手电筒埋没，而弟弟往往才埋了一半就熄灯了。要是电灯可以想开多长时间就开多长时间那该多好啊，每次熄灯后看奶奶点燃蜡烛，我都会忍不住这样嘟囔。

一天晚上，圆球形的灯泡发出的光越来越红，越来越暗——又快要熄灯了。奶奶边加快手中剥壳的速度边告诉我，她小时候晚上照明用的是灯草，在一个灯盏上，倒一点油，点燃灯草，火苗只有黄豆那么大，连灯下的人都是模模糊糊的。由于看不清楚，经常把剥出来的茶籽当成壳扔过一边。那时候，家里就靠卖茶油换几个钱买点盐和点灯的油，她当时最大的愿望就是多点一盏灯，剥茶籽可以看得清楚一点，做梦都没有想到会有一个小灯泡照亮一间堂屋的日子。

奶奶生于1923年，23岁那年加入了共产党。她白天是小学教员在校教书，晚上常趁着漆黑夜色掩护深一脚浅一脚走在弯弯曲曲的山路上给党组织送信。有一次她一脚踏空从山坡滚了下来，幸亏被一株油茶树挡住才保住了性命。送完信回来她还要在昏暗的煤油灯下给学生批改作业。煤油灯比起灯盏好了许多，但一晚上下来，鼻孔里全是墨黑的油烟灰，她的眼睛就是那时候被熏坏的……奶奶的一番话让我对这盏每天定时供电的电灯有了重新的认识，我加快了扒拉晚饭的速度，以便自己尽快完成任务之后可以帮上弟弟一把。

1982年的秋天，最后一抹残阳的余晖带着一丝温暖透过我们家的窗棂映照在厨房间斑驳的墙上。我和弟弟虔诚而又期盼地仰着头看着电工接好最后一个接头，拧上灯泡，跳下凳子，对我奶奶说“好了”。时年60多岁的奶奶满脸绽放笑容犹如秋天的菊花，对着我和弟弟说：“快去把你娘叫来看电灯。”弟弟飞也似的奔到后山找到正在采茶籽的母亲，雀跃着叫道：“娘，家里来电了，快去看电灯！”等母亲装好茶籽，挑着箩筐，连走带滑地下了山，来到家中，天已经黑了，奶奶带着微笑轻快地走到开关前，“咔嗒”一声，强烈的光线迸射出来，我和弟弟不自禁地眯起了眼。从此，奶奶再也没叫我们用茶籽壳埋手电筒了，下午放学，我们就到后山帮着父母采茶籽，顺便还可以拿根空心的草茎伸到花间吸花蜜，而不必急急忙忙回家赶在太阳下山前写完家庭作业。晚饭后，我和弟弟坐在灯下写作业，奶奶戴着老花镜坐在我们身边翻看着报纸，父亲、母亲围着箩筐剥着茶籽壳，父亲的烟斗不时“嘶啦啦”地吐出一两个烟圈……

后来，我代表村里小学参加比赛，平生第一次到县城里，县城的旅馆里灯一开到处就如同大白天一样地亮堂。我回来便问母亲为什么我们家的灯没有县城的亮，母亲叹了口气说：“灯泡点大了可费电了，城里人有工资，电费只要几毛钱一度，咱们家没有固定收入，哪用得起啊。”当时已经承包土地到户，后山茶籽榨出的茶油成了家里主要的收入来源。每到秋天出茶籽的时节，为了加快进度剥茶籽壳，早点榨出茶油卖个好价钱，母亲便会找出藏在碗橱角落里的一百瓦的大灯泡换上，那段时间，我觉得家里就如同县城一样地明晃晃亮，我和弟弟不用头低得很低就能看清书本上的字，总是很快地做好作业帮父母剥茶籽壳。

小学毕业后，我和弟弟先后上了乡里的中学，我们的学费也大多是从茶油里来的。在弟弟高三那年，有天晚上，晚自修结束后回到寝室，住在上铺的弟弟想隔着中间一个 50 厘米的通道跳到对面同学的床铺，突然眼前一黑，停电了，弟弟一脚踩空掉了下来，腿断了，为此脚上打着石膏在医院里躺了两个月，没有考上大学的弟弟回到家里成了一个新的劳动力。

1993 年，我考上大学离开家乡，毕业后留在异地工作。父母在家里装上三相电买了榨油机专门给人榨油。2004 年，家里四层楼的新房装修一新，母亲说，现在是开关一开八盏节能荧光灯就齐刷刷地一起亮起来。母亲对我现在近视戴眼镜总是耿耿于怀，总觉得是当年光线太暗造成的。母亲说，村子里“两改一同价”后，我们乡下人也和城里人用一样价钱的电了，灯一开，晚上比白天还亮……

2023 年 10 月 2 日是奶奶 100 岁的生日，我带着孩子回了趟老家为奶奶祝寿。刚进村口，一股淡淡的甜香丝丝缕缕钻入鼻孔，油茶树又开花结果了。山上人影晃动，正疑惑间，只听传来一声汽车喇叭声，定睛一看，前来接我的弟弟开着一辆崭新的车子探出头来。弟弟说，他承包的后山油茶树山，现在已经是集观光、休闲、体验为一体的专业化油茶产业示范区了，榨出的茶油被评为绿色食品金奖，在网上制作了网页，每年茶油还没出便在网上被预订一空了，弟弟得意地说：“咱也搞茶油期货了！”他一边提起我的行李往车上放一边告诉我说：“村里很多人家办起了家庭加工厂，但机器太多电压太低有时连日光灯都开不起来。一到榨油时节，就要下半夜起来榨油，前几年供电公司对咱村实施了新农村电气化改造工程，现在是马达跑得欢，机器唱得响，晚上可以睡个安稳觉了。”

车子慢慢驶过村子。我惊奇地发现，原先整齐地排列在村间田头的一根根笔直的电杆、一条条发亮的银线不见了，正纳闷间，弟弟仿佛看出了我的疑惑，笑着说：“今年供电公司又开展‘全电景区’建设，由于我们的村庄紧挨着5A级景区，所以电线都改造入地了，现在空中的蜘蛛网都不见了，天空看着都干净了不少。”说话间到了家门口，弟弟走下车来拍了一下车后盖，努了一下嘴自豪地说：“咱也响应政府‘全电景区’号召，实施‘电能替代’了，示范区上的燃煤锅炉、柴灶等都改造为电加热炊具了，这辆车是刚买来的电动汽车，专门用来接送游客的。”母亲迎了过来，一边亲热地搂过我的孩子，一边乐呵呵地接上弟弟的话：“现在电力部门为我们茶农提供的可是‘保姆’式的服务，村里停电提前七天通知我们，上次家里没电，可把我急坏了，生怕修不好耽误了榨油，没想到一个电话打到95598，十分钟时间，供电所‘红船’党员服务队就赶到了，烟不抽茶不喝，几下就给修好了。”穿着红色唐装神清气爽的奶奶坐在门口的藤椅里正拿着挂在脖子上的智能手机和远在法国的姑姑微信视频。“现在光景好着嘞！”老寿星咧着一张没牙的嘴笑呵呵地对手机里的姑姑说，脸上的皱纹一层一层荡漾开来……

这块生我养我的地方，一条条深埋于地下的电线迸发着蓬勃的力量，在热土地上弹奏着美好的乐章：昔日的茫茫油茶山，变成了抢手的金山，名不见经传的小山村变成了城里人纷至沓来的旅游胜地，农民开上了自己家的小汽车，家家户户忙着用机器搞生产，唯有后山的油茶树，用伴随着我们一代又一代人成长的花香，萦绕着昨天、今天和明天，见证着新中国成立七十五周年以来家乡的变化，更见证着电力发展给农民点燃了希望的火炬，给闭塞沉寂的小村庄铺就了脱贫致富奔小康的光明大道！

（作者系国网浙江省电力有限公司遂昌县供电公司职工）

我在枫桥

何　贝

一

怀着激动的心情，回顾这段难忘的岁月。2003年，“枫桥经验”40周年，我是枫桥供电所的技术资料员；2013年，“枫桥经验”50周年，我是枫桥供电所的所长；2023年，“枫桥经验”60周年，我是枫桥供电所的党支部书记。这些重要的时间节点，我都在枫桥。从枫桥出去，回来；再出去，再回来。这有组织的有意安排，也是我人生的命运。

我与枫桥、“枫桥经验”有缘。在单位的培养下，是枫桥、“枫桥经验”成全了我，给我以至高无上的荣誉。

时光重回到20年前。1998年，我从浙西电力技校毕业后，分配到枫桥工作。我从小在枫桥长大，在这儿读书，能回到父母身边，我们全家都很高兴。我的父母住在农村，我就想，以后在枫桥镇上买个房子。我妈是一名小学教师，我想讨一个像我妈这样能干的老婆，生一个小孩，条件允许再多生一个，我把父母接到镇上一起过日子，直到退休。20岁的人，想法是幼稚的，但当时就是这么想的。命运的齿轮在2003年开始转动，那一年，正逢“枫桥经验”40周年。

2003年，农村电网改造已基本告一段落。供电所造好了新房子，我们从老的供电所搬到了新的供电所。当时，枫桥供电所实施片区负责制，就是后来的网格化管理。上班统一到所里来上，哪块区域由谁负责，什么事情都找他，由他去搞定。枫桥、赵家、东和、东一全堂、视北，分成这几大片区，当头的都是原来的农电站站长，工作能力强、地方关系好、群众基础实，有人调侃他们“村村都有丈母娘”。

枫桥所创新实施了这样一种因地制宜的管理模式，最大限度调动和发挥出老农电的工作积极性，电力服务“三农”搞得红红火火、有声有色，在群众行风评议活动中总是名列前茅。我也从是那个时候开始，跟着各位老师傅，更直接地接触“枫桥经验”。怎样把“枫桥经验”用在工作上、用在服务群众上，我更多的是看师傅们是怎么做的，通过他们在做的工作和群众的反响去理解、去体会。虽然我在这儿出生成长，从小就知道“小事不出村、大事不出镇、矛盾不上交”，但意识还停留在“枫桥经验”是“公检法”的事情。

2003 年，对我来说是丰收的一年。我光荣地成为一名共产党员，我在省公司技能竞赛中获奖，被授予“技术能手”称号。公司还破天荒地为我发了一个嘉奖文件，大家都慢慢知道了在枫桥所还有一个叫何贝的年轻人。再后来，我调进了城里，在更广阔的天地里，去学习、去拼搏。

2007 年，我重回枫桥，组织上让我担任副所长。那个时候，我新婚的妻子，还有我的父母，为了早点还清房债，不在诸暨，在河南。我一个人，以所为家。我至今记得，夏天晚上，将办公桌移一移，靠墙，躺在办公桌上睡一晚。2011 年，领导信任，让我当枫桥所的所长。

2013 年，是“枫桥经验”50 周年。在此期间，我们在公司的统一部署下，全面开展“农村家用漏电保护器安装”工作，巩固起农村安全用电的最后一道防线。该项工作受到时任副省长毛光烈同志的批示肯定，并在枫桥供电所召开了全省的现场会。“漏电保护器”安装的“诸暨经验”向全省推广。如今回望，这就是电力融入基层社会治理“共建共治共享”的生动实践。

也是在那个时候，我们近水楼台先得月，开始电力践行“枫桥经验”先行先试，我们用当地老百姓把像陈仲立这样一批老师傅叫作“电力老娘舅”的亲切叫法，直接拿过来用，不断固化和强化，想不到如今发展成为公司践行“枫桥经验”的一张金名片。代表性人物就是枫桥所的“阿立师傅”，家喻户晓，上过中央电视台。如果有编号，他就是“001”号。

二

2013年，我们接到一项任务，务必在两个月时间里完成纪念“枫桥经验”50周年电力配套工程施工任务。恰逢50年一遇的高温天气，我们的每一名员工，都带着为家乡的“枫桥经验”贡献自己一份力量的使命感和光荣感，主动融入这项艰巨的工作中。连续40多天，天大热人大干，哪怕爬电线杆中暑，到医院挂好点滴也继续到现场做地面配合工作，每个作业人员手臂上的皮肤都被晒得没有油了，黑黑的，干瘪掉了。为了让员工解渴，也让他们稍微放松休息一下，我们买了1万元的西瓜送到最前线，送到兄弟们手上。

最让我感动的是当地的老百姓。变电所割接和线路上改下，集镇上连续从早到晚要停一个星期的电，我原来以为供电所的电话会被打爆，会有很多投诉，有人会冲进来责问我们——没有电，冰箱的东西坏了；没有电，没办法做饭；没有电就没有空调，怎么睡得着觉。但是，竟然一点也没有。得益于政企联动，政府强有力地组织，村里干部的支持和群众的理解。

有几天晚上干到11点多送电，我们手电筒的电都用完了，老百姓从家里拿来手电筒送给我们，还安慰道：“慢慢来，慢慢来，也不在乎这点时间了。”与老百姓接触得越多，深入了解得越多，我越来越有这个自信——为什么“枫桥经验”发源在枫桥，而不是别的什么地方，是枫桥镇的干部群众创造了“枫桥经验”，并根植在每一代、每一个人的心中。

枫桥所与当时的东白安装公司，发扬“特别能吃苦、特别能战斗、特别能奉献”的电力铁军精神，圆满地完成上级交办的重要政治任务。我想，这是参与的每一个人特别难忘的一段记忆。那是一段激情燃烧的岁月，公司还特地为我们下发了通报表彰文件。2015 年，在党和国家的培养下，在企业的关心支持下，我获评全国劳模。人生的高光时刻！

2022 年，因工作需要，我再次回到熟悉的枫桥所。带过我的老师傅们，都快要退休了；我带过的兄弟们，现在已经成长为主要力量；曾经打过交道的政府、企业、客户，我的口碑还有一点。这些都是我干好工作的优势。我与所长搭档，管好人，带好队伍，助推发展，在基层践行“枫桥经验　电力实践”。

历经 10 多年电力践行“枫桥经验”，如今已经形成“党建引领、群众路线、法治思维、源头治理、网格智治”20 字工作法，开展以“二型三优”为主要特征的“枫桥式”人民满意先进供电所建设，开创“枫桥式”企业思想政治工作，形成了以“三维五步”为实践路径的具体做法。企业版“枫桥经验”，受到了国家电网公司领导的肯定。同时我也有幸到北京总部，以及四川、新疆等地进行授课交流，把可复制可推广的电力“枫桥经验”推向全国。2023 年，我被授予浙江省担当作为好支书称号。

2023 年是毛泽东同志批示学习推广“枫桥经验”60 周年暨习近平总书记指示坚持和发展“枫桥经验”20 周年。2023 年 9 月 20 日，这对很多人来说是普通的一天，但对我们来说，是波澜壮阔的一天。这一天，我将永远铭记在记忆里。当天下午，习近平总书记在浙江省绍兴市考察，来到了枫桥经验陈列馆，重温“枫桥经验”诞生演进的历程，了解新时代“枫桥经验”创新发展情况。

人生何其有幸，人生总是有幸。一个人的命运总是与时代紧密联系在一起的。站在新的起点，不忘初心，使命担当，奉献光明，把“枫桥经验　电力实践”发扬光大！

（作者系国网浙江省电力有限公司诸暨市供电公司职工）

我的自白

——一个保险柜的心声

张 锐

那是个午后，几个年轻力壮的小伙子把我搬到了这家公司时，我有点儿忐忑不安。毕竟初来乍到，总怕给人添麻烦。他们把我放置在一个角落，很少腾挪地方。我觉得作为一个皮实耐用又笨重粗犷的保险柜，坚守岗位的意思大概就是立定不动吧。时光如梭，日子过得总是很快。这个岗位我一坚守就是很多年。

我所认识的电脑、打印机、复印机、电话机等这帮兄弟们，几年就得更换一次，而新更换来的伙计们总是向我打听这里过去的那些事儿。他们管我叫“老腊肉”。我想说老腊肉怎么了？曾经的我也是块小鲜肉。廉颇虽老但饭量不小。经过这么多年的磨砺，我身上这股沧桑味儿你们品不来。这是一家电力财务公司，人不多，有的人走了，有的人来了，也有走了又回来的。这些年，我经历了太多兄弟们的到期清理和设备更新，对分分合合的事儿看得很开，从刚开始的“直道相思了无益”，到如今的“一顿烧烤，啥都是个缘分”。我很奇怪人们为什么对分离这种事儿总是心怀感伤？人家到分公司挂职锻炼或是去总部培养提升，你感伤个啥？后来明白了，原来他们有血有肉，气味相投，把“缘”字看得很重。分离之时，他们互相祝福着，相互鼓励着，还时不时打打电话、发个微信。从他们通电话时那开心的脸上，我知道那些走了的人都还过得不错。

有人离开也就有人进来。陆续新进的员工都很年轻，刚开始也都挺腼腆害羞的，但没过多久也全把公司当成家了，他们彼此相处得都挺热络。客服部的人天天用我装他们认为重要的东西，章子啊、票据啊、凭证啊，等等。就这点东西还要天天盘查盘查，还要写检查记录和签字。这些迂腐的家伙们实在可笑，循规蹈矩、没有个性。然而这些干财务的人却天天精神饱满，热情似火，他们努力工作，定期变换着岗位，忠实履行着职责。他们经常加班，不知疲倦，毫无抱怨。为了完成各项任务指标，他们也是蛮拼的。其实我对这些任务指标并不关心，我只关心他们在使用我的时候能不能轻点开关门，我这把老骨头经不起哐啷哐啷地折腾，每次的"砰砰"作响都伴随着我的骨头松散，让我心惊肉跳，要知道，我的血压也不低啊。但最近不知怎么了，开关门的动静小多了，变得轻柔婉顺、温文尔雅了。啥情况？是不是来了个婷婷玉立的新人了？我仔细一看，还是那些旧面孔。只是他们开关门的手不再像以前那样纤细光滑、充满力量，而是变得粗糙皱皮、和缓稳重了。原来，他们和我一样，也变成"老腊肉"了。

这家公司经历过一次搬家，那是 2012 年 7 月。记得搬家那天非常热闹，每个人都兴高采烈、摩拳擦掌。我也终于可以活动下腿脚了。当我被搬到新的办公场所时，真是惊喜异常。新的场所窗明几净，宽敞明亮，到处都散发着青春的朝气，与过去那个阴暗简陋的场所简直不可同日而语。尽管又过去了八年，但这里的人们总是不忘初心，有股不服输的劲儿。这里每天升起的，都是明天的希冀；沉淀的，全是家的味道。

时光荏苒，有人曾经提议让我退休，更换一个轻巧又时髦的保险柜，但我最终还是被留了下来。他们说在我的身上能找到过去，能感受到曾经。我承载着他们逝去的青春记忆。我想想也是。毕竟二十年了，我见证了这里的欢乐、忧愁、坚守和奋斗。这里是我的家，我哪儿也不去。

经过这么多年，这里的小伙变成大叔，姑娘变成阿姨。他们与公司共同成长，共同经受着岁月的磨砺。我在公司的角落里，日复一日，安静地、默默地，看着他们键盘加鼠标，青丝变白发。再过些年，他们也将陆续地退休，也将离开这里，那时我又会有怎样的感触呢？按说分离的事儿于我早该麻木了，但为何还是如此伤感？我想大概我和他们一样，把青春留在同一个地方了。

今晚又有人在加班，我都习以为常了。人类真是有意思，他们总是追求着更加美好的生活，为了实现梦想而努力奋斗。他们一边看着体检报告摇着头，一边还在拼命地工作。我真是不能完全理解，但我知道，他们为了这个“家”已奋斗了很多年了，更重要的是，他们还打算一直奋斗下去。

（作者系中国电力财务有限公司宁夏代表处职工）

来自天空的祝福

战 令

站在白城光伏发电应用领跑基地的二楼平台上，向北远眺，广袤的土地上草木葱茏，苍穹下数以万计的光伏板连成了一片蓝色的海洋，光伏板起伏波折地排列，宛若海上起伏的波涛，一直接向目光无法企及的天际线。

把目光从远处拉近，才发现，一排排有序排列的光伏板下竟然是零星而连绵的水泽。水泽如镜，映现出蓝色的光伏板和空中的白云，很像一幅美丽的图画。

然而，每一个熟知这里或在这片土地上长大的人都知道，眼前的情景虽然不是什么幻觉，但它确实遮挡住了人们的目光，让人们再也看不到往昔的岁月以及埋藏于岁月之中的往昔情景和往事。

这里是白城市的通榆县，是全国有名的贫困县。在脱贫攻坚之前，这个县曾连续几十年一直是国家级的贫困县。这个县贫困的原因主要有两个：

一是天不作美。这里是松嫩大平原上著名的高压带，常年多风、干旱、少雨，十年九旱。工业上没有特产，没有优势，农业上更是处于难以扭转的劣势。每年春天，农民们刚刚把种子播在土中，就开始刮大风。关于通榆的风，当地曾有流传：一年刮两次，一次刮半年。风搅动着春夏之间的干热气流，不停地吹，直把本来并不湿润的土地吹得透干。有些种子不等发芽就直接“胎死腹中”，有的勉强出来了也被吹得干枯了。剩下的都属于幸运儿，但几乎每年都不能保证百分之百的禾苗挺到雨季来临。如此，收成就可想而知了。

二是地不给力。喜马拉雅的造山运动将这一片古海底托举成大平原之后，这里就成了草原和风口。草原退化之后就成了具有“地球之癣”之称的盐碱地。白茫茫的盐碱滩一望无际，晴天，风起，原野上遮天蔽日的白色粉尘，眯得人睁不开眼睛；雨天，由于盐碱土的渗透性极差，白色的盐碱滩就变成了不干涸的水泽，不但草不能生长，几乎任何生物都无法在其中生存。

过去的那些年，人们只能在大片盐碱滩中间找到有限的土地进行耕作，也只能在旱灾和水灾等自然灾害的缝隙里“偷”得几个好年成。就这样，人们在艰难的生存环境下勉强度日，一边与自然抗争，一边发出怨天尤人的哀叹：“苍天啊，你为什么竟如此不佑护一方穷苦的人？”

直到后来，人们借助科技手段，发现这片苍凉的荒芜之地原来蕴藏着丰富的清洁能源，有风，也有光，一旦转化成能源便可以给人们带来无尽的财富。原来误以为暴烈的阳光和无休止的风都是于人有害的，都是上天用来惩罚人的，没想到，这些原来竟都是上天对人类的祝福，只是谜底藏得深，人们一时并没有猜到，猜到了便可获得丰厚的奖励。

自2015年起，国家开始组织实施光伏发电应用领跑基地。通榆，在被冷落了一个又一个时代之后，终于进入了命运之神的视野。2017年，通榆在全国34个申报城市中脱颖而出，被国家能源局确定为全国第三批光伏发电应用领跑基地，成为全国仅有的3个奖励基地之一。基地于2018年开工，当年实现并网发电，实现了七个全国第一，并被国家能源局纳入样板基地。

从前，在这片盐碱滩和可耕种土地之间杂草丛生的原野上，那些明亮的、白色的但却空空的盐碱地，怎么看都像是一个个没有内容的括号，如今却被人们用蓝色的光伏板填满了，成为很重要也很有价值的内容。人们边建设，边统计，累计起来总的光伏装机竟然已经达到了258万千瓦，就装机容量而言比两个百万电厂的规模还大。

对于这个数值，非专业人员并不知道是个什么概念，但如果转换成通俗易懂的表述方式，就相当于可以同时点亮2580万个100瓦的电灯。夜晚来临，它能够照亮几千万个家庭和难以统计的广大地域。如果从天上往下看，大地上定会因为这些能源的存在而变得星空一般一片灿烂。

随着光伏发电绿色能源开发的成功，通榆县大力发展清洁能源，顺应地理和环境需求，因势利导，紧跟时代和国家的脚步，大力发展经济，提高民生水平，光伏项目每年发电约30亿千瓦·时，直接经济价值近14亿元。这不仅直接为通榆带来了可观的收益，还通过相关的建设和运营维护创造了数百个就业岗位，间接拉动了相关产业链的发展，为当地经济注入了新的活力，并带来了数十亿元人民币的税收贡献，促进了地方财政的稳健增长，实实在在地推动了通榆经济的快速发展。从2020年起，通榆县戴了近30年的“国贫县”帽子摘除了。

当科技和智慧交织如风，吹拂并慰藉了这片贫瘠的大地，当“穷山恶水”变成“陆上风光三峡”，当“地球之癣”被改造成“清洁的光伏资产”，人们的脸上也露出了久违的笑容。

走在通榆的大街小巷、城市乡村，再也看不到飘落在人们脸上和衣服上的白色粉尘，人人脸上洋溢着灿烂的阳光。有时，甚至分不清这个春天的明媚，是被天空中的太阳照亮还是被人们脸上的微笑照亮。

（作者系国网吉林省电力有限公司延边供电公司职工）

风雪里的安暖

王承军

节后上班，正赶上新一轮低温雨雪冰冻天气来袭。一阵紧似一阵的雨夹雪，随风而拍打在脸上，一股透心的寒凉浸遍全身，冷得直打哆嗦，牙齿也像嚼豆子一样嘣嚓嘣嚓响个不停。

我裹了裹外套，站在一个背风的角落等车。按照工作安排，今天先到党建联系点高谷供电所参加安全学习，然后与所长文屈一起到大青村进行安全用电宣传。春节期间，在外打工的村民和大学生大都返乡，用电负荷较往日急剧攀升。加之冬天的渝东南农村，家家户户习惯用一种木制的“电烤火箱”取暖，存在极大的电器火灾隐患。所以，只要进入寒冬，公司就会要求各供电所分片开展用电安全宣传，确保村民度过一个红火、亮堂、平安的春节，这是我们电网人最大的心愿。

路上的行人很少，疾驰而过的车辆留下一路风尘的辙痕。约莫一支烟的工夫，供电所的车到了。上车后，听电力网格员小梁介绍，自今年 1 月以来，返乡的务工村民和大学生越来越多，他进行了摸底，有超过一半的村民长年在外，只是春节回来住几天。按照以往经验，这部分人家里的用电设备或者电力线路都可能存在安全隐患。为了方便返乡村民第一时间联系到辖区网格员，小梁就把自己的电话贴在村里每家的电表箱上，还建了一个辖区用户微信群，谁家有接线、换开关等需求，只需在群里吱一声，他就尽快赶过去处理。说到这里，小梁的电话响了，是高谷镇砂池村村民周山打来的，他说家里的灯不亮了，要小梁去看看。

车到供电所，小梁向所长说明情况后，立即背上工具包骑着摩托车向砂池村奔去。望着小梁远去的背影，文屈告诉我："春节前，我们对所里的每一位电力网格员赋予了一个新的身份，即服务返乡农民联络员，主要任务就是掌握在外务工村民的详细情况和返乡时间，随时提供电力服务，基本实现了无缝对接、零距离服务，确保乡亲们能用上安全可靠的电能。"

文屈是一名大学生，在供电所摸爬滚打多年，工作有思路，脑子也很灵光，两年前通过竞聘走上了所长岗位。他给我最深的印象，还是"雪夜救急"的那封感谢信。

那是 2022 年 2 月 4 日晚上，北京冬奥会开幕，又适逢我国传统的新春佳节。当电视屏幕上晶莹剔透的冰雕奥运五环徐徐升起的时候，网格员小梁来电向文屈汇报，黄坡岭村的安平叔打电话说他家停电了，空气开关合不上去，想请他上去处理一下。可是大雪封山，车子开不上去，小梁准备徒步上山。山里的冬天，夜来得早，又是大雪纷纷。文屈不放心，决定与小梁一同去安平叔家处理。他俩打着手电筒一前一后朝山上走。在强光的照射下，飘飘洒洒的雪花犹如一束阳光里飘浮的万千尘埃，肆意翻滚；铺满白雪的大地仿佛是凝冻的湖泊，空旷静寂；那风化石裸露的岩壁也变成了通体透明的水晶，闪闪发亮。

经过一个小时的跋涉，文屈和小梁终于到达安平叔的家。他们一家人正围坐在柴火旁烤火，跳动的火焰构筑起一面颜色深浅不一的背景墙，清晰地勾勒出文屈和小梁头上升起的缕缕雾气。安平叔赶忙拿出一块干毛巾要他们擦擦头上的雨雪，而安平叔的儿子则一边倒茶水，一边告诉文屈和小梁，起初他以为是家里用电负荷重导致空气开关跳闸，于是关掉取暖的"电烤箱"和微波炉后，空开仍然合不上去，最后只好求助电力网格员。在文屈的指挥下，小梁通过屋内总开关与各分开关的逐一闭合检验，最后排查出卫生间浴霸的接线发生短路。几分钟的时间，小梁就接好了线，并成功合上开关，安平叔的家一下子亮堂起来。后来办公室收到了安平叔儿子写来的感谢信，我才知道他们"雪夜救急"的事。

“春节前，我们就开通了返乡务工人员用电‘绿色通道’，帮助返乡村民处理导线破损、刀闸锈蚀、漏电保护器失灵等各类安全隐患。同时，我们在返乡人员集中的村社开展安全用电宣传，大力营造安全稳定的用电环境。”文屈说。“安全用电宣传非常必要，但是要达到让村民对安全用电入脑入心却不容易，这方面你们是怎么做的?”我问。这时，文屈来了精神，他告诉我，以前所里进行安全用电宣传，主要是拿着册子照本宣科，读的人口干舌燥，听的人恹恹欲睡，既浪费时间，又收效甚微。经走访，老百姓反映宣传内容繁杂，术语太专业，听不懂，记不住。如何把抽象的专业术语转换为老百姓“听得懂、记得住、用得来”的生活常识成为文屈一直思考的问题。后来文屈有一次到乡里办事，在政府广场的舞台上看到有一位老师打着快板以三句半的形式宣传党的二十大精神。他顿时醍醐灌顶，决定用老百姓喜闻乐见的顺口溜宣传安全用电。于是他结合生活实际，并在充分借鉴和吸收其他兄弟单位经验的基础上，仅仅用了三个晚上便写成初稿，在征求所里同事和公司安全专家的意见后反复修改，最终形成宣讲稿。然后，他带上网格员到村上检验宣讲效果。结果，安全用电顺口溜不仅深受村民欢迎，而且被部分村民贴在自家门上，平时进出门瞟上几眼，念上几句。时间久了，他们不仅记住了顺口溜，而且还能应用到实际生活中去。

在文屈的娓娓道来中，我们到了大青村委门口，下车快步走向村委会议室。刚一落座，村支书立刻示意村民安静。我简单说明来意后，工作人员就向村民发放安全用电宣传单和鼓掌拍，文屈则要大家按照他的节奏，一边打着鼓掌拍，一边跟着他一起读：“家庭用电讲安全，预防为主是关键；家里有人触了电，首先要去断电源；设施设备着了火，不能带电用水泼；电路老化要早换，不可私自乱拉线；湿手不要摸电器，谨防触电要牢记；擦拭灯头及开关，关断电源最安全；切莫侥幸偷窃电，轻则罚款重法办；线下栽树与盖房，按规清障没商量……”随后他领大家读春节森林防火顺口溜：“新春佳节鞭炮放，今日提醒把火防，绿色电能保护好，森林防火少不了；小小火星危害大，乱飞乱丢最可怕，危机意识心头压，护林防火靠大家；教育小孩莫玩火，小孩失火大人过，严重责任班房坐……”一阵快板式的诵读，会场气氛热烈，村民兴致高涨。返乡青年冉城说：“这样的宣讲通俗易懂，朗朗上口，很实用，让我真正搞懂了安全用电究竟该怎么做”。

近两个小时的宣讲和答疑，村民们似乎意犹未尽，夸赞这种形式很好。散会后，我并没有立刻走出会议室，而是特意留下来，想看看有没有村民丢下宣传单。让我始料未及的是，地面和座位上干干净净，没有一张宣传单留下。我欣慰地向文屈竖起了大拇指。

诚然，“上面千条线，下面一根针”。这是对基层一线工作千头万绪的形象比喻。要想把服务工作做到群众心坎儿上，就需要我们俯下身子深入群众多听多看，积累基层经验，总结工作方法，并与生活融会贯通，才能用“一针一线”绣出风雪里的知心安暖和美丽中国的幸福画卷。

（作者系国网重庆市电力公司彭水供电分公司职工）

光明使者

——在国家电网的光辉岁月中

晏晨杰

当晨曦的第一缕光线穿透云层，照亮大地，我们不禁心潮澎湃地回望这75年来国家电网的辉煌轨迹。在这个特别的年份里，我们的心跳与祖国的心跳息息相关，每一个工作在电力一线的人都是这份光荣和梦想的承载者。

电力，这种现代文明的基石，由无数国网工匠们的智慧和汗水铸成。我们不仅仅是技术的实践者，更是情感的传递者。郭剑波院士，作为资深电力工程师，他的每一个发明不只是技术的突破，每一次改进都承载着他对国家的深情厚谊，对民族未来的无限期待。他的故事，如同千千万万国家电网员工的故事，是对专业的极致追求，也是对祖国深沉爱意的真实表达。

在自然的严峻考验中，国家电网人总是坚守在抗击风雨的最前线。记得那场百年未遇的风雪，盛万兴院士和他的团队夜以继日地奋战在严寒中，他们用坚定的眼神和稳健的双手保证了千家万户的温暖和光明。这种牺牲和奉献，不仅是对职责的忠诚履行，更是对国家和人民深切的爱。

在全球能源革命的大潮中，国家电网以开拓者的姿态积极拥抱新技术，推动绿色能源的融合与发展。我们的科技创新，旨在向世界展示中国的智慧和力量，为地球的绿色未来贡献中国的方案。这是对全人类的责任，更是我们对这片赐予我们生命与成长空间的土地的热爱。

在国家电网的光辉岁月中，每一盏由我们点亮的灯，都不仅仅是光明的象征，更是繁荣的火种。这火种，燃烧着工匠的激情与坚韧，照亮着前进的道路，温暖着亿万家庭。

让我们继续以“忠诚担当、求实创新、追求卓越、奉献光明”的精神，肩负起新时代国家电网人的使命，将这份责任和荣光传递下去。在未来的日子里，我们将与祖国共成长，与时代共进步，让这光明的力量，成为激励我们前行的不竭动力。

（作者系中国电力科学研究院有限公司职工）

于时代之巅，立强国之志

宫千贺

有一首歌曲，旋律激昂，歌唱浴血奋战勇往直前的民族英雄，它就是《义勇军进行曲》；有一面旗帜，迎风飘扬，舞动出了众志成城生生不息的红色脉搏，它就是五星红旗；有一个民族，源远流长，滋养出了海纳百川正义凛然的大国风范，这就是中国共产党领导下的中华民族。

浩浩九州，巍巍华夏。历经五千年风云变幻，这片神州大地的脉络愈加清晰地印刻在每一个中国人的记忆里。一眼万年，从天青色等烟雨的青花瓷器和驼铃声声连大漠的丝绸，到高山流水觅知音的古琴和巧夺天工的《清明上河图》，瑰宝无数；从蜿蜒起伏的万里长城和声势浩大的兵马俑，到神秘莫测的敦煌莫高窟和净澈心灵的布达拉宫，名胜万千；从朗朗上口的《诗经》和智慧通达的《史记》到引人哲思的《聊斋志异》和文辞凄绝的《红楼梦》，典籍浩瀚。这些历久弥新的华夏文明无不令人叹为观止，吾辈当执敬仰之盾，守护国家之宝藏，传承经典与信仰。

名士风流，国为己任。纵古观今，中国人的爱国情怀书写在诗文里，挥洒在阳光下，含蓄热忱，又坚毅不可摧。“愿得此身长报国，何须生入玉门关”是戴叔伦对戍边将士英勇无畏舍身报国的豪情壮志的赞颂；“苟利国家生死以，岂因祸福避趋之”是林则徐被贬伊犁仍不改其志的爱国衷肠；“居庙堂之高则忧其民，处江湖之远则忧其君”是范仲淹无论身处何境地都一心为国为民的情怀。无论在哪个时代，爱国精神都是民族凝聚力的展现，正是这条纽带，连接着中国共产党人的心，激励着我们在艰难困苦中励精图治、砥砺前行，迎接新时代的辉煌。“红军不怕远征难，万水千山只等闲”“钟山风雨起苍黄，百万雄师过大江”“为有牺牲多壮志，敢教日月换新天”是毛泽东对革命将士们勇往直前、永不言败的长征精神的表彰，是必将建立一个强盛的中国的决心，星星之火，可以燎原，终于迎来新时代的曙光。当今盛世，吾辈更应铭记历史，坚守使命，追随先人之功绩，用心谱写新时代之华章。

万家灯火，点亮盛世。国家电网公司作为肩负民生大计、关系国家经济命脉的中央企业，秉承“人民电业为人民”的宗旨，一马当先、勇于承担，为当今社会人民的美好生活作出巨大贡献。在九百六十多万平方公里希望绵延的土地上，每一个角落都印刻下电缆蜿蜒曲折的足迹。自20世纪50年代以来，国家电网公司掌握了超过十万项电力专利，从技术落后的屈辱不甘，到令海外国家望尘莫及、俯首请教；国家电网公司不断进行技术创新，东西帮扶，节约供电成本，以最小利润最大限度地控低电价，减轻人民用电负担，履行央企的民生职责，助力民富国强。一代又一代国家电网人的奉献精神是我的榜样和骄傲，激励着我握紧手中的接力棒，践行创新精神，攻坚克难，迎接当今时代电业新的挑战，攀上更高的山峰。

心怀实业，繁荣富强。习近平总书记说：“青年强，则国家强。当代中国青年生逢其时，施展才干的舞台无比广阔，实现梦想的前景无比光明。”英大集团承担国家电网公司的金融板块，积极提升发展质效，为青年成长成才、施展才华提供了绝佳平台。十余年间，英大集团怀揣国网金融梦，织造宏伟蓝图，走出了一条具有国网特色的产融结合发展之路。作为英大集团的一员，我会坚定追随公司的战略方针，坚守岗位原则纪律，敢想敢为，善作善成，在工作中释放活力与光芒，为实现伟大复兴的中国梦贡献一份力量。我的身边有许多榜样时刻激励着我，她雷厉风行，才思敏捷，任务下达便可披甲上阵，以身作则，工作中永远倾情投入又明媚粲然，美哉巾帼，自信从容；他沉稳严谨，对待专业问题时常钻研到底，不留隐患，工作中始终稳控航向又循循善诱，谦谦君子，亦是良师益友；他们勤劳务实，认真负责，视报表、财务数据为第一要务，工作中时常废寝忘食又乐在其中，翩翩青年，志存高远。梦在前方，路在脚下，模范在身边。相信我会在他们的带领下，脚踏实地，勇往直前，走向成熟，在自己的工作领域终将独当一面，为国家之强盛繁荣作出一份贡献。

“若有战，召必回，战必胜!”是军人的誓言，赤胆忠心，铁骨铮铮；“为祖国医药卫生事业的发展和人类身心健康奋斗终身”是医者的盟约，和平使者，妙手仁心；“根植主业，服务实业，以融强产，创造价值”是英大人的承诺，众望所归，所向披靡。强国复兴定有我，愿以吾辈之青春，稳筑盛世之中华!

（作者系国网英大国际控股集团有限公司职工）

阳光的叙事

刘青梅

我站在一排亚蓝色的光伏板前，长久地注视着悄无声息的阳光。比乡村本身更宁静的事物，只有阳光了。蚂蚁爬行，种子坠地，还有许多大自然的发声，拨动着古老的生活节律，这些最微妙的声音，借助声学仪器也能捕捉，为何费时 8 分多钟、穿越 1.5 亿千米浩宇来到地球的阳光，却走得无声无息？它无足吗，为何会清早爬上山岗，又在黄昏沉入了山坳；若是有足，又太矜持静默。是我们的听觉不够敏锐，还是被 1000 千米厚的大气层和浮游的尘埃滤得干净？大音希声，就是如此吧！

这是阳光的秘密。

我忍不住伸出手掌，在金线样的光里来回移动。源源不断的光线照亮掌心的纹理，抚摸岁月磨出的硬茧，又从指缝轻轻滑落，在我贴地的影子上描摹出各样几何图案，有的像塔架，有的像瓷瓶吊钩，有的又像一把旋转的螺丝刀。那时刻，我的手掌是两块更小的光伏板，我的身子是笔直的电杆，抑或早已挂果的桃树梨树，每一片纤细的叶子，是更小更小的光伏板，贪婪地吮吸着阳光浓稠的奶汁。守恒的能量，在天穹之下，在物我之间，次第传输转换，像一场不动声色的聚合、配送，偶尔冒出蓝弧的火花，颤动在村庄俏丽的眉梢，让我在静默里听到了乡村新时代的脉动。

我披着暖阳橙黄的披风往前走，地里青苗的嫩叶被我搅得哗哗作响，满眼的绿，夸张的绿，翻红带紫的绿，肥硕的绿，那是阳光和土地哺乳的稚子，不一样的绿色，一样的无忧无虑，一样的温润蓬勃。我忽快忽慢，时停时走，直到山峰巨大的影子把我遮挡。明暗之间，光缕不倦地雕琢山石泥土，以最简单又最丰富的色彩装扮森林、田野、家园，也让我从头到脚金光闪耀。不必邀约，我和地里的植物、山里的鸟兽一起，像迎候慈爱的亲人，迎候着阳光灼热的拥抱。岁月从来不拒绝阳光，正如阳光永远不会遗弃哪怕最贫瘠的土地。我的眼神滑过吊脚楼、植物茂密的山梁、一群悠闲的牛羊，我开始明白阳光普照的意义，在于沐浴众生，在分享中共享。云遮不住，雾藏不住，雨也隔不开，那阳光下的村庄啊，在耕种的忙碌里，累积着丰满的力量，一笔一画撰写着村庄的历史。

这个叫土店子的小村庄，站在群峰的肩头，紧挨着云脚，伸手就能摸到蓝天丝滑的脸庞，通透、莹洁、广袤，因阳光更盛。在我身旁，几只麻雀落在电线上，像灵动的音符，不经意间弹奏着乡村盛大舞剧的序曲。我身前坡地上，一位锄地的老农敞开衣襟，锄尖落下又扬起，深翻的泥土里肥滚滚的蚯蚓屈张、伸长，夏播的种子裹着太阳的光晕，蹦进新掏的土窝，又一轮生长庄严地临盆。靠山的树荫下，一只黑狗伸展四肢，睡得很沉，顺滑的毛皮泛起迷幻的光泽，它沉睡于静静的阳光里，对我的脚步不理不睬。几片野云，悠闲地飘进林子，团团的松树冠像硕大的遮阳伞，树下的菌类也撑开了多色的小伞，鸡蛋鸭蛋一样的光圈这边一窝，那边一窝，把密林装扮成一座魔幻的宫殿。土路隔着鞋底传来阵阵暖意，热乎乎的气息从脚踝到胸腔一路往上爬，让我头上沁出一层细密的汗来。瞬间，我便理解了光合作用，理解了小时候一直弄不清的谷粒由青变黄的过程。阳光的哺育，在生命个体和群体内部聚集、裂变，把羸弱变得强壮，把隐晦变得明媚，把滞涩变得顺滑，美好的更美好，优雅的更优雅。

这里是巴山深处。逶迤南来的大山搂着雄奇的三峡，浩渺汹涌的长江挟带泥沙，拍岸向前。数亿年前，这一带还是一片无际的海洋，造山运动改变了地貌，地壳凸起，奇峰耸立，沟壑纵横，厚土堆积，变成了陆地。而这个叫土店子的村庄，像一颗嵌在大山胸襟的绿松石，玲珑秀丽。当初给村庄命名的人，一定深谙五行要义。五行之中，土居末位，意为土载四行，土生万物。《诗经》有云："诞后稷之穑，有相之道。"土店子人，未必得了后稷相土之道的真传，但在土地上讨生活的人，凭温饱的本能和耕种的直觉，认定了这块土地，毫不迟疑地把根深扎进去。有土可耕，有田可种，衣食饭碗就有了着落，族群繁衍就有了根基。草长莺飞，孩子学步，鸡叫狗咬，大自然在这里的每一次呈现，无不置身于阳光之下；生命着床和发芽成长，直到死亡的过程，这数不清的轮回，无不是阳光的图腾。

无法知晓，土店子第一缕炊烟是何时飘起的，也无法推测当年寻找立身之地的各种悲凉困苦。只能想象，先民们双手捧起泥土时泪湿裙衫又欣喜若狂：多好的泥土啊，芭茅草长过人头，贴地而生的燕尾草丝绸样一浪浪铺在坡地，雀鸟欢畅鸣叫，野兔、麂鹿、香獐、山羊在林间奔跑，野谷结的穗压弯了禾秆，沟谷的竹笋冲天而起，褪下的笋衣顺风跑，沙沙啦啦的歌谣敲动四野。

最让人扑通心跳的是头顶那轮金灿灿的太阳，襁褓一样搂抱着这十来平方公里的土地，搂抱着这片土地之外更丰饶的山川、河流、原野。无论早晚，也不论季节变换，俯身捡起裸露的一块岩石、散落的一块土疙瘩，都能触摸到热乎乎的暖意，那是阳光恒久的体温。不错，就是那冷了能当衣、寒了能当被、冰封了的心也能融化的阳光，一次又一次冲破黎明前的暗夜，把窗口擦亮，把村子扮得明朗，把大路和小路照得前途澄明，把埋进泥土的种子催发，给生命培植慧根，给冷清注入温煦，冷了的血腾腾燃烧起来，忧虑和焦灼被苦干的汗水浇灭，沉寂的村庄醒来，开荒筑路的号子就一阵阵震山穿谷，锄草间苗的耕种就呼唤着一代代人匍匐于土地。阳光轻柔地落在他们的背脊，像父爱的深沉也像母爱的柔软，生活的褶皱被捋抻，休眠的田畴萌生着生长的渴望。

向阳而居，不唯是土店子人的生存智慧。盘古开天，羲和浴日，他们和大地上所有生灵一样，在阳光下生长，在阳光下打磨生计。只是一千二百多米的海拔，常年低温，气候高寒，让他们更懂得阳光的珍贵，懂得对飞逝的光阴的珍重珍惜。

我看过土店子人家的晒场。去山里掏黏土和糙土，混合后粉碎，用竹筛筛细，再混入生石灰，搅拌成黏稠的三合泥，均匀地铺在平整好的坝子里，扎紧夯实，既能防水，表层的泥有粗有细，又能充分吸收阳光，粮食受热又快又匀净，三两天就晒得干净爽利。这样筑的晒场还能保温，太阳下山了，摸摸晒场的泥，余温暖手。用晒干的粮食煮饭，一股太阳味随粮食的清香入腹。不独在晒场，每家每户的院坝里，都摆着竹筛、竹簸箕、竹笆折、木板，晾晒着当季吃不完的蔬菜、采的山货药材，有了阳光的疼惜，时下的温饱得以更久地延续。就算到了冬季，大雪封山，一家人围着火塘煮干菜，念想着翻过年关就来的春光，那单调的日子也立即变得丰腴肥硕，滋味绵长。把日子过仔细，不浪费一朝一夕，土店子人认准了朴素的道理，粮食饱肚子，阳光暖身子。

从松明点灯、木柴取暖、柴火做饭的日子里走过来的人，承继着祖辈的生存之道，一衣一食，来自土地的赐予，种一棵树，就有绿荫，栽一棵苗，就有收成。而望天收的过往，时饱时暖，时饥时寒，可他们不怨天也不尤人，对大自然的敬畏胜过一切。当跨峰越壑的银线拉进村庄的时候，他们也曾激动过，望着不要添油不要续柴的子夜灯光，有的人家舍不得关灯，生怕啪嗒一声，亮光就跟萤火虫一样飞进了漆黑的夜里。等多年以后弄明白电是什么东西时，更新奇的事发生了。州城来的一帮人，竟然会变戏法，把白天的太阳存到夜里用；把坡上的阳光搬到屋里用。

叫作工程师的年轻人一遍遍给大叔大婶解释，这叫光伏发电，就是跟你们捡柴回家一样，把阳光收拢来，变成电就可以用了，这村子是清洁能源试点，除了太阳电，还有像风车一样转出来的风电、猪场的粪便发酵出的沼气电。听得懂不，就是要咱们试着转变为绿色低碳的生活方式。天会更蓝，水会更清，大伙儿的身体会更好。年轻人讲得太文气了。不懂，不明白，还是不明白。跟古老村庄传下来的所有奇幻之谜一样，老人们猜不透，也不想猜透。古老的村庄之谜是不可说破的天机。但他们知道，置办那些东西要花钱，要花很多钱，还要风雨酷寒里安装维护，比修一栋十层楼高的吊脚楼还难呢。

要摊钱到户吗？脸皮薄的土店子人，终于红着脸开口问最关心的话。工作队的人笑呵呵地解释，不用，不用，国家电网来帮咱们的。办事就得花钱，天上掉的好事，谁信呢，做梦吗？不是做梦，阳光的习性，就在于能传递温暖，正像一双手暖着另一双手，一个身子暖着另一个身子。

几个月后，当太阳落山，夜幕降临，那些魔板点亮了进村的 178 盏路灯，点亮了凉亭、美食街、梨园长廊上绚丽的彩灯，吊脚楼里电饭锅煮的米粒飘香，粉碎机欢唱着磨出了又细又白的面粉，村民们这才相信，那遍山遍野的阳光，那用不尽花不完的阳光，那祖祖辈辈普照山野的阳光，代替了烟熏火燎的柴灶，代替了呛人的烟煤，把日子暖得红红火火。

村里还用并网收益建起了“双碳”积分超市，生态环保做得好的，奖励积分，换取生活用品。老人们更惊奇了，喃喃地说，做对自个儿好的事，还得奖？这个时代啊，稀奇事真多。他们久久地望着干净辽阔的天宇，望着晒黑了累瘦了的电网人，合不拢嘴地笑了。那发自心底的笑声，被阳光带着跑上山顶，跑出山外，传到了星罗棋布的遥远的乡村。

有多少阳光的秘密未能勘破？这盘古开天就朗照四野的阳光呵，终究是以无限的温暖哺育着村庄。而那些进村入户的电网人，一定是阳光的使者，温情脉脉地奔走在村村寨寨，和勤劳朴实的村民一起，续写着阳光的画卷。

那和和美美又层次丰盈的长卷啊！

（作者系国网湖北省电力有限公司恩施供电公司职工）

星星点灯

吴汶璟

“一闪一闪亮晶晶，留下岁月的痕迹。”插着耳机听着歌，摇摇晃晃坐车走过5个多小时的山路，我来到了心中曾经无数次默念的壶瓶山。晚上，我拉开窗帘，被这里的夜空深深吸引，星星很亮，如同夜空的守护神，默默注视着人们，把这山间照得明晃晃，好似也为人们带来了安慰和希望。

公鸡开始打鸣，清晨的光慢慢倾泻进房间，拉开帘子，清晨的雾气萦绕着山尖。来到所里，穿上“电骡子”共产党员服务队的红马甲，师傅告诉我，国网常德供电公司新型光储微电网研究项目首个站点在石门县壶瓶山镇的九岭村石南山台区投入试运营，我们今天的任务是去这里装表接表。“今天去的这个村子以前有46户人家，而今搬迁得只有2户人家了，而实际长期在山上居住用电的只有一户人家。”只有一户人家？我听着师傅的话，低头整理着长过膝盖的红马甲，心里存下小小的好奇。师傅看着我笑着继续说：“今天去石南山有一段路没通公路，要走一截哦。”我抬头笑着答应，很是期待，心里想着路程这么远，一定能看到很好的风景。

黄皮卡沿着小路蜿蜒上山，而我的头却微微犯晕，早已经无心关注窗外的景色，只是紧盯着前方的路面，默默祈祷着下一个弯来得慢一点，再慢一点。但蜿蜒的小路仿佛没有尽头，小车在望不到边的路上显得无比渺小，每一段都让我在心里捏一把汗，师傅在前面笑呵呵地说：“这个路啊，只要贴着边边走就可以喽。”话音刚落便又是一个急转，我捏紧扶手绷直身体闭上眼，只希望快一点到。

迷迷糊糊过了近两个小时，车总算停了下来，我跳下车，两只小猪仔从我脚边瞬间逃窜。“哦！迷你小猪！”我惊呼出声，路途颠簸的疲惫感顷刻间烟消云散。转头看向师傅，他已经拿着背篓背上了背包、扛上了器具准备进山，我连忙也背上自己的小背包，踏入山林。

密密丛丛的山林小道，有时候枝叶在头顶层叠交错，阳光从枝叶缝隙里钻下来，落到头上、背上，像小小的甲壳虫在身上跃动。我刚开始还觉得新鲜有趣，从背包里拿出相机到处拍摄，但随着小路越来越窄、越来越陡峭，我慢慢便没了拍照的心思，全神贯注盯着前面师傅脚下的路，亦步亦趋跟着往前走。眼前的黄土小道慢慢变成碎石小路。一手边是山体的峭壁，长出来的草木时不时拂过红马甲，另一边是望不到底的山崖，而脚下的路却窄得让人有些害怕，时不时会有用石头堆起来的小坡，我拄着一根小木棍借力，大步地往前跨，冷不丁踩落一颗碎石，它窸窸窣窣地从我脚边滚落山崖。

爬久了，我只觉得背上的小包好沉，早知道就不背相机了，我心里抱怨。山间叽叽喳喳的鸟鸣和师傅的吆喝声仿佛慢慢变小，我感觉耳边只有自己喘着粗气的声音。晃神间走到了小路的转折位置，我往下望了一眼，红马甲队伍贴着山壁前行。他们背着背篓、提着器具、扛着管道，阳光顺着枝丫泻下来，照到他们的脸上，汗珠闪闪发光，像夜晚的星星。

星星？我突然就想到了这里夜晚的星星。

回过神，背上的包好似少了些许重量，不再那么压得让人喘不过气，我默默给自己打气，转过头继续往上爬。爬了不知道有多久，师傅让我抬头看，我顺着前方望去，看到了一户长在大片绿色丛林间的木屋，我松了一口气，终于快到了，却不料下一秒就脚滑摔到了地上。眼前是一段长长的下坡，泥土总在脚下打滑，大概是我没找到行进的方法，短短一段小路我摔了三跤，师傅在后面提着我的小背包，以防我不小心滚落下去。带着摔出来的一屁股泥土来到那户人家门前的时候，我终于如释重负，快步跟着师傅往里走去，迫切地想要知道究竟是怎么样的一户人家，住在这样的山林里面。

踏进木屋，四壁是漆黑的木头，没有窗户，也没有过多的家具，只有摆在角落的一张桌子，和几把沾了厚厚灰尘的木椅。头顶的屋脊已经看不出木头本身的颜色，敷上了一层厚厚的黑色油渍，灰尘黏结成条，从房梁上垂下来。一位奶奶走出来，她佝偻着腰，岁月的重压让她的脊椎有些许变形。经过后来的攀谈我才知道，这里不是住着一户人家，而是只有这一位老人。她姓关，今年 87 岁，已经在这里生活了一辈子。她的后人都已经在山外安居乐业，而她舍不得这年轻时和老伴付出辛勤劳动亲手建成的老房子，要一辈子守住这“老业”。

她朝我们走过来，端出了热茶：“真的不好意思啊，我住在这个地方，苦了你们了。”我接过茶，她问我多大年岁，之后又不停地重复着：“太不好意思了，你个小妹子，真的怪我住在这儿了。”我也不停地说没事的、不远的。她矮我一个头，我看着她的眼睛，好像被一层膜覆盖着，透着淡蓝色，却让人觉得清澈。

她的精神头很好，讲话很清楚，哪怕是方言也很好懂，她问我：

“上次那个师傅来了没有啊？”

“哪一个呀？”我问她。

“就是前两天也是你们一个师傅，过来帮我搞电，还帮我把电视修好了，我都没有给他钱。他今天来了没有？我问问他多少钱……哎呀，就是你呢！上次你把电视给我修好了，多少钱？我都没有给你呢！”随行的李树轩师傅脱下安全帽随手挂在了墙上，上前握住了关奶奶的手，说道：“不得要您的钱……”

我继续环顾四周，整个屋子好像都是黑乎乎的，黑色的木头房子、黑色的桌子、黑色的板凳……突然，我停住目光，三个红彤彤的安全帽挂在黑乎乎的木墙里钉着的黑漆漆的铁钉上，明晃晃的，太阳从外面照进来，投在安全帽的顶上，亮亮地泛着光，像三颗亮晶晶的小星星。

星星？我又想到了这里夜晚的星星。

我和关奶奶坐在门口拉家常，我问她住在这大山里无聊不无聊，她说还好，半辈子都这么过来了，一个人也习惯了。她跟我说着她的六个儿女、说着她在1958年没分到的责任田、说着她的双胞胎孙子、说着她已经去世的老伴，还说着每年来检查线路的电工师傅的辛苦……她淡蓝色的眼里更加溢彩。我听着她的故事，也听着她这些年来住在这里没能说出口的寂寥。

突然，她问我："你们这天上飞的，能拍照的，叫什么来着？我年纪大了，之前问过了的，又忘记了。"

"叫无人机呢，奶奶。"

"哦对，想起来了，好东西啊！是好东西，我每次听到它的声音啊，就盼着，就知道你们要来喽！"

言语中断，她拍了拍我的膝头，我心里猛的一颤，一位独居在大山深处的老人，因为长长的银线、暖暖的亮光，竟与我们有了如此深厚的羁绊，我握住她的双手，她的手像这房子的木头一样苍老而坚硬，我忍不住地抚摸过这双手上面的开裂之处与留下的层层老茧，问道：

"关奶奶，以前这里没有电的时候，你晚上怎么过的啊？"

"点煤油灯、点油柴，但是煤油好贵，用不起，只有有重要的事的时候才点一会儿。"

"那其他的时候呢？"

"其他的时候，就看看天上的月亮和星星啊，有时候晚上的星星也蛮亮哦！"

"那现在晚上的灯是不是也蛮亮哦？"

"那肯定啊，和天上的星星一样亮哦！"

星星？你看，又是这里夜晚的星星……

时间流逝，我坐在木凳上听了好多过去的故事。也知道了些我们工作的目的，山上的人搬迁出了山，线路也逐渐被树木所笼盖，给关奶奶的用电带来了很大的影响。

“这次我们为关奶奶安装了小光伏电站，可以保证老人家随时有电用！试用一段时间后，原来的线路就退运了，这样李师傅他们的运维压力也就小了。这是我们国网常德供电公司在偏远山区进行新型微电网建设的第一个试点。”公司配网部前辈向仲卿说。

“星星之火，可以燎原！”

星星！你看，又是这里的星星！

动身返回的时候由于找背包太过仓促而没能和关奶奶有一个好好的告别，回去的路上，脑海里浮现出关奶奶看到熟悉师傅的惊喜和开心，我想，我会不会以后还能见到她呢，那个时候，她还会不会记得我呢……

沿着山路返回到上车点的时候太阳已经下山，一来一回两个多小时的登山让我的体力将近透支，我在后座嘀咕着好饿，同行的同事想起了什么似的打开包，拿出一个蛋黄派和萨其马递给我：

“走的时候关奶奶悄悄塞给我的，说给我和你。”

我接过来，向车窗外远眺，看到山间零零散散的村落亮着星星点点的灯光，手中的零食仿佛也变得更加沉甸甸。那一瞬间，我好像突然就明白了“电骡子”究竟意味着什么，它在我心中不再仅仅承载严肃的责任，更是蕴含着一种深沉而真挚的情感纽带。我终于明白了刚入职的时候，前辈跟我们说的话：

“干我们这一行，最重要的就是‘情怀’二字！”

抬头望向夜空，星星依旧在发着光，把这没有路灯的山路也照得亮堂，你看，我说了这里的星星很亮的。

（作者系国网湖南省电力有限公司常德市鼎城区供电分公司职工）

你好新时代，奋进织网人

毛 瑞

当2024年翻开新的一页，我们站在了新中国成立75周年的历史节点。在万家灯火时的变电站、团圆佳节中的调度台、崎岖绵延的巡线路……一大批“水灵灵”的“00后”，“响当当”地站了出来，新一代国家电网人已经开始崭露头角、挑起大梁。

不可否认，高标准的工作、快节奏的生活，是面透镜，会放大焦虑，会模糊梦想。但一代人有一代人的征程。反过来看看，上一辈电网人的逐梦路上，电网分析哪能依靠人工智能，信息传递哪有量子通信，调控运行何来数据算法，更别提基建工程运用新型材料……更何况，凡是过往，皆为序章，上一辈的成绩，早已成为你我奋斗的基石。

当大运会的璀璨灯火沸腾了成都的夜，“破圈”再次成为一个热词，而它背后一群“追光”人不服输的精气神同样也在“破圈”。翻开中国的地图，从中原腹地到世界屋脊，从白山黑水到彩云之南，正在被电网更加紧密地连接起来。电网这条大动脉，正在用发展速度重新定义时间，用地域连通不断改写空间。逢山开路、遇水架桥的传奇，绘就了新时代电网发展的新格局。

时代在变，我们的征途是星辰大海。前不久乘飞机向窗外眺望，一个个海上风力发电机在阳光下闪着银光。往日起伏的海面仿佛被熨平，大海变得安静。飞行在这片蔚蓝之上，可以听到大海平静的呼吸，能源转型创新发展，一个新的时代正乘风破浪而来；面向这片海洋眺望，可以感受到风的来向，构建全球能源互联网，“驶向海外”的蓝图正在展开。

都说时代匆匆，但时代哪有脚，走的总是人。从“观察世界”“融入世界”再到“影响世界”，从站起来、富起来再到强起来，一代代“织网人”由被动到主动，背后彰显着中国电网在世界格局中的地位已悄然改变。如果说百年前，上海租界竖起了第一根电杆，虽点亮了中国的第一缕光亮，却难掩心中的屈辱和无奈；那么今天，伴随“一带一路”建设、构建能源互联网的历史使命，我们的心中早已有了十足底气，去勾画和塑造整个世界的明天。

“唯有时代取之不尽，用之不竭，容得下最大的梦想。”在大国崛起的时代背景下，国际化的开阔视野让我们能够站在历史的塔尖，眺望更加遥远的未来；走近世界舞台中央的机会让我们手握丈量世界的工具，开拓更为先进的时代。也正因此，我们的肩上自然也就多了一份使命。

“红日初升，其道大光。河流伏出，一泻汪洋。潜龙腾渊，鳞爪飞扬；乳虎啸谷，百兽震惶；鹰隼试翼，风尘翕张。”我们都很喜欢梁任公百年前的《少年中国说》，其实，青年兴则国家兴，青年强则国家强，这是不变的真理。

未来并不缥渺，就在我们手里。我们就是怀揣着电网梦走过来的，我们的脚步，注定写下未来的历史。中国思考、中国方案、中国行动，正跟随新一代“织网人”在世界的每个角落掀起波澜。还是那句，“你所站立的地方，正是你的中国；你怎么样，中国便怎么样；你是什么，中国便是什么；你有光明，中国便不黑暗”。

下一个十年，更多的十年，更多精彩的故事，将由你、我和千千万万名“织网人”一起书写。你好，新时代。奋进，织网人。

（作者系国网四川省电力公司眉山供电公司职工）

大山之恋

田 影

七月的森林山草木繁盛、鸟兽云集。蒙古栎、水曲柳高耸入云，白桦树婀娜多姿，落叶松古朴苍翠，松鼠在小溪边跳来跳去，耳边不时响起婉转的鸟鸣。

以往，在这样的夏日巡线，是王大森最开心的日子，可是今天他的心情却无比复杂、沉重。“这条腿肯定是不能走路了。”救助站马德顺的话一直响在他耳边。就在刚刚进山的路边，他和同事们发现了一只踩到了猎夹的幼獾，虽然送到了救助站，但由于受伤的时间太长了，小家伙的右前腿只能截肢。

情 缘

森林山位于吉林省珲春市东北部，是珲春河、汪清河、绥芬河的源头，是东北虎、东北豹集中分布区，也是其他 1270 多种动植物繁衍生息的家园。

从出生起，王大森就从未离开过大山，一直到他初中毕业。知道自己被录取到电力技校的那天，他几乎一夜没睡，15 岁的少年第一次有了心事，他担心自己再也回不到大山了。第二天一早，听见母亲起来的声音，他也一骨碌起了炕，非要跟母亲进山。母亲拗不过他，只能让他跟着。那个暑假里，他天天跟着跑山人一起深入大山腹地采蘑菇、摘野果、挖草药，母亲去时他就跟着母亲，母亲不去时，他就跟着村里的其他人。乡亲们都夸他懂事，知道上学费用高，帮家里减轻负担，可他自己心里只想与大山更近一些，在记忆里把大山存得更深一些。

毕业前夕，学校组织填报就业志愿，他在一、二、三三个志愿的表格里都填上了珲春供电局，选择了谁都不愿意去的送电班。为此，一次变电站的朴站长，亲自找到他，可他还是红着脸拒绝了朴站长的盛情。

老班长吴峰跟他说："小王，你主动选择送电班，我当然非常高兴。但是如果你为自己考虑，去变电，我不会拦着你。毕竟我快退休了，不比朴站长，是局里重点培养的后备干部，未来对你个人的发展一定有帮助。"听到班长这样说，王大森感动地说："班长，我是真喜欢送电，我从小在森林山下长大，喜欢野外的工作，喜欢在山里干活。"

第一次下班组，王大森巡的就是穿越森林山腹地的靖金甲乙线。他永远记得，远远地看见那绿色掩映下顺山而上的一排银色的巨人，以一种守护的姿态矗立在这片大山之上时，激动、新奇，还有豪情。自己终于又回到了大山的怀抱。

如今，32 年过去了，他早已从当年皮肤白皙的学生蜕变为身材魁梧、脸颊黝黑的地道东北汉子，也从实习生成长为技术骨干、班长，可心里的那份情感，却从来没有变过。他一如当年，热爱这片大山。

心 痛

2002 年 1 月，珲春连续下了五场暴雪，交通全部瘫痪，行人寸步难行。被暴雪困在林场的一名女工下山时遭遇东北虎遇难。据女工的同事讲，那是一只受了伤的老虎，它的脖颈处被钢丝的猎套紧紧地勒住，溢满了鲜血。

消息传出，全市震动，谁能想到在森林山销声匿迹了多年的东北虎，以这样的方式重回人类视野呢？那只肇事的老虎被麻醉捕获后，因伤势过重抢救无效而死，解剖后发现这只虎在伤人之前已经很长时间没有进食了，食道已经被深深割伤。

在王大森刚参加工作时，他就发现，家乡打猎的人多了。他每天行走在山林间，经常碰到猎人下的猎套、兽夹，听到大山深处不时传来的枪声。对此，老班长特意嘱咐过他，巡线不能只看高处，要时刻注意脚下，不要踩到兽夹，稍有不慎被夹上，基本就是骨折。那时，山上的林木已经没有他小时那样繁茂，动物也少多了。森林山的森林再也不像以前那样密不透风、郁郁葱葱，好些地方露出了褐色的土地，犹如妙龄少女脸上的疮疤，让王大森看在眼里，痛在心上。

读过书、看过外面世界的王大森比大多数人更早意识到保护生态环境的重要性，更何况是他生于此、长于此的森林山！所以从上班起，他就开始了自己的大山保护行动，给被挖的植物覆土，拆除兽夹、猎套，解救受伤的小动物，都成为他巡线工作的必要部分。最多的时候，他一天拆过100多个猎套。人虎互相伤害的惨剧让王大森意识到，对于保护大山，一个人的努力是远远不够的，必须要发动更多人的力量。

守　护

这年春节刚过，上班的第一轮特巡开始，此时距离老虎伤人已经过去了近一个月的时间。5点钟天还没亮，王大森已经起床收拾行装。今天他们要巡视的正是之前老虎伤人的区域，不仅要高度注意安全，而且他在昨天的班会上，还给全班人员布置了一项特殊任务。

昨天开班会时，他像以往学习专业的安全事故通报一样，跟大家又看了一遍老虎伤人的新闻，跟大家一起分析了伤害野生动植物的危害，希望大家从此要将保护动植物、保护生态环境作为自己的工作任务之一。虽然这个任务不是在送电专业的职责范围之内，但是他的提议立刻得到了大家的一致赞同。

山路崎岖，气温零下20多摄氏度，王大森仔细分辨着雪地上的那一串串熟悉的动物足迹，不时拆除一个兽夹，即使在零下20多摄氏度的森林中，他也走得浑身发热，似乎有使不完的力气。从那时起，他就化身为环保宣传员，一有机会就倡导大家保护森林、保护生态环境。班组开会时，跟同事们讲保护动植物的重要性，森林山各种植物的外形特点、动物的生活习性。外出宣传电力设施保护的同时，也跟学校的孩子们讲环境保护、讲他小时候的森林山和老虎的神话故事。他只希望通过他的努力，能够有再多一个人，加入保护山林的队伍中来。

2019年秋天，王大森在巡视到靖金甲乙线225号杆附近时，他刚要下车，就看到前方道路的左侧迎面走来了一头成年的东北虎，体形壮硕，神态自若，一边走还一边不时朝山坡上张望，那样子像极了一个在自家院子里散步的闲人。看见他们的车，老虎脚步加快了些，但也不见惊慌，司空见惯一样。这是王大森第一次与“森林之王”近距离接触，这次偶遇让他激动万分，也更加坚定了他多年坚守的初心。

转年的春天，在森林山施工的同志们又拍到了东北虎。近几年，王大森和单位里野外作业的其他人员遇到东北虎、豹7次，拍下5次珍贵的影像。王大森巡线时又能经常碰到成群的野猪、梅花鹿、马鹿、狍子了。

2021年11月，我国宣布设立第一批五个国家公园，东北虎豹国家公园是其中之一。一切都向着王大森希望的方向发展。人们的意识逐渐提升，打猎的几乎绝迹，买卖野生动植物的也看不见了，森林山又逐渐恢复了往昔的繁盛。

（作者系国网吉林省电力有限公司白城供电公司职工）

老茶壶

王海洋

在喜庆新中国 75 周年华诞的日子里，我家乔迁新居。整理旧物时，一把老瓷茶壶使我眼前一亮，瓷茶壶上烧制有“110kV 送变电工程纪念”刚劲有力的行书，老瓷茶壶和老电力人的祖父身影走进了我的泪眼里了。

老瓷茶壶已经 41 岁了！

每逢佳节倍思亲。望着这把老茶壶，不由得想起离别 10 年的祖父。如果他老人家还健在的话，已是百岁老寿星了。这把茶壶，正是当年被老爷子视为宝贝珍藏的“传家之宝”。父亲作为唯一的儿子、我作为唯一的孙子，这才有幸从倔老头手里继承了下来。它之所以有这么高的身价地位，不是因为其自身的价格，而是因为其背后的故事。

时间退回到 1967 年 10 月。当时为了搞好国庆庆典，夏津县政府特从各单位抽调了五个人组建了“农电办公室”，时供职于夏津县财政局的祖父就是其中之一。从此，直到 1991 年退休，祖父一直负责夏津电力的财务工作。

1971 年 2 月 16 日，夏津县电业局正式挂牌成立。艰苦岁月里的电力事业经历了艰难的起步阶段，用电供需矛盾尖锐且又令人无可奈何。当时的夏津县电业局，主要设备是从美国制造的 1.5 万吨废旧货轮上拆卸的 2075 马力船用柴油机 2 台，发电成本高。毕竟，在那个火柴都被称为“洋火”的年代，连最基本的生活物资都无法保证，就更别提稀罕的柴油了。为了降低生产成本，祖父煞费苦心，四处托人采买柴油，却连连碰壁。不是找不到现货，就是被人加价，发电机经常处于无料停机或亏本运转状态。祖父和同事们曾步行拉着架子车辗转数百公里去河南濮阳等地采买柴油。为了省钱，自带窝头，途中住大车店时多给店家几分钱，烧一锅开水、加点咸菜、滴上几滴棉籽油，就可以美餐一顿。

1982 年 7 月，夏津县电力供需矛盾十分紧张。局班子研究决定把“趸售政策”赚取的资金全部投入电网改造，其中的关键工程是在原 35 千伏霍庄变电站基础上，扩建一座 110 千伏变电站，安装 10000 千伏安主变 1 台，架设平原—霍庄 110 千伏线路 48.6 公里。

这种规模的工程，对于现在的电力企业而言不值一提，但在当时的条件下却极度艰难。从设计到施工，从准备材料到验收投运，都是摸着石头过河，自己掂量着来。加之资金短缺，物资供应紧张，电器材料不是买不起就是买不到，严重影响了工程质量。35 千伏变电设备均是油开关，室外操作，10 千伏线路为“两线一地”供电，低压线路部分是木电杆、木横担、部分 8# 铁丝。还有人力资源不足。当时全局职工不过百人，大学生一个也没有，电校毕业的中专生也很少，导致施工中遇到了诸多难题。好在全局上下齐心协力，施工人员吃住在工地，一心扑在工程建设上。

就这样，磕磕绊绊，排除万难，历经一年半的时间，工程终于在 1983 年冬竣工。至此，夏津电网的基本框架已初步形成，使全县电力事业的发展实现了第一次历史性飞跃。为了纪念这一伟大的历史事件，我祖父亲到湖南省醴陵县国光瓷厂订购了一批瓷茶壶和茶杯，作为纪念品送给为电网工程建设做出贡献的职工。

据我父亲回忆，原来的一套茶具是一个茶壶配四个茶杯的，可惜茶杯都让年幼的我和妹妹给摔坏了。现在的这个茶壶能够保存至今，既有祖父和父亲刻意保护之功，也与最近十几年被我给遗忘在储藏室一角有关，不然大概率会被我的儿子给“报销”了。41 年，对于一个脆弱的茶壶而言，已经算是高寿了。愿祖父——这位老电力人泉下有知，亦应感到欣慰。

一把因庆贺电力事业发展而诞生的老茶壶，见证了夏津电力事业从无到有、从小到大、从弱到强的发展史，铭记了三代电力人胸怀祖国、献身事业的激情岁月。以我家为例，祖父身为夏津电力五大开山元老之一，24年如一日，踏踏实实做事，清清白白做人，半辈子管钱却分文无损；父亲在夏津电力工作了31年，先后在多个岗位任职，还多次代表单位参加乒乓球比赛并获奖；我在夏津电力工作已24年，先后任职于供电所、办公室、政研室，又在工余进行文学创作，还取得了一些成绩，获评入选了中国电力作家协会百名重要中青年作家人才。

在祖父的精神感召下，我们的家风是：遵纪守法，忠于职守，为夏津电力事业发展、为祖国繁荣昌盛贡献全部力量！

41年来，作为国网山东电力组成部分的夏津电网，伴随着共和国的繁荣富强，已经发展壮大为拥有220千伏变电站2座、110千伏变电站12座、35千伏变电站10座规模的坚强电网，实实可喜！

这把老茶壶被我擦洗干净，已经摆放在了新家的多宝槅正中。我要把这个“传家之宝”永远保存并传承下去，激励子孙后代不忘初心，砥砺前行，不断发扬电力人热爱祖国、献身事业的伟大精神！

（作者系国网山东省电力公司夏津县供电公司职工）

故事篇

点亮新时代的光芒

王坤颖

烈日当空，在电网工地上，工人们正挥汗如雨。这里没有城市的喧嚣，只有工具敲击和人们辛勤劳作的声响。然而，在静谧的山间和田野里，他们却是最耀眼的存在。他们背靠现代化的高楼大厦，面朝延续千里的电网线路，像精雕细琢的工匠，用汗水和智慧编织出一道光明的屏障。这片土地，因为他们的辛勤劳动，闪烁着希望与力量。

时间回溯到十年前，祖国的大地上，饥荒与贫困遍布。那时的人民，在摸索中前行，步履维艰。党的领导犹如明灯，引领我们从迷雾中走出，踏上了经济腾飞的康庄大道。如今的中国，已经是世界的能源强国，对电力的需求日益增长。作为一名年轻的电力职工，我亲历并见证了电网建设的飞速发展。我们肩负的，不仅仅是职责，更是一份深沉的奉献与荣耀。

听，那风中传来的电力塔高耸入云的歌声，仿佛是一曲动人的赞歌。清晨，阳光洒在电塔上，犹如给他穿上了金黄色的铠甲，闪耀着神圣的光芒。每天清晨，我站在工地的旷野上，望着远方蜿蜒曲折的电网线路，心中澎湃着无尽的骄傲。它们宛如国家的血脉，将光明和温暖源源不断地输送到千家万户。

记得第一次参与电网抢修，那里我们接到了一项突如其来的紧急任务——暴雨袭击了江南，电力线路受损严重，地区陷入黑暗。作为新人，我和经验丰富的师傅们一起赶往灾区。夜幕降临下，天地间只有电闪雷鸣的光芒。尽管危险重重，但大家却没有一丝退缩。师傅们在风雨中稳健攀爬高塔，处理每一根线缆，那份无畏深深感染了我。从那一刻起，我深刻明白了电力人的职责与担当。

那段时间的记忆依然清晰。风雨中，师傅们专注的眼神，滴水的衣衫，无不彰显着他们坚定的意志。记得那一次，我们结束工作已是凌晨，老工人疲惫不堪地靠在电塔下。他满是茧子的双手轻抚着电塔说："每一次它闪亮起来，就觉得自己的辛劳没有白费。"他的话语简单，却渗透着深情，那种无怨无悔的奉献精神深深打动了我。暴雨后的天空星光璀璨，而那一根根巍然屹立的电塔，像是在与天上的星辰对话，守护着这片美丽的土地。

电网建设是一首持续的奋斗交响曲。我们不仅要在酷热的烈日下挥汗如雨，更要在刺骨的寒风中坚持不懈。这条道路从来不是一帆风顺，但每当我看到城市再次恢复明亮，听到孩子们欢快的笑声，我就觉得一切辛苦都值得。每当黑夜的帷幕降临，我们用生命之光点亮城市，那光芒触动了每一个平凡的心灵。

曾有一次深夜加班，我和工友们在山间架设电线。山间冷风呼啸，四野寂静，矿灯的光芒微弱但坚定。大家默契配合，彼此扶持，不一会儿，夜空中便有了一条绚丽的银线。那一刻，我深刻感受到，电流传递的不仅仅是能量，更是我们对国家和人民的承诺。夜深人静时，远处山峦在星光下仿佛变成了一座座静谧的灯塔，而我们正是这灯塔下的守护者，坚守在岗位上，无怨无悔。

新时代的电力事业，如同一本厚重的大书，而我们每一位电力职工，都是其中不可或缺的一页。电网的每一次扩展，都是对祖国的一次新贡献；电力的每一次优化，都是对人民幸福的一次新承诺。清晨，阳光越过电力塔的缝隙洒向大地，那是我们努力的见证，是我们辛勤的果实。

我深爱这片土地，深爱我的工作，深爱那些为电力事业默默奉献的同事们。我们用坚定的信念和不懈的努力，一步步点亮新时代的光芒。每一次日出日落，每一次亮起璀璨的灯光，都是我们努力的见证。我们是一群平凡而伟大的电力人，以梦为马，不负韶华。我坚信，只要我们以“强国复兴有我”的精神不断前行，这片广袤的土地将会更加璀璨，美丽的中国梦终将实现。

（作者系国家电网有限公司东北分部职工）

“大沟”里的掌灯人

贾　函　傅云路

毛家坪村没有水，饮用水要用毛驴到十里外去驮。毛家坪没有手机信号，打手机要走 1 千米山路到山顶。但是，毛家坪有电。

“毛家坪，1978 年夏天通的电。那是我当电工的第二年。”老郑回忆着通电时的情景，“那时，村里有一百多户人家。通电时可热闹了！四五百口人，连田里的庄稼也顾不上打理，围着我们看热闹，给施工队杀猪、做饭、送水……天黑了也不离开，直到合闸送电灯亮起来。现在，村里只有三户了，其中一户还是过了冬才回来。”

2017 年夏天，初识老郑，如果不是他脸上那些沧桑而生动的沟壑，我根本不相信他已年过花甲，已经退休一年了。

退休前，老郑一直负责张家口怀安县一条最长也最难走的大沟——一条大山沟分出五六条枝杈状的小沟，一共 12 个村子，一百来户人家就散落在这些山沟里，老郑就是山沟里的掌灯人。

不敢忘的一句话

听左卫镇供电所的同志说，老郑退休前，所里商量了好一阵子以后谁来接管大沟里乡亲的供电服务工作。老郑说：“山高路远，还是我来吧。一来，我身体还不错，这片儿也熟悉，能帮衬着点年轻人；二来，咱所里穷，汽车跑来跑去，耽误工夫又不经济；三来，我和乡亲们有感情，也舍不得他们。小毛病我自己处理，大毛病，我给所里打电话。”就这样，老郑尽管退休，却依然是大沟里乡亲们的义务掌灯人。

老郑家住石坡底村。石坡底是这条沟里离左卫镇最近的村子，但距左卫镇供电所也有一小时车程。毛家坪和石坡底是邻村，老郑认识一条近路，翻两个山头、横穿大沟，脚程用 20 分钟，和骑摩托时间一样。老郑说：“如果去沟中、沟里的村，要先翻山去当地乡亲家骑自行车。山里没信号，远程抄表缴费实现不了，只能靠人去跑。”

山里乡亲们缴费不方便，老郑和供电所要了台终端缴费机。老郑现场收缴电费有一宗好处，就是进沟修电、收费时还可以给乡亲们捎些必不可少的药、盐、洗衣粉。山里交通不便，多数又是老人，相对年轻的老郑是义务的“快递小哥”。

“毛家坪一个月用不了 40 度电，水泉梁现在就一户人家，夏天一个月超不过 30 度电……这 40 多年变化太大。原来这沟里上千户人家。户口政策放开，山里生活不方便，慢慢搬走了不少。因为空心村多，2000 年以后，政府搞中心村搬迁，沟中、沟里的村就更空了。现在留下来的都是不愿意走的老骨头，故土难离！儿女在外地，把他们接过去，实在不适应，和乡亲们在一起，开心，自在。”老郑一边走、一边唠叨。

42 年的坚持，42 年的坚守，42 年的情愫，我问起老郑究竟图个啥。

他说：“我是个电工！‘人民电业为人民’这句话，我一辈子也不敢忘！另外，沟里的乡亲需要我啊！”

一个承诺，一辈子

老郑说，头一次走出山沟，他就想当个电工了。为当电工，他还走了次“后门儿”，这也是他这辈子唯一一次“走后门儿”。

1974 年，还是小郑的他头一次走出山沟，被村里推荐到县里上学，那是他这辈子第一次见到电灯。电灯可是个好东西，一拉“灯绳儿”，它就立马能让漆黑的夜亮起来。比家里冒着黑烟的麻油灯亮太多。那年，学校放假时，他带回家一个宝贝——一只坏掉的白炽灯泡。那是学校里电工换下来的。他珍而重之地把这只坏掉的灯泡用一根细麻绳吊在屋顶上。晚上，他会望着灯泡上反射出的麻油灯光发呆。

毕业了，他要被分配到镇上的农机站工作。在等分配的时候，石坡底村要通电了。因为懂点电，老郑配合施工队干活，干的是挖坑、抬杆、立杆的苦力活儿。但他很是开心，因为村里就要通电了。

闲聊的时候，老郑从指挥输电的镇革委会李主任那打听到，以后，还要给沟中、沟里的村送电。但是懂技术的人少，施工队忙不过来。知道这个消息后，他犹豫了很久。工程快完工那天，他在“输电指挥部”外边徘徊了很久，直到李主任出来问他有啥事，他才紧张地搓着两手问：“李主任！你看俺咋样？”

就这样，成分好、文化高、肯吃苦的小郑进了送电施工队，成了一名电工。正式上班那天，队长拿着一个崭新的小日记本送给他：“以后你就是咱队里的人了，咱队里的活儿又苦又累，你思想上得有准备。另外，‘人民电业为人民’，你得记着，你能保证为乡亲们服好务吗？”

看着日记本封面上的“人民电业为人民”，小郑很坚定地说：“我能，我保证！”

从夏到冬、从冬到夏，小郑跟着施工队挖坑、立杆、架线、装变压器，点亮了大沟里所有的村。镇电管站成立后，小郑除了跟着施工队在左卫镇的其他村送电外，这条大沟和附近村落里的抄表、收费和修线的工作也交给了小郑。为了方便小郑开展工作，公家还给小郑配了辆飞鸽自行车。

大沟里路难走，冬天大雪封山，春夏一片泥泞，小郑为乡亲们用电的事泥里来、雪里去。后来有了摩托车，可沟里的乡亲也越来越少了。但小郑始终记着自己向老队长的保证：“我和队长保证过，给乡亲们服好务。别管人多人少，哪怕沟里就剩下一口人，我也要做到。”

四十多年来，有件事，已成为老郑的他一直有愧。1993年腊月，快过年时，一场罕见的大雪压断了线路。雪后气温骤降，老郑踏着没膝的雪，在零下20摄氏度的天气里，抢修了两天，所有干线、分支和400伏线路全部送通。第四天早上，沟里最远的南窑村来人，让石坡底村的乡亲给老郑捎话：南窑村已经停电四天了。

到了村里，老郑问南窑村的书记为啥不给他打电话。书记说："电话线也断了。"

"那你到邻村给我打啊！"

"出不去。就是打了电话，你也进不来。这两天，我们全村都在铲雪。你这急性子，万一因为修电再掉大沟里可咋办。快过年了，想着你们是自家人，这才……"

老郑气得"唉"了一声："这是把我当外人了，这事赖我！"

从此以后，有个刮风下雨，老郑总要盯着镇上总机把沟里各村的电话挨个摇一遍，问问有没有停电的。后来，各村有了程控，联系也方便了。再后来，老郑有了手机，但是因为沟中和沟里没信号，老郑家的程控电话一直没拆。

"当个好电工"是老郑的初心，也是他坚守的信念。一个承诺，用一生来兑现；一颗初心，用一生来坚守。

初心无悔

2016年7月14日，单位通知老郑第二天去办退休手续。第二天一大早，水泉梁村打来电话："老郑，我这儿有电，可水泵就不转。你帮我来看看。"

老郑扭头带上工具、换上摩托去了水泉梁。修好水泵，老郑才想起来，自己已经退休了。

"刚退休，特别不适应，手机24小时开着。早上起来就想着去单位，走到汽车跟前又想起来，我已经退休了。幸好，还有大沟里的乡亲，还有所里的兄弟需要我。”老郑说。

左卫供电所的同志说，老郑实在，大沟里的乡亲朴实，大沟就是老郑的家。大沟里交通不便，没饭馆、没旅馆。搞农网改造这些工程时，为了抢进度、少跑冤枉路得住在大沟里。施工队的吃住都是老郑给安排。遇到附着物、青苗补偿啥的，乡亲们也没概念。按标准补偿时，乡亲们还说：“一家人，不要钱。”老郑还得把大家喊到一起做动员，然后大家才会领钱、签字、按手印。

“所里经常跑大沟，费用不允许。在沟里找个年轻点的来管电吧，可最年轻的都 52 岁了。老郑来干最合适，可他又不要工钱。”左卫所的同志说。

2016 年的中秋，老郑没在家过。那天，毛家坪村的保险被雷击了。可那天，赵四平家的儿子要上电视，老两口都等着看电视里的儿子。老郑和左卫供电所的人是换完跌落保险跟老赵家老两口一起过的中秋、一起看的晚会。

“您想过没有？您也有干不动的一天。”我问老郑。

“我干不动了，沟里的乡亲也走得差不多了。再说，那时候科技发达成啥样子，我想不到。配电线路全部绝缘化，电动汽车遍地跑，这些谁能想到？所以，把眼巴前的事儿做好，把答应人家的事做到，就行了。”

简单的想法、朴实的话语。这也许就是老郑 43 年为大沟乡亲们掌灯的初衷吧。

（作者系国网冀北电力有限公司张家口供电公司职工）

光如闪电 光如暖阳

刘姗姗

“哎呀，比之前方便多了。在特定的日子里交费，还有优惠！”这天，山桃村的村民赵二娃和聚在家门前的街坊们聊起了最近交电费的事儿。

“俺也觉得可方便了。”东邻家的李婶儿说，“昨天俺刚交了一百块钱的电费，就是想着试试有多方便哩！”

“人家电力公司给咱们换的这新电表，就是智能。足不出户，就能交上电费，不管身在何方，只要手机在手，都能让家里光芒万丈。”在村里有着“知识分子”名号的庆叔话音刚落，张大爷就忙不迭地接上了话茬：“哎呀，这电力公司可真为咱老百姓办了件大好事儿！真是不试不知道，一试才知道，方便到家，实惠到家啦！”

“张大爷，您咋不反对了？还反对更换智能表不？”一向爱逗弄人的嘎六坏坏地笑着说。

“去你的，嘎小子！”张大爷脸一红，街坊们都跟着笑了起来。笑声中，依然你一言我一语，幸福溢于言表地谈论着这新换的智能表，这快如闪电的云交费。

安装更换无卡智能电能表，是当地电力公司正在部署安排的一件服务于民的重中之重的大事情。当换表工作行进到山桃村张大爷家时，不同于其他村民的观望、默认态度，张大爷反对更换他家的电表。就像守着他的一块无价之宝，不让电力公司工作人员靠近。

奇怪，他为什么反对呢？

原来，张大爷一直固执地认为，新换的智能电能表交电费怎么也不如他拿着电卡慢悠悠地骑着他的小三轮去供电所营业厅交费实惠。虽然他年老了，行动有些不灵活，可那是实实在在的“一手交钱一手交货”。虽然他去了营业厅不会操作，可这么多年了，人家营业厅里的工作人员每次都是有始有终地帮他完成充电费的操作。这要改成网上交费了，又看不见，交了一百块钱，万一只给五十块钱的电呢？那找谁说理去。再说了，他这老年手机除了能接打电话，也没有任何功能啊！唯一的儿子，常年在南方打工，隔着万水千山能帮他充电费？别人信，他可不信。不换！

换表前的那些天，无论电力公司的宣传人员怎样给张大爷讲解，他都油盐不进，听不进耳朵里，心里坚持着两个字“不换”！

张大爷为啥不愿换无卡智能电能表呢？只有把他心里的结打开，只有把老人的工作做好，电力公司的工作才算做到了家，做到了老百姓的内心里。趁着换表工作还没开展到张大爷家时，电力公司的工作人员又来他家了。

“大爷，您给我们说说心里的顾虑呗！您说出困难来我们给您做主。咱是换还是不换。”一向说话绵软的计量班刘姐话音刚落，供电所的李所长笑着说：“对的，大爷，有啥用电方面的困难，您只管跟我们说。”

“就是，就是。大爷，有困难您只管跟我们说，我们这些人时刻等着帮您解决呢！”计量班的小徐说。

张大爷看看刘姐，再看看李所长和小徐，想了想，觉得还是把他心中的想法说出来让他们这些人知道一下，不然总坚持自己的态度，也不说原因，那就不讲理了。于是，他就闷声闷气地打开了心中的话匣子。张大爷说：“好好的电表非要换干啥哩！俺们老年人接受新鲜事物慢，谁懂这些新玩意儿啊！”

“大爷，换无卡智能电能表是咱们电力公司为民服务的一项大工程，从老百姓的切身利益出发的。其实跟之前的有卡电表没啥不同，这个无卡的就是省得咱跑腿儿了，尤其像咱老年人，有个腿脚不灵便的时候，方便咱不少呢!”刘姐话音刚一落地，张大爷就忙不迭地驳斥道：“拉倒吧！俺宁愿跑腿也不接受新玩意儿。”

“这种无卡智能电能表虽然没有卡，但只要记住表号了，您愿意去营业厅缴费也一样，工作人员还是可以帮您交费的，大爷。”小徐笑嘻嘻地说。

“俺这岁数了，你觉得一个老头子能记住表号不？俺这手机是老年手机，会不会交费先放一边，根本也不能交电费呀!”

“大爷，咱的手机是老年手机，老年手机确实不能交电费，但可以把咱家的电表号告诉咱自家孩子，这样，他无论在哪里都能帮您交电费。”

“俺就愿意自己去交费。再说了，谁知道在哪网上交费，又看不见，你们少给了都不知道。”脾气犟起来的张大爷，可真是九牛二虎都拉不回来。

“咱们网上交费，如果按照特定的日期交，不但不会少给，还会积分多给。这样吧，大爷，咱们先试一段时间。常言说得好，果子是甜是酸，得先尝尝啊！让孩子帮您试一段时间，如果您感觉这无卡智能电能表就是不方便，咱再换回之前的电表来。”李所长看了看不知啥时候围拢过来的乡亲们，笑着说，“大伙说我说的这个办法行不行？咱先试试，如果不方便，咱们不但把张大爷的电表给换回来，还要把咱们全村乡亲们的表换回来呢!”

“我看行。张大爷，一向与时俱进的您不妨先跟着我们一起来个有福同享有难同当呗。”庆叔一本正经地说完，朝大伙挤了挤眼儿。

李婶儿附和道：“这办法好，先试试吧。”

“张大爷，您就快快先随了我们吧!”嘎六又开起玩笑来。

“真的？真的还能换回来？那如果俺觉得不方便、不实惠，或者俺儿子说不方便、不实惠，你们可一定要给俺换回之前的电表啊!”张大爷的口气松了一些，他指着庆叔他们说，“俺们村的人都是见证人。”

“我们给您做主了。不方便不实惠的话，必须换回来。”李所长笑容满面地说。

在将信将疑中，张大爷家的电表终于从有卡电表换成了无卡智能电能表。为了印证电力公司人的说法，张大爷让远在南方的儿子赶紧行动起来，按照当地电力公司工作人员宣传的每月 8、18、28 日积分兑换现金的日子，分别交了三次三百块钱的电费，不但没少一分，还被赠送了九块钱的电费。

这下张大爷彻底相信了，心里乐开了花，逢人就说："要不是这些电力公司工作人员们耐心细致，俺这傻老头子还感受不到这么好的事儿哩！"

（作者系国网河北省电力有限公司深泽县供电分公司职工）

兄　弟

常相辉

近乡情怯吧，杨文涛握着方向盘的手不住地颤抖，从十八岁当汽车兵至今从未有过的忐忑困扰着他，“吱!”，他狠狠地踩了一脚刹车，有些踉跄地跳下了车。飞扬的尘土热烈地扑过来，他嗅到了一份干热，还有香香的牛粪味。“永胜村”三个鲜红的大字，亲切又陌生，看看表刚过五点。

二十八年，一切都变了，他终于回来了，已任县供电公司经理的他可谓是衣锦还乡了，他不奢求乡亲们会夹道欢迎，他甚至有些怕，怕见到一个人、两个人或者一群人。

站在小时曾嬉戏过的田埂上，他远远地望着……旱田都改水田了，老天爷却不成全，进入阴历四月中旬，就没见到一星雨，各家都打了机井，用柴油发电机带着，油太贵，井哑着，水田又变成了旱田，干涸龟裂的土壤表层像一篇待人解读的甲骨文，看着灼眼，读着心疼。边上的那排柳树枝繁叶茂，当兵那年，英子就是站在这里目送他们离开的。

文涛内心五味杂陈。

“文涛兄弟，是你吗?”一个洪亮的声音从身后传来，他不由自主地转过身来，嘿！五短身材的汉子，古铜色的皮肤，黑亮的大眼睛，不是他又是谁?

怕见谁，遇到谁，文涛低声叫了一句：“宝驹哥!”

“哈，真是我大兄弟，你来了，就好了，全村的水田有救了!”宝驹抬手揽住文涛的肩膀，“走，咱们去我家商量商量架线路的事儿！顺便也看看你嫂子，她惦念着你呢！”

嫂子？英子！他像被刺了一下，定在那里，瞬间理智复苏：“不，马村长，不去你家，去村委会谈吧！”

马宝驹似乎也想起了什么，不再坚持，放开揽着文涛的手，两人一前·后地走着。

晨光投下短短的影子，二十六年前的某个清晨，两人也是如此……

作为同龄同乡同一连的汽车兵，文涛和宝驹在外人看来是穿一条裤子的兄弟。汽车兵的补助费不算少，但文涛家里负担重，父母身体不好，兄弟姐妹又多，偶尔出长途车，他会偷带些“时兴货”，倒手赚点外快，贴补家用，但这是部队绝对不允许的。一次突击检查，文涛刚带回来还未出手的自行车被发现了。这时，宝驹站了出来，“指导员，自行车是我让文涛帮我带的，家里定了个媳妇，人家要的彩礼。”指导员铁青着脸看着这对儿兄弟。

宝驹的处分下来了，他要提前转业了，而且不会被安置工作。文涛送他去车站，路上哭了，他没想到后果会如此严重，宝驹倒是若无其事地安慰他：“没事儿，我有把子力气，回家种地正合适！”

……

“你刚调回咱们县里当电业的一把手，真不应该给你添麻烦，但咱们全村4500多亩水稻就是老少爷儿们的命呀！”宝驹的一句话把文涛拉回了现实。是的，这次来，他是现场办公，看看水田分布情况、与最近电源点的距离，预估一下工程量，好设变台、架线路，彻底解决灌溉难题。

宝驹继续说道：“给你算个账啊，咱们村打了10口机井，用柴油发电抽水，每垧地就要2000块钱，用电抽，每垧地800块钱就够了，你说……”

“这活儿，我们干！”文涛斩钉截铁地对宝驹交了底，“你就放心吧，从国家到省里出台了许多惠农政策，我们一定执行好！保证三天内让水泵转起来！”

“兄弟，感谢你呀!”

杨文涛点点头：“我这次来就是为这事儿，不但给咱村儿架线路，全县所有水稻种植村，只要有需求，协商达成一致，咱们都给架！一定解决好老百姓最关心的问题!”

“兄弟，你说得真好!”

三天后的清晨，机井轰鸣声与流水声交织而成的欢乐交响曲在水田间回荡，永胜村欢腾了，老老少少、男男女女过节似的聚在一起。文涛站在人群外，努力地将自己藏起来。

“这么多年，你不回村上来，为啥呀?”不知何时，宝驹又站在了他的身后。

“哥，我怕呀，你替我担了处分，前程都没了，乡亲怎么看我?”

“兄弟，你不要这么想！我和乡亲们也从来没怪过你。何况，回农村是我的志向，我会种地、我爱种地，我对土地有感情!”

宝驹亮开嗓门：“乡亲们，文涛回来了!”

“哗”，人群迅速地围拢过来，一张张淳朴善良的笑脸，一句句亲切问候，文涛感受到了从未有过的幸福，亲情那么真挚，乡情那般浓郁，这么多年从未变过。

忽然，文涛从人群中看到了英子，她挽着宝驹轻声地说着什么，似乎与他有关。两人眼中自然流露的幸福与默契，让文涛豁然开朗了。

这么多年他第一次彻底明白了——那个站在柳树下送别的英子，眼睛里的人是宝驹，而不是他。

她与宝驹一样，当他是永远的兄弟!

（作者系国网黑龙江省电力有限公司双鸭山供电公司职工）

一个人的电力史

黄　楠

2019年的一天，我接到同事施吉云的一个电话。他四十多岁，是负责工程监理的班长。入职多年，我和他只是面熟，几乎没有工作交集。接了电话，那头却十分直截了当："整理我父亲遗物时发现些资料，你或许感兴趣。"

半小时后，我第一次看到了这沓泛黄的手稿。手稿长卷纸细心盘起，多年过去，苍劲的钢笔字龙飞凤舞，标题显眼——

《坎坷四十年，扰忆创业难》。

我接过手稿，花了几个晚上才读完，发现这部手稿是施吉云的父亲施大龙写的一部电力史。施大龙生前是扬中供电局的员工。

全文十多万字，包含了扬中电厂从建厂之初，到建设壮大的全过程。而这本书，正是施吉云整理父亲遗物时发现的。

"谨以此手稿献给扬中市供电局四十周年华诞"

翻开这本书，开篇第一句话就是："谨以此手稿献给扬中市供电局四十周年华诞。"在序言中，施大龙回顾了自己参与扬中电力工作的经历。

他出生于1946年，16岁初小毕业进入扬中县发电厂工作，历任扬中县发电厂值班员、调度员、线路架设员、装表员，后撤厂建立扬中县供电局，担任县供电局生产部部长、调度科科长、安全部部长。

在文章的开头，施大龙写下了自己的自序，在序言中，他坦诚了自己编电力史的初衷：

“编写的目的，旨在对奉献于电业事业大事记的梳理，回顾逝去的岁月，让后来人全面了解扬中市电力事业和企业的创业史、发展史。在企业传统教育方面，提供一些依据和帮助，并对企业史志提供一些资料，填补一些企业档案资料空白。同时，一并作为自己在这段时间的工作回忆。”

在手稿中，从细节处不难看出作者在写作这本电力史时所秉持的严谨态度。为保证记录的客观性，在每一项数据背后都附有原始票据和设备清单作为佐证。而在这十万多字中，大到各镇照明户数、电力灌溉面积、生产队总数，小到线路半径、变压器参数、输送容量，都通过表格附注，全书共有表格 72 张，张张附有出处。

施大龙的电力史相较于官方版本的电力史［注：后地方电力编委会编发了《扬中电力志（1970—2004）》］，对 1970 年以前扬中电网发展的历史进行了补足。同时，在通叙部分，相较官方的部分，更多了许多细节。如 1978 年，关于扬中电厂火电机组援疆一事，官方电力史中仅作简单描述，施大龙版本的电力史中却清晰记叙来龙去脉，为后来人研究历史提供了宝贵的一手资料。

“从废纸堆里翻出的电力史”

似乎凡有价值的“真经”往往需要经历一番劫难、一些遗憾，就像西游里九九归一圆满后的一点缺憾。施大龙 2000 年退休，2006 年去世，去世前两年才完成这本电力史。可由于年迈病痛，一大批的工作资料一直深锁老屋。和电力史一起重见天日的还有许多工作日记和照片资料，不少都因为虫蛀而破损，要不是施吉云偶然留了个心眼，恐怕连这本电力史也难逃被毁的命运。

当时的文档保存并不算完好，老屋湿气大，很多票据和资料都有了虫蛀和受潮的印记。工人们不识字，要不是多个心眼，这本仅有一份的电力史大概率和废纸一样被卖掉了。实际上，在这份手稿里，施大龙也表达过对于手稿的担忧：

“本篇构思起笔于1997年冬，落笔于世纪之交的2000年新春伊始，经历三载，有关章节数次易稿，先后多次修改，力求尽善尽美，但恐于编者本人水平和技术所限，难免错漏，也恐后来者因误而错。”

作者严谨的工作态度和某种程度上的机缘巧合，让这篇十万余字的电力史重见天日。后来，笔者努力将施大龙的电力志整理、附图并附上佐证材料，印刷成册。复印件交由公司档案室保存，原件则交还施吉云。

“她将永远载入史册，为后来者提供辉煌”

在手稿当中有一个细节引人遐思，那就是施大龙始终将扬中的发电厂称呼为“她”。在开篇中，施大龙数次提到“她”的由来。

“她从发电到拆机，全部发电量总计1670.696万度，虽然现在看来并不可观，但依靠这1600万度电，扬中从一座孤岛开始电力萌芽，建立起最初的工业，帮助了农业的灌溉，是点亮‘江中明珠’的火种。”

从字眼的选择中，不难看出施大龙对于电力事业的特殊感情。这也构成了这本电力史的“温度”和“底色”。在叙述中，施大龙穿插了许多自己对于电力的回忆。

“1969—1978年，我基本参与了全厂性的管理工作。其间，我一人身兼数职，主要是：电力调度员、调度组长、生产调度、安全、汽车调度、用电营业、用电文书、生产统计等。因工作多，几无空回家，每月平均要干4个通宵。一般晚上10时才下班休息。1977年，我胃部动大手术，手术26天后就正常工作了。”

在书稿当中，这样的细节比比皆是，而细节处折射出的是老电力人的坚持和坚守。

在书稿的结尾，施大龙也提出了自己的期盼：

“希望扬中以后的电力发展能够越来越好，能随处可见高架的输电线路，电力供应应有尽有。故作此书，既作回忆，也表期盼。”

如今，这本电力史的影印本已经安静陈列在国网扬中市供电公司的党史陈列馆当中。其实，在后来很多个长夜里，我都会找出这本电力史重读，不仅是为了查资料，更多是在夜深人静时，对这份竭诚记叙的感怀。施大龙在那个年代所经历的苦难，我们这一辈的电力工作者或许不会再次经历，但记叙历史是为了更好应对当下。厚厚手稿传承的精神，与一位老人独自一人努力的场景成为我常念常新的鼓励。

我和施大龙素未谋面，隔着纸张却心有戚戚。凡作文者皆有通神处，面对厚厚的手稿，我不难想象一位老人在生命的最后几年，竭尽全力向自己奉献一生的事业致敬的姿态。而将这段故事整理并转述下去，既是我分内的责任，也是对后来者的诫勉，更是对这本“一个人的电力史”最好的续写传承。

（作者系国网江苏省电力有限公司扬中市供电分公司职工）

屋顶上的太阳

高晓春

“天上圆圆的红太阳，照得屋顶光伏板亮堂堂，这太阳能转化电能啊，真要感谢伟大新时代，坐在家里把人民币来收藏……”阳春三月的一天，家住高邮市汤庄镇双屏村的吉大爷凝望着屋顶上被太阳照耀得闪着蓝光的光伏板，兴高采烈地哼着顺口溜，他布满皱纹的脸笑成一朵花。

然而，去年光伏安装公司动员他安装的时候，他总觉得这些人说话不靠谱。

去年2月，两位戴着黄色安全帽、穿着工装自称来自光伏公司的年轻人来到吉大爷家门口，对吉大爷说，他家中堂屋、厨房屋顶有100多平方米，可以租给光伏安装公司，租期是25年，由他们安装大约50块光伏板等设备，不出一分钱，坐在家里就能收租金。只要出示身份证和房产证，就可办理。吉大爷就是不信，说：“不太相信你们的话，请自便吧!”

“大爷，这是科学，您不要不相信，这是我们的光伏产品介绍手册。”任凭两位年轻人苦口劝说，吉大爷就是不信。吃了“闭门羹”的他们只能放下手册后，悻悻离去。

“哼！古人说上门不买，你们想游说我。”望着两位年轻人的背影，吉大爷嘟哝着挠了挠稀疏的头发，自言自语道：“别被骗了，被邻居笑话。”

吉大爷扔了手册，快步到院落前，掏出香烟“吧嗒吧嗒”吸着，他感觉今天的香烟特别过瘾，脑海里浮现刚才两位年轻人的一番说辞，又似乎觉得有些道理，吁了口气，现在新时代，科技层出不穷。他思前想后，决定先问问在扬州工作的儿子。电话里的儿子先是惊喜，然后郑重地对他说："现在通过光伏太阳能发电，应该不是骗子，是国家实行'双碳'行动，绿色低碳发展的大方向。但是，你要找正规的光伏公司安装，最好找一下村里的台区经理李师傅，他为人正直，和我们家关系很好，光伏公司让你出示身份证、房产证或银行卡之类的，你请李师傅在场见证一下即可。"电话那头，儿子说得详尽。

说到李师傅，吉大爷心里一阵温暖。李师傅是党员，平时在村里没少做好事，张家电灯不亮，李家插座坏了，都是李师傅无偿服务。就在前几天，吉大爷家中的漏电开关失灵了，电话一打，李师傅冒着雨赶了过来，还掏钱买了一台新的帮助更换。那天，吉大爷留他吃饭，他都婉言谢绝。

第二天，吉大爷刚吃完早饭，李师傅风尘仆仆地骑着电动车从村头过来。李师傅刚停好车，彼此见面还没寒暄几句，吉大爷就抓着李师傅的手，把昨天上午光伏公司推广农村"屋顶发电站"的事情说个没完。李师傅认真地说："这是积极落实国家政策，推进屋顶光伏发电项目，鼓励有资质、有实力的光伏安装公司出全资，绝对不是骗子。现在，通过在农村建起多个'屋顶发电站'，通过'阳光收入'提成，让村民坐享屋顶租金、实现绿色增收，助力绿色乡村、低碳发展。目前，我们国网高邮市供电公司在 13 个农村供电所建立工作专班，与各乡镇（园区）及村组建立联动机制，帮助投资建设的光伏公司设计并网方案……"

李师傅说着拍拍吉大爷的肩膀："你呀，年轻时还是村里干部，思想应该比一般村民先进。说实话，前几年，由于销售模式不同，让村民先投资、后受益，加上一些小型光伏公司的操作和抖音上的不良宣传，您心存顾虑也可以理解。可眼下和我们合作的这家光伏公司，有资质有实力，您老放心。"

"有人说，这个东西有辐射，对人体有伤害呢！"

"如果有辐射，国家还会推广吗？"

"那会不会在打雷的时候，电着人呢？"

"怎么可能呢？这样吧，现在，我带你去邻村去看一下，那边的农户正在安装光伏太阳能发电站哩。”

约莫10分钟，李师傅将吉大爷带到施工现场，有4名施工人员在现场各司其职。其中2名施工人员将约一块重约25千克的光伏板在屋面排好，然后加固，将防水措施做到位，另外两名人员在现场拍照，上传到公司，待审核通过后，做好资料，向国家电网申请并网发电。施工人员告诉吉大爷：“现在，我们不收任何施工费用，一切由我们光伏公司打包，到时候，农民直接看到经济效益。今天早上，我们分3个组，已经安装了3户，人家也和我们公司签订了合同。最后，还请你们供电所营业班派专员现场参与装表和验收、安全指导呢。”

一番话说得吉大爷颔首微笑。回家后，吉大爷感到浑身轻松。而李师傅已为他联系好光伏公司。3天后，吉大爷的太阳能光伏发电站安装成功，在他的影响下，庄台上的农户纷纷安装。

6月的天变脸还挺快的，一阵大风，几声闷雷过后，突如其来的暴雨倾盆而下，刹那间仿佛天地相连。“咔嚓”，一道闪电划过天空，吉大爷担心屋顶上的光伏板导电，坐立不安地拨通了李师傅的电话，此时李师傅和一名抢修人员正为一家鸡场送电。浑身湿透的李师傅在电话里告诉他，让他在家安心休息，光伏公司早已给屋顶安装了防雷系统，永远不会出现电伤人的情况。李师傅的一席话，让他吃了“定心丸”。

到了稻子金黄的季节，吉大爷的银行卡上多了1300元。吉大爷所在汤庄镇的农民在安装了“屋顶发电站”，同时并网发电后，根据屋顶排布的光伏板的数量和面积计算，出租屋顶的村民，预计每户每年可获得1500元左右的屋顶租金。而整个高邮市已有2500多户村民出租了房屋屋顶并建成分布式光伏发电站，总装机容量约30000千瓦，年总发电量约1438万千瓦·时，减少温室气体二氧化碳排放约11978吨。

望着被秋阳照射得蓝光闪闪的“屋顶发电站”，吉大爷做梦也没想到，坐在家里“卖阳光”就能拿到人民币。

（作者系国网江苏省电力有限公司高邮市供电分公司职工）

特殊遗嘱

葛 阳

中国版图上，由中原东望，泰山雄浑盘踞，巍然屹立，一如华夏族群的心灵灯塔。

28 亿年，山无言。40 载，人无闻。

山与人的结合，便是“仙”。

他们的仙骨，成就行走的脊梁。他们的神功，踏出了一条世人鲜知的“登泰山第五条路”。

“拔地通天五岳尊，可识怀中架线人？春踏残雪走羊肠，夏顶惊雷摩雨云。秋枫染叶无寒意，冬水凝冰有热心。电流滚滚上山来，日观月观傲古今！”

这群创造奇迹而又默默无闻的光明使者被称为电力挑山工。他们的扁担，一头挑着风雨和使命，一头挑着日月和梦想。他们的故事像一座座铁塔，扎根于泰山，照亮了世界。

作为企业媒体人，我追随过他们 300 多人在十八盘上同扛一根电缆的壮观场面，拍摄过他们在冰天雪地安营扎寨值班保电的执着坚守，记录过他们挽救游客生命的动人义举，播报过他们披荆斩棘、前赴后继的紧急抢险，颂扬过他们用责任为泰山托起一片蓝天的浩荡情怀……其中，令我禁不住潸然泪下的是一位电力人的特殊遗嘱：我要永远守候这条生命线！

顺着这条生命线，我翻阅史志，探寻泰山的电力元年：泰山上的第一盏灯光点亮于 1963 年，来自山东省广播电影电视局泰山转播台岱顶发射基地。在此之前，泰山就像黑白底片，有微笑也苦涩。

改革开放以来，电力事业蓬勃发展。1983 年 8 月，我国第一条大型现代化往复式客运索道——泰山索道建成通车。“平步青云”的背后，蕴藏着以本文主人公于达元为代表的电力人勇挑重担、匍匐登攀的坚强脊梁。他们将泰安市的第一基铁塔建在了泰山怀抱，架设了直达山巅的现代化输电线路和全省海拔最高的中天门变电站、岱顶开关站，打破了泰山用电的瓶颈。

1981 年国庆前夕，由共产党员于达元、淳于贤杰和青年骨干张建魁、高兴乐、刘光泰、庞兴山组成的泰山索道送变电指挥部成立了，于达元任总指挥。他们做的第一件事是勘察和设计线路。

自古登泰山共有四条路，分别从红门、天外村、桃花源、东御道出发，每条路皆以艰险著称。按要求，需架设的电力线路必须隐没在游客视线之外，不能影响、破坏自然景观，这就逼着他们不能走正道，必须开辟出一条更为险峻的“登泰山的第五条路”。

层林尽染，秋色浓重。望着岱顶方向，身材魁伟的于达元带领工友一头扎进茫茫大山。靠着指南针和借来的军用地图，背上平衡仪、测量杆、水准仪等工具，每人再手持一根打蛇棍，就艰难地开始了勘察。

穿密林，钻灌木丛，攀悬崖，过沟涉涧，他们脚下走过的地方，连山羊的踪迹都没有。身上的汗湿了干，干了又湿，一身新工装很快就挂得开了花，脸上都被划出了血道子。晚上回到住处，浑身瘫软，衣服没脱，已鼾声如雷。

一天中午，疲惫不堪的 6 个人坐在小溪边，喝着凉水啃煎饼。于达元问电专刚毕业的 19 岁小伙儿庞兴山：“小庞，当电力工人苦吧？”看了看于总指挥脸上正往下淌的黑汗道道，小庞使劲咽下一口干煎饼，说：“不苦！”

这话刚说完，庞兴山扛着塔尺，要到相隔 400 米的前方做测量，过陡坡时，一不小心，滑进深沟，眼冒金星。棉袄全湿了，迎着风，他打着哆嗦往上爬，可不等爬上来又滑下去，一直挣扎了3个小时，才回到队伍中。

一位工友拍拍小庞肩膀：“小伙子，你行呵！”小庞向于达元努努嘴：“比比这些共产党员，咱还差得远哩。”十几年后当庞兴山入党时，他深感当年跟着前辈工作所得到的益处，让他受用终生。

小庞说的没错。在选线、测量和架线的每一场硬仗中，打头的、干得最多的和最能吃苦的都是党员。遇悬崖陡坡，于达元和淳于两位老大哥，说声“你们等等”，就争着爬上去，然后再伸出手来拉他们。

在给岱顶转播台选线时，已至隆冬。于达元带人上去的那个晚上，大雪纷飞。坚持选好线路，他们却下不了山。几个人蜷缩在一间屋子里，听到山顶的大风呼呼地响，被子潮湿不堪，盖在身上像顶着一层冰。

第四天，“弹尽粮绝”，他们只好一步步从冰雪封裹的十八盘往下挪。好不容易挪到中天门，天黑下来，便找了个临时住处安身。晚上冻得睡不着，索性唱起《林海雪原》，又搞来游客丢弃的一瓶白酒，一人一小口宝贝似的传着喝，借此暖和身子，抵御砭骨之寒。

常年忘我的艰苦奋战，使于达元的身体明显透支，日渐消瘦。有一天，他在工地上指挥着灌注杆塔的塔基，突然眼前一黑栽倒了。工友把他送到医院检查，才知道是患了肺癌，而且到了晚期。于达元很为自己的病懊恼，他还有好多事情要干呢。他不停地问医生，还有多久能出院。领导来了，问他有什么可交代的，他还是问何时可以上班。家里的事，一句也不提。

他对曾经并肩作战的妻子说：“桂芳，你别哭，我知道你的难，我这一辈子就是对不住你，孩子和家里都让你受累了。我这个人你知道，就是个干活的命，干不好，心里不舒坦。我想好了，等退了休，咱俩就在白阳坊那里盖两间小房子，那里空气好啊。”

妻子泪眼模糊地看着他：“嗯，那条线路是你的命，你一天看不着，心里就空落落的。”

于达元握紧妻子的手："是呵，你也整理过这条线路的技术资料。儿子也和我一起架过线。你们都明白，我记挂的就是它，这么多年把整个心都掏给了它，它也是咱泰山的生命线。真的，我就想老了咱俩住在那看风景！"妻子再一次掉泪了。他还不知道，自己已经等不到这一天了。

于达元的病情继续恶化。在生命的最后时刻，他努力睁开眼睛，用尽气力喃喃道："我死了，就把我埋在、埋在白阳坊……"

白阳坊是泰山输电线路经过的地方，高高挺立着第89基铁塔。于达元的骨灰和工作日志，遵照他的遗愿埋在铁塔附近。从那里，可以遥望通向山顶的线路，也可俯瞰山下的办公大楼。这是一位共产党员最后的也是永久的守望。

每年清明节和于达元祭日，子承父业的儿子于树凡和孙女于晓飞就会到于达元墓前陪他唠唠嗑，聊聊电力的发展变化和自己的成长收获。经过的巡线工也会来看望他，越来越多的电力职工来此纪念他。

岁月如梭，于达元墓旁的一棵树已长成亭亭华盖，荫蔽着脚下的每一寸土地。老于并不寂寞：有铁塔银线做伴，还有一支雄似泰山的铁军和他一起日夜守护这条光明之线。40年了，巡线工已换过20多茬，参与巡线、变电站值守、线路作业等的工作人员超过600人。他们中没有一个孬种，个个都是顶天立地的人！

就拿输电运检室的张爱国班长来说吧。年过半百的他在"第五条登山路"上跋涉30载，练就一身绝活，参加过线路检修千余次，发现隐患6000个，走过的巡线路可以绕地球赤道两圈。在泰安市纪念建党98周年表彰大会上，张班长被授予荣誉"新时代泰山'挑山工'先进个人"称号。

张爱国说，这是对我们所有电力人的褒奖！

他清楚地记得，1992年参加工作的那一天正好是五一，游人如织，索道繁忙。老班长张立柱带他攀上了巡线路，在经过于达元墓地时，老班长含着泪说："人是不能没有信念的。咱们脚下这条巡线工踩出来的小路，就是一种信念……"

打那天起，张爱国就恋上了这条路。每次巡线都要背着扳手、管钳、望远镜等超过 15 千克的装备，穿过 12 处了无人迹的原始森林、46 处陡坡、21 条深沟和直上直下的悬崖绝壁……

这几年，在张爱国的带领下，笔者多次和中央、省、市媒体朋友及专家学者探寻泰山的“生命线”，采访、传播无数感人的故事。当这条隐蔽的小路走进大众的视野时，湖南游客尤军特意带家人体验了一段。一路的艰辛令其感慨万千：“泰安电力人的这种默默付出，就像挑山工一样，比泰山更伟大，更震撼人心！”

国网泰安供电公司分批次把“牢记初心，不忘使命”的主题教育课堂搬到巡线路的现场。小路已成为党团员、新员工、社会有关人员受教育的实践基地和展现电力风采的文化之窗。

薪火相传。新时代的电力挑山工，用信念浇铸出五岳独尊的光华，书写着光明使者的执着追求和责任央企的崇高境界，让“登泰山的第五条路”在人们的精神高原上无限延伸……

这，应该是最值得于达元欣慰和骄傲的。人的一生有限，倘若融入宇宙的大生命中去，其灵魂便可从五尺躯壳中解脱，直抵万物之极，与日月同光，与泰山同寿！

（作者系国网山东省电力公司泰安供电公司职工）

消失的骡马队

马　晶

从初识骡马队到再见骡马人，周李斌和他的饭馆见证了村里翻天覆地的变化。来往的人群中，周李斌总能发现国家电网的人和车，每次看到“国家电网”这四个字，他就知道，村里肯定有好事儿了，因为他记得当初那位不知道名字的师傅跟他说，我们国家电网就是让电等发展。

“丁零零……咯噔咯噔……喔喔喔喔……吁……”

这声音对于周李斌来说，是最动听的。

当初自己要在平顺西沟这个太行山山沟里的小村庄开饭店，老父亲说他“没斤没两”，村里才有几号人，开个饭店给谁吃？还打趣他的“菜单”，一汤一面一瓣蒜，毫无前途。但是三十出头的周李斌哪能听得进去，再说了，《新闻联播》里面都说了，要干事创业，要全面小康。决心是有了，但是情况似乎和老父亲说的差不了多少。除了路过村里往山里架线的国家电网的师傅们半路在这歇脚，还真没几个人来。

就在周李斌灰心的时候，一个12人的骡马队来了。领头的一声吆喝：“小伙儿，来12碗肉浇面。”周李斌有些不敢相信，然后冲着后院喊道：“媳妇儿，12碗肉浇面！”这声音，喊给媳妇，喊给父亲，更喊给自己。

骡马叮当山里行

骡马队是邻村的几个壮劳力组织起来的，带头的叫董双法，五十多岁，因为村里山高路陡，能种的地也不多，又知道再往东走20多里地的杏城盛产沙地土豆，缺劳力，所以每年春种，骡马队就集结起来，去杏城干活，给家里多挣一份收入。

老董快人快语，是个利索人，他说："小伙儿，你在这半路开个饭店挺好，秋天我们去收土豆的时候，还来。"吃完把嘴一抹，老董放下一张百元大钞，带着骡马队往深山里去了。

这是十年前的事儿了，从那时起，每年一到春种秋收，周李斌就琢磨老董他们是不是该来了。老董每年如约而至，老装备、老三样、老约定。2016年春天，老董他们来的时候，正赶上村里扶贫工作队在村上搞宣传，随行的工作人员手里带了一部照相机，周李斌一时兴起，建议给骡马队拍张照片，老董还扭扭捏捏不好意思，在周李斌的一再要求下，一张鱼贯而行的骡马队照片留在了小饭馆里。但是，周李斌没想到的是，从那年开始，骡马队消失了。

骡马消失换新人

2016年对于周李斌来说，是忙碌而充实的一年。村里突然热闹了许多，店里的生意就是从那时候好起来的。刚过罢年，就来了第一波大买卖。国家电网的师傅们在村上一住就是两个月，在村里挖坑架线，说是要赶在村里上项目之前，把电网给升个级。周李斌心里琢磨，这不会和电视上说的脱贫攻坚有关联吧。可这村里山高水远的，哪能这么快啊。还真是这么快！

这天中午，趁师傅们在店里喝水休整，周李斌上前问那个身穿国家电网工作衣、胳膊上戴着"工作负责人"袖标的师傅："师傅，咱这是在村上干啥工程啊？"

"农网升级嘛，你看，过两天那边会上个新的变压器，这些线路都会变粗，用电更可靠。"

“其实现在用电就可以啊，换那干甚?”

“你知道脱贫攻坚吧，村里要脱贫，要发展，很快就要上一些新项目，咱国家电网得让电等发展，可不能让发展等电。”

如他所说，当年夏天村里争取了新项目——建设农光互补香菇大棚基地。来店里吃饭的人就更多了，来村里考察的、太阳能光伏板厂家的、来村扶贫的……离家不远的那块空地每天都热火朝天的，一些架子竖了起来，蓝色的光伏板装了起来，穿插在一垄一垄的香菇大棚之间，煞是吸引人眼球。村委开会说，这是村里争取到的扶贫项目，来年，发电能挣钱，香菇种植也能挣钱。

临近年关，眼看来店里吃饭的人多了起来，周李斌琢磨着要换个菜单——也就是添俩菜而已。他把村里人常吃的野菜炒鸡蛋和自家酿的韭花给写了上去，跟媳妇说：“以前怎么没想到要添个菜呢?”

“吃面的人都少，谁还点菜呢!”

“哎！老董他们今年秋天是不是没来?”

心念骡马哪里去

新年新气象。春节刚过，村里就热闹起来了。先是村里的山坡上架起了“绿水青山就是金山银山”的大幅标语，接着是农光互补香菇大棚基地送上电了。村支书说只要太阳照到光伏板上，村集体就有收益，光靠着光伏电站发的电，全年就能给村里增收 70 万元。香菇就更厉害了，长成的香菇送到县城的香菇加工厂，送到市里的农贸市场，又是一大笔收入，每年给村民分红完还有一部分继续投资增收。

不知道从什么时候起，有一队开三轮的年轻人常来店里吃饭。最开始周李斌还没有注意到他们，后来听这帮年轻人老在聊大棚的事儿，大概知道了，这帮年轻人是村里从邻村请来的技术员，带头的叫“小董”，帮助村里搞香菇种植，隔一段时间香菇成熟一茬，就往外送一茬。周李斌喜欢听这帮年轻人在店里聊天，大棚什么时候通风，什么时候洒水，什么时候放帘，什么时候采摘都有讲究。前几年，村里年轻人都外出务工挣钱，现在能在村里见这么一拨年轻人讨论着技术活儿，就是不一样。

这一年，另外一拨年轻人也常来常往。还是开小黄车的国家电网师傅，同样的工作衣换了不同的人。听他们聊天，说正在30千米外的井底村架一趟线路，跨了几座山。井底村周李斌是知道的，在那里架线，怎么可能？中间那几座叫不出名字的山，就像几根直立的柱子，哪里有路可走，别说架线了，就是光人上去，一个不小心也得摔到山沟里。周李斌忍不住上前攀谈。

“师傅，你们要给井底村送电？那山我听村里上山采药的人说过，没路啊，顶多有个半米宽的小道。”

“是啊，这也是我们头疼的事儿。过两天树叶都长出来了，山路解冻了，我们用绳子沿路绑在树上应该会好一点。”

“那山里头啥也没有，你们给那里架线干啥？”

“村民还是有的，另外县里在那边有个扶贫项目马上要动工，用电少不了，我们可得走在前面当先锋。”

平顺这大山多少年了都让大家头疼，这脱贫攻坚真是大动静，逢山开路遇水搭桥，这回是让自己长见识了。

两拨年轻人，一南一北，三轮车队朝南种香菇，汽车车队朝北架线路，鱼贯而行，周李斌心里有些说不出的感动。

不绝车流遇故人

井底村神龙湾景区提档升级后正式开放了。2018年国庆，络绎不绝的游客从五湖四海前来体验这太行山的奇特景观，周李斌的饭店迎来一拨又一拨游客。他把村里的特色菜品端上桌，采用山里的野生党参和村里的土鸡制作的“党参炖土鸡”成为爆款，被游客口口相传。

在来来往往的车队中，他认出了种蘑菇的小董，只是三轮车换成了电动汽车，和他们相伴的还有几位老同志，怎么看都觉得眼熟。周李斌从家里取出当年那张骡马队的照片，可不就是老董吗!

“老董，你们这些年都去哪里了？我每年春种秋收都等着你们来吃面呢!”

老董看着照片里的自己，激动地说：“杏城的工作队帮他们村里申请买了自动播种和收割机，用不着我们去帮忙了。我们村里也有了蔬菜大棚，村里还有公益岗位，我们几个闲不住的也有事儿干了。西沟村的农光互补把我家在外学习的小子也给吸引回来了，这不!”

“叔叔，我们几个前段时间经常来的，咱真是有缘分。”

“好好好，真好。你们上回不是开的三轮车吗？这回又换车了？”

“是啊，前段时间，国家电网在我们村和咱西沟村中间建了电动汽车充电桩，清洁、方便，还便宜，咱现在不是绿水青山吗!”

“我说这骡马队去哪了？害得我担惊受怕好几年。来来来，咱们合个影留个纪念。”周李斌边拍照边想，这国家电网的充电桩是啥时候装好的？电等发展，自己是不是也该买个电动汽车了。

（作者系国网山西省电力公司长治供电公司职工）

别了，伙计

赵 磊

“小张，请帮我一个忙。”班长老王把手机递给刚刚进站不久的小张。

“帮我和这个电子开关柜拍张照片。”班长指了指开关柜。

小张有些惊愕。

“这个‘开关柜’有什么好拍的，莫非班长是想拿这个秀朋友圈，这个点子可有点 Low 啊。”这位“90 后”的小张很直率地和班长说。

“拍拍看，拿出你的真本事啊!”老王仍旧和蔼地说着。

“好的，看我的。”小张选择不同的角度，对着班长和身旁的开关柜拍了一组照片。

“怎么样，看看吧!”

“嗯，不错，真不错。”老王接过手机，仔细端详着，从中选出一张照片保存起来。

小张看着他，不知道班长葫芦里卖的什么药。

其实，老王不老，“80 后”，三十岁出头的样子。

十年前，名牌大学毕业的他跟随父亲的轨迹，也进了电力公司，和父亲一样，选择在一线变电站做运维检修，不同的是父亲工作的变电站是有着三十年多年光荣历史的老站，他工作的变电站则是刚投运的智能站，父子同框，同事们常常笑称老开关、小开关。

上班第一天，老开关就交代儿子，入了这一行，就要沉下心来好好干，变电站说小了是混饭吃的碗，说大了关乎千家万户的日常生活，丝毫马虎不得，没事多钻研技术，向专业上要成绩。有些新进来的大学生会犯一个毛病，前五年还能坐得住，做些事情，出些成绩，过了五年就开始不安分，想着“上进”，“上进”无路，便开始自暴自弃，不好好工作。他希望儿子能记住他的话，戒骄戒躁，踏实工作，和师傅们多学学真本事。要求“上进”是好事，但是需要机遇，不必刻意，自己做了一辈子一线职工，技术棒，照样得到尊重，实现个人价值。老开关用自己的职场经历告诫儿子。

老王牢记父亲的话，在一线扎根，向师傅们学本事，向专业上要成绩，平日里看到与专业相关的东西，都要拍个照片，问个究竟。短短几年光景，老王便取得了不错的成绩，成为公司里小有名气的技术专家。每每这个时候，老王的父亲都浇上来一盆“冷水”，提醒他保持冷静，不要浮躁。

转眼间，老王已经在这个变电站扎根十年，工作的第七个年头，因为出色的业务表现，被提拔为班长，他带领班组坚守在运维一线，为智能站的高效运行保驾护航。

第十个年头，公司下达了生产安全反措任务，有一批变电站内的有安全隐患、运行效率不高的旧设备要被新的产品替换掉。老王的智能站中也有这样的情况，看着这些即将退出舞台的老伙计们，老王心里有很多感触，所以趁着换掉之前，他让小张帮忙拍了照片。

第二天，小张看见老王的朋友圈里发了一张照片，班长和开关柜的合影，并配了一段文字：“十年之间，你伴我度过青春芳华，我与你携手点亮万家，退役在即，合影留念，别了，伙计。”

下面引来无数朋友点赞。

（作者系国网上海市电力公司电力科学研究院职工）

东海孤岛“守望者”

陈炳翰

1月26日，春运帷幕徐徐拉开，熙熙攘攘的人流，涌动在各个客运站点，奔向各自心仪的方向。

这份热闹，对于绿华岛上的蒋阿福而言，真是百感交集、心向往之。他的愿望，是在下班后，能顺利回到嵊泗本岛的家里。

难以抵达的“20海里”

蒋阿福所在的绿华岛，是浙江唯一海岛县嵊泗县的一个离岛。嵊泗县由630个大小岛屿组成，其中百人以上常住人岛屿16个。绿华岛距离嵊泗本岛约20海里，岛上约有300个老人。平常天气好的时候，蒋阿福能从绿华岛上看到家所在的本岛。

在岛上，有一座35千伏变电站，保障着绿华及嵊山、花鸟等岛屿的供电，还为海上散货减载平台提供能源支撑。基于交通难题和保供需求，这座变电站采用有人值守模式，两人一值守、四天一换班，蒋阿福和同事们轮流进行现场值守。

说是“四天一换班”，实际上却常常变成一种奢望。绿华岛在天气状况良好的情况下，每天有一班船往返于嵊泗本岛。然而，绿华岛附近，无风三尺浪，有风浪过岗。据统计，因受大风、大浪、大雾影响，绿华岛每年停航约200天。这意味着，超过半年的时间里，岛上居民只能与世隔绝、望洋兴叹。“我们最长一次待了15天，最长一年待了250天，比实际值守日期多待80天。”蒋阿福说，被关在小岛就是家常便饭，哪能拗得过老天，习惯成自然，习惯就安心。

何以为家？以站为家

蒋阿福说，别看他现在在站内工作时，操作上行云流水一气呵成，刚到变电站那会儿可不是这样。和站内其他小年轻相比，1968年出生的他算是年纪最大的“老大哥”，但这在工作上可算不上什么优势，随着电能数智化的不断推进，他要从头开始学习电脑操作，要知道年轻的时候他在电厂干“烧锅炉”的活，哪里懂得这些“高大上”的东西，但好在这些年也慢慢把这些硬骨头全都啃了下来，甚至总结出了自己的一套工作经验。

在站内值守，别说没有节假日，有时连上下班的概念也没有，值着值着，值守人员甚至分不清到底哪里才是家。2021年，值守人员徐苏明在嵊泗本岛买了一套房子，他说直到现在，自己的那个房间仍是崭新的，手指头扳扳满打满算，或许都未曾住满365天。

蒋阿福还害怕台风天的到来，台风天就意味着变电站要启动加密监测，每小时都要上报数据。“有时候遇到慢性子台风，走速慢还迟迟不登陆，前前后后迂回个好几天，两个值守人员只能争分夺秒轮流紧盯着数据，这个时候最考验体力和精力了。”

对海岛人来说，电的意义非凡。电是光明，是温暖，更是他们内心深处的安全感和希望。有了电，海岛之夜不再黑暗，家庭生活充满温馨。那明亮的光芒照亮了他们的生活，带来了便利与希望。随着新型电力的逐步推进，也许有那么一天，绿华35千伏变电站也将实现无人值守，但这座小岛一定不会忘记，曾有那么一群热血的“守望者”，用自己的坚守与担当，守护着这片海域的点点星火，点亮了人民群众对美好生活的新希望。

（作者系国网浙江省电力有限公司嵊泗县供电公司）

四人，千岛，万家

王伊宁

舟山，千岛之城，山环海绕、岛岛相依是这座城市的灵魂。在“岛岛共富”的路上，有一支平均年龄 52 岁的老党员服务队——“千岛服务组”，组长周德方与队员叶军舟、龚平、阮红光 4 人，负责定海南部诸岛共 9 个住人岛屿和 3 个无人岛的线路运维和用户服务工作。

迎着朝霞出门，踏着星光收工，他们常年值守在盘峙和大猫岛，不停往返各个岛屿，只为守护海岛上万家灯火，不负居民的殷殷期盼。

随叫随到的德方

白天的盘峙岛，景色旖旎，风光无限。每当夜幕降临，村里饭菜飘香，街灯明亮，船舶修造厂里热火朝天。

盘峙岛的勃勃生机，离不开组长周德方的保驾护航。自从二十多岁的周德方第一次踏上盘峙岛，他的人生轨迹便和这座岛屿紧紧相连。

周德方回忆说，那时岛际交通不便，岛上食宿条件艰苦，没有食堂和宿舍，只能自己做点简单的面条，办公室就是他的临时宿舍。印象中，那时没有上班和下班之分，不管刮风下雨、严寒酷暑，只要一通电话，他就会奔赴现场。谁家突然停电了，他第一时间赶去帮忙；岛上供水短缺时，他就到水库帮村民抽水；有人得了急病，他协助联系船只转运……

久而久之，他和岛上居民打成了一片：村民家里开饭了，会喊他一起吃，他就顺手帮村民们检查家中的电器、重新布线，有的老人还特意给他留一把家门的备用钥匙。这些年来，周德方早已将岛上每位居民和用户的地址烂熟于心，岛上只要有电的地方，都曾有他忙碌奔走的身影。盘峙岛上因此也流传着“有事找德方”的说法，在居民眼里，这位 24 小时待命、随叫随到的“德方”，是这座小岛上最可靠的“电力卫士”。

近二十载光阴流逝，岛上居民大都只剩年迈的老人，周德方也从当年的年轻“小歪”，被岁月和海风雕琢成了面庞黢黑的中年海岛汉子。

“如果可以，我想一直干到干不动为止，毕竟人还年轻嘛。”在周德方看来，心宽不惧路远，艰苦不怕辛苦，守岛算不上苦差事，因为岛上有属于他的田园牧歌。

不怕蛇的老叶

“盘峙岛被称作‘舟山鼓浪屿’，摘箬山箬竹多，西岠岛虾的品质好，东岠岛露营旅游发展势头猛……”多年工作下来，每个小岛的特点，叶军舟都如数家珍。

来往多个“原生态”岛屿，自然免不了遭遇“不速之客”。

“那天巡线，我突然看到地上有块地方颜色不一样，等我意识到那是蛇的时候，距离已经很近了。”头一回碰见眼镜蛇，叶军舟一下子紧张起来，“我手比脑快，一下子就拿帽子给它扣住了，说实话刚开始是害怕的，但是线要巡、路要走啊，我就又上山了。”

事后，叶军舟总结了一套应对眼镜蛇的三不原则：不逞英雄、不轻举妄动、敌不动我不动。

心在一艺，其艺必工。叶军舟把电力事业当成终身事业，闲暇之余却也想开拓新天地。“现在不都流行搞一点副业嘛，我的副业可以做一个蛇学家。”他笑着打趣自己，随手翻开那本已经翻得打卷的《电力安全工作规程》说：“但主业也不能落下，我今年都 54 岁了，还是得学安规呀。”

既是密林间的巡线员，也是案牍边的求知者，两者相互交织，共同构筑了叶军舟独特的人生轨迹。他孜孜不倦、默默耕耘，守护着自己的方寸宇宙。

热心助老的阿平和阿光

自从来到大猫岛，组员阮红光就成了托老服务中心的“老年之友”。一有休息时间他就来服务中心陪老人聊天，捎上点水果、糕点和日常用品，顺便检查一下用电安全情况，帮老人们解决生活上的困难。

“老年人用不来微信，家里小孩子也都不在，有时候要换个灯泡什么的肯定也要帮忙，‘老年之友’也算是对我的信任和肯定嘛，你看看人家阿平，都快成半个中医了。”

阮红光口中的阿平是同组的龚平。也许是和岛上的老人接触久了，他也喜欢上了养生相关的知识。岛上湿气重，他便向医生朋友学了些养生技能，甚至学会了人体穴位推拿。

“岛上这气候，闷在屋子里久了人就昏昏沉沉的。”龚平回忆起自己第一次“坐诊”的经历，还有些不好意思。他说：“那天我去卢大爷家布线，一下就看出他精神不对。询问之下才知道，他身体不适，头晕目眩一整天。”

情急之下，龚平想起自己新学的手艺，赶忙叫卢大爷躺在床上，根据人体穴位，对后颈和头部轻轻按压。没多久，卢大爷的精神就好多了。

那以后，卢大爷就成了千岛服务组的老熟人，逢人就念叨：“这些年不管遇到啥难处，他们总是随叫随到，给我帮了多少忙，数也数不清嘞。”

帮腿脚不好的卢婶准备膏药，帮生病的王叔买药，送独居的李婶就医……久而久之，龚平成了老人们最盼望的来客，和老人们一起下象棋、聊聊岛上的老故事也成为他和老人们共同的乐趣。

一万一千三百一十五个日夜，在这片远离繁华与喧嚣的群岛间，千岛服务组始终坚守初心，甘当共同富裕路上的“海岛电力贴心人”，用心联通服务群众的“最后一公里”。

在层叠的海岸线与无垠的星河交会处，他们是大海的点灯人，更是百姓的守灯人。

（作者系国网浙江省电力有限公司舟山供电公司职工）

东辽河畔稻谷香

金雪飞

“妈，怎么又是厚厚的嘎巴啊?”我左手端着饭碗，右手的筷子搓着饭碗里带着锅底灰色的大米饭嘎巴，嘴巴撅得高高的，脸耷拉得长长的，表现着对晚饭的极不满意。

“停电了，大铁锅做的饭，凑合着吃吧!”妈妈淡定回应，似是习以为常。

“我想吃电饭锅做的饭，这嘎巴咬得我腮帮子都疼!”我起身拿来窗台沿儿上的暖瓶，往饭碗里倒了些热水，试图泡软嘎巴。

“等明天来电了。”妈妈用勺子将米饭从嘎巴上抠下来，放在小碗里，递给我，“喏，给你吃这碗。”

晚饭后天色渐黑，我跌跌撞撞地去东屋书桌抽屉里翻了两根蜡烛，又去厨房将蜡烛伸进灶坑点燃。

轻风顺着窗户的缝隙拂过肌肤，清凉而惬意。蜡烛的光影在风的吹逐下不停晃动，人与厨房各类物体的影子交错着，一会儿在墙面，一会儿在地面，好像皮影戏表演。我将两根蜡烛分别放在回廊的凳子上和主堂屋的饭桌子上，快速爬上妈妈已铺好被褥的火炕。双手抱头平躺，双脚脚底贴合，膝盖朝外翻着，平复着黑暗带来的紧张情绪。本就是盛夏，晚上又烧了饭，火炕很热，我一个甩腿将被子压在身下隔热。妈妈坐在饭桌前，借着蜡烛的光亮看着一本叫《养猪生产》的书。

“妈，为啥老停电?”

妈妈用舌尖儿轻舔了下右手的中指，中指连同大拇指捻搓着翻到了书的下一页，“你傅大爷说这回是村儿里线路大检修。”

“那前几天呢？那上个月呢？还有去年冬天的时候呢？是检修？还是停电了才检修？”

“小孩子别乱操心，不少你吃的。快睡觉吧。”

“我想看电视剧《北京夏天》。”

“你好好学习，长大就能去北京。”

“没电可真烦，真烦……”我先向左边翻了个身，转回来，再向右边翻了个身，而后在一声声的抱怨中酣然入睡。

第二天来电了！中午时分，妈妈用电饭锅煮了大米干饭。菜还没有做好，我迫不及待地盛了碗大米饭，倒上酱油，大口大口地吃着，边吃边嘟囔：“还是电饭锅做的饭好吃，可真好吃！”

说起停电这事儿，不得不说下村子里的用电类型。村子里统一使用农电，可农电是单回路供电，线路上只要有一处出现故障，整条线路都需要断电检修。还特别容易受自然灾害的影响，日晒风吹雨打电线会断。农电的价格也不便宜，听说农电是从供电那里买来的电，靠差价盈利。

一场暴雨过后，又停电了。

“妈，妈，又停电了！”我从屋里噌地串到坐在洋井边儿洗衣服的妈妈面前。

“那你快去厨房看看米饭做好了没有？”妈妈语气平缓又有些无奈地说道。

我飞一般跑去厨房，却慢悠悠晃荡着走出来，犹如霜打的茄子，稚气的声音说：“又、夹、生、了。”

停电不能吃上大米饭这件事儿，成了我独特的童年记忆。

转眼到了秋收的季节，东辽河畔的稻田地里散发着浓郁的米香，遍地黄澄澄。土狗追着三三两两的蝴蝶，撒欢似的穿梭在黑土地上，吠出一种喜悦的心情。妈妈自从看了《养猪生产》后也养了两头猪，我来到菜地，将零散的烂菜叶子捡拾到土篮子中，背回家留给自家的猪吃。

“嗨，你家买新电器了，你快回家看看吧！”听见发小德全的呼喊声，我背起土篮子一溜烟儿跑回了家。看见妈妈把衣服放进一个新奇物件儿里，再放水和洗衣粉，旋转面板上的按钮，衣服就搅动起来了，我在同学家是见过洗衣机的。听着洗衣机昂、昂地跟老牛拉车的声音，我心想这洗着洗着停电了咋办？“鞥……”一声特别拉胯的声音传来，机器不转了。我拉下灯泡开关线一看：停电了！

东北的三九天，室外温度零下三十七、八度。在农村，平房、瓦房配置的暖气片即使烧到烫手，室内的温度也还是冷冰冰。火炕热到躺上去的人身底下恨不能烫熟了，可这人的脸蛋儿凉得仿佛上了霜儿。我经常在早晨看见洗脸盆里前一晚洗手没有及时倒掉的水变成了大冰块儿。锅炉的水箱也经常在后半夜被冻住，早上烧上煤炭后发出咔咔的响声。于是“聪明”的人都在想办法让家里变得更暖和，但是用电安全事故也伴随而来。

一天，我的同桌大象没来上学。

“大象今天怎么没来？”我课间问班长。

班长犹豫了一下小声说：“他家偷用电炉子着火了，半夜房子着了！”

“啥？”我猛地直起身，额头擦碰到班长的太阳穴。

“哎我、疼死我了，你小点儿声。”

“对不起，对不起，我就是太吃惊了。大象人没事儿吧？”

“只是受了惊吓，病了。别外传啊！”

“哦！哦！”我第一次从内心觉得电是危险的，偷用电就更加危险了。我要告诫成天琢磨怎么偷电的大人们。

时间簌簌，东辽河畔的稻谷香气又扑鼻而来。土狗欢快地跑在稻浪中，主人吆喝着，“花花儿，过来，那边危险！”听说多年前那只喜欢追蝴蝶的土狗被高压电电死了。花花儿可能是总结了前狗经验，乖乖听话地向主人跑去。

我站在田间深呼吸着清凛的空气，家里已经不养猪了，我也不再捡烂菜叶了，猪圈被爸爸垛满了劈好的柴火，留着冬天生火用。按照电业局的工作部署要求，村民的电表都挪到了屋外，从根本上杜绝了违规使用大功率电器。大家也想到了其他的更好的取暖办法，比如多准备些煤炭，用塑料布搭建保温棚。

中秋节也赶在了国庆期间，我因为大学距离远没能回家过节，与家里通了很久的电话。爸爸说停电的次数越来越少了，家里换了双缸洗衣机、买了微波炉、安了抽水泵。

后来我回家更换身份证的时候，发现家里又多了电磁炉、电炒锅、冰箱。抽屉里也没有了备用的蜡烛。

“爸，家里电器这么多，不跳闸吗?”

“你看现在还有裸露着的电线杆吗?这些年电网架构在不断规划、改造，咱家冰箱也是走的独立线路，大功率电器不会同时并网导致电量超负荷，听说农供电一直在研究合并改革，这老百姓啊要过上好日子，还得靠党!”

我一边跟爸爸坐在沙发上聊天，一手打开了电视，刚好里面正播着当地新闻:“目前农村配电网中，分支线路和网络节点多、网架设计不规范、设备选用不合理的现象突出，导致配电网可靠性低，故障发生率高。结合本县的新农村发展用电需求，电业局将就电网改造升级工作进行进一步地探讨并开展相关实践，以顺应现代电网发展趋势、建设坚强智能电网为方向，坚持农村配电网的可持续发展。”

“你看电视吧，我去给你焖锅大米饭。”

“不用特意做，吃啥都行!”

“你不是爱吃吗，又不麻烦，等着，再炒几个菜。”爸爸起身去了厨房。

其实，我已经不着迷电饭锅煮米饭了，小时候是因为物质匮乏和电力不足生出的特有执念。就比如这电，电量充足、价格便宜，谁还会冒着危险去偷电呢!

我大学毕业后机缘巧合进了北京一家电力科研院工作，看着为祖国电力事业忙碌的科研人员，内心敬意油然而生。发电、运行、调度、检测、仿真等等关于电力研究的工作和项目马不停蹄地向前推进着，在国家大方向的指导下，科学家精神大力弘扬，将科研成果应用到了民生行业。耳濡目染中，我也对电力相关新闻多了一些关注。2023 年 6 月，老家那边的农供电宣布合并，电业管理规范迈向了新阶梯。村里用电越来越稳定，每年都会进行网络升级。村委会还组织了村民用电安全知识竞答，提高大家的安全意识。重要的节假日也成了电路巡检人员最忙碌的日子，为千家万户正常用电保驾护航。

发小德全结婚，我回村参加了婚礼。闲暇之余，德全带我来到了东辽河畔那片不曾变色的黑土地。时值金秋，树叶橙黄，龙潭水库中倒映着龙潭寺庙，大雁排成一字往南飞，万物生而和谐，一抹妖娆落于山水之间。

耳畔传来广播的声音："……助推能源领域高质量发展，实现碳达峰中和目标，促进能源结构不断优化，保障能力不断增强。打造'新能源 + 储能 + 局域电网'的源网荷储模式，实现绿色用电，降低用电成本，形成电价洼地，吸引用电大户落户，促进老工业基地绿色低碳振兴"。

我遥望着那片金黄色的稻海，伴随着秋风的不停鼓动，好似欢快地跳着舞，承载着胜利的喜悦。我深吸一口气，闻着稻谷的香气：浓郁极了！

（作者系中国电力科学研究院有限公司职工）

各得其所

余　霞

上午，急促的暴雨骤然离开，像我们赶路的车轮。云龟山的山路湿滑，回头弯一个接一个，还没到山腰就迎来越来越重的白雾。

天哥说："这样爬行，还要多久才能到山顶哟，我来讲个故事?"

天哥从调度到科研，学历、技术、岗位一辈子围着电网螺旋式前进，和窗外的山路一样蜿蜒。现在，他从管理岗位退下来两年，主要从事专家工作。他的表姐早些时候在一家民营企业工作，退休后返聘。表姐的同事萧京来自偏远山区，寒窗苦读考上了一所985学校，毕业后到表姐就职的公司上班，工资还行，加班也不多。

简单而平和的日子很快就过了两年，二十多年激荡的血液在萧京的身体里、思想里涌动。闲暇时，总有迷茫升上心头：难道就这样一直干到退休？我能够在这个企业安稳退休吗?

有了问题，就要解题。工作轻松，她不需要挤出海绵里的时间，就已经可以重拾课本，参加培训班，一点一点做足公招考试的准备。

一年后，她成功选择到A县的育英小学当上人类灵魂的工程师。萧京办理离职的心情是轻松的，办理报到的心情更是愉悦的。尽管到手的工资少了一大截，但"五险一金"顶额缴足，岗位稳定。她和大家告别时，沉着地说了一句："平平淡淡才是真的生活啊!"

"所以，民营企业留不住年轻的学生和朝气蓬勃的心，只好留用你表姐。"

“是啊，表姐退休后还是被重用着，纠结没有时间去带小孙孙呢。”

“轻车熟路，稳定性好，成本还降低。”

大家一言一句发表意见，不带情绪价值地回应着已经见惯不怪的事。

雾里的盘山公路时隐时现，往上行，一束一束樱花开始在朦胧中浮动身影。人间四月芳菲尽，此处樱花盛意隆。我们此行来找渝州城里最晚的樱花，没想到真遇到了它们。云雾挡住了山形，挡住了纷繁芜杂的树林，只有作为行道树的樱花亭亭玉立，绽开粉色的笑容。

天哥接着讲故事。有一天，表姐看见萧京的位置上坐着一个小姑娘，人事部做事迅速，补员到位。小姑娘端庄大气，对路过的人始终保持着微笑。表姐作为“老前辈”，忍不住上前搭讪两句。

“你是刚毕业的吗?”

“不是，工作了一年。”

“以前做什么的?”

“小学教师。”

惊讶的眼神瞬间挂在表姐脸上，是不是该尴尬地笑一笑呢?

“你知道你的前任去哪里了吗?”

小姑娘摇了摇头。

“刚刚通过公招考试，到 A 县的育英小学当老师去了。”

“我，就是几个月前从那里……辞职的。”小姑娘也是愣住了，认真地说道，“世界这么小，缘分这么巧。”

小姑娘姓乔名茵，在校就备战考试，2022 年研究生毕业，顺利入职育英小学。乔茵个头不高，短发突显干练精神。从一个校门出来，进了另一个校门，她是老师，也是大姐姐，毫无新奇感。面对一张张幼稚的脸庞，更多的是责任在肩。她租住在离学校“一碗汤”距离的老房子，天天爬上爬下五层楼，方便早上七点一过就要出门的早自习，也能在晚上教研组集体加班备课后赶在十点半前回家。日复一日，行色匆匆。虽有齐全的“五险一金”，到手的三四千元工资仍然和家里的期盼差距太大，感觉捉襟见肘。

扎扎实实干了一年，乔茵义无反顾地打破了自己的“铁饭碗”，辞职，投简历，到处面试。就这样，她获得了萧京的位置，在大城市拿着满意的薪金，干着更合适的工作。

车子还在弯弯曲曲的山路上缓行，偶尔有阳光穿过云龟山的氤氲，原来樱花树后面还是开着樱花的树。

这里有目前国内规模最大的野樱花群，从山脚到山顶，从二月到四月，随着海拔的提升和温度的催化，款款绽放。秀色灵山，每一处都有独特的虹霓。

一路行来，山下的樱树已经长出新叶，把翡翠般的春色摇曳。山腰上的花开得最盛，一条粉色的裙带飘飘洒洒。走到山顶，樱花却少了，几朵红艳的茶花还在暮春里流连。

天哥的故事结束在渐渐远去的云雾里，就像某个瞬间涌来的思绪在时间里流逝。泥土的草香、茶树的蕊味淡淡扑面而来。

（作者系国网重庆市电力公司电力科学研究院职工）

公司里的大忙人

付开源

现在是早上七点半，离上班还有一个小时，办公室里却早早地坐着一个人，桌子上还放着昨天没吃完的盒饭。对于国网梨树县供电公司的全体员工来说，这个场景早已见惯不怪，这就是运维检修部主任马武的工作常态，全身心投入工作就是他的写照。“今天要开展‘隐患大排查’，明天组织‘一线一案’专项整治活动，后天还有‘双提升活动’‘扫地行动’……”只要是和工作有关的信息，马武总是记得明明白白，深夜，他办公室的灯总是亮的。

4月27日晚7点，马武接到巡线人员的紧急汇报。受大风天气影响，66千伏刘家馆分线一相导线销针丢失，导线随时都有可能掉落，导线掉落极易引发人身触电危害。事态紧急，马武立即决定开展“零点作业”。但受疫情影响，人手不足，他只能打电话向外协单位求助……

4月28日凌晨两点，所有准备工作完成后开始抢修。“停电”“挂接地线”“更换线夹”……马武的眼睛紧紧地盯着作业人员，每一步都认真监督，一遍又一遍地提醒作业人员注意安全。高空作业车的车臂缓缓下降，变电站合闸，作业现场整理完毕……天边已泛白，马武站在应急抢修车边打了个长长的哈欠，看看手机：“今天还有个现场，我顺路去看看吧。”这一顺路，就“消失”到了下午5点。

马武接连跑了好几个现场，同行的小徒弟早已困得睁不开眼睛，却听见他说：“你先去休息会吧，这几个转带方案我还得再审审，另外还有好几个施工合同没编完呢。”说完，他转身又走进办公室……“马主任，送电成功了！”66千伏明林甲线抢修，马武由于工作原因没能赶去现场，一直在焦急地等待现场的消息。此时收到消息，他整个人才放松了下来，笑道：“这些活，我以前干得多了，咱单位的电都是我接的！”

身边的同事还没能跟他多聊上几句，就看见他再一次起身出门，招呼几个小徒弟一起巡线去了。

（作者系国网吉林省电力有限公司梨树县供电公司职工）

等　待

祝　静

2024 年 2 月，安庆潜山地区先后遭遇了两轮突发的低温冷冻天气，国网潜山供电公司第一时间启动了应急机制，全员投入抢修复电工作中。身为宣传工作人员，我和同事小唐毫不犹豫地拎上设备赶往现场。

刚上车，司机夏师傅就把车上的暖气都打开了，车上坐得满满当当。当时的抢修现场大都在高海拔山区，只有四驱车能上去，公司的车辆调度变得紧张，和我们同行的是公司营销部的同事，他们在后备厢塞满了宣传品和蜡烛，准备对冻雨地区挨家挨户开展走访。

对从小生活在山区的我来说，冻雨并不算陌生，那种落下就能给树干、叶子包裹住形成冰层的现象我早已司空见惯。车辆行驶在城区，透过车窗还能看见路边正盛开的玫红色花朵，我不禁在心里感叹春天好像要来了。

“可别看现在外面开着花，山上的景象你们根本想象不到！”可能是通过车内后视镜看到了我的样子，夏师傅不禁开口提醒道。

“冻雨我见过的，我就是山里的长大的。”我几乎不假思索地说出了这句信心满满的话。

12 点左右，我们到了供电所，楼上楼下地跑了一圈却没有看见人，只有食堂阿姨在忙碌地炒菜，打了电话给供电所的叶所，被告知正在赶回来的路上。

“这几天所里都没人回来吃饭，叶所今天打电话让我多烧点，估计是都要回来。”食堂阿姨对我们说道。

不一会儿，门口传来了车辆停车的声音，车门一关却只听见一个人匆忙的脚步声。

“让你们等久了，刚从现场回来，还在抢修。菜快好了吧？打包盒都买回来了。”叶所的声音有些嘶哑，眼神里也满是疲惫，推开门进来便一口气连续地讲了一串又是对我们又是对食堂阿姨说的话。

“叶所，山上现在什么情况？我们拍摄能拍到抢修的画面吗？”我紧了紧拎着相机的手，急切地问道。

“正在抢修，但是车开不到那里，你们能上去吗？那个路……”“能，我们可以！”没等叶所把话说完我便急忙表态，生怕把我和小唐丢下了。

“行，赶紧扒两口饭，我要带饭给他们吃。”叶所说着便往厨房里面走去，我们跟在后面自行打了饭菜，几分钟解决完自己的午餐，就开始流水线式地装盒饭。叶所搬来了一个大的泡沫箱，把盒饭往里面码好。

为了扶箱子，我坐在后排，山路弯弯绕绕，我一只手抓住前排座椅靠背，另一只手用力按住箱子，这才勉强地控制住了平衡。

不知从哪个海拔开始，路上出现了被冻雨压弯弓着背的竹子，车辆只能从竹子形成的拱形里面钻过去，竹枝划在车子上的声音有些刺耳，我坐在车里忍不住缩了缩脖子低头。再往上开，能见度越来越低，竹子倒伏也越来越多，白雾变得厚重，车子在一个岔口停下，路边一个戴着安全帽的小伙子正在等待着。

“小张，你那边一共是 6 个人，我拿了 8 份饭，你带着这两个同事一起上去，他们有拍摄任务。”叶所一边下车关车门一边说道，手上利索地拿出袋子装好了盒饭。

“我还要去上边送饭，你们一定注意安全，走路的时候也要把安全帽戴好。”叶所看着我们叮嘱道。

“好的，放心，叶所你也注意安全。”说完我们便分开了。

跟在小张身后，一路爬坡上前，我很快就明白了叶所让我们走路也戴好安全帽的用意了。越走，倒下的竹子越多，人要在竹子中间挤过去，竹叶上都是冰块，打在安全帽上叮咚作响，还会钻到衣服里面冰个激灵，脚下也都是冰渣，踩上去咯吱咯吱响。山上的雾气好像都被冻住了，四处白茫茫一片，连呼吸进去的空气感觉都是冷冻的，扎得呼吸道生疼，我尝试着戴上口罩，但爬坡又让人喘不过气。

“还有大概两公里的路，走慢点没事，后面有段下坡，到那里就轻松一点了。”估计是听见了我哼哧哼哧的声音，小张在前面慢了下来，尝试给我一点心理安慰。

“不用慢下来，别让师傅们等久了。”我连忙加快了步伐。

走完了上坡路，我喘着气直起了腰，在心底欢呼着，脚步也变得轻松起来。四处张望后，我才发现山间只有我们的脚步声，一路上鲜少看见房子，山间的白雾越来越浓，路边的树枝被冻雨裹住形成了 1 至 2 厘米厚的冰层，雾凇被融进了白色的背景而变得模糊。我不禁想，抛去这场自然灾害带来的影响，这无疑是“何似在人间”的景象。

跟在小张后面，我们重复了几次上坡、下坡，最后转身钻进一条小路抵达了抢修现场。

那是一片山坡式的竹林，电杆在一小块八九平方米的平地上，我走近才发现电杆的杆身上也覆了冰。杆上有正在工作的师傅，小张说那是早上拿着工具一边敲冰块一边上去的，光是登杆就要花费几个小时。在地面上的师傅也都在忙碌，有的在监督杆上作业的安全，有的在开展地面的工作。

“先把饭吃了吧，歇一下。”小张喊道。

地面上的师傅都过来拿饭，而杆上的师傅为了节约时间用绳索把饭吊了上去，红色的塑料袋在茫茫的白雾里模糊起来。

师傅们拿到饭直接蹲着开始吃，地面上都是冰，没有坐的地方。打开饭盒，饭菜早已没有了热气，师傅们大口大口地扒着饭，像一个能量早已耗尽的人等了很久急需快速补充。

“有几天没吃上正常饭菜了，抢修忙都是靠面包和矿泉水充饥，但那些不管饱。”见我盯着他们，里面有位师傅可能觉得自己的吃相有点“狼狈”，不好意思地和我解释起来。

看着手指和脸颊通红、蹲着大口吃着冰冷饭菜的他们，我说：“你们冷吗?”

这个问题问得鬼使神差，连我自己也觉得是个“蠢问题”。

“脚早就冻麻了，没什么感觉了。”

“这边有几户人家?”

“没几户，但就算只有一户人家，我们也要把电给他通起来，还要快，别让他们等久了。”师傅一边嚼着饭菜一边盯着前方认真地答道，眼神和语气里满是坚定。

这片竹林里，竹子全部被冻雨压倒了，不时传来竹子被冰压断的巨响，“轰”的一下干脆利落，回声仿佛都被那消散不开的白雾吸收。剩下的竹子都在忍耐，忍受着寒冷与冰封，它们在无声地等待，等待山脚下城里的春天蔓延上来，把温暖的阳光带来，消融掉身上的冰雪再重新挺立。

拍摄回来的路上，大家都没有说话，车上安安静静的。此时刚过完年，街道上还保留着一些年味，几家餐馆亮起了外面的彩灯，餐馆的包厢里，火锅冒着热气，客人们举杯欢饮、吃得畅快。

手机突然振动了一下，打开是工作群里的叶所发的汇报消息，“已全部恢复送电”几个字格外醒目。我的心底涌起了一股暖意，相信山顶的春天也不用太久的等待。

（作者系国网安徽省电力有限公司潜山市供电公司职工）

一盏闪耀了 27 年的明灯

彭永进

1997 年，时年 49 岁的纪建民在池州晏塘电管站担任站长，同时他也是一名拥有 11 年党龄的共产党员。

这一年的 7 月，他在池州晏塘乡的一处老房子里见到了因意外高位截瘫的孙发青。当时 29 岁的孙发青生活陷入困境，家中一贫如洗，甚至连基本的照明都没有。纪建民看到这一切后，伸出了援手，他对孙发青说："给你们拉盏灯，生活能方便些。"孙发青 70 多岁的母亲既感激又担忧地说："好人啊！能有灯当然好，可我们没钱啊！"纪建民坚定地说："您放心，费用我来想办法！"他的话让母子二人安了心。

纪建民带领电工不仅架通了电，还为孙发青家铺平了台阶，方便他的轮椅进出。此后，电管站的党员们时常不定期地、轮流上门为母子二人送去生活用品。孙家的电费也总是有人默默地交付。小屋里有了光，母子俩的生活也有了起色。在电管站党员们的帮助下，孙发青开办了家电维修部和小卖部。

2000 年，电力体制改革，电管站变成了供电所。党员纪桑田接过了纪建民的接力棒。与孙发青同龄的这位电力员工向这对母子承诺：有事就说，我们党员服务队一定会到。在党员服务队的扶持下，孙发青的小卖部生意越来越好。2004 年，小店扩大经营改为综合服务部，纪桑田带着人义务为他的新店接好了电。开业那天，孙发青请人在门口挂上了"谢党恩综合服务部"的牌匾，随后他又到供电所，把电费账户名改为了"谢党恩”。他对纪桑田说：“这 7 年，你们帮了我太多太多，‘谢党恩’这三个字是我能想到的最好的感谢词。”

一年又一年，供电所里的新老员工不断更替，但对孙发青家的帮助从未间断。维修线路、打扫卫生、送米送油、赠送轮椅，他们体贴入微，如同亲兄弟一般。而孙发青也把供电所的人当作自己的家人。谈对象了、结婚了、有孩子了，他总是会第一时间把喜讯告诉这些亲人们。

2008 年，家电维修生意逐渐不景气，网络开始盛行。党员服务队了解到孙发青想通过网络做生意，便集资为他买了一台二手电脑，并手把手教会了他使用方法、安装维护系统，协助他开办了晏塘乡村的第一家网店。

2011 年，为了方便快递收发和孩子上学，孙发青贷款按揭在城里买了一套小房子。为孙发青“点灯”的接力棒又从纪桑田手里传到了 25 岁的吴伯禹手中。吴伯禹是国网池州市贵池区供电公司皖美共产党员服务队的联络员。他见到孙发青时说的第一句话就是：“您放心，住的地方变了，但服务和帮助不会变。”

孙发青进城后，网店生意越来越好，吴伯禹和队员们经常在下班后或节假日期间，为他搬运大件快递、分包小份快递，还教会孙发青如何利用电脑开具销售发票。发票开完了，吴伯禹就跑到税务局为他代领。

2019 年 12 月的一天，气温急剧降至零下。晚上 8 点多，吴伯禹和队员们敲响了孙发青家的门，给他搬进了一台立柱式电热取暖器和两床新棉被，并对他说：“想着天冷您坐轮椅不方便用火桶，这立柱式的取暖面积大，方便安全。”望着为自己忙碌的吴伯禹，孙发青深情地感慨道：“当年纪建民站长就像我的长辈，为我点亮了生活的希望；后来纪桑田所长又像我的兄弟，为我掌灯，扶持我一路向前走；现在吴伯禹就和我的孩子一样贴心，给我温暖和爱，他们让我更爱生活，更爱这个世界。”

2021 年，直播带货兴起，吴伯禹就让年轻队员们教孙发青开通网络直播带货。第一场直播开播时，孙发青向 2000 多名粉丝讲述了自己的故事："20 多年了，供电公司党员服务队一直帮扶着我，让我这个生活不能自理的残疾人不仅没有被社会抛弃，而且还生活得越来越好。这些服务队的党员们在我心中是完美的、是特别伟大的。所以我感恩党。'谢党恩'三个字一直刻在我的心上。"从那以后，孙发青所有社交媒体账号的名称都改成了"谢党恩"。

从 29 岁到 56 岁，孙发青家的灯亮了 27 年，并将一直亮下去。而 27 年来，皖美共产党员服务队点亮的不仅仅是孙发青家的灯。当年，自晏塘供电所的党员服务队帮扶孙发青家开始，公司便成立了"点亮生活"志愿服务队，并以"谢党恩"式有爱无碍助残志愿服务模式，带动更多社会力量参与到帮扶中来，累计为 82 名残疾人开展服务 1200 余次，服务时长超过 1.4 万小时。

（作者系国网安徽省电力有限公司池州市贵池区供电公司职工）

QC，你的中文名字叫“全才”

王　毅

机器轰鸣，水轮飞转。

当我凝视着身边在水中舞动的“飞轮”，交织出一缕缕照亮社会前行的电光，既深深震撼，又备感自豪。因为我就是守护这台世界上最大的轴流转桨式水轮发电机组安全运行的一员，是做精做实质量提升的“水之匠心”QC 小组的一员，也是奉献清洁能源的国网福建电力的一员。在这一份自豪的背后，凝结着几代水口人的执着和奋斗。

黄晓廷，我们的班长，年轻人心目中的发电机守护神。每年检修季，他和同为“70 后”的高工林厚疆，一次次把我们挡在轴线检修登高作业的红线之外。班长常说：“上面又高、又暗、又窄，到处是油，还得搭木板，连挪个步都得猫着腰，你们不属猴，都在外头待着。”轴线检修作业难度大，只有这两位轻车熟路的技术“大神”能在规定时间内配合完成。每每望着“高空表演”的他们，即便有众多安全保护措施，也着实捏把汗。同时也在想，总不能让他们护我们一辈子，总该干点啥吧？

2018 年某一天，机组轴线振摆异常，我和小翁再次提出承担该项任务。由于这次检修时间较长，在我们的强烈要求下，班长终于答应了。班长千叮万嘱之后，我们鼓足勇气攀上爬梯。走了这趟，我们才真正知道了：爬梯无牢固的架设点，易滑。高空中只能搭设 20 厘米宽的木板，每一小步都如履薄冰，更别提因作业点分散而需要对木板进行移位时的胆战心惊。

当我和小翁从离地5米高的平台下来时，发颤的双腿反而坚定了我们改变轴线检修登高作业方式的决心。于是，“水之匠心”QC小组扬帆起航，减轻劳动强度、加快检修速度、提高安全性。

为了实现对轴线的360度检修，我们借鉴了烟囱检修“环形走廊”，又融合了一种固定在建筑物上的“壁挂翻转机构”，确定了壁挂翻转式环形检修平台的创新思路。为了实现快速、便捷、安全的目的，我们对方案进行了反复讨论、试验，并逐项比对效果。经过60个日日夜夜的思索、实施、推翻与改进，我们设计、加工并安装了由11块踏板组成的壁挂翻转检修平台，它的每一个翻转、拼接和锁定等功能，都凝聚着我们的汗水、智慧和期望。

这正是QC活动的魅力所在，她会让你在尝尽山重水复的沮丧与焦虑后，体会成功就是从失败到失败，但依然热情不改，而最终给予你迈向柳暗花明。2019年5月，小组首次利用研制成功的平台进行轴线检修，这一次，老师傅们终于可以放心旁观，他们眼中曾经的毛孩子们翻起了承载重任的一页页踏板，上紧了使命交接的一颗颗螺钉，快速安全地完成了轴线检修任务。老黄和老林的脸上满是欣慰。

2020年5月，我们获得了第45届国际质量管理小组大会的邀请。这一次，我们将把QC团队水滴穿石的韧劲与勇气，把大国工匠的精益与创新，带到孟加拉国首都达卡，带到国际“质量奥林匹克”的舞台上。为了更好地将设计理念呈现给国际评委，我们自己编写脚本、加班拍摄，对当初的施工现场及经历进行还原，呈现出通过需求、试验、借鉴、对比、分析、制作等一步步将平台研制成功的艰辛历程。我们用摄像机记录下了QC过程中的一个个片段，并融入PPT制作，不仅展现了QC成果，还传递了我们坚持不懈守护安全的信念与努力。

12月1日，国际质量管理小组大会如约而至。我们三名发布人员镇定自若地站立于镜头前，通过视频连线向国际评委及外国友人介绍了践行绿色发展、奉献清洁能源的水口集团公司，展示了“水之匠心”QC小组成果，准确、流利地与评委交流并回答了问题。

最终，我们不负众望地获得了铂金奖，为国网福建电力首次摘取“质量奥林匹克”最高奖，也是福建全省首个获此殊荣的小组。

走出发布会场，一同并肩战斗 8 个月之久的战友们共同分享着决战决胜的喜悦。小翁笑着对我说：“王毅，你知道‘QC’的中文译名是什么吗?”

我说：“不是 Quality Control（质量控制）吗?”

小翁说：“也对也不对，我认为‘QC’应该是‘全才’的中文拼音首字母缩写。你想想，通过了这次‘QC’活动，我们学到了多少东西? 进步有多快?”

一次充满挑战和磨炼的 QC 远征之旅，让我们从质量控制的技术专业起点，一步一个脚印地学到了项目管理、商业应用、市场营销、融媒体制作、国际礼仪等许多从未涉猎过的知识，眼界和思维方式得到了全方位的提升。

（作者系福建水口发电集团有限公司职工）

访　客

孙爱武

酷夏，天热得像个蒸笼，路边的小草耷拉着脑袋也懒得直起腰。在名山农场第十三生产队水稻田里，种植户亚光和亚成哥俩正顶着日头忙着为拔节、分蘖的水稻灌水、扬肥、除草。“这破天儿，要把人热死！”哥哥亚光自言自语，缓解着疲劳。

远处的田间道上，三个行色匆匆的人踩着笔直的池梗子深一脚、浅一脚地朝电机井这边走来。听到声音，低头干活的兄弟俩赶忙直起腰，抬起沾满泥巴的手横放在眉毛上方，遮挡着阳光的直射，斜着脑袋向远处瞄去。

“他们是谁啊？干什么来了？”兄弟二人边瞅边议论着。“田”字形状的水稻田里波光粼粼，跳跃的闪亮刺得人睁不开眼睛。

来人指着农田里的稻苗边比画边说着来到哥俩跟前，走在最前面的人热情地和兄弟二人打着招呼，并伸出了双手。

来人甲：“您好，老乡，看这稻苗长势不错啊，今年又是一个好年头啊！”

来人甲先打开尴尬局面，面带微笑地唠起家常。打着赤膊，裤腿卷得高高的哥俩，听有人打招呼，便直了直腰，眯着双眼：“几位是来干什么的，来我们家地里有什么事吗？”看着穿着工作服的几个人，弟弟亚成率先问道。

来人乙：“没什么大事，就是想问问安装的电机井好用不？供电所的服务咋样儿，到位不?”

弟弟亚成轻轻松了口气，疑惑地说：“你们哪儿的啊，问这事儿啥意思?”

哥俩不动声色地审视着，心里却在暗暗思索。

出于礼貌，哥俩弯下腰，双手扒开几缕水稻苗儿，就势将双手伸进混浊的水田里洗了两下，便在皱褶的衣襟前随意擦巴擦巴，一只脚踩着田垄中间硬一点的地方上了岸。哥俩的手，粗硬得如一把钳子，礼节性地依次握了下来者的手。

哥俩一听要了解供电所的事，暂时打消了顾虑，凝结在双眉间的“川”字也自然舒展开，来了精气神儿，话匣子也打开了。哥哥亚光急性子，说道：“要说供电所的服务，那啥说的没有，这几年俺哥俩合伙种了450亩水田，春灌时节，一色儿用油抽水，费用高得吓人。年前，供电所的员工跑我家三趟，给俺们讲解‘油改电’灌溉的好处，俺俩私下里合计觉得合适，当时抱着试试的心态，开春的时候便办理用电申请，办手续时一路绿灯不说，技术人员还精心地帮着设计线路走向，测算变压器容量。说了不怕你们笑话，俺哥俩种一辈子地，没什么文化，用电申请表都是‘卖电字儿’的人帮着给填写的。”

没等哥哥亚光讲完，侧身站在一旁，脸色黝黑的弟弟亚成急得抢过话茬儿：“你们是不知道啊，供电所对俺们家的事可上心了，在装变台架线的时候，正赶上倒春寒，环境贼恶劣，稻田地里的雪和水混成了泥汤子，人踩进去直打出溜滑儿。施工车进地就陷，施展不灵，施工人员只能穿着水靴抬着变压器、电缆等材料一点点往地里挪。为了减轻重担，他们的身体尽量保持平衡，不让肩膀上的设备来回晃动，靴子灌了包，冰凉的雪水直浸入全身，大伙咬牙着，那滋味甭提了。我们在现场都有点坚持不住了，他们仅用一天的时间就把电给送上了，俺们的秧苗全部插在了高产期，在生产队，我们家是头一户。”

弟弟这番话没加思索，也很激动。来者知道，他并不是现琢磨字眼儿，拣好听的说。说到这儿，弟弟的话戛然而止，或许是感觉站半天腿有点酸，或许觉得一时说的有点儿多，从上衣兜里掏出一盒烟，礼貌地挨个人发一根，三人齐摆手，一一回绝了，只有哥哥亚光没有卷弟弟的面子，两人一起点着火抽了起来。阳光无情，一直照射着，像是不把人晒秃噜皮不肯罢休一样，透过串起的一股烟圈，哥俩脸颊上的汗珠子混着污泥早淌成了一串，把那张脸划拉得乱七八糟。

这时弟弟亚成道："自从使用上'油改电'灌溉以来，俺们家节省费用近 2 万元。有了供电所的帮忙，今年我们家的水稻能狠赚一把。俺哥俩打算，秋收完了一人添置一辆家用小汽车，咱也跟着时髦一把，成为有车族。"

弟弟眉飞色舞地说得起劲儿。

来人丙："供电所的员工在服务过程中，有没有吃、拿、卡、要的行为?"

三人中走在最后面的人从兜里掏出黑色皮包的小笔记本，边记边抬头插上一句。

从来没见过这个阵势的哥俩眉头又一次悄然蹙起来，不知道来人到底卖什么关子。哥俩对视一下，似在心里互相对个暗号，看来这帮人还有别的想法。管他呢，咱们就实话实说。弟弟不错眼地瞅着黑色的小笔记本，嗓门却提高了调儿。

弟弟亚成又问："你们到底是干什么的?"一股子火药味眼看就要冒出来。怕老乡产生误会，来人赶紧自报家门，索性把底儿抖出来。

来人甲："我们是优质服务'暗访'小组的，这次是专门下基层走访不同行业的客户，给自己'挑刺儿'。看看我们在优质服务和行风建设方面还存在哪些问题需要改正。想尽最大努力为客户提供服务，你们是我们今天暗访的第一户。"

哥俩长长嘘了口气。"要说供电所的服务，那是窗户里吹喇叭——早已名声在外，供电所那几个小兄弟给我们干活，活干得利整不说，哪次留吃饭，都是推三阻四，不给机会……”现在哪还有这样的单位，没事给自己找“毛病”的？真是稀奇。哥俩流露出满是不解的神色。

稻田里青葱似的稻苗随着微风轻轻摇摆，奋力向上生长，一片片水稻田像一匹匹绿色的锦缎，更像无垠的绿海大片大片铺展开来，看得让人心情舒畅，让人心生希望。望着渐行渐远的三个人的背影，哥俩相视一笑，眼神中生发出了敬佩。

（作者系国网黑龙江省电力有限公司宝泉岭供电分公司职工）

努力耕耘，收获希望

宋永宪

“突突突，突突突……”随着一阵发动机的声响，刘凤山家的玉米全部卖掉了，手里捧着一沓人民币的刘凤山和老伴儿的脸上都乐开了花，算上今年卖大鹅、“贷资入企”分红、出租地款，老两口这一年已经有了一万多元的收入。站在一旁，帮着刘老汉卖玉米的宋永宪，悬着的心终于放下了。看到老两口幸福的憨笑，再看看身后整洁的庭院、崭新的房屋，一种油然而生的兴奋和满足，涌上了心头。

宋永宪清楚地记得刘凤山家原来的样子。那是 7 年前的一天，他第一次来到刘凤山家，物品杂乱地堆在院子里，泥土的房子因为年久失修，加上连续数天的降雨，出现了好几处坍塌，屋里屋外满是积水。那时刘凤山的爱人荆大娘突患脑出血重病住院，这给本就贫困的家庭带来巨大打击……他第一次见到的刘凤山，是一个饱经风霜、满面愁容的贫困农民。而经过 7 年多的努力，他终于在刘老汉的脸上看到了笑容，作为奋斗在乡村振兴一线的电业人，所有的付出和努力也终于有了收获。

其实，在担任扶贫帮困责任人之初，宋永宪只是将扶贫当作一项领导交办的工作，随着工作的开展，他深刻认识到这项任务的重要意义，在执行过程中处处展现出一名共产党人、一名电业人的责任与担当。

2017 年 6 月，国网杜蒙县供电分公司为响应党和国家关于精准扶贫的政策，在上级单位的部署下，组织力量到江湾村开展扶贫帮困工作，并任命该单位的宋永宪同志为扶贫帮困责任人。

接到扶贫帮困任务后，宋永宪同志第一时间赶往江湾村，在该村村委主任的陪同下走访了所要帮扶的几个贫困户。虽然出发之前，他已经有了一些心理准备，但现场见到的景象还是让这位在城市里长大的年轻人感到惊讶。他即将开展帮扶的第一个贫困户姓赵，一家人挤在一个不足 30 平方米、靠一根木头作为“承重墙”的土房子里，老两口也都是疾病缠身；第二户刘凤山家因病致贫，坍塌的泥土房里满是积水；第三户的于金虎单身一人，没有大拇脚趾，右臂粉碎性骨折；第四户的吴双龙双侧股骨头坏死，家里的生活重担只能靠他的老伴儿包大娘一人承担……

在充分了解了四户家庭的基本情况后，宋永宪开始根据不同家庭的不同情况制订有针对性的扶贫帮困计划。他首先同当地政府取得联系，协助政府对四户家庭进行泥草房改造，并在国网杜蒙供电分公司领导的支持下，为四户家庭置办了松木杆、进户线、电能表、开关、插座等材料。为了能让贫困户住上满意的房子，在房屋改造过程中，宋永宪亲自当起了监工，在贫困户和施工队之间来回奔波，缺什么了就亲自去买，少什么了就亲自去挑。经过几个月的努力，四户家庭终于住上了宽敞的新房。当宋永宪帮着四户人家把行李物品搬进新房的时候，从他们眼中闪烁出的光芒中看到了对生活的希望。

贫困户住上了新房，但脱贫的根本问题还没有解决，整个扶贫工作才刚刚开始，宋永宪深知扶贫先扶志、授人以鱼不如授人以渔的道理，仅仅是为他们送来一些米面粮油、一些生活用品，远远解决不了他们的困境，也无法从根本上解决贫困问题。

于是，在接下来的日子里，宋永宪整日穿梭于单位、当地政府、扶贫工作队、贫困户家里和田间地头，搞调研、找出路，研究扶贫知识、为农户讲解政策条文。当地政府为每户争取到 50 只鹅雏，宋永宪将从书本、养殖户那儿学习到的养殖知识一遍一遍讲给他们听。考虑到有的贫困户年龄比较大，不方便外出，宋永宪还在江湾乡为他们找到了一些可以在家里做的零工，用以补贴家庭收入。

在不断地沟通联络中，原本对这个没吃过苦的城里孩子并不看好的几户家庭，慢慢地开始喜欢上他，他们开始相信，在党的扶贫政策关怀下，在宋永宪的帮助下，他们一定能够过上幸福的生活。

2020年秋天，吴老汉在家突犯心脏病，得到消息后，宋永宪马上开车将老人从家中拉到县医院就诊，与老人的子女轮流照顾，并帮助他办理了各种医保报销手续，为其讲解政府的贫困户医疗政策。

2023年夏天，江湾村旱情严重，刘老汉家种植的玉米在烈日的照射下已经抬不起头，眼下正是玉米急需浇灌的时候，却迟迟不下雨，刘老汉急得像热锅上的蚂蚁。宋永宪得知消息后，立刻协调了一台柴油发电机，当天下午就运到地里发电抽水，及时为刘老汉的玉米进行灌溉。

2023年11月，贫困户养殖的大鹅在销售方面出现困难，宋永宪积极帮助他们联系卖家，并通过自己和同事们的微信朋友圈进行推广，只用了不到一个月的时间，就将滞销的大鹅全部卖出。

在帮扶期间，这样的故事还有很多。短短两年时间，四户被帮扶家庭均有了翻天覆地的变化，庭院干净整洁，新房温暖明亮，收入越来越多，人们的脸上洋溢着笑容，这种巨大的改变是四户家庭没有想到的，也是帮扶之初的宋永宪不敢想象的。通过党的政策、单位的支持、宋永宪的努力，以及四户家庭的自强奋斗，四户家庭全部顺利脱贫，宋永宪的扶贫帮困任务取得了阶段性胜利，但他知道扶贫工作如逆水行舟不进则退，以后还要继续跟踪四个家庭的生活状况。

脱贫户再也不会因为吃不上、穿不暖而发愁，也不会为住不上温暖的房子和看不起病而担心。人们脸上的愁云已经散去，取而代之的是开心的微笑。他们对宋永宪的称呼也从“扶贫干部”变成了亲切的“小宋”，和宋永宪打招呼的方式也从最初的“你来干什么”，变成了“来，快进屋上炕，炕上暖和”，他们已经将小宋当成了自家人。

因为帮扶工作成绩卓著，宋永宪同志连续五年被国网杜蒙县供电分公司评为“精准扶贫先进个人”。在他的心中，这些荣誉既是对他成绩的肯定，也是对未来的鞭策，让他最为骄傲和自豪的是他帮扶的家庭真真正正过上了好日子。宋永宪常说，他是一名共产党员，是一名工作在乡村振兴一线的电业人，响应党的号召，战斗在乡村振兴一线，这不仅仅是一份工作，更是他的使命和信仰，他相信，生活中无论遇到多么大的困难和磨砺，只要坚持走下去，未来就一定会越来越好。

（作者系国网黑龙江省电力有限公司杜尔伯特
蒙古族自治县供电分公司职工）

握住那双满是老茧的手

王莅津

“李奶奶，停电原因是线路烧坏了，刚才已经修好了。”小黄气喘吁吁地冲过来，一边擦汗，一边环视四周。

这户是城郊有名的钉子户，四周在新建开发区，屋子隔音效果不大好，总是充斥着噪声。李奶奶独自一人居住在这里，子女不在身边，有什么用电问题，都找共产党员服务队。小黄总接到她的电话，跑的次数多了，也就记住了这间屋子：屋子很旧，墙面有些斑驳，家具款式老旧，桌上的日历、照片都微微泛黄。

10分钟前，这里还伸手不见五指，现在终于通上电，四周亮堂了起来。

李奶奶迟迟没有说话，小黄不是第一次来，知道老人家喜欢安静，便说：“刚才我查询了您家的电费余额，还够用上二十来天呢，暂时不需要充值，那……也不早了，我就不打扰您休息了，下次还有什么问题，随时给我打电话。”

见小黄准备离开，李奶奶突然说：“没有下次了。”

“啊？”小黄愣了愣，“是不是我哪里做得不够好？您直说，我可以改。”

李奶奶看向这个二十出头、身穿印着“共产党员服务队”几个大字的鲜红马甲的小伙子，难得露出了笑容：“你很好啊。我常年一个人住这里，身边也没什么人来走动，只有你，三天两头的，我一个电话你就往这跑。我一个老人家，不会用手机上那些新奇玩意，你也不嫌麻烦，手把手教我怎么用手机交费，怎么用电更实惠，还有我这里停电也好，电器坏了也好，什么问题你都能给我解决。”

小黄被夸得脸红了，就像身上的红马甲一样红。

李奶奶沉默几秒，道出实情：“我要搬走喽。”

“啊？搬去哪儿?”小黄很惊讶，先前他听说，今年，这一带要拆迁，周围的住户纷纷搬走，只有李奶奶，不管怎么劝说，都不愿意搬出这栋住了几十年、感情深厚的老宅，成了政府最为头疼的钉子户。是什么让她突然改变了主意?

“搬去我儿子那里。快一年了，也该搬走喽。”李奶奶说，“其实我儿子一直劝我搬过去，但我总觉得，我生长在这片土地上，人又老了，无论如何都要落叶归根。自从你常来陪我唠家常，什么事情都帮我搭把手，我又改变了想法，人老了，身边还是要有人照应嘛。之前我总怕给他们添麻烦，可你让我觉得，有人愿意被我麻烦，也是挺有盼头的一件事。”

那天，小黄没有急着走，而是忙活着帮李奶奶清点行李。一切打点妥当后，小黄正要离开，突然被李奶奶激动地握住了手，老人颤巍巍地和他道谢。一双手满是老茧，粗糙，又温暖。

不久后，有同事兴冲冲地跑来找小黄，指着手机屏幕上《本市最牛钉子户同意拆迁》的新闻标题，好奇地问：“这不是总找你那户吗？之前说什么都不乐意搬，这回是被什么打动了?”

小黄想了想，说：“也许是我们共产党员的服务精神吧。”

（作者系国网湖南省电力有限公司湘潭供电分公司职工）

董师傅

罗　帅

一

这是董师傅上班的最后一天，几个徒弟都在帮他收拾东西。

小刘拿起一摞本子，好奇地翻看，发现上面工整的字迹写着倒闸操作的步骤，他知道，这应该是师傅以前说的手写操作票。

操作票的纸已经泛黄，小刘摸着它仿佛能感受到岁月的气息。

因为小刘是个热爱写作的人，所以董师傅曾口述让他执笔写过一篇文章——《难忘的一天》，小刘此刻又想起那篇文章的内容：2021 年对于董强民队长是具有特殊意义的一年，这一年是北戴河地区第一座变电站海滨变电站建站 80 周年，也是北戴河运维保障队伍承担重要用户保供电任务 70 周年，同时也是董队长加入电力运维队伍 40 周年。

“80、70、40”这些数字连同这本泛黄的操作票，都让小刘感受到岁月的重量，也让他看到一个电力人四十年的坚守和奉献。

“呦，董哥，这老古董你还留着呢?”一个师傅接过操作票对董师傅说。

董师傅看着操作票，点点头：“留着当个纪念，也给自己提个醒。”

“提醒？提什么醒啊?”

“谨慎，细心。变电人，再谨慎也不为过。”

说着话，董师傅的思绪已回到了他刚入职那会儿。

那是在1982年，他刚20岁，从学校毕业之后就来到了海滨变电站。那时交通不便利，想要买个自行车都没有门路，因为自行车要凭票购买。没办法，只能步行上班。

变电站条件艰苦，只能自己做饭，到了空闲时间要去院子里做绿化。最难的要数手写操作票。

操作票制度是保证安全生产的重要制度，电力员工操作的时候需要一人监护一人操作，监护人按照操作票念出操作步骤，操作人复述无误后才能继续操作。所以操作票的正确与否直接关乎操作的安全。

现在都是通过电脑制票再打印，但董师傅刚入职的时候哪有这个条件啊？只能自己手写。

为了保证它正确，每一步都必须认真仔细。另外手写票不能有涂改，所以哪怕有一点失误整张操作票也要作废重来。最可怕的是写错行的情况，那样的话就要把所有操作票都重新誊抄一遍。

“你们师傅啊，当时特别认真，经常写操作票写到半夜。这点太值得你们年轻人学习了。”

小刘又看了一眼那些操作票，原来，它们都见证着董师傅为了保证安全生产熬过的夜。它们此刻似乎更加厚重了，因为承载着一个电力人的心血。

“但你们看看，就是认真还难免出错呢，所以我说呀，变电人，再谨慎也不为过。”

“也是因为那时候设施落后。你看他们现在，用电脑制票，十几分钟，最多半个小时，就完成了，咱们那时候哪有这个条件啊。还有现在这工作环境、设备，比咱们那会儿都强太多了。”

听了这句话，董师傅很感慨，40年了，他见证了时代的变迁、社会的进步，以及变电工作环境的改变。以前只能步行，现在每个站都配有通勤车；以前只能手写操作票写到后半夜，现在用系统出票，便捷迅速。更不用提单位的伙食、变电站的设备，这些与40年前相比都有着很大的飞跃。

“你们现在比我们那时候幸福多了，国家富强了，社会进步了。所以呀，要懂得感恩，懂得知足啊，你们从社会得到便利，也要想着回馈社会。”

几个徒弟都连连点头。

“尤其你们几个都是党员，”董师傅接着说，“你们心里得装着它。”说着，他用手拍拍左胸，而一枚党员徽章被董师傅精心地别在了那里。

这一幕让小刘回想起董师傅给他们讲过的他与党员徽章的故事。

董师傅只要进入工作岗位，穿上那身工作服，党员徽章就会出现在胸前的位置。有一次，海滨站一条线路停电，从早上5点开始一直操作到8点多。连续完成了几百项操作任务，布置完现场的安全措施后，检修的员工也陆陆续续到场，董师傅终于有机会坐在椅子上休息一下了。

而这时，一名检修的同事一直盯着董师傅，他顺着对方的目光低头看，原来是在看他的党员徽章。

那一刻，突然有一种责任感和使命感促使他从椅子上站起来，一个声音在对他说：“不行，还得接着干，你是党员。”

自那之后，董师傅每每想到自己胸前的党员徽章都会有相似的感觉，因此他总会在现场打起精神，不放过每一个工作细节。

而这个习惯曾让他阻止了一次人身伤亡事故的发生。

“你们师傅跟你们说得谨慎，你们要往心里去，千万别光有工作热情。几年前有个新员工，参与设备验收冒冒失失，差点触电，还是你师傅眼疾手快给拦住了。”

小刘知道那次的事。那是一次更换10千伏开关柜的工作。作为运维人员，实际上只需要停电，做好安全措施，带领检修人员到现场检查安全措施就可以了。而董师傅做完自己分内工作后，在设备初步检查验收时也全程参加。

验收的人里有个刚毕业的大学生，干活挺专注认真，但能明显看出现场经验不足。

开关柜里的手车开关分动触头和静触头，开关拉出来之后，动触头不带电，但静触头还连接着母线，是带电的。

这个验收人员为了验收仔细，想要用手撼动静触头看安装是否牢固。董师傅见他要伸手，赶快制止了他。

如果当时没有人拦住他，后果将不堪设想。

这件事让小刘明白了谨慎的重要性，同时他也为董师傅的尽职尽责感到钦佩。

二

在董师傅所有的东西里，一双黑色的雨靴最引人注目，因为它明显有了年代感，但还是被董师傅收在行李箱里。

董师傅不停地摩挲着它，他永远忘不了 1998 年那个惊心动魄的雨夜。

1998 年 8 月 7 日，晚上 7 点多，大雨造成配电所进水，导致一部分用户断电！

此时大雨已进入了海滨站地下的电缆夹层，蓄起的水能到人的腰，原本坚硬的防洪墙也最终在暴雨中崩塌。这一切发生得令人措手不及，如果不赶快采取措施，很有可能使海滨站跳闸，从而造成严重的后果。

董师傅见势不好，赶快采取措施排水。他和同事拿来了站里的两台泵，可此时雨水越下越凶，丝毫没有留情的预兆。而在雨水猛烈的攻势下，两台泵无异于螳臂当车。

眼看水位向高处进发，董师傅决定，去邻近的赤土山站再调来一台泵。

可是，在滔滔洪水面前，这仍然是杯水车薪。

此时，董师傅不知道的是，在北戴河重要用户内，中央正在召开重要会议，会议主题正是研究和部署全国抗洪抢险工作。而在当时，全国抗洪救灾形势已经十分严峻，每一分每一秒都有人失去家园，甚至丧失生命。如果海滨站的险情不能排除，极有可能造成海滨站跳闸，影响到重要会议的召开。

摆在国家面前的任务是艰巨的，而董师傅面对的问题同样棘手，因为雪上加霜的事发生了——有一台泵崩开了，这使原本就缓慢的排水速度更加止步不前。

眼见水位不断上涨，董师傅顾不得那么多，他套上雨靴，不顾同事阻拦，毅然跳到水中。

水没过他的腰，他瘦弱的身躯用尽全力对抗着水的阻力，好不容易挪到泵的位置。他瞅准泵和水管，猛吸一口气，一下把头扎了进去。

而此时，他还没有吃饭，低血糖使他扎下去之后脑中一阵眩晕。

全世界一下安静了，因为水灌到了董师傅的耳朵里。可是寂静中仿佛有个声音在他心中响起："董师傅！你有必要这么拼吗？出意外怎么办？你还有老婆孩子，还有朋友家人……"但下一刻另一个声音又出来说："别忘了它。"随着声音的出现，一个画面也出现在他脑海中，那是一个穿着工装的人，阳光洒在他瘦弱的身上，他拍拍左胸的党员徽章，说："别忘了它。"

那画面里的正是他自己。

董师傅身上又有了力量，那种力量是榜样的感召，是历史的熏陶，是面对党旗举起右拳时充溢的自豪感和归属感！

他终于克服了困难，连接上了那台崩开的水泵，可身上已没了力气。同事见他情况不妙，立刻跳下来，连拖带拽地把他送了上去。

好不容易解决了眼前的难题，但现实容不得董师傅松懈，即便连接上了三台泵，水位下降也仍然不明显，这样下去，迟早还是会使海滨站跳闸。

来不及休息，董师傅立刻开始想办法，但是现在站里的装备就这么多了，要怎么解决呢？

俗话说天无绝人之路，办法总比困难多。董师傅灵机一动，找消防！

他们的泵功率大！

119电话打通之后，消防的同志很快赶来用自己的泵把蓄积的水抽干。这样，才避免了海滨站跳闸。

而在重要用户中，国家也在那个暴雨天顺利地完成了扩大会议的召开。

中央后来得知此事，组织专项投资建设了崔各庄变电站，优化了北戴河供配电网络。

想起这些，董师傅总觉得无比自豪。后来人们问起他，那么深的水你怎么就敢跳下去呢？他想了想，说："我是党员，党员就是'平常时刻能看出来，关键时刻能站出来，危难时刻能豁出去！'。"

收拾完东西，徒弟们站成一排。

"师傅，最后一天了，您还有什么要跟我们说的吗？"

董师傅嘴角一直微微扬起，而眼角像是被岁月冲出的沟渠。"没啥说的了，该说的过去都跟你们说了。"他打包好行李就要往外面走，但最终还是停住脚，"要是非要我说呀，就这一句。"他转过身，阳光洒在他瘦弱的身上，他拍了拍胸前的党员徽章："别忘了它！"

徒弟们郑重地向师傅点头，目送他离开。

三

几天后的晚上，小刘还在值班室看操作票和工作票，因为明天早晨有主变压器检修的工作。他眼睛往监控屏幕上瞟了一眼，隐隐约约看见一个身影在大门外晃悠。

大晚上的，这是谁呢？

带着好奇和忐忑，小刘从值班室走出来。这时，新来的门卫已经在大门口和外面的人交流了。

见小刘出来，门卫说："刘工，正好你来了，这个人非要在这儿待着。"

小刘一看门外那人，不是别人，正是自己的师傅。

“哎哟，快开门——这是我师傅，咱们的老队长。”

门卫听闻赶快开门，而这时门外的董师傅说话了：“刘啊，不用开了，我不进去。这门卫小伙没错，没有上面通知，不明身份的外来人员不能放进来，谁也不能例外。咱变电的，多谨慎都不为过。”

小刘听闻点点头，只得让门卫作罢。

“师傅，大晚上的，咋上这来了？”

董师傅沉默了一下，换下刚刚严肃的表情，取而代之的是为了掩饰尴尬的笑脸：“40 年了，冷不丁听不到站里的嗡嗡声有点睡不着觉了……”

小刘听完一时不知该说什么，只觉得心里五味杂陈。

“师傅，要不你还是进……”

董师傅摆摆手：“行了，明天还有操作呢吧，快回去吧。”

回到楼上，小刘看着监控里师傅的身影，回想起他上班时候的点点滴滴。记得自己刚上班的时候，仗着高学历总有种高人一等的优越感，不跟人请教，不和人交流。是师傅的教育让他扭转了态度，学习了知识，直到现在成为队里的技术骨干。

不只是小刘，董师傅对每一个站里的员工都悉心教导，他不只是一个队长，更像一个给他们指路的导师。

曾经他是严厉的恩师，是工作突出的队长，而从监控器里看到的他如今只是一个退了休、对原单位留恋的普通人。

想到这，小刘又点开那篇董师傅口述他执笔的《难忘的一天》，里面记述了他一天忙碌又井井有条的工作。文章虽然写的是一天，但也是董师傅工作 40 年的缩影，是一个电力人一生为电力事业鞠躬尽瘁的见证。

小刘整理了一下思绪，在文章的最下面又敲下了几行文字：

40 年

设备的轰鸣在诉说他的热爱

胸前的徽章永远闪耀光彩

如今

曾经畅通无阻的大门，重新又变成他的障碍

而岁月在门里

他在门外

（作者系国网冀北电力有限公司秦皇岛供电公司职工）

档案故事

张培培

付卫国老师的征文《老故事！史大桢部长写报头》于国网档案公众号2021年12月10日正式刊登，我把相关链接发给了他。老领导非常激动，大中午发微信给我，一再表示除了感谢还有感动。是啊，就像我跟老领导说的，《华北电力报》牵动着多少电力报业人的心，那一段的出版历史，是无法割舍的。虽然如今它已经退出历史舞台，但在许多老电力人心中不代表已经淡忘。它曾经也辉煌过，是当年电力报业的龙头，是行业内的灯塔。借此国网档案组织征文活动的契机，我在中心积极组织策划活动，一共推出6篇征文，入选冀北公司档案征文4篇，国家电网公司档案征文1篇。老领导的这篇征文被评为国网公司开展的“传承红色精神　讲述国网担当”主题档案征文活动三等奖，也是不容易啊！意在不让历史沉睡于档案柜里，把中心最珍贵的档案推荐出来，向《华北电力报》的一代报业人致敬，也不枉我在那里曾经战斗过的岁月。再次感谢付老师。

已退休在家的付老师最后还不忘表态：“您那有什么工作安排，一声令下，马上就到。”付老师，感动的不是您啊，是我。

这个场景是我当年在朋友圈里记录下来的，时间再一次定格在2021年。

2021年是建党一百周年，中心档案工作要制作个小视频，需要已退二线原《华北电力报》报社总编付老师保存的两份珍贵资料。2020年年底打过电话，付老师说已搬家数次，资料有可能找不到了。我也只能在无奈和期待中度过。

3 月 31 日下午 2 点钟，“丁零零”，手机响起了，既陌生又熟悉的电话号码，嗯，突然想不起来是谁的。接起电话，电话的那一头传来了熟悉的声音：“培培总，你在单位吗?”“哦，付老师啊，哎呀，您有什么吩咐? 不好意思，我现在正在老院办事儿，没在单位!”“没有关系的，我按你的吩咐，要把李鹏总理的题词和史大桢部长的字交给你!”“啊！太好了，付老师，我一会儿就回去。您什么时候走?”“我没关系的，两天后还会来的，我在收拾东西，我会把你要的东西亲自交到你的手上的。”“好的好的。”

打完电话，我赶紧把手头的事办完，骑着我的电驴子“杀”回单位，直奔五楼付老师的办公室。可是办公室门紧锁着，哎呀，心里嘀咕着生怕付老师走了，试探着敲了一下门，没有反应，又敲了一下，屋里有声音，心中窃喜，“付老师，付老师”，付老师一边答应着一边给我开门。寒暄之后，递给我两幅字，语重心长地告诉我：“培培啊，一定要保存好，非常珍贵，非常重要。”“付老师，您放心，我会请示领导把它交给冀北档案馆永存的。”接过手中的这两幅字，我知道这两幅字的意义，虽然轻如蝉翼，但是拿在手里觉得沉甸甸。

《华北电力报》是在 1993 年复刊的，2017 年停刊，历经 24 年的风风雨雨，其间经历了四任总编，付老师是第四任报纸总编。

1993 年 7 月，时任国务院总理李鹏特为《华北电力报》写的“华北电力之光”题词和电力部长史大桢写的“华北电力报”报头，这两幅字承载着国家对电业新闻工作者的期望和重托、鞭策和鼓舞，这么多年，《华北电力报》也不负期望，出版一千多期，报道历年重大的电力事件，荣获过多项电力行业内外奖项，培养过大批优秀电力新闻工作者，展现了电力职工的风采。

2011 年年底，电力部改革，华北电管局取消，成立冀北电力公司，《华北电力报》的主管主办单位也变更为冀北电力有限公司。华北电力报社归属由新闻中心变成了冀北综合服务中心媒体部，总编是付卫国老师。当时付老师就把这两幅字交我手里，存在综服中心档案室。但是到了2019年，付老师突然有一天又要回了两幅字，我明白，他职业生涯中能够多看看两幅字，会给予他力量以及前行的动力。如今付老师已过耳顺之年，两鬓斑白，走上了退休之路，在他退休之前，他把它们再次交回给综服中心的档案室。我知道这里面的含义，他已经完成了他应该完成的历史使命，这两幅发黄的字记录了一段历史，更书写了一个时代。《华北电力报》退出了历史的舞台，画上了圆满的句号。

2021年5月12日，这两份重要实物档案入选国网冀北电力档案，要在15日提交相关信息资料，时间紧，我不得不打电话请示已退休在家的付老师。加过微信后，付老师告诉我别急，他一定能圆满完成任务，因为知道事情原委的人不多了，他也要返回单位查资料。他目前还在廊坊，15日坐高铁返京。我怕老领导着急，路远有什么差池，跟公司档案负责人沟通后能暂缓两天，通知付老师周一来即可。12日晚，付老师再次与我沟通就在15日返京。我怕他旅途辛苦，想派车去接他，可他执意不肯，就坐公交车。

15日10时，满头白发、有些驼背，带着一路风尘的付老师推开办公室的门，依然爱调侃地称呼我："培培总，我来了！"看着眼前许久未见的老领导、老同事，我感慨万分。没等我说话，他急切地说："走，上楼，到我办公室。"

付老师的电脑许久不用，系统打不开。我说您就写两句吧。一旁的付老师非常严肃地说："不成，这件事必须按要求完成。"交代要求后，付老师让我下午2点再找他，我关上门。付老师中午饭也没吃，我叫了两次。怕他血糖低，中间我送了两杯水果和一盒酸奶。

下午1点40分，付老师发来微信语音，已完成任务。再次推开门，我看见两张手写的档案资料摆在面前。因付老师下午要赶回廊坊，便请媒体部打字速度快的延大彬出马，付老师一边说一边校对，看过三遍，最终定稿。

临走时，付老师赠给我三本他写的书。书拿在手里沉甸甸的，他留下的不仅仅是这些有历史年代感的物件，更重要的是对工作的责任心和认真劲儿，感染着我们后辈。

时间拉回到今年，2023 年，时隔一年多，回想起 2021 年那些日子里的一幕幕感人画卷，一句句真挚的语言，仍然历历在目，记忆犹新。

（作者系国网冀北电力有限公司综合服务中心职工）

与江共生

严嘉钰

阳光透过云层，为碧玉一般的江水笼上了一层纱。

一艘汽轮缓缓停靠在新济州岛的码头。动物保护专业的大学生陆洋背着书包，从轮渡走下来。登岛回望，岸边的芦荻、香蒲迎风摇曳，江面泛着粼粼金光。陆洋跟着守岛的工人们，往新济州岛深处走去。

在新济州多样性保护展馆的办公室里，陆洋开始规划登岛后的科研安排，浏览着电脑上白额雁、花脸鸭、水杉等重点保护野生动植物的资料，电脑壁纸赫然是一只憨态可掬的江豚。

“叮！”手机弹出一则新闻：“近期我市发现不良商贩乔装工作人员，非法捕获珍稀物种，对此行为我们将严加惩治，也欢迎市民朋友检举揭发，共同保护我们的家园……”窗外恰好有一道手电筒光闪过，陆洋决定出门看看。

新济州岛日落俯瞰全貌

林间寂静无人。陆洋独自走在小道上，时不时拿起胸前的相机拍几张照片。这时远处一个 40 多岁、不修边幅的男子行色匆匆地走来，怀里像是揣着什么东西。陆洋上前打招呼问路，男子却像没看见他一样，“仓皇”离开。

天色将晚，晚霞映红了天空，路旁的鸢尾花引蝶蹁跹，还有獐子迅速蹿过没入草丛。陆洋藏身在芦苇荡中，准备拍一些动物照片。当他拿着相机对准鸟类时，又发现了刚刚那个“神秘”男子。

镜头中的男人一手拿着像捕捉鸟类的“仪器”，一手提着“笼子”一样的东西，左看看，右看看，还时不时眯着眼看向天空。陆洋想起了新闻中的话：“近期我市发现有不良商贩出没在一些地广人稀的公园附近……”

像被点醒一般，他赶忙收起相机，拍了下脑袋喊了一声：“糟了！”刚叫出声，又立马捂住了嘴，准备转身跑开，没承想刚要起身时，就被脚下的树枝绊倒。

陆洋弄出的动静引起了男子的注意，他打着电筒朝着声音传来的地方照去。陆洋以为自己被发现了，连忙巍巍颤颤地瘸着腿离开。

“这岛上，怎么连个人影儿都没有。”一瘸一拐地走了好几圈，陆洋一直没找到回去的方向，于是他打电话喊来了在岛上配电房值班的叶文前来帮助。

夜幕来临，天上挂满了繁星，岛上的鸟鸣和犬吠越发地响了。叶文将陆洋带到了值班室，帮他处理好了伤口。

交谈中陆洋得知，叶文是“长江守望者联盟”的一员，他对这个充满情怀的组织起了兴趣。就在两人相谈甚欢时，陆洋突然想起刚刚那名男子，赶紧拽着叶文要去抓这个“可疑”的“二道贩子”。

叶文开着电动缆车，带着陆洋行驶在小路上，直到一个男子出现在车灯照亮的地方。陆洋激动地喊：“就是他！就是他！”叶文顺着他手指的方向看去，诧异地道：“林叔？”

寂静的夜，供电所值班室的灯一直亮着，林富贵、叶文和陆洋在屋里交谈着。

原来，林富贵曾是国家电网公司基层供电所一名负责新济州岛用电的台区经理，忙活了几十年，到了退休的年纪，却留在岛上当起了“义务电工”。

新济州监控系统拍摄冬候鸟

“以前岛上住满了居民，到处乱糟糟的。1999年的时候，发了一场大水，电力设备都泡在水里，林叔不顾安危，跳进水里抢险。后来，为了保障人民安居乐业和生态家园发展，政府决心实施‘生态移民’，大伙都搬走了，林叔留了下来，来回奔波保障岛上用电。”

回想新济州湿地公园建设之初，展示馆、观测点都需要投入电力资源，沿江的“散乱污”企业也要拆除，进行杆线改造，都是耗时、耗力的大工程。

“那会儿，我的儿子刚上初中，但一想到岛上用电方面缺人，我又正好是供电所负责这片的，所以放弃了调岗机会，留在这里，亲手参与、亲眼见证我们生态家园的改变。”林富贵说道。

“谁说岛上没居民了，这些小动物都是居民!”从那时起，林富贵开始想方设法给身边人灌输“人退鱼鸟归”的生态保护思想，每次监测到岛上有趣的画面、拍到珍稀的鸟类照片，他都会分享给家人和朋友。林富贵的妻子渐渐理解了丈夫的选择，林富贵的儿子也一起加入区文明办生态保护的队伍“长江守望者联盟”。

“太赞了，林叔！我也想加入咱们‘长江守望者联盟’，一起为保护新济州岛、保护长江母亲河出一份力!”听了林富贵的故事，陆洋激动万分，“我这次申请登岛，就是要调研新济州岛上的生态保护模式，撰写‘零碳岛’‘生态岛’保护开发范本，可是今天一无所获……”

“小家伙，看江豚得离岛，去外围的滩地看。而且春江水暖，冬候鸟都开始北迁了，但没有你林叔找不到的，明天我和你一起出岛!”

“是啊，正好明天我们‘长江守望者联盟’有个活动……”窗外是雨后的安静，窗内三人畅所欲言。

第二日一早，在林富贵的带领下，陆洋参加了“长江守护者联盟”世界地球日主题活动，结识了很多志同道合的朋友，也正式成为一名“长江守望者联盟”志愿者，并自告奋勇担任起当天巡江工作记录的任务。

在之后的调研和志愿活动中，陆洋白天跟着林富贵一起拍摄生物照片、勘测水质数据、记录资料，晚上在展馆办公室查阅资料、整理文件。虽然每天很忙很累，却很充实。

屋外的天一点点变亮，太阳像打翻的染料，染红了新济州岛的天空。今天是陆洋调研的最后一天，他关上电脑，伸了伸懒腰。望着被晨晖笼罩的新济州湿地公园，脑中浮现了这片“江中绿洲”“生态宝库”美好的未来，电脑屏幕中的那只江豚好似真的从江面上一跃而起了。

（作者系国网江苏省电力有限公司南京市江宁区供电分公司职工）

一条路

王　楠

这是有关一条路的故事。

这是一条很普通的路，只有 50 多米长，在中国 960 多万平方公里的土地上，它没有姓名。

这条路在阳城县通海镇三沟村，它只通向一户人家，这户人家的主人叫王文才，今年 80 岁，带着一个 50 多岁有些痴傻的儿子，没什么收入。

通海供电所的倪保安已经沿着这条路来往供电所和王文才家 20 多年了。从一个意气风发的小伙子，变成如今的大叔模样，倪保安的老伙计从一辆凤凰牌的旧自行车，变成了一辆铃木牌的摩托，不变的是他每周都要去王文才家走访的习惯。

24 年前春季的某天，王文才为了照顾自己的儿子提前办理了退休手续，和儿子两人住在这间不足 40 平方米的老房子里。那时，他家里有三盏灯、一台风扇。

那天，倪保安帮他新装了两个插座，紧了紧风扇开关的螺丝，临走时，听说了王文才提前退休的事情，偷偷在堂屋条台的抽屉里放了五块钱。“爹爹啊，我叫倪保安，就是通海电力站的，以后有什么事情，打电话给我。”或许是恻隐之心，或许是青年义气，倪保安把自己的电话用粉笔写在了王文才家卧室门后。然后拖着他的自行车一颠一簸地驶出了王文才的视线。

这是倪保安第一次到王文才的家里，一条土路的颠簸并不会影响倪保安做电工的热情。20岁的他，风华正茂，干劲十足。

11年前夏天的一个早晨，刚刚下过大雨，空气中透着一点清新，暑气未消，但也有了难得的一丝凉意。落叶搅着泥土，王文才家门前的路像是一块发烂的海绵。

倪保安骑着摩托，在泥路上奔驰，又不敢开得太快。车轮溅起的泥水已经打湿了他的裤脚和后背，但他在意的不是这些。

昨夜接到王文才电话的时候，他还没有睡，而是正在县医院的病床前守着老妈。老妈的老毛病犯了，这一次来得急了些，不得不叫了救护车。倪保安自己就骑着摩托跟到了县医院。临走，他带着工具包，明天要是老妈好转，其他兄弟也来帮忙，自己也应该回村子里看一下。这么大的雨，但愿别有谁家停电才好，他是这样想的。

但那是10多年前的农村，电网建设自然不如现在的坚强。每逢雨大一些，风烈一些，总要有几户人家的用电会受到影响。

渐渐要开到王文才家门前的那条路了，倪保安不自觉地加了点油门。

王文才正在等倪保安，甚至有些焦虑。他家的堂屋并不大，他却来来回回地扫了好几遍了，修好了灯，他还想要出去拾荒。就在这时，“哐”的一声从屋外传来。

倪保安挣扎着站了起来，揉了揉有些疼的后腰，把摩托扶起来。脸上、身上、手上、腿上，到处都是烂泥，眼睛也有些睁不开，模模糊糊地看到有个人影走了过来。

“人没得事吧?”王文才问。

“没得事，没得事，开快了，我先洗洗手和脸。”倪保安笑着回道。他在场院里跺跺脚，把鞋上的泥土甩去，又擦了擦脸，才发现，手上有些擦伤。

王文才要给他起火烧水，他拒绝了，把擦衣服的毛巾洗干净后，就走进了堂屋。“是哪个灯不亮了啊?”

换灯座并不是难事。上次倪保安来就发现王文才家卧室的灯座有些旧了，本来就想着这次来给他换上。

王文才就站在倪保安身后，看他一点点地把卧室里的灯座取下，看到他背后连到裤腿还没擦干净的污迹，看到那从鞋底还在不断渗透出的污水。王文才的心里又是感激又是难受的。

估摸着 10 多分钟，倪保安就将所有的工作都做好了。推上电闸，灯果然亮了起来。王文才的儿子看着灯傻傻地笑着。

“您最近身体还好吧？”倪保安一边收拾工具一边询问着王文才的近况。

“还是老样子，没什么变化——就是腿越来越重了，不太跑得动了。”

“下雨变天就不出去了吧，也不太安全。”

“是啊，路也不好，嘿，害得你跌跟头。”王文才轻笑了一声。

……

那个夏天的跟头倪保安或许从没放在心上过。王文才骑着他那辆拾荒的三轮车把时间艰难地拉进了 2016 年的秋天。

这年三沟村出了一件大事，村里的贫困老人王文才要把门前的泥路铺成水泥路。75 岁的他自己买了沙子、石子等原材料，带着儿子连着干了 3 天。有人说，他傻了，跟他那个儿子一样；有人说，他是在做好事积德呢。有人问他为啥要修路啊，他说：

“怕人跌跟头啊！”

故事说到这里其实已经结束了。我第一次听到这个故事是因为 2021 年 1 月，这位已经 80 岁的瘦小老人抱着一块写着“文明服务献爱心　关爱客户胜亲人”的金色牌匾，迈着蹒跚的步伐来到通海镇的街道上找到一位路人问：“通海电力站在哪里？”

我见到老人时，他正坐在堂屋里给他的儿子梳头。他在跟我聊天时说：“共产党好啊，你们都是好人啊！”

（作者系国网江苏省电力有限公司盐城供电分公司职工）

讲究人

柏　秋

一场小雪刚停，凛冽的北方刮着雪末子扬起一阵阵雪烟，刮到人脸上像刀割似的疼。网格员刘蒋九裹紧了羽绒服，走进公司办公楼。一边走，他心里一边盘算着：这月时间短，催费工作得抓紧了，争取提前结账。

说起来，刘蒋九这名字挺有趣，他父亲姓刘，母亲姓蒋，家族里排行老九，于是就有了这名字。后两个字一连起来——“讲究”，好记又好念，于是，“讲究”这名叫开了。

讲究打开电脑，想打印今天的欠费明细。一位大叔黑着一张扑克牌老K的脸，推门走进来。讲究一看，认识：“哎哟，王叔，大冷的天，您今天咋又来了?”

“肉来了？我骨头还来了呢!”王叔的眼睛瞪得像核桃那么大。

讲究微笑着打量一下王叔：“咋了，您老这是带气儿来的?”

王叔用眼睛狠狠地剜了他一眼：“不带气儿，那是死人!”

讲究心说，这王叔说话咋像“刚从冰箱拿出的冰棍儿——杠杠硬”啊，可他脸上的笑容丝毫未减。

“我昨天在营业厅刚存的200块钱电费，今天说还欠200元。你们把我的钱整哪儿去了？是不是把我的钱贪污了?”王叔这才道出了原委。

讲究赶紧用电脑一查，心里一惊，是不对劲儿，顿时冒了汗：“这月电费420元，整整比上个月多了一倍，您家增加啥用电设备了吗?”

“啥也没增加，要是有半句假话，我管你叫叔!”王叔拍着胸脯，信誓旦旦地保证着。

“我上您家看看去。”讲究说着话的工夫，换了绝缘鞋，披上工装棉袄，拎起工具包，跟着王叔，顶着寒风骑车到了他家的小院儿。

“平常每个月电费都是200来块钱，这个月咋这么多，肯定是你们的电表出毛病了！”

讲究一边听着王叔数落，一边检查：电表断电后电表数不再变化，不是潜动的问题；发行的表示数电量与现场相符，抄表也没抄错；他又用万用表测试了屋里插座的电流，没查出毛病。

“你不用查了，我家啥毛病也没有！多那200块钱电费，我老王可不认账！”讲究听到耳里，急在心上，额头沁出了一层细细的汗珠。

他纳闷着从室内走到院里。一只柴犬跟在王叔身后，不时地用斜睨的眼神瞅瞅讲究，一副瞧不起人的模样儿。天越发阴冷，一排小树在风中招摇着光秃秃的枝丫。北风飕飕地吹着头上的汗，讲究一阵发冷，他想背背风，向墙边走去。

这时，他发现狗舍和矮树之间露出一截白色导线，他走过去俯下身，往狗舍里张望：“嗬，这里还有电气设备啊。”

那只柴犬狂吠着“腾”地蹿到讲究跟前，扯着他的裤脚子往外拽，拽得讲究巴噔的一下坐到了地上，他头上已风干的汗又被吓了出来。“欢欢，上一边玩去！”王叔大声呵斥，柴犬“呜呜”叫着退了后。

“没事儿，”讲究拍拍屁股上的土起了身，开着玩笑，“未经同意，偷看它的卧室，也难怪它会生气。”

讲究用万用表对狗舍内的插座进行了检测，紧锁的眉头逐渐舒展：“王叔，毛病找到了。”

他把电热毯的插头拔下来：“这狗用的电热毯漏电！可千万别用了，看狗触电。”

王叔瞪着讲究：“那电热毯，是防水防漏电的，咋能有毛病呢？”

“那您得空时，去修理店再测测。”讲究在王叔狐疑的眼光中和他道了别。

快下班时，王叔又来了：“修理的师傅说，电热毯受潮了，确实漏电。幸好这几天太冷，没让欢欢住狗舍，躲过一劫呀！”

他紧紧地握住讲究的手：“我来当面谢谢你，多亏你检查出来，要是欢欢触电，有个三长两短的，你婶得哭死啊！”

“王叔，客气啥。以后有啥事，别来回跑了，给我打电话就行。”讲究叮嘱着将王叔送出门，心想着和王叔道别前提醒一下交欠费的事儿。

王叔走了几步，又回过头来：“对了，那200块钱欠费，我已经交了！”他哈哈笑着，眼角绽放出菊花一般的笑纹：“不光感冒传人，讲究也是能传染的，你服务那么到位、讲究，咱也得当个讲究人啊！”

站在冬日的暖阳下，“刘讲究”嘿嘿地乐起来。

（作者系国网辽宁省电力有限公司葫芦岛供电公司职工）

岁月如灯火

李　理

“我们坐在高高的谷堆旁边，听妈妈讲那过去的事情”，这首歌大家都有印象吧？那么你们有没有想过为什么要坐在谷堆旁边听故事而不是坐在家里听呢？歌曲发行于 1957 年，讲述的是 1949 年以前的事情。相信大家猜出来了，因为没有电，在谷堆旁边可以借着月光来视物，歌里不是有唱吗，“月亮在白莲花般的云朵里穿行。”想想虽然很美，但是我们却更喜欢在柔和的灯光下，和家人一起看电视、刷手机。

我小时候家住农村，那个时候停电是常有的事情，家家常备蜡烛和手电筒，下午五六点钟是听评书、看动画片和照明的用电高峰期。我记得家里还没有电饭锅、微波炉、燃气灶，两口落地的大锅烧柴火，一停电整个村子都是黑压压的，只有灶膛里面燃起的柴和旁边蜡烛一跳一跳的光。我是超级喜欢玩蜡油的，那个时候农村不富裕，改革开放的号角刚刚吹响，经济还未腾飞，洋娃娃、橡皮泥那都是奢侈品，蜡油就不一样了，有橡皮泥的手感，玩够了丢回去可以继续当蜡烛，每到停电的时候，我是最积极去点蜡烛的，然后抠那烤软的蜡油下来捏小动物。但是怕烫手哇，我就很聪明地用别针挖，但是也吃了小聪明的亏，到现在我的手指头上还有一个别针头烫出来的圆印子呢。

随着一期期农网改造的竣工，我们的电网已足够坚强，农村的经济也在飞速发展，一方方鱼塘架起了增氧机和自动投食机，蔬菜大棚、虫草基地、仓储物流、农产品加工不仅出现在报刊、电视新闻里面，而且在我们的身边比比皆是，前些天古城街道前烟台村的万亩设施农业集聚区还上《国家电网报》了呢。小时候每到秋季，挨家挨户挖地窖、捆秋菜，把白菜、萝卜、土豆全部囤起来，现在我们的农村美了、农民富了，电饭锅、电冰箱、电风扇走进了千家万户，蔬菜不仅要吃新鲜的，还要吃有机的，可是这新鲜、有机哪里来呀？村支部书记说：“农网改造促进了设施农业的迅速发展，现在我们村的‘菜篮子’越来越大，村民的腰包也越来越鼓。”供电可靠性的提高，有助于农业设施的完善，恒温冷库、速冻冷库、包装车间都离不开电。他们要新上水肥一体化设备，通过电子传感器监测果蔬长势，只要按动开关，就能自动操作。

乡村要振兴，电力是先行官。乡镇供电所是供电企业最重要的基层组织，是服务客户的最前沿，是安全生产、经营管理、供电服务、品牌建设的一线阵地和窗口。

前些天，有一位退休的老同志走进了营业厅，他愣住了。他说这变化也太大了呀，没有了柜台、没有了封闭玻璃隔板，怎么缴费高峰期都没有人排队啊？我笑了笑，说：“让您惊讶的还在后面呢，慢慢看。”旁边的广告机吸引了老爷子的注意力：“丫头，这就是你说的线上体验？”我说：“对呀，您不是奇怪为什么没人来交费吗？人坐家里就都交完啦。”老爷子看到智能小区沙盘展示、体验智能家居：“我就知道这遥控器能播电视、手机能打电话，怎么现在都能遥控窗帘、电灯，命令电饭锅自己做饭了呀？”我说：“这就是现代化的智能家居，以后哇，您换个智能手机，遛弯儿的时候用手机给电饭锅下个指令，到家就可以开饭啦。”接着又体验了节能用电，亮度相同的灯泡功率却不相同，电流的指示针停留在不同的位置，耗电量大小一目了然。老爷子说：“这个我懂，就是想让人更直观地看看哪一种设备更节能呗。”我说：“对呀，我们一直说白炽灯费电，总不能列个公式和客户解释呀？那得多专业的人才能听懂呀，但是有了这个节能体验设备就不一样了，对比着一看就明白了。”

老爷子感慨道：“几年不见，灯塔所这变化太大了，光营业厅就让我大开眼界，找不到一点往日的痕迹了！”

习近平总书记指出，农业强不强、农村美不美、农民富不富，决定着全面建成小康社会的成色和社会主义现代化的质量。要深刻认识实施乡村振兴战略的重要性和必要性，扎扎实实把乡村振兴战略实施好。国家电网公司也提出了要大力推动乡村电气化，而我们供电所的服务阵地就在农村的田间地头，和农民的生活息息相关。乡村振兴，电力先行，我深知我们的供电所更是先行官里的排头兵。

（作者系国网辽宁省电力有限公司灯塔市供电分公司职工）

坚　守

田芳芳

在国网枣庄供电公司，有一群默默奉献的人，守护着电网，为社会经济繁荣发展贡献自己的力量。我师傅梁昌厚，就是其中一员。他用四十年的青春和汗水，诠释着对电力事业的执着与热爱。

四十年前，师傅刚刚踏入电力行业，那时的电力设施相对落后，运维工作也充满了挑战。然而，师傅并没有被困难吓倒，他深知，电力是社会的重要支撑，而自己肩负着电网稳运、电能稳供的重要使命。他怀揣着对电力事业的憧憬和热情，毅然选择了这条充满艰辛的道路。

从最初的学徒开始，师傅就展现出了非凡的毅力和勤奋。他虚心向老师傅请教，努力提升自身技能，在困难和挫折中不断创新。他的办公桌上有一摞厚厚的工作记录，每天下班后，他都会把一天的工作进行回顾总结，对遇到的问题详细梳理，反复琢磨更好的解决办法，并加以记录。他常常说："只有不断地总结经验教训，才能精益求精，避免走同样的弯路。"在这样周而复始、枯燥单调的工作中，师傅学习了过硬的技术，积累了丰富的经验，一步一个脚印，从初出茅庐的新员工成长为一名优秀的副班长。

师傅在平凡的岗位上，始终用高度的责任心和敬业精神做着最好的自己，无论刮风下雨、酷暑严寒，他总是坚守在岗位上，用责任担当守护着电网安全。那一次，我至今难忘。在夜间巡视测温时，师傅发现某变电站线路 B 相刀闸发热，他高度警惕，连续监视 2 小时，待温度降至稳定后，才带领人员撤离，但走后他仍不放心，立即按照流程把问题上报缺陷。他深知如果该设备出现故障，将会影响到正常供电，为了确保设备安全稳定运行，在未进行检修的20天内，他不间断地进行连续监视，制定缺陷跟踪卡，查找规律，根据温度的变化采取措施，杜绝缺陷进一步发展，直到检修处理完成，他才松了口气。

常年忙碌、早出晚归对师傅来说再正常不过，再苦再难的活，他都不在话下。作为副班长的他，每次大型停送电操作前，制定操作方案、审查操作票、安排人员分工到布置安全措施，严格把关每个环节，每次忙碌到凌晨才能顺利完成准备工作，早上周密组织人员准备倒闸操作，操作过程中，他到现场严格把关，每天的微信运动都在两万步以上。

师傅常说一个人的力量是有限的，只有团队的力量才能够战胜一切困难，只有团队的智慧才能攻破难关，因此他默默无闻地传承敬业和奉献精神，与同事们沟通交流，分享自己的经验和技巧。他坚信“纸上得来终觉浅”，常常把工作现场变成理论课堂，亲自带领新员工进行实地操作，手把手地教他们设备规范操作，面对面讲解突发故障应急处置。他对青年员工的业务水平和工作标准要求十分严格，“一旦出现差错或失误，我都会毫不留情地批评，班里好几个员工都被我训哭过，但我不后悔，我的原则就是，宁愿平时听骂声，也不愿事故后听哭声。”在他的精心培育下，整个团队的技术水平得到了大幅提升，涌现了一批批优秀的“行家能手”。

师傅把更多的时间给了工作，意味着用更少的时间陪伴家人，很少能照顾到家人，对于这些，他很愧疚。虽然家人嘴上支持他的工作，但是他仍然能体会到每次回家时家人眼里的开心，每次离家时家人眼里的不舍。逢年过节，便是运维人员最忙碌的时候，2022年除夕，师傅组织人员对所辖变电站开展特殊巡视、红外测温工作，对大负荷线路以及存在缺陷的设备进行跟踪测温，及时把握设备运行情况，师傅对大家说：“这是我春节值守的连续第8个年头了，坚守自己的岗位，对设备心中有数，让千家万户过一个欢乐祥和、亮亮堂堂的春节，是我们电力人最大的荣幸。”阖家团圆时，像师傅一样的运维人员坚守岗位、履职尽责，用心用力为设备稳定运行保驾护航，用自己的“敬业福”守护着更多人的“全家福”。

从最初的简单设备到如今的高科技智能电网，从手动操作到自动化控制。四十年，师傅见证了电力事业的发展辉煌；四十年，师傅用行动诠释了电力人的初心执着。他用四十年的青春和汗水，守护着电网的每一道脉络，为社会的繁荣发展贡献着自己的力量。四十年的岁月，对于一个人来说，是漫长而宝贵的。师傅将这宝贵的时光，全部奉献给了电力事业。他用自己的行动，诠释着一名电力工作者的责任和担当。

如今，已迎来退休里程碑的师傅，依然坚守在岗位上，为电力事业的发展贡献着自己的最后一份力量。没有豪言壮语，没有眼高手低，干一行、爱一行、专一行、精一行，他脚踏实地、任劳任怨、夙兴夜寐的工作态度，感染、影响着身边的每一个人。他的故事，他的奋斗史，是像师傅一样的一代代国网人的缩影。他们的工作虽然平凡，却充满着挑战和奉献。正是这种奉献精神，让我们更加敬佩和尊重这些默默付出的电力工作者。

师傅的故事，成了我们干好工作的坚定信念；师傅的精神，成了我们不断前行、奋勇进取的巨大力量；师傅的初心，让我们感知到了自己肩负的责任和使命。有身边的榜样，有坚定的信念，有奋进的力量，我相信，我们这一代人一定会迎来电力事业更加美好的明天。

（作者系国网山东省电力公司枣庄供电公司职工）

投诉背后的故事

邱成全

立夏时节，原本阳光明媚的天气，突然刮起了风，云来了，在天空中聚集，天色慢慢变黑，风裹着杨絮漫天飞舞，一道道闪电划破了天空，一声声雷声震耳欲聋。“黑云翻墨未遮山，白雨跳珠乱入船。”此时的田野大地笼罩在风雨中。

少顷，费县朱田供电所的值班电话响起。“您好！这里是朱田供电所值班室，请问您有什么需要帮助的吗？”“我是朱田镇大泗彦村二组刘化芬的母亲，我要告管大泗彦村的电工尚洪江，他服务不好，打电话不接，你们要不给我处理，我就再向上级有关部门告他！”电话那端气势汹汹，火药味十足。事不宜迟，值班人员立即调取客户电话，询问了详细住址，向所长进行了汇报。风雨中，供电所所长、工作人员一行三人驱车赶往朱田镇大泗彦村二组进行落实。到达该村村头，远远看见风雨中一位撑伞的老人在等候。工作人员刚下车，她就抢先一步说：“你们是供电所的吧，尚洪江太不像话了，你们到我闺女家里去看看，太气人了！”

沿着陡峭的山路，穿过两个巷口，工作人员在老太太的带领下来到她闺女家门口。“咦？这不是我们的同事尚洪江家吗？到底怎么回事？”带着心里的疑惑，三人走进尚洪江的家门，只见客厅的瓷砖地面上摊放着淋雨变色的金银花，房间显得更加拥挤。从里屋走出来的尚洪江的妻子刘化芬，还没等所长开口就掉下了泪水，委屈地说：“所长好，给你们添麻烦了，电话是我娘打的，不怨我娘打电话，这半个多月以来，尚洪江天天不进家，整天找不到他，也不知道到底在忙些什么。问他就说最近天旱客户浇灌果树，时刻也离不开电，需天天巡线保电。家里的事一点也不问，孩子上学早晚接送、课后辅导不管不问、学校组织的家长会从不参加，更过分的是孩子生病他也没有时间回家！上个月我赶集在商店买了个手电筒，他拿着去敬老院修电，事后他说敬老院的老人晚上起来不方便，直接送给了敬老院的老人。”顿了顿，她接着说道：“这些都是小事，不值得一提，最可气的是，最近每家每户大人小孩都忙着采摘金银花，可他还是忙，忙，不停地忙。我家的金银花我一个人采不过来，全开花后采下来也不值钱了。今天我打电话让尚洪江把我娘接来帮忙采金银花，中午娘步行半个多小时才来到我家，问尚洪江他说忘了。今天雨来得突然，把我家晾晒的金银花全淋湿了，淋了雨就更不值钱了，实在让人心疼，如果他能回来帮帮忙，马上就晒好的金银花也不至于淋雨吧！”

经过一番沟通，所长他们才明白了事情的原委。朱田镇地处县城西南山区，当地村民一年的经济收入主要依靠果树和金银花。目前正值金银花采摘的关键时刻，尚洪江师傅却在忙着灌溉保电、高低压线路设备巡视、鸟巢清理、计量箱建档及蚀刻等工作。近期天旱少雨，他主动靠前服务，紧跟果树灌溉用电需求，帮助客户检查灌溉设备，消缺安全隐患，指导客户安全用电，贴心服务客户灌溉用电生产，回家的次数屈指可数。今天的雷雨来得突然，他家晾晒的金银花因抢收不及时被雨淋湿，岳母心疼被雨淋湿的金银花，更心疼自己那吃苦受累的闺女，于是一气之下拨打了供电所值班电话投诉尚洪江。了解情况后，所长首先代表供电所向支持电力工作的职工家属表示了深深的感谢和歉意，并耐心向尚洪江妻子及岳母进行了解释，并称赞道：“尚洪江多年来爱岗敬业、忠于职守、尽职尽责，较好地完成了供电所各项任务。针对朱田镇客户居住分散、用电点多面广、农业排灌用户多等特点，他立足实际用心用情服务客户用电，从春耕夏播到秋收冬藏，用心守护万家灯火。一季一景与客户同心同行，四季四景精准响应客户用电需求，搞好春耕夏耘用电服务，换取秋来五谷丰登家家乐。连续多年被评为优秀员工，成绩的背后是电力员工家属支持的结果……”

半个小时过去了，雨过天晴，母女二人的脸上露出了笑容。此时所长紧张的心情才慢慢放松，他抬头望了望远处漫山遍野的金银花，呼吸着山村空气中弥漫着的淡淡花香，顿感心旷神怡。

“军功章啊，有你的一半，也有我的一半……”说话间，刘化芬手机铃声响起，原来是尚洪江打电话询问家中情况，刘化芬深情地说：“家里都好，不用挂念，晾晒的金银花在雨前已收起来了，你安心忙吧，咱娘雨前就来了，娘说在咱家多待几天，等金银花采摘完了再走。今天下班后早点回家，我准备把家里的那只大公鸡杀了，做道你最喜欢吃的辣子鸡，我和娘在家等着你!”见此情景，供电所工作人员欣慰地离开了刘化芬的家。

是啊！正因为有千万个电力职工妻子和家人的大力支持，才有了众多像尚洪江一样的电力员工能够安心地坚守在电力一线岗位上，守护着万家灯火……

（作者系国网山东省电力公司费县供电公司职工）

在云端

吴晓静

在云端是小时候的梦，在云端是遥望远方的歌。

我叫阿护，是一名送电工，这是我第一次来到100多米的高空，站在相当于40多层楼高的铁塔上，我的心在波涛汹涌中翻滚。头顶天，脚踏地，清风徐来亲吻着我的脸颊，闭上双眼感受着既稀薄又清新的空气，脚下虽然一动不动，也仿佛漫步云端一般。在云端是10年前小时候的梦想，如今实现了。

2008年年初，一场百年难遇的大雪席卷了南方，在我的家乡很少见到大雪，所以刚开始我和家人都异常兴奋，打雪仗、堆雪人、拍雪景……尝试着之前极为少见的冰雪活动，沉浸在高度的兴奋之中。可让我们想不到的是，一场气候灾难正悄然而至。持续的低温、雨雪和冰冻交互叠加，我的家乡一夜之间成了冰雪大世界，大地被冰封了、汽车被冻在了路上，树上、屋顶上、电线杆上的冰柱已经1米来长了，像一把把见血封喉的水晶宝剑随时都会威胁到路人的性命。路上空无一人，一切能看到的物体仿佛都在一夜间变成了冰雕雪像。就这样，持续了半个多月的恶劣天气，让我们面临着巨大的考验。电塔电线上的冰溜越积越大，家乡的电网线路不堪重负而东倒西歪，大面积的停电席卷我的家乡，电的重要性达到了前所未有的高度。人们突然发现电力承载了许多东西，那一丝光是人类文明杠杆上不可磨灭的制胜点，失去电可能会要了人的命。

很不幸的是，我的父母也在这场灾难中永远地离开了我。记得那是我们村断水断电的第 10 天，由于在山区不能很快补给，我们全家已经在断水断电的冰窖般的房屋中待了 10 天，尽管将所有的被褥衣服都裹在了身上，但还是无法与寒冷、饥饿相对抗。我的头脑已经变得模糊，意识也不那么清醒了，我隐约听到父母对我的呼唤，然后是一阵巨响，再醒来我就躺在了医院的病床上。我睁开眼睛，仿佛睡了一个世纪那么久，脑子就像停了一样，就这样看着白白的天花板许久许久。我突然想到，我的父母在那里，我要去找他们，于是我发了疯地寻找，但不管我怎么找都找不到他们，就像电视剧里演的那样，这场灾难让我成为悲剧故事的主人公。我哭泣、无助、绝望，不吃不喝，脑子里一片空白，我知道我的世界停摆了，一个星期的时间，我失去了自己最亲的人，我感到我被这个世界无情地抛弃，我想随他们而去。

就在我处于人生最低谷时，有一个身穿绿色工作服、头戴安全帽的中年男人走进了我的世界，他开导我、鼓励我、关心我，虽然不能时刻陪伴在我身旁，但总是会隔三岔五地来到我病床前，陪我聊天，不停地鼓励我，排解我心中的苦楚。通过了解，我知道他叫吴军，被大家都亲切地叫作吴队长，是应急抢险队电力抢险支队的负责人，用他的话说自己是一名工作了 20 多年的老送电工。在这次雪灾中，电力应急抢险队作为一支电力救援队伍，接到抢险命令后，就义无反顾地冲到了雪灾一线，不眠不休地抢修全市各类线路等电力设施。为守护当地的电力安全，他们竭尽所能，而我就是前几天被他们从雪灾中抢救回来的幸存者，但不幸的是我的父母却永远留在了冰雪中。吴队长在救起我的那一刻，就走进了我的生活，从那时起他就时常到医院来看我。他说他是一个孤儿，一个吃百家饭长大的农村娃，他知道一个孩子失去父母的痛苦和辛酸，他能体会到我心中的绝望和痛苦。但人总要向前看，人生在世不如意事十之八九，遇到困难一定要向前看。只有向前看，才能看到光明，才能看到希望。为了开导我，吴队长给我讲了许多他们抢险队的故事，也给我讲了他刚工作时天天攀爬电线杆进行高空作业的故事。就这样，我渐渐走出了失去父母的阴霾，我被送电工的工作经历所深深吸引，脑子里像放电影一样不自觉地出现许多送电工高空作业的画面。之前我并没有接触过这个行业，也绝不会想到自己会如此着迷，但从认识吴队长之后的每一天，我都想象着自己站在云端的样子。我暗下决心，等自己长大后，一定要成为一名送电工，像吴队长那样漫步云端，将光明播撒人间。在这个动力的驱使下，我发奋学习，锻炼身体，为自己的送电梦而努力奋斗。

斗转星移，时光飞逝。转眼间，我成功地考进了大学，也如愿以偿地进入电气自动化专业学习。儿时那个漫步云端的梦深深地刻在我的脑子里，我时时刻刻都想登上高空实现自己的梦想。经过大学四年的奋力拼搏，我如愿以偿地加入了送变电行业，成为一名送电工。一想到我离着云端越来越近了，我的心就无比激动。在云端，我的梦想即将实现。就在这一切美好即将变为现实之时，我却在穿上登杆鞋的那一刻打起了退堂鼓。不得不承认，在跟着师傅攀登过程中，我被一种名叫恐高的东西所打败，这是我始料未及的。其实刚开始攀登时，我心中充满了兴奋和激动，完全没有任何不适。但当我爬到一定高度，突然就觉得腿有点颤抖，头上开始不停地出汗，心跳也快起来，一种突发的不适感蜂拥而至，把我打得措手不及，让我一时间无所适从。多亏我的师傅，洞察出我的不适感，迅速叫停了我的登杆作业。但这让我非常绝望和难过，那曾经的梦想已在眼前却无法达成，让人几近崩溃。师傅知道我的故事，也知道我的梦想，更能理解我那时的心情。他觉得第一次爬杆，遇到恐高等诸多不适是十分正常的，只要经过不停的训练和磨合，他坚信我一定能爬到云端。就这样，他在安慰我的同时，给我制订了详细周密的训练计划，让我通过一点一点的训练来适应高空作业。在我最无助的时候，是这位老送电工给了我莫大的关心和帮助，让我一步步地向上攀登，一步步地接近梦想。

经过三个多月的不断摸索和训练，我逐渐克服了高空作业的恐惧感，自信心也逐渐恢复。也许是训练多了，对于爬杆这项作业我也逐渐熟悉和适应起来，能登杆的高度也是与日俱增。还记得高空作业技能比赛前一天，师傅满怀信心地对我说："加油，徒弟，我相信明天的高空作业你一定能成功"。是啊，我要拼尽全力实现自己的梦想，我要做一个漫步云端的送电工。比赛那天，我把平日里反复训练的动作要领和操作规范完美地加以呈现，从容不迫地登上了比赛的制高点——百米高空，以优异的成绩为自己的云端作业画上了一个圆满的句号。当我成功登顶的那一刻，汗水和泪水在云端跳出了最美的五线谱，一首我最喜欢的歌曲《在云端》回响在耳边，往事一幕一幕如电影般闪现眼前。童年的我是不幸的，但又是幸运的，在人生变故后，能遇到了这么多关心我、爱护我的人，把我从无底深渊拉回现实，我从心里深深地感激他们。但我觉得自己最幸运的是，能够成为一名漫步云端的送电工，从前辈送电工那里学到了这么多弥足珍贵的东西，让梦想照进现实，给了自己不一样的人生。

在云端，无限美好尽收眼底，一颗平凡的心在尽情徜徉，10年前痛苦的回忆变成了今天前进的动力，曾经的无数汗水和辛劳此刻变得云淡风轻，曾经的无数拼搏和努力此刻化为诗和远方。儿时的梦实现了，但人生的梦才刚刚开始。我是阿护，一个在云端编织梦想的送电工，我爱天空，我爱白云，我爱眼前的一切，一切都是那么美好。

（作者系山东送变电工程有限公司职工）

夜雨中的一跃

焦亮亮

郭山村外的小山上，一大一小两台挖掘机正在半山腰左右开弓地忙碌。此时夜色漆黑，下着大雨，除了挖掘机的照明，方圆十里再无一点光亮。连绵的大雨引发了地质灾害，迫使此处的一条高压线路停电。这里就是抢修现场。

顺着挖掘机驾驶室上方的照明灯看去，整个施工作业平面显得十分局促，只能容得下这两台挖掘机。在它们上方两米开外的山坡上，影影绰绰地站着几个人。透过笼罩在现场的细密雨丝，他们的目光正聚焦在抢修现场，聚焦在挖掘机铲斗的一举一动上。夜色渐深，气温骤降，他们挤在一把雨伞下，身影显得特别单薄。

突然，雨伞下冲出来一个人，他急速来到山坡边，毫不犹豫地跳了下去，落在下方的一片泥泞中。还没等身体稳当，他紧接着一个箭步，攀上一台挖掘机的履带，然后举起右手使劲拍打驾驶室的窗户，并高声喊着："电杆快倒下去了！赶紧钩回来！"

原来刚才被两台挖掘机铲斗扶正的电杆突然向山脚的方向歪倒下去，好在挖掘机驾驶员的反应迅速，听到警示后，马上伸长铲斗把即将倒下去的电杆及时钩了回来，防止了事态进一步恶化。

为了这根直不起来的电杆，这群人已经从傍晚时分抢修到了午夜子时。

那一年进入 7 月中下旬后，山西晋城迎来了连绵的降雨，每次雨量都很大，频频超越当地有气象记录以来的历史最大值。这波强降雨陆续在泽州、阳城等县区引发地质灾害，电力设施受损严重，给当地群众的生产生活带来了严重影响。

面对恶劣天气，国网晋城供电公司第一时间启动应急响应，所属各供电所严阵以待，随时准备处置辖区内的突发险情。泽州县供电公司西上庄供电所承担着晋城市西北片区两万三千余户居民和学校、医院、厂矿等16家重点用户的用电，肩头的责任尤为重要。自应急响应开启后，该供电所就组织力量实地巡查重点用户、设备的运行状况，并加强了高低压线路的每日特巡，以便及时发现问题，随时处置。

时间回拨到7月20日。那天午后4时许，西上庄供电所高压班一行二人按计划对10千伏张岭线进行雨中特巡。当时，他们的车正由北向南行驶在一条位于牛山村与郭山村之间的水泥路上。他们一边驾驶车辆缓慢向前，一边紧紧盯着道路西面不远处高压分支线上的一根根电杆和一档档导线。手握方向盘的班长王海波忽然觉察到了异样，他提高嗓门喊道："快看前面！"

坐在副驾驶位的高宁波几乎同时看到了险情。原先笔直的导线在前方被硬生生地压了下去，变成了一个大大的"伏"字形，"伏"字最低点的位置是一根电杆的杆顶横担处。

王海波和高宁波迅速冒雨赶到险情现场。那基电杆属于分支线路上的直线杆，原先挺立在半山坡上，此时已面目全非，若是没有导线拉扯着，它早已倒向山底了。

王海波抬头望着眼前情形，整条线路在这基倒伏电杆的重压下极度变形，随时都有可能被拉断，更有可能引发相邻电杆的连环倒伏，这条线路可是带着周边几个村里的上百户村民和十几座厂房的用电啊。

"不行，得抓紧处理！"王海波说完就拨通了所长的电话，虽然当时已临近傍晚。

那通电话中，王海波与所长沟通了抢修工作的内容，并申请了线路的临时停电操作，同时申请调派大型机械和人员前来支援等事宜。

夜色降临时，一大一小两台挖掘机和抢修人员赶到了现场。在支援力量赶到前，王海波已经提前对这基电杆所在的高压分支线路进行了临时停电。

挖掘机开动起来的轰鸣声盖过了雨声。大吨位的挖掘机用铲斗勾住电杆，让它保持直立状态，而小吨位的挖掘机则以最快的速度进行电杆根部土壤填埋工作。

王海波一动不动地站在施工面的上方位置，紧盯着这两台不停歇的挖掘机，夜里的冷风裹挟着雨点拍打在脸上、身上，他都全然不为所动，只盼着抢修工作快点结束，供电早点恢复正常。

这种等待让王海波想起了多年前的一个除夕夜。那天，西上庄供电所辖区内的一台配电变压器发生故障停运，那时的王海波还是安全运检专职，本可以在家中欢度春节的他挑起了抢修送电的担子，带领台区经理和抢修同事在没有吊装机械的情况下，三个人硬是通过人力轮流拉动吊链完成了那台变压器的更换工作，当看到村民家中再次亮起的灯光，即便身处寒冬深夜的室外，即便错过了除夕夜与家人团聚的时刻，王海波心里却仍感受到了阵阵的暖意。

同样，此次的王海波期待着能早点完成抢修工作，早点给用户送上电。但是，眼睁睁看着已经扶正的电杆再次发生倒伏的险情，他的心一下提了起来，想都没想就跳下山坡，及时制止险情进一步恶化。

其实，王海波跳下去的高度将近两米，又在夜里，下面地势还很复杂，后来回想起来这些，他多少感到后怕，当时万一稍有个闪失，他落地那条腿保不齐就得骨折了。但是，在当时情景下，他已经顾不上多想了。

不过在经历这惊险一幕后，王海波冷静了下来，他觉得必须对施工方案做出改变。他立即叫停抢修工作，召集抢修人员再次检查现场，商量对策。经过勘查，他们发现电杆下方的土壤已被雨水浸透，也就是说，电杆下面的泥土已经非常松软，电杆根本无法在原位置安稳竖立。

现在唯一的办法，就是重新找个坚实的位置栽电杆，省得一直在那儿做无用功。

新方案确定后，整体的施工内容就要从头开始。这时已经是凌晨 3 点多了，但时间不等人，忙碌了半宿的施工队员们没合眼，马上又投入到了下一步的抢修工作中。

在挖掘机照明灯光有限的帮助下，王海波他们在山腰更高处重新选定了一处可靠的立杆点，这个位置没有植被覆盖，还有一定坡度，不会有产生积水的可能。为了确保该处土质坚实可靠，王海波还徒手在地下挖了一个十几厘米深的小坑。另一边，已经有抢修人员登上了那根电杆，并把固定在横担上的三条导线依次放下，随后又把硅胶直瓶和横担金具分别拆除下来。不多久，电杆上就光秃秃的了。新位置比原来的位置高了近两米，为了让电杆适应它的新位置，还必须把电杆削掉一截。这真是牵一发而动全身，不过这难不住经验丰富的抢修队员们。由大挖机吊住电杆，两名抢修人员手持大铁锤在电杆需要截去的部位进行轮番敲打。与此同时，小挖机则开挖电杆的新基坑，另外一部分人返回供电所准备新的横担金具、针式直瓶、拉线配件等抢修材料……

一切都有条不紊地进行着。

清晨 7 时许，天已蒙蒙亮，所有准备工作终于就绪，大家马不停蹄地投入到了架线工作中。两名抢修人员登上电杆，一人负责组装横担和直瓶，一人负责组装拉线及其抱箍，王海波站在电杆的旁边，行使着重要监护职责，一夜没合眼的他依然强打着精神，目不转睛地盯着施工人员的每一个动作。

上午 9 点，天已大亮。应该是知道了他们连夜抢修线路的事，此时郭山村的村民三三两两聚集过来，打着伞来给抢修队员们“助威”，王海波见状又转过头来维持现场秩序：“大家不要再往前靠近了，有危险……那位大婶，拉住你家孩子的手，小心他乱跑！”半小时后，随着登杆的抢修人员安全返回地面，两台挖掘机也平稳驶离现场。线路成功送电后，围观的村民发出一阵欢呼声和鼓掌声，他们盼了一夜的电终于来了！

再看向那面山坡，只见昨夜还“蔫不拉几”的电杆已在新位置上再次挺立，三根高压导线被稳稳地托举在空中，源源不断地向这方土地输送着光明和希望。

（作者系国网山西省电力公司泽州县供电公司职工）

冠军成长记

董　雪

“你们猜这个月谁是出班冠军?”今年5月的一个下午，闫海波手里拿着出班记录走进检修二班办公室，语气里有掩饰不住的惊讶。

看来这个“出班冠军”一定不能按正常逻辑推理。

“崔凯南?”

“不对。”

“宇哥?”

“不对。”

“那肯定是周帅。”

“还不对。”

这个人藏这么深啊，班里总共11个人，猜了三次居然还不是，正当大家准备猜第四次的时候，按捺不住的闫海波公布了答案:“是佳淇啦!”

果然出人意料，居然是那个脸庞清秀、身材瘦弱，一口东北话的“小沈阳”?一旁的周帅抓过出班记录，仔细一数，不由得瞪大眼睛，一个月22个工作日，出班达到了25天!马上就要刷新班长保持的出班纪录了!

这时，只见“冠军”本尊刘佳淇提着工具箱、带着专属于6月的酷暑热气走进办公室，后背一大片被汗水浸透的蓝色工装格外显眼。今天的室外温度是29摄氏度。大家仔细打量这个熟悉的身影，哪里还看得见刚来班上的模样，黝黑的皮肤替代了曾经的细皮嫩肉，结实的肩头取代了瘦弱的身材，剪短的刘海下，一双黑色瞳仁透出一丝坚毅，面前这个帅小伙早已褪去曾经的稚嫩。

时间追溯到5年前，记得他刚上班的第一天，班里以为新来了个女同事，瘦高身材，顶着蓬蓬的蘑菇头，大大的眼睛、长长的睫毛、挺拔的鼻梁下一张樱桃小嘴，这样标致的五官分明就是个俊秀的小姑娘。大家都开玩笑说他投胎时错了性别。

也许从距离1700多千米的吉林集安而来，还不适应山西的生活，外表腼腆的他带着一丝叛逆，让人感觉他的心仿佛不在这里，再加上他看着瘦弱，班长也很少对他委以重任。

他也满不在乎，乐得清闲。听说他从小下象棋，还是国家二级运动员，问他从小到大拿过的最好成绩，他总是不以为意："那都过去式了，提它干吗?"

大家也就没在意，一个小屁孩儿，能有多大本领，传言只是传言。直到有一次他代表公司参加市里的比赛，轻轻松松拿了三等奖回来，大家才都对他刮目相看。

这个玩世不恭的少年还有一大爱好——网游。平常没事总见他拿着手机沉浸在游戏世界。

唉！又是一个被游戏耽误的青年。

就这样庸庸碌碌过了两年。突然有一天，他请假去了韩国，说是打竞技比赛。周围人都唏嘘：佳淇该不是走火入魔了吧？也就是在大家一片不看好声中，这个瘦弱的青年拿着世界冠军的奖牌证明了自己。原来他还是个隐藏的游戏天才！周围玩游戏的人不少，但拿到世界冠军的，还是头一次见。

说来也怪，自打从韩国回来，他像换了一个人似的，出班从不推脱，干活也总拣重的。为了让自己看起来强壮，还专门买了一对哑铃，每天坚持平举。

功夫不负有心人，他终于受到了"器重"。2016年东沟大检修、凤城大检修，他经常在变电站工作一天后留下来送电，一度被大家笑称是"送电专工”。他也总是笑着回应：“东沟是我娘家。”

转眼又是一年，同一届进单位的同伴已开始带票，担当起负责人了，而他却总是在工作班成员一栏里签字。大家看在眼里，也都替他着急。他表面上跟没事人似的，工作起来却更加努力了。

直到去年 12 月的一天，班长的一个电话开启了他新的工作征程：“佳淇，明天郭北站进电缆，你是负责人，把工作票完善一下，准备好工器具，通知大家 7 点准时出发。”幸福虽然迟到，但没有缺席，电话这边的他一个劲儿点头：“我保证完成任务。”

第一次带票难免有点小紧张，身为工作负责人，他迅速调整自己，看好几遍工作票后理出了头绪，他依照《安规》上规定的安全责任，马上进入角色。根据流程，和工作许可人进入工作现场检查安全措施；办理工作许可手续，对工作班成员进行危险点告知并履行签字手续……一切有条不紊。

那次工作很顺利，完工前，他仔细检查现场，就连开关柜内电缆孔封堵有个小的漏洞都不放过，自己亲手拿封堵泥仔仔细细封堵后才算结束。

经过 5 年的磨砺，刘佳淇这个曾经的“游戏冠军”成长为现在的“出班冠军”，已成为班里挑重担的主力。大家都好奇他怎么突然逆袭，来了 180 度大转变。

终于在一次读书分享会上，他说出了秘密：“当我在韩国拿到网游竞技赛冠军，登上领奖台，看到五星红旗因为我冉冉升起的时候，我突然无比自豪，我完成了前 23 年的使命，接下来，我还想完成我这一生的使命——做一名认真踏实的电力员工！”

（作者系国网山西省电力公司晋城供电公司职工）

“奶奶”变电站的故事

冯　璇

“北京站”，位于江西中路412弄三和里弄堂内，现在虽然只是一个10千伏开关站，最早却是一座变电站，有着悠久的历史，是构建上海电网最早的一批变电站之一，可以称得上是一位元老级“奶奶”。

1882年4月，上海电气公司成立，在大马路31号即今天的南京东路江西中路路口，建立了上海第一座发电厂。7月26日，电厂以直流100伏正式对外供电，外滩亮起了中国最早的灯光。1893年，工部局成立工部局电气处，并在斐伦路（今九龙路市区供电公司所在地）新建电厂发电，上海电力事业开始走入正轨。到1924年，沪东地区已经形成了22千伏、6.6千伏和380/220伏三个电压等级的完整输配电网，“北京站”就是在这个时期投运的。随着上海电网的不断升级，“北京站”也从原来的变电站改成了10千伏开关站，但仍然担负着周围居民和商户的重要供电工作。

“北京站”位于一片老房子中间，大门非常不起眼，完全融入周围的石库门建筑。房子外墙被爬山虎覆盖得严严实实，远看像一座绿色的城堡。走进大门却豁然开朗，房梁挑高三米多，大块石头砌成的楼梯狭窄陡峭，仅容一人上下，两人并排需要脸贴着脸身体挨着身体，典型的20世纪老上海的石库门房子。房屋建于20世纪30年代，经历九十多年的风风雨雨，仍然保存得很完好。站内设备几经更新，最近一次调换是在1996年前后，距今也有二十多年。原来的设备有鲜明的时代特征，最典型的代表是一块路灯控制屏，上面有一张路灯开关的时间表，清楚地列明了一年四季的路灯开关时间。老师傅告诉我，以前的路灯都是人工手动控制，每天需要按照时间表来开关路灯。时间表非常详尽，精确到几分几秒，比如6月16日至20日，路灯开灯时间为19:06到次日4:27；12月26日至31日，路灯的开灯时间又变成了17:03到次日6:31。每天路灯管理人员都要严格按照时间表来开关路灯，一丝不苟，我隔着时间长河也能感受到那个年代的人做事的认真，无比敬佩。

“北京站”位于黄浦区的最北面，毗邻南京东路，是上海的核心地段。所以虽然“奶奶”年纪大了，但它仍然承担着供电重任，并多次参与重大项目。早在2001年，“北京站”就参与了黄浦小区配网自动化工程项目，实现实时监控SCADA功能，是上海市电力公司最早实现配网自动化的配电站之一。2006年，“北京站”又作为核心站点参与了黄浦小区数字化供电系统工程。随着用电负荷的不断加大，原有老旧设备已经不能满足运行需要。经过几个月的努力，“北京站”已经完成了一次、二次、三次设备的全面改造。

改造后，一次设备都换成了成套开关柜，使用最新的站用变压器，保护使用东方电子继电器和科大智能的自动化后台，加上精准的电能量采集系统和交直流供电系统，配合光纤通信，调度已经能在配网自动化系统中直观地看到这个站的运行情况，实现了“三遥”功能。站内还安装了中央空调，重新粉刷了墙面，运行环境大大改善，“奶奶”可谓旧貌换新颜，能量满满。

随着“北京站”顺利送电，相信这座拥有悠久历史的配电站还能在自己的岗位上发光发热很多年，为周边用户保驾护航。

（作者系国网上海市电力公司市区供电公司职工）

春风送真情

陈娴雯

在江苏与上海的接壤地带，有一片历史悠久的江南水乡。四位来自上海的“外乡”电力人，正在这里进行着特殊的工作。

时间回到2023年的七夕，这是一个特别的日子。在这一天，上海市南电力集团与吴江力良送变站以一纸合作框架协议为桥梁，打破了地域壁垒，定下了在长三角一体化区域内携手合作的约定。

在会上，力良送变站的总经理言辞恳切地说：“吴江地区的供电可靠性还有很大的提升裕度，但我们力良公司的不停电作业人员十分紧缺，急需支援。”而与他面对面坐着的市南集团，正有着一支十分优秀的不停电作业团队。原来，在长三角一体化发展战略的春风下，市南集团已与江苏吴江供电公司有过几次友好交流。而市南集团先进的不停电作业方法，也在一次次交流中，获得了力良送变站的青睐。

吴江需要人才支援，更需要技术的落地生根。“一年。我们需要专业的人才在吴江驻地工作一年，和我们的队员共同作业，帮助我们切实提升不停电复杂作业的能力。”

派谁去，去了以后怎么做，成为市南集团面临的难题。

迎难而上正是电力人的优良作风，仅仅三个月后，一支装备精良的不停电作业四人小队，就出现在了力良送变站的会议室里。会议桌上，一件件崭新的工器具一字排开。

此时，支援队员的心里其实还有一丝忐忑不安。各地的电网架构都有一些差别，吴江与上海的作业流程也有诸多不同，加上以后要进行难度更高的不停电复杂作业，吴江的弟兄们真能顺利接受吗？

“真是太感谢你们了，你们生活上有什么问题，也要第一时间告诉我们，把这里当家。”没有质疑，他们第一时间送上了一套新的工作服。

抚摸着新的工作服，看着衣服胸前的标志从“上海电力”变成了“吴江电力”，支援小队的队员们十分感慨。离开了熟悉的环境，他们的心态也要迅速调整。此前，他们有人每周都得去探望年迈的奶奶，有人每天都得辅导小孩的作业，从来没离开过家人很长时间。支援队员小蔡回忆说：“我奶奶说，出去支援是好事，她就在家里等我回来。”“我儿子也是，集合那天儿子还特意早起送我呢。”小陈也跟着分享了家人的支持。力良送变站的贴心关怀，让大家很快消除了陌生无措感。“我们要加油，帮助吴江地区的兄弟们提升不停电作业技术！”

2023 年 12 月 21 日，支援小队与吴江电力人员首次联合开展了不停电作业。从在断面开始进行绝缘遮蔽，到完成杆梢安装和导线固定。持续低温的寒潮天气下，双方人员配合得十分默契，将原本需要的作业时间缩短了 3 小时。有意思的是，吴江的作业人员发现支援人员对该地电缆十分熟悉。“好厉害，你们怎么做到这么熟练的，不是才和我们一起培训没多久吗？”

支援人员一边擦着汗水，一边为大家解惑。这是因为市南集团深知吴江的电力兄弟们作业任务重，为了最大限度避免支援人员在作业上的“水土不服”，能够尽早参与抢修维护，双方提前从吴江运了一卡车的电缆杆架到上海，模拟出吴江的网架装置，在这座装置上对支援人员开展了特训。“在你们的线路装置上对我们进行培训，才能将问题发现在实操前，解决在实操前，保证我们一来就能作业，所以我们才这么熟练。”这一刻，吴江带电班的班长，对着众人竖起了大拇指。

支援至今已经四个多月了，市南集团支援人员积极奋战在一线，平均每月参与作业 55 次，指导作业 123 次。正如凛冽的寒风已渐渐变成了和煦的春风，在力良送变站的队伍里，也逐渐成长起一批不停电作业的人才。

一次次的并肩作战，市南集团与力良送变站的友谊也不断加深。未来，双方还将在施工建设、风电、光伏等项目上进一步合作，携手共助长三角一体化的高质量发展。春风做伴，共赴新程！

［作者系国网上海市电力公司上海市南电力（集团）有限公司职工］

“电到”回家安

刘柯岳

2023年8月12日上午，北辰区庞嘴村，这个位于永定河与北运河之间、防洪防汛中地理位置特殊的村落，在寂静多日后热闹了起来。

国网天津市电力公司城东供电分公司供电保障人员在北辰区防汛抗旱指挥部和群众回迁工作组的统一安排下，与卫生、燃气、通信等属地部门通力协作，全力做好关乎村民生活的服务措施，为迎接村民平安回家提供安全的生活环境。

10时30分，城东公司运检部、营销部、青光供电服务中心40余名供电保障人员早早来到村子进行线路检查、供电设备设施调试，共产党员服务队队员在村委会驻点开展便民服务，并挨家挨户张贴“复电明白纸”。

受台风“杜苏芮”北上影响，2023年7月底，京津冀等地出现极端降雨过程，海河发生流域性大洪水，子牙河、永定河、大清河先后发生编号洪水。城东供电分公司按照上级防汛工作相关部署要求，迅速响应，以高度的政治责任感和使命感，全力做好防汛保供各项工作，为安全泄洪提供了坚强供电保障。其间，出动160人日夜在岗值守，快速完成停复电、应急保电、抢修支援，出色完成永定河泛区抗洪抢险任务，全力保障了人民生命财产安全，获得区委政府和群众的高度赞誉和肯定。

在洪峰平稳过境后，为切实做好转移群众回迁供电保障，城东供电分公司依托防洪防汛组织体系和多渠道联络机制，编制专项工作方案，进一步明确抢修安排、物资准备及规模和时序，并在庞嘴村村委会驻点设置便民服务点，营销专业人员现场办公，划分 7 个网格区域服务村民用电，解决实际问题，确保回迁工作安全有序。

“所有 10 千伏的操作人员到各自点位，准备听指令操作！” 11 时许，根据北辰区防指要求，城东供电分公司供电保障人员开始对泛区实施操作送电。经过供电保障人员半个多小时的紧张作业，涉及泛区的 10 条 10 千伏线路全部送出，为全村 700 余户居民送电入户做好准备。

下午 2 时，投亲靠友的村民陆续出现在庞嘴大桥，桥上挂满了欢迎回家的横幅，村里的广播不间断地播放着入户后需要注意的安全事项。

“为了您的用电安全，回家后要先确认好冰箱、热水器等发热类电器，拔下插座后再合上电能表下方的空气开关，我们在现场有充足的人员，如果有用电问题随时联系我们。”随着村民的陆续返回，此前挨家挨户张贴完“复电明白纸”的共产党员服务队队员，又开始为每一户的复电合闸进行安全提醒和指导，做到现场督导到位、不落一户，防范用电风险。

当日，小雨放晴后的天气闷热感十足，村内点多面广的线路设施，错落复杂的道路，是对所有供电保障服务人员体力、耐力和信心的考验。他们徒步进行线路检查、入户服务。他们滴下的汗珠、浸湿的工服“烙印”着为民服务的责任担当，用心用情用力守护着百姓安居乐业。

在保障永定河泛区内居民回迁工作中，城东供电分公司累计开展安全用电检查 700 余人次，发放“复电明白纸” 800 余份，便民问询服务 100 余次，解决村民用电难题 54 项，为村民重启正常生活保驾护航。

大战大考，守护光明！越是急难险重，越能彰显“顶梁柱”的本色；越是硬仗恶仗，越能展现电网铁军精神。

（作者系国网天津市电力公司城东供电分公司职工）

不灭的灯火

叶江媛

有一部20世纪60年代上海电影制片厂拍摄的科教片《带电作业》，里面有一位手持望远镜，在巡视记录本上记下“良好”情况的工作人员，大家都觉得他是专业演员。其实不是，他叫汤仲英，是老浙西供电局新安江供电所带电作业班的一名职工。这部电影是由供电职工本色出演，现在被上海电影博物馆收藏并展出。

下面，让我们一起探寻这部科教片背后的故事。

萌芽：自力更生鸿鹄志

黄新线是建德新安江到衢州黄坛口的一条110千伏线路，为新安江水电站而建，也是浙江省内第一条110千伏输电线路。20世纪70年代初，浙西地区工业迅速发展，化工厂、造纸厂等大型工业企业不断扩建，因为承载不了“节节高”的用电负荷，黄新线沿路停电的情况时有发生。工厂里隆隆运作的机器时而停摆，遇上夏收，田里的打稻机不时“歇火”，这让原本就困难的当地经济雪上加霜。

电是万万不能停的，人民的生产生活不能受影响。那怎么办呢？这个难题抛给了最了解这条线路的工程设计师陈宗瑞。带电升压改造的主意跃入他的脑海。

可是，这是一项从未有过的艰难挑战。要将110千伏线路电压升至

220 千伏，足有 80 多千米的线路要装拆，200 多根水泥带电杆子要加宽，每根杆子要悬挂 12 个瓷瓶，全部带电，这在世界上都没有先例，没有经验可循。技术上如何突破？安全上如何保障？一连串的问题接踵而至，让当时的大多数人认为是天方夜谭。

陈宗瑞却铆足了劲儿，他和技术团队历经无数个攻坚的夜晚，跑遍全国 12 个城市交流学习带电作业技术，手画的设计图纸摞起来有半人高……就是这样，把困难留给自己，把方便留给群众。1974 年，这项经济影响最小、土地通道占用最少，但施工建设难度最大、技术要求最高、安全管控最严的线路带电升压方案正式实施。

崛起：带电升压贯古今

参演电影的汤仲英是登杆操作的第一人，当他站在 12 米的高空系好安全绳，准备用绝缘操作杆取换绝缘子时，1.5 米绝缘长度处冒出的火花让他感到一阵心惊目眩：距离太短了，一不留神就容易触电，还有打坏绝缘子串造成伤害的风险。

咬了咬牙，汤仲英巧妙利用反光镜找出了缺陷位置，一鼓作气把插销放进槽口缺损的地方。就这样完成一基又一基电杆操作，把光明的种子播撒在了数十米的高空之上。

两年时间，这群敢闯敢试、敢为人先的电力人，带电改造线路 86.25 千米，新建 220 千伏变电所 2 座，更换了 14000 多根电杆，没有一户一厂停过电。1976 年，这项全国首创的 110 千伏带电升压至 220 千伏的线路改造工程竣工，浙江省电力工业局局长张国诚高度评价："你们开展的黄新线带电升压工程是空前绝后的，在电力史上以前从未有，以后也不会有。"

这个故事是我的师傅告诉我的，他说，守护人民灯火不灭的信念从那时起就已扎根在电力人心中。

传承：万家灯火暖人心

今年盛夏，在“上蒸下煮”的高温天里，带电作业工作人员穿着四层厚的绝缘服，像当年的前辈们一样，一次次朝着离日头更近的地方，带电加装柱上开关，将“不停电”的清凉送进千家万户。

走进工作现场，我们可以清晰地看到，绝缘斗臂车载着带电作业机器人倏地升空，操控人员指挥着机械斗臂剥切导线、搭接线路，比起从前的绝缘手套作业，人工操作的触电风险已经大大降低。技术的革新，给了不停电服务强大的底气。2020 年，杭州核心城区率先取消了 10 千伏和 20 千伏计划停电，现在，杭州全域已经取消计划停电，灯火不灭的光亮照进万家、温暖你我。

从带电作业的萌芽、崛起、革新到传承，技术手段在不断改进革新，而电力人守护千家万户灯火长明的初心始终不渝。

“要让电等发展，不能让发展等电。”在改革发展的浪潮之上，电力先行是信念的传承，更是使命的延续。作为接棒者的我们，怀揣电力传承的美好追求，将初心写进光里，点亮万家不灭的灯火！

（作者系国网浙江省电力有限公司建德市供电公司职工）

一封家书

白 雪

亲爱的电财：

我的家，展信佳!

收到“强国复兴有我”职工文学创作活动的通知，顷刻间有些恍惚，来到您身边不知不觉已经 15 年，岁月如梭，感慨万千。吾之素年，汝予锦时，逢您盛年华诞，想用一封书信，以朴素的方式，感恩您给予我们成长的那些信赖与力量。

15 载光阴，一半驻守在内蒙古，最好的青春往往最是刻骨铭心。家中那个特殊的省级服务机构名字几经更迭，从初设时的延伸柜台“蒙东金融服务小组”到一个部门的“蒙东营业部”，再到正式的“内蒙古业务部”，简单的更名背后书写了一部东北分公司 20 多位异地交流同志轮流驻守的奋斗史，区域内几乎所有的“80 后”“90 后”都去过那里，每拨 3 至 4 人。您知道吗，是您给予了这些青年人信赖与力量，他们才能用光阴记录下那些身在异乡互相温暖、并肩战斗的无悔青春。勇于尝试、锲而不舍、不畏辛苦的精神是您送给我们最好的成长礼物，让我们一生受用。

碎碎念几个难忘的小故事吧。

故事一：客户服务，走近客户才能走进客户

2013 年元旦刚过，初到内蒙古时，您交给我的第一件工作是客户经

理，职责核心是服务与营销。这要咋干呢？刚参加工作3年多，从没干过这个岗位的我着实一头雾水。努力回忆起书本上学的相关知识叫“关系营销”，营销策略是“4R”（关联Relevance、反应Reaction、关系Relationship、回报Reward），可是连客户我都不认识，谈何关系呢？好吧，那就想办法赶紧熟起来。如果能驻扎在省公司财务部，也许能更快亲近熟络，还能了解客户每天在干什么、需要什么。

之后的每天，雷打不动地跑去省公司送回单的同时，我都会问问有什么能帮忙干的活，可是收到的总是客气的回复“等有的时候喊你哈……”。理想很丰满，现实很骨感，无用武之地咋办？经过一番焦灼的思想斗争，我给自己打气，要不就直接冲上去吧。还记得那天，资金处专责一如既往地闷头打印整理会计凭证，一连串电话轰炸，她只能把凭证堆在一边，我赶紧凑过去毛遂自荐：“看了一阵您整理凭证的大致规则了，要不让我试试，我觉得我能整明白……”就这样，我乐颠颠地接手了一项客户觉得枯燥耗时的活儿，成功斩获了第一份驻守省公司财务部大屋与大家朝夕相处的机会。

真诚用心总会有收获。大屋里谁有跟咱家业务相关的问题我随时解决，谁有能搭把手的活我就去帮个忙，争取来的会计凭证整理工作干得也令人满意，过程中还顺便弄明白了我心中很多关于省公司经营的疑惑。很快，我与财务部的同事们慢慢成为亲密无间的朋友，对资金处的工作和难处慢慢了然于胸，关系营销策略可以进一步实施了——困难就是机遇，发现需求、创造需求、争取双赢。

故事二：归集并表资金2亿元要用多久？答案：2年

广袤无垠的草原、松涛波澜的林海、星罗棋布的湖泊，是人们心中对大美内蒙古的印象，但这背后却是省公司特殊艰难的经营环境：供电面积近47万平方千米、经济不发达、用户分布稀疏、银行网点覆盖率低，致使唯一可依托的众多农信社电费账户无法监控、资金无法归集、安全隐患大等难题长期困扰着省公司。每到月底，资金处同事们无奈的声音总是不绝于耳，“根河、额尔古纳农信社电费又没收上来”“这个月又没完成银行账户数量管控考核”……这些犹如不断擂响的战鼓敲打在我们心上。客户的难题也是我们业务的难题，2 亿多资金归集不进来，这对于存款“分分小命根儿”的服务小组来说可是个大事。

可是，农信社账户这个烫手的山芋要怎么解决呢?

世上无难事，只怕有心人。2014 年的春节我是在写方案和研究设计调查问卷中度过的，节后我们立即跑向省公司财务部，从资金处到主任，再到总会，层层开展汇报。翔实的方案和周全的问卷得到了认可，省公司经研究最终同意以启动“实施企财银战略合作，提升资金规模运作水平”管理创新项目方式，全面清理农信社账户。

拿到了“尚方宝剑”，开干！为了充分掌握一线情况，我们面向省公司 40 余家基层单位开展了多轮问卷调研，不计其数的电话沟通，几百份回收问卷，最终形成了 40 余页的电费归集专项分析报告，勾勒出了清晰的“困难路线图”。

时不我待，只争朝夕！4 月伊始，我们便从还飞着雪的呼伦贝尔开始调研，逐个走遍四个盟市最偏远的苏木、嘎查供电所，现场核实掌握第一手真实情况。那些日子里，每天在狭窄的国道上穿行 12 个小时，行程千余公里，颠簸与遥远无法阻挡我们破解难题的决心，好在抽丝剥茧地凝练出了“接地气”的电费归集问题解决方案。

只要功夫深，铁杵磨成针。作为银企桥梁的电财人，我们周旋于各银行间，协同省公司召开 10 余次基层单位现场专题推进会，老问题各个击破，新问题却层出不穷。阻力太大了，还要不要继续？还记得我和李聪一次次互相加油打气，有条件上，没有条件创造条件也要上，咬紧牙关不懈协调推进，问题梳理解决清单一周一稿……就这样一点点努力消除着各方困难阻碍。通过与自治区工行、农行、邮储全面开展企、财、银三方战略合作方式，历时 2 年时间，才全面解决了农村地区电费收缴难题，并为省公司谈判争取到低成本银行代收及上门收款费用，完成了全部 34 个农信社账户清理，实现省公司并表资金归集率 100%。

在此期间，省公司集体企业、社保、工会等特殊资金拓展也全面开花、全面归集，辛勤的汗水换来了资金集中管理的喜人成绩单，坚韧的精神赢得了客户的赞许与信赖。

故事三：电票业务，从播种到盛开要多久？答案：4 年

没去内蒙古工作时，在分公司的资产负债平衡会上总能听到关于电票业务拓展的困难，心里默默记下了这个待解的题。到内蒙古每天泡在省公司的时候，我认真留意着资金处纸票管理、背书企业等情况，时不时地一起吐槽一下纸票的种种弊端，顺便说说电票的千百般好，慢慢地，省公司对电票的态度从“不太懂”“无用论”转变为“真的有那么好吗”，再到认真思考“怎么用，有哪些困难”。

2013 年，历时大半年，润物细无声地在财务部领导和同志们身旁执着宣贯、培育需求和定制的一份份服务方案，让省公司实实在在认可接受了电票以及把它作为年度管理创新项目的建议。可是对于一个单月购电、工程、物资等大额支付当时仅约 12 亿元的省公司来说，开展业务前有两个核心棘手问题，一是单笔业务模式无法满足批量开展业务实现规模效应的需求，二是首期业务拟做到 3 亿元，涉及上游电厂和供应商约 150 家，怎么沟通协调？没关系，我们想办法！我们的务实与担当增强了资金处推进的决心。关于问题一，我们细致研究精简办理流程，引入循环贷款理念，创新设计出批量业务模式下打包收费制的额度承兑业务，得到了您的大力积极支持；关于问题二，上游企业沟通工作交给我们，省公司授权我们以其名义向上游企业逐一以电子邮件方式发送关于业务开展的函件，我们逐家电话联系解释推动做好工作配合。

现在想想，人生总有一些奇妙的巧合。还清晰地记得省公司正式签报得到领导批示同意开展业务的日期——2013 年 8 月 22 日，我的结婚 3 周年纪念日。当时万般喜悦的日子，后来却是长期异地交流而一生都要背负的辛酸之日……

倒排工期，9 月底完成首批试水，全部前期准备工作时间只有 1 个月！那年的贷款规模拓展非常艰难，我们探索着通过信贷资产买断业务，努力向同业市场要规模、调结构，第 2 笔新的买断业务合作意向也初步达成。9 月的屋外艳阳似火，屋内也忙得热火朝天，我们一边与兴业银行反复谈判、办理繁杂的买断业务手续程序，一边开始挨家协调 100 多家上游企业接受并配合开通电票系统功能。每天从早到晚几十甚至上百个电话打下来，同一个事反复说，对于生理、心理上都是不小的挑战。有时候嗓子疼到说不出话，但又乐在其中，时不时地还嘲讽下自己，电话打到大脑缺氧蒙圈经常闹出的笑话，挂了电话瞬间忘记前 1 秒联系的是哪家，又连环 call 给人家……没有一家企业是顺利接受的，经常要被推来推去，每家电话次数少则八九次，多则几十次，还要时不时灭愤怒火……就这样，我们如期完成了十几项前期准备工作中当时觉得最难的“沟通”这一项，到年底超预期完成了 308 笔 4.95 亿元的创新业务规模。

前瞻优质的服务、良好的产品体验让省公司坚定地把电票作为重要的日常无息负债管理工具，常态化融入资金管理工作中。可是，业务量的增长又带来了新的更大难题。一是对省公司来说，电票承兑是对转账支付的替代，可是这个替代的代价之一是原本财务管控系统里已经填写流转审批完的付款单据信息，还要在开票时到咱家电票系统里再填一遍，重复工作费力低效；二是省公司除购电费以外，所有的贸易背景资料都分散在基层单位，异地搜集整理链条长、耗时长、问题多。2014 年 4 月，一个大胆的设想忽然冒了出来：能不能把财务管控系统与电票系统进行集成，彻底解决系统割裂带来的重复填单和线下传递资料问题呢？经过 3 个多月的酝酿沟通，创新开展系统集成建设获得了省公司的赞同，也再次得到您的积极鼓励支持，省公司与您带着我们努力攻关，成功争取到国家电网公司同意首家开展系统集成试点建设的批准。业内没有成功经验可借鉴，功能设计只能摸着石头过河，直至2017年6月新核心系统上线，财务管控与电票系统集成两期功能也全面完成上线应用，就此开启了电票承兑业务全线上化办理的新时期。

念念不忘，必有回响。4年的努力，咱家的电票业务实现了从无到有、从小到大、从线下到全线上的持续进阶，一颗用汗水精心浇灌的种子，开出了芬芳的花。

还有太多难忘的故事，一时也说不尽。最后，我想跟您说，回想起来，那些年无数个“五加二、白加黑”，甚至凌晨累到睡在办公室的日子，现在的印记都不是付出的苦，而是经历过回甘的甜；回想起来，电票业务初期入职不久稚气未脱的王梓，发烧大半个月依然咬牙上班，用纸巾蒙住一只模糊不清的眼睛，坚持手工逐个字段填完几百张承兑凭证的样子，还是那样历历在目，偶尔再谈起时也不是付出的苦，而是全力以赴担当过的甜……

回想起来，那时的我们未曾真正领略过水土肥美的草原美景，却不觉遗憾，因为我的电财我的家，才是心中那无垠最美的草原，是您用辽阔给予我们驰骋的空间，是您用温暖给予我们成长的力量，您教会我们心若向阳，何惧风雨，心中有丘壑，眉目作山河。

敬祝生日快乐，蒸蒸日上！

家人：白雪

（作者系中国电力财务有限公司黑龙江代表处职工）

热血铸辉煌

樊　钰

我是2021年来到中国电力科学研究院工作的新员工。从进院之初，就总是听周围的同事不断提起“特高压”“高海拔”“羊八井”这些字眼，也让我对自己的工作产生了浓厚的兴趣。这些年，我国在加快建设新型电力系统，而作为输电大动脉的交直流特高压工程，也越来越多地经过了高海拔地区。我国“十四五”规划中明确提出了川渝1000千伏特高压交流工程的建设蓝图。该工程特高压变电站最高海拔跃升至3500米，而特高压线路最高海拔跃升至4700米以上，这标志着该工程将是世界上海拔最高的特高压交流输变电工程。高海拔地区电网规模迅速扩大、电压等级不断提高并向超高海拔地区不断延伸，而我们科室、我们所的同事，已经在高海拔地区整整工作了16个年头。

队旗飘扬映照拳拳初心，信仰力量引领科研攻关。早在2008年，我院就建成了西藏高海拔试验基地，在祖国版图的最高点留下高压人的奋斗足迹和赤诚忠心。随着越来越多高海拔工程的规划，我们科室的同事每年都会在西藏羊八井基地开展试验研究，少则一两个月，多则半年以上。我很有幸，一上班就加入这个承担高海拔科研攻关任务的高压所大集体中。在这里，我听到了很多高压人在高原高海拔科研攻关的事迹，也听说了为高海拔攻关专门成立的高海拔党员突击队。

西南高海拔地区气压低、环境气候复杂，放电引起的线路电磁环境问题较平原地区更为严重，与此同时，西南高海拔地区生态环境脆弱，分布有多个国家自然保护区，环保控制严格。而国内外在高海拔地区的试验研究和工程建设较少，运行经验欠缺，工程建设前期无现成的经验和技术可循，因此研究解决高海拔超高压输电工程外绝缘和绝缘配合问题，面临世界性挑战。

突击队员们长期驻扎西藏羊八井高海拔试验基地开展污秽、间隙放电、电磁环境、电晕特性和带电作业等高压试验研究。羊八井海拔 4300 米，属于极高海拔，空气稀薄，紫外线强，风沙大，空气干燥，环境气候恶劣，即使没有工作，也相当于负重几十斤的感觉。加之严重的高原反应，大家面临极大的生理和心理挑战。秉承着特别能吃苦、特别能战斗、特别能奉献的高压精神，队员们冲锋在前，克服困难，努力提高工作效率。高原地区天气变化很快，往往前一刻还艳阳高照，后一刻冰雹就不期而至。大家抓紧一切时机开展试验，早上吃完早饭就开始，晚上吃完饭还要干到很晚，没有午休，没有娱乐，顺利的话一天的工作时间比在平原地区还长。队员中也有女同事，在做试验的时候，她们也铺铁板、拉绳子，真应了那句“女生当男生使”的老话。高海拔党员突击队扎根青藏高原，攻坚工程关键核心问题，取得了大量填补国际空白的原创数据，为我国高海拔特高压工程的设计建设提供了有力的技术支撑。突击队员们的件件先进事迹令我深受感动，他们在电力领域追求工作的极致，让我的心灵受到很大触动。在他们身上，我看到了科研人的执着和热忱。

未来，我也要向周围的同事学习、向身边的榜样学习，汲取他们的经验和智慧。随着新型电力系统建设的加快推进和高海拔特高压工程建设任务的增多，我深切感受到自己肩负的责任。这进一步坚定了我要在工作岗位上做好工作的信念，激发了我对本职工作的热爱之情。我无比珍惜自己的岗位，要以高度的责任感和使命感，兢兢业业、一丝不苟、认真细致地完成每一项工作。我将全力发挥自己的能力，不畏困难、脚踏实地，不断提升自身的专业素养和技术水平，为电力事业的发展做贡献，为党徽、党旗增光添彩。

热血铸辉煌，争做高原特高压的开路先锋。强国有我！我将坚守岗位，为助力祖国早日实现伟大复兴这一伟大目标发挥自己小小螺丝钉的作用！

（作者系中国电力科学研究院有限公司职工）

种太阳

李 政

“爸爸，你这次出差去多久哇？”

一张稚嫩的小脸凑到了张小扬面前，他顺着脖子向下，一把将小小扬搂起来，但却没能像以往那样在空中转个大圈，因为儿子现在真的长高也变重了。“要在月球待多久呢？”张小扬有点迟疑，一时间也无法回答。他凝望着儿子的脸，小伙子有一双细细的眉眼，明显用手指抠大了的两个鼻孔，还有那张跟老婆一模一样的樱桃嘴。

“爸爸，你这次出差去多久呀？”

小小扬继续问，话音里明显夹杂着一丝着急，细细的眼睛盯着张小扬，仿佛一秒钟都不舍得挪开目光。

“我可能……”

张小扬很想立即回答这个问题，然而事情有点不对劲，为什么自己的思路总是自动中断在任务时间上？我到底在做一项什么任务？

张小扬先是试着想，然后努力地想，最后拼命去想。

那是一个阳光明媚的上午，和过去的15年的很多天那样，张小扬在开水房接完水，坐到办公桌前打开电脑。老马嚼着口香糖屁颠颠跑来，一边说着他家女儿的好，一边说着他家女儿的不好。不一样的是，那天汪主任进来了，用颤抖的手带来了一项让张小扬和老马每天都紧张、激动和感到无上光荣的任务。

“播种太阳”二期工程，计划于2049年上旬的窗口期发射“天宫39

号”载人航天飞船，于“钱学森环形山”山脚下建造人类历史上第一座属地化独立运行的可控核聚变电站，为我国月球1至4号基地提供电力供应。

经研究决定，代表电力行业登上航天飞船的人员为张小扬和马强，负责可控核聚变电站的组装和调试。

张小扬醒了。

头还是很疼，但是听觉是最先恢复的，身边刺耳的警报声最初好像一点都听不到，突然间响彻耳畔。张小扬抬起眼帘，刺目的光线狂猛地照射进来，它们是那样地迫切，跟反应堆里可爱的原子似的，急不可耐地要瞬间填满张小扬瞳孔里的每一寸空间。

张小扬终于完全恢复了意识，出意外了。

横亘在头顶正上方的太阳爆发了一次罕见的太阳耀斑，庞大无边的太阳风从苍穹之上无差别地辐射下来，在人类看不见和尚不能完全掌控的领域，无情地攻击着那些妄图复制另一个太阳、幼稚文明里的两只“虫子”。太阳向他们尽情展示了自己的强大和轻蔑——它甚至只使用了自己全部力量中极其微小的一部分，就已经把“虫子”带来的设备干扰得一塌糊涂，甚至把“虫子”本体的宇航服完全穿透，将其神经系统瞬间打残。

通信器里只有杂乱无章的电流音，张小扬发现老马躺在一边，赶紧把他摇醒。

“快去看看，为什么有警报！！！”老马把自己的宇航面罩摘掉，大声吼了出来。但张小扬听不到声音，他看着老马，指了指自己的耳朵。

“警报！”老马大声和夸张地吼出这两个字，他的嘴型张小扬懂了。

张小扬站了起来，幸好是月球，头部没有太严重的充血，他两步就迈到了主控电脑前，错误代码1173#，核聚变模块等离子体约束场故障。张小扬参加工作以来，说可能堵车就一定堵车，说要预防意外就大概率出现意外，10秒钟前刚想着还好月球重力低脑部没充血，但当他意识到错误代码代表着什么时，血压一下子就堆积到了脑袋里。

张小扬跑回老马身边，用手指在月球地面的浮尘上画写下了1173。

老马的瞳孔放大了整整一圈，嘴唇抖得好像用上了他女儿的电动牙刷。张小扬本能地看向月球车，跑过去只需要三步，钥匙就在车上，回到基地只需要2分钟，接着就可以按照应急撤离程序返回绕月轨道。

老马拽住了他。老马在地上写了两个数字：2049和1949。

张小扬在那个瞬间想起了很多人：喜欢钓鱼的爸爸、应该正在跳广场舞的妈妈、拿着手机犹豫要不要点奶茶的老婆，张小扬真的很想跟老马说，公司安全条例是允许撤离的。

老马盯着张小扬，老马的目光比太阳光更亮。

张小扬想起1949这个数字，他也想起了小小扬，他红了眼，大不了光荣了，牺牲在电力建设现场的同事在这100年来多了去了，今天多一个或者少一个无所谓，但如果要种的太阳爆了，那下半辈子都不会原谅自己。

张小扬把老马强行拽了起来，他指了指近处的2台安装机器人，它俩原本在活蹦乱跳地作业，偶尔还可以插播两条笑话，但现在在发呆。老马点了点头。张小扬指了指机器人边上的能量传输场和不远处的月球车，里面有两根备用导线，又指了指老马，老马立刻点了点头，无比乖巧，仿佛第一次喝酒喝多了把他扶到家门口时那样；张小扬指了指自己，然后指向“氦-3集采”的立杆，老马拼命地摇头；张小扬指了指腕表，老马终于点了头。

在月球上跑步真尽兴，张小扬想道，怪不得踢球踢得好的都是瘦子，相对重量轻自然跑得快。

“核聚变反应堆内温度2.1摄氏度，极限过载12%，等离子场失效。”

按规程应该怎么办？张小扬在脑海里迅速检索应对办法，但规程里等离子场的外屏蔽是足够应对太阳复杂电磁环境的，备用模块也只是用来替换，如果现在的电磁环境下主设备无法启动，那即使换上备用元件也无可奈何。

要解决辐射的问题，必须给等离子场穿一身衣服。

衣服？张小扬突然一个激灵。

张小扬没有一丝一毫的迟疑，他开始用最快的速度脱宇航服，比在陆地训练场每一次训练结束脱衣服的速度都要快。他把宇航服盖到等离子场模块上，甚至还贴心地用宇航服的两条袖子打了个简单的活结。好像是在给儿子盖被子啊，张小扬不禁又想起了小小扬，如果你老子我这次出差不回去的话，其实也不影响见面，你每天晚上都能看见我的。

月球没有大气层，说话声音无法传出去，张小扬知道老马听不到，但是他还是忍不住对着老马喊道："老马，快点把电源接上！不然我要变成路易斯·斯洛廷了！师傅，快点！！"

老马应该听不见的，但是张小扬知道，老马"听"到了，因为老马扛着电缆在跑。

幸好月球重力低，张小扬开心地笑了，意识逐渐模糊，他眼前出现了另一个身影，那时硝烟弥漫，炮声震耳不绝，那道身影飞身扑向了敌人的碉堡……

2049 年 10 月 1 日，中华人民共和国成立 100 周年纪念日，天安门广场军民齐聚，万人空巷，到处是鲜花和礼服的海洋。远在内蒙古阿拉善盟额济纳旗着陆点，直升机低空盘旋，悬浮医疗船静候待命，人们仰头看着上方有一颗燃烧的流星砸向地面，在 2 万米高度，流星张开了一架七色主伞，赤橙黄绿青蓝紫，好像一朵太阳花。

"我国宣布，在今日，中国电网科研人员和宇航人员成功在'钱学森环形山'周边建造完成人类历史上第一座独立自主运行的可控核聚变电站，电站从月球表面向下探入 2100 米，自动开采和冶炼月壤，高纯度的氦 -3 作为初始能源在聚变堆内进行反应，向我国在月球表面全部 4 个基地源源不绝供应电力，此次宇航项目圆满成功。其标志着我国乃至全人类已初步掌握核聚变各项基础原理，为我们的璀璨文明最终迈入星辰大海打下了坚实的基础，中国科学家在月亮上面播种出了一颗太阳！"

（作者系中国电力科学研究院有限公司职工）

供电所三两事

王 鹏

一

迎峰度夏期间，电网生产工作格外繁忙。报修抢险、隐患排查、树障清理，各项工作密密匝匝地写满日程表，供电所里空空如也，一个人也没有。

回到办公室，天已经渐渐暗了下来，街道的路灯洒下灰暗的光，透过窗帘，躺在办公桌上。

“哦，怎么有个篮子?”谭资力放下安全帽，长吸了一口气，又把套在脸上的呼吸机卸下来，小心翼翼地走过去。竟是满满的一篮子鸡蛋，在暗淡光线的包裹下轮廓分明。

谭资力坐在凳子上，思忖了半晌，未敢作声，只是感觉有些蹊跷。他踱步到窗前，借着灯光把手机附在耳边：“喂，老张，公司最近是不是发了点……”

“发了，发了，你那儿整天起早贪黑，发点东西也是应该的嘛。忙完了吧？快过来喝两杯。”电话那头杯盏齐鸣，很是热闹。

“不了，不了，你们喝好。”谭资力放下电话，换了衣服，提着鸡蛋走在回家的路上，竟高兴地哼起了小曲儿。

“谭所，昨天有人送来一篮子鸡蛋，下班了都不见你人，我就让他放你桌上了。”隔壁的周大爷扶了扶鼻梁上的眼镜，冲谭资力笑了笑。

“什么？别人送来的？”谭资力有些局促，抬头瞥了周大爷一眼，继而眉头紧锁。

“是个女人，说你们免费帮她家换了线、装了灯，自家养的，带来给尝尝。”周大爷说完，又一头扎进了报纸里。

谭资力突然明白了什么，可心里却越发沉重。

前几日，全兴村二社贫困户乔登娟家里惨遭火灾，在外流离失所数日。谭资力立马集合队员到现场查看，免费为乔大姐家里安灯拉线，让破旧不堪的房子，重新燃起了生活的希望。

乔大姐腿脚不利索，家里穷得连基本的生活保障也难以维持，这满满的一篮子鸡蛋，该是存了多少时日！谭资力越想越惭愧，转身走出了供电所。

来到村头，恰逢乔大姐在地里刨黄精。披散的头发凌乱不堪地贴在淌着汗珠的脸上，一只大竹篓耷拉在肩头，配着本就瘦小的体形，显得极不协调。

乔大姐看到谭所长，用带着泥土的手撩了撩贴在眼角的头发，笑得有些僵硬。

“来，这是你那鸡蛋的钱。”谭资力向乔大姐塞过去五十块钱，“我们红岩共产党员服务队，本来就是帮你们解决困难的，你这鸡蛋我收下，但该给的钱还是得给。”

老谭一字一句说得斩钉截铁。乔大姐怔怔地站在原地，哽咽着说不出话来。

透过泪光，乔大姐望着谭所长离去的背影，那鲜红的制服，在阳光的掩映下，洒下一路清辉。

谭资力作为红岩共产党员服务队中的一员，带领新民供电所的兄弟们，走遍辖区的各个村落，为近 800 户木质结构居民房的室内线路进行无偿改造，规范线路走向、绝缘化处理，从根本上排除了用电火灾隐患。

二

“澄溪镇移民小区停电了，麻烦你们过来看看。”打来电话的正是澄溪镇副乡长周卫，近几日防汛抗旱形势严峻，乡里的领导正在开会商量对策。

问清了故障情况和停电范围，谭资力心里大致有了眉目。他匆匆召集邻近的抢修人员，便带着梯子和工具包上车前往。

山体滑坡随处可见，村与村之间的公路被阻断。

时间一分一秒地流逝，居民纷纷从家里出来，聚集在小区变压器旁，乡里的领导一边疏散围观群众，一边心急如焚地催促着谭资力一行人。

电力抢修车辆进不去，谭资力就联系乡政府派车来接，为了不耽误时间，大家把梯子、接地线、绝缘棒扛在肩头，朝着澄溪镇的方向步行飞奔。

抵达故障现场已是中午 12 点，谭资力忍着疲惫和饥饿，断开高压熔断器和低压刀熔开关后，娴熟地爬上变压器。原来，是用电负荷过大，导致变压器 A 相熔片烧断引起停电。

经过短短 10 多分钟的检修，变压器重新恢复了运行。电视的声音、空调运行的声音、做饭时锅碗瓢盆的碰撞声，夹杂在一起，弹奏出一支祥和的乡村协奏曲。

汛情过后，澄溪镇小学的校长刘斌，正在为学校复学做准备。学生宿舍楼新安装的 32 台空调用电，让他的心一直悬着。全校 140 余名学生多是寄宿生，学校位于大山腹地，一年中，有不少时间需要取暖。

由于此前 6 间教室已安装投用了 48 台取暖片，加上教室照明、投影设备和办公楼、食堂用电等，用电负荷直线上升。刘斌担心，这次增加近 40 千瓦的空调负荷，变压器和线路可能承载不起。

接到求助的新民供电所闻讯而动。在澄溪镇小学大门左侧 20 余米开外，一座崭新的开闭所悄然“安家”在人行道旁。而大门右侧不远处，则是两台新增的500千伏安箱式变压器，间隔10米“安营扎寨”。

曾经高耸的电杆、台架和变压器，被地下纵横相连的电缆和设备所代替，不仅让刘斌心里的石头落了地，也为全校师生的安全用电打下了基础。

三

6月之后，便是雨季。进入7月，澄溪镇连夜的疾风暴雨，使多条电力线路受损，报修电话频频响起。

狂风肆虐，混沌夜色已渐渐散去，谭资力同所里的兄弟们一起，半躺在办公室的沙发上，经过一夜的抗洪抢险，他们的神色稍显疲惫。湿漉漉的头发因安全帽的挤压，无精打采地耷拉在额头。

“丁零零……”一串急促的电话铃声，将谭所长从半梦半醒间拉扯回来。他皱了皱眉，接起电话。

“喂，是新民供电所吗？10千伏周中一线尖山坪支线被吹倒的树干压断，尖山坪10余户居民用电受阻，亟待解决……”电话是公司报修服务平台打来的，谭资力只觉得头脑一阵嗡鸣，连续几天几夜的高强度“作战”，已让这些“铁兵”心力交瘁。他微微叹了口气，转身，弟兄们已经揉着眼站了起来。

开门，雨已经停了。7月6日的风，潮湿而闷热，眼前的空地被风吹得一片狼藉。抢险车停靠在屋檐下，早已泥泞不堪。谭资力望着灰蒙蒙的天，蹙眉叹了口气，便同大家一起钻进车里。

从供电所到尖山坪，颠簸了约莫一个小时，天已经大亮了，只是这风，却丝毫没有停歇的意思。

汽车行驶到澄溪镇全兴村山泉组一座公路桥前，被迫停下。这座桥的支撑基础被洪水冲毁，车辆开不过去了。大家只好把工具、材料扛在肩上，徒步前行。

“路陡水急，大家走路尽量避开塌方地带，注意安全！”谭资力转身向大家叮嘱道。从山泉组到尖山坪抢修现场，这段近3000米的路坡度很大，空手行走都很费力，对扛着工具、材料的供电员工更是考验。40分钟后，供电员工来到故障现场。只见距离公路约3米的山坡上，2棵直径约40厘米的松树并排倒在电线上。

“谭启友负责锯树，其余几个年轻人用绳索拉住谭启友！”谭资力一声令下，谭启友扛起油锯，沿着湿滑的山坡，小心翼翼往上爬，4名同事带着绳索紧随其后，向故障点走去……

山坡上，油锯的声音格外响亮。

“树从线上倒下来了！”随着欢呼声，这棵松树的根部被切成3段，剩余的树梢在线路上旋转几下后，脱离了导线，顺势掉在公路旁的山沟中。20多分钟，2处故障被清除，该支线单相接地故障顺利排除。

处理完这处故障，供电员工又步行30多分钟，来到10千伏周中一线乔巴岩支线33号杆，更换A相被雷击的悬式绝缘子。

截至6日12时30分，谭资力带领抢险人员来回步行8千米，耗时4个多小时，完成2处线路故障抢修，恢复了两条支线供电。

（作者系国网重庆市电力公司垫江供电分公司职工）